中文社会科学引文索引（CSSCI）入选期刊

中国诗歌研究

ZHONGGUO SHIGE YANJIU

（第十四辑）

赵敏俐　主编

教育部省属高校人文社会科学重点研究基地　主办
首都师范大学中国诗歌研究中心

社会科学文献出版社
SOCIAL SCIENCES ACADEMIC PRESS (CHINA)

目 录

·青年论坛·

清华简《芮良夫毖》疏证（上）[*]

高中华　　姚小鸥[**]

导　言

　　《芮良夫毖》系战国中晚期之际的《诗经》类文献写本，原刊于《清华大学藏战国竹简》第三辑，现存简28支，不计缺文，共820字。

　　该篇为厉王时期执政卿士芮良夫对邦君诸侯和王朝治事之臣的诰教之辞，文势与《诗经·大雅》相类。除其本身所含内容外，对《芮良夫毖》的解读，还有助于对《诗经》，尤其《大雅》诸篇的正确理解。《大雅》的《民劳》《板》等篇，清儒多据《郑笺》，以为系进谏天子之作，然朱熹《诗集传》已指出其为"同列相戒之辞"（朱熹《诗集传》，上海古籍出版社，1980，第199~200页）。由《芮良夫毖》考察，朱熹所断确当。《毛诗序》谓《民劳》诸篇"刺王"，乃是汉儒基于特定理念所立《诗》说。若据此将诗篇坐实为进谏天子，则属误解。

---

　　* 本文为教育部人文社会科学重点研究基地重大项目"《清华大学藏战国竹简》《诗经》类文献综合研究"（14JJD75001）阶段性成果。

　　** 高中华，清华大学出土文献与保护中心助理研究员。姚小鸥，中国传媒大学文法学部教授。

对《芮良夫毖》的研究，有助于解决《诗》学史上的一系列重要问题，如《诗经》的编订过程与《诗序》的形成等。

《芮良夫毖》包含诗歌两启，分别以"曰""二启曰"标示起讫。两启诗歌，出一人之手，为一时之作，文意互相关联而有别。《诗经·大雅》的《桑柔》与《卷阿》，前后文义不甚贯通，前辈学者曾指出或系两篇组合而成。由《芮良夫毖》之文本结构可以推测，两篇之间，亦或有前述"曰""二启曰"等标记语，而于传抄中删落，因其文意相关，遂合为一篇。

《芮良夫毖》开篇39字，为先秦《诗序》之遗存，我们称之为《芮良夫毖·小序》。《芮良夫毖·小序》交代创作背景，檃括诗篇大意。这一说《诗》方法，又见于清华简其他《诗经》类文献及上博简《孔子诗论》，当为战国经师《诗》学传述之常例。今传《毛诗序》的书法体例与《芮良夫毖·小序》多有相类之处。显系秉承先师经说，累积而成。

《芮良夫毖》的作者芮良夫，为西周晚期的重要政治家，一度出任厉王朝最高执政大臣。其政治言论，见于《国语·周语》与《逸周书·芮良夫》等先秦历史文献。《诗经·大雅·桑柔》为其传世之作。《左传·文公元年》载秦穆公称引《桑柔》篇"大风有隧，贪人败类"之句。足见其作品在春秋时期广为传诵。《芮良夫毖》流传于战国，与周公、成王所作《周公之琴舞》诸篇同出，绝非偶然。

自王国维先生提出二重证据法以来，出土文献成为学术研究的重要对象。李学勤先生指出，简帛研究已成为古代文史研究的新的增长点，成为当代显学（李学勤、刘国忠：《简帛学：古代文史研究的新增长点》，《光明日报》2016年6月29日第9版）。以《诗经》研究而言，1977年安徽阜阳双古堆一号汉墓出土西汉早期《诗经》写本，断简残编，而弥足珍贵。2001年《上海博物馆藏战国楚竹书》第一册出版，其中《孔子诗论》一种，轰动海内外。2004年出版的《上海博物馆藏战国楚竹书》第四册所收《逸诗》与《采风曲目》，其学术价值尚未为学界完全认知。即将公布的安徽大学藏战国竹简，含《诗经》60篇（《"安大简"：先秦文献又一重大发现》，《光明日报》2016年5月16日第1版）。凡此，必将进一步推动《诗经》学的研究。

"清华简"是近年发现的重要出土文献，于2008年7月入藏清华大学。竹简的年代，经碳十四测定，为公元前305±30年，相当战国中晚期［李学勤《清华简整理工作的第一年》，《清华大学学报》（哲社版）2009年第5期］。这批竹简总计约2500枚，其考释成果以《清华大学藏战国竹简》为名由中西书局分辑出版。自2010年至2016年，已出版六辑，其中多篇与《诗经》有关。第一辑的《耆夜》，第三辑的《周公之琴舞》和《芮良夫毖》，以及第六辑的《子仪》篇等四种，所载诗篇或不见于今本《诗经》，或与今本《诗经》形态互有异同，皆系前所未闻的新知。《诗》学史上诸多长期争讼不决的问题，因之出现转机。上文列举，只笔者一得之见，为其学术价值之一端而已。

文本整理是深入研究的基础。《芮良夫毖》内容古奥，文意宏深。本《疏证》依托《整理报告》（清华大学出土文献研究与保护中心编、李学勤主编《清华大学藏战国竹简》（叁），中西书局，2012，第 144～155 页），参考学界相关研究成果，对全篇文字进行释读。依《毛诗》体例试分章句，残阙者或试为补缀。虽力求诂训无牾、文义妥贴，然必非尽善尽美，恳请读者不吝赐教。

凡　例

1. 释文底本，据清华大学出土文献研究与保护中心编、李学勤主编《清华大学藏战国竹简》（叁），中西书局，2012。本《疏证》称之为《整理报告》。

2. 《疏证》分上、下两篇。上篇包括《芮良夫毖·小序》及《第一启》。下篇为《第二启》。

3. 释文中，阿拉伯数字上标"[1]"为本《疏证》注释编号，下标"[一]"为《整理报告》竹简编号。引用文献及说明性文字用脚注。

4. 《芮良夫毖》为《诗经》类文献。本《疏证》依《毛诗》体例试分章句。

5. 各章韵部划分主要依据王力《诗经韵读》，参考郭锡良《汉字古音手册》。

6. 为便于论述，本《疏证》使用了部分繁体字。

小　序

周邦聚（骤）又（有）褙（祸）[1]，寇（寇）戎方晋[2]。卑（厥）辟戋（御）事，各萦（营）亓（其）身[3]。惡（恒）静（争）于禀（富）[4]，莫絅（治）庶戁（难），莫卹[一]邦之不窒（宁）[5]。内（芮）良夫乃复（作）訰（毖）再夂（终）[6]。

以上 39 字櫽括诗篇大意，交待创作背景，为篇前"小序"。我们将之命名为《芮良夫毖·小序》。①

---

① 姚小鸥：《〈清华大学藏战国竹简·芮良夫毖·小序〉研究》，《中州学刊》2014 年第 5 期。本《疏证》据此加"小序"二字。

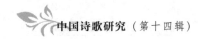

［1］周邦聚（骤）又（有）褙（祸）

《左传·文公十四年》"公子商人骤施于国"，杜预注："骤，数也。"① 《说文·马部》："骤，马疾步也。"段玉裁注："今字骤为暴疾之词，古则为屡然之词。"② "周邦骤有祸"，言周邦屡被祸难。据下文可知，所谓"祸"，指兵祸。

［2］寇（寇）戎方晋

"晋"，整理者引《周易·晋卦·彖传》"晋，进也，明出地上，顺而丽乎大明，柔进而上行"，训为"进长"。《说文》："晋，进也。日出而万物进。"有炽盛之意。上博简《容成氏》简16"卉木晋长"③，"晋长"，即盛长。所谓"暮春三月，江南草长"④。《容成氏》的整理者读"晋"为"蓁"。"蓁长"似不词，不若读"晋"字恰切。《周易·晋卦·初六》："晋如摧如"。此爻指战事。⑤ "摧"意为摧逼，"晋"言炽盛，故可并举。"晋如摧如"，言战事炽盛。"寇戎方晋"，犹《小雅·采薇》"玁狁孔棘"、《小雅·六月》"玁狁孔炽"。⑥ 言寇戎之侵逼势盛。

传世及出土文献载厉王时期多战事。古本《竹书纪年》："厉王无道，戎狄寇掠，乃入犬丘，杀秦仲之族，王命伐戎，不克。"⑦ 《后汉书·东夷传》："厉王无道，淮夷入寇，王命虢仲征之，不克。"⑧ 《翏生盨铭》"王征南淮夷"（《集成》4459～4461），⑨《鄂侯驭方鼎铭》"王南征"（《集成》2810）。两铭皆述及厉王南征。⑩ 厉王时祸乱频仍，以至"靡国不泯"。⑪ 清儒或谓"厉王时征伐甚罕"⑫，恐非的论。

［3］乎（厥）辟哉（御）事，各蒬（营）亓（其）身

"厥"训"其"，为泛指。⑬《尚书·尧典》"厥民析""厥民夷"，⑭ "厥"字用法相同。"辟"，君。"厥辟"，指邦君诸侯。或谓"厥辟"指"厉王"，非是。《小序》"厥辟"

① 《春秋左传正义》，阮元刻《十三经注疏》，中华书局，1980，第1853页。
② 段玉裁：《说文解字注》，上海古籍出版社，1988，第466页。
③ 马承源主编《上海博物馆藏战国楚竹书》（二），上海古籍出版社，2002，第262页。
④ 丘希范：《与陈伯之书》。萧统编、李善注《文选》，中华书局，1977，第609页。
⑤ 高亨：《周易古经今注》，上海书店，1991，第120页。
⑥ 《毛诗正义》，阮元刻《十三经注疏》，中华书局，1980，第414、424页。
⑦ 方诗铭、王修龄：《古本竹书纪年辑证》（修订本），上海古籍出版社，2005，第57页。
⑧ 范晔撰、李贤等注《后汉书》，中华书局，1965，第2808页。
⑨ 中国社会科学院考古研究所编《殷周金文集成》（修订增补本）第四册，中华书局，2007，第2858～2862页。正文括注该器在《殷周金文集成》（简称"集成"）中的编号。下放此。
⑩ 参见李学勤《新整理清华简六种概述》，《文物》2012年第8期。
⑪ 《诗经·大雅·桑柔》句。阮元刻《十三经注疏》，中华书局，1980，第558页。
⑫ 王引之：《经义述闻》，江苏古籍出版社，2000，第166页。
⑬ 参见裴学海《古书虚字集释》，中华书局，2004，第374页。
⑭ 《尚书正义》，阮元刻《十三经注疏》，中华书局，1980，第119页。

"御事"连言，与《尚书》多篇之"邦君""御事"连言者相类。《梓材》"其效邦君越御事"，《大诰》"尔庶邦君，越尔御事"，《酒诰》"邦君御事小子"。又《大诰》"肆予告我友邦君，越尹士庶士御事""尔庶邦君，越庶士御事""义尔邦君，越尔多士尹氏御事"。上引文皆"邦君""御事"连言或并举。"御事"为"治事之臣"①，"邦君"指诸侯国君。《小序》"厥辟御事"连言，则"厥辟"指"诸侯"无疑。《尚书·酒诰》："越在外服，侯甸男卫邦伯。越在内服，百僚庶尹，惟亚惟服，宗工，越百姓里居。""外服"指侯甸男等王畿以外之邦君，"内服"指王畿以内百僚庶尹诸执事。②《小雅·雨无正》："三事大夫，莫肯夙夜。邦君诸侯，莫肯朝夕。"胡承珙《毛诗后笺》："三事大夫"乃"在内卿大夫之总称，对下'邦君'句为在外诸侯之统称。"③《大雅·假乐》："百辟卿士，媚于天子。"陈奂《诗毛氏传疏》："'百辟'，谓外诸侯也。'卿士'，谓内诸侯也。"④凡此可证《小序》"厥辟"指诸侯无疑。⑤《小序》作者熟习《诗》《书》及古人典制，故据之檃括诗意如此。

"厥辟御事，各营其身"，言邦君御事各营己身，而不恤"王身"。周初"封建亲戚以蕃屏周"，诸侯藩卫天子，王臣营恤王身，乃周人大伦。《大雅·烝民》"王命仲山甫，式是百辟，缵戎祖考，王躬是保"，《尚书·文侯之命》"曰惟祖惟父，其伊恤朕躬"，《毛公鼎铭》王命毛公以其族"干吾（扞御）王身"（《集成》2841），皆为明证。"王身"为营保之对象。若以"厥辟"为"厉王"，而斥王自营其身，与古人观念相违。⑥

[4] 忈（恒）争于畐（富）

"忈"，整理者括注为"恒"，无说。按："恒"训为"遍"。《大雅·生民》"恒之秬秠"，《毛传》："恒，遍也。"⑦遍者，周遍之辞，犹言"皆"也、"并"也。《左传·昭公

---

① 曾运乾：《尚书正读》，中华书局，1964，第123页。

② 参见杨宽《西周史》，上海人民出版社，2003，第325页。

③ 胡承珙：《毛诗后笺》，黄山书社，1999，第981页。

④ 陈奂：《诗毛氏传疏》卷二十四，中国书店，1984，影漱芳斋本。

⑤ 陈剑谓"'厥辟'当指'御事'的上一级贵族主，非指周厉王"（此为2013年11月香港浸会大学召开"清华简与《诗经》研究"国际学术研讨会上发言。见邬可晶《读清华简〈芮良夫毖〉札记三则》，《古文字研究》第三十辑，中华书局，2014，第408~409页）。在指出"厥辟"非"周厉王"这一点上，与本文的观点相同。

⑥ 参见高中华、姚小鸥《论清华简〈芮良夫毖〉的文本性质》，《中州学刊》2016年第1期。或谓"厥辟御事各营其身"即《国语·周语上》所载厉王"学专利"之事。然"专利"与"营身"大不同。学者指出，"专利"作为一种财政政策，"是时势造成的情况，厉王君臣未必独任其咎"。见许倬云《西周史》（增订本），三联书店，1993，第307~308页。

⑦ 《毛诗正义》，阮元刻《十三经注疏》，中华书局，1980，第531页。参见马瑞辰《毛诗传笺通释》，中华书局，1989，第883页。

六年》"民并有争心"，言民皆有争心。① "富"为丰备之名，详见第二章注［21］。"恒争于富"，言众人皆争于富。本篇简13"恒争献其力"，言群臣皆争相献力，"恒"字用法相同。

［5］莫卹邦之不盩（宁）

"卹"，即"恤"字。《说文·血部》："卹，忧也。"段玉裁注："'卹'与《心部》'恤'音义皆同。古书多用'卹'字，后人多改为'恤'。如《比部》引《周书》'無愍于卹'，潘岳《藉田赋》'惟谷之卹'李注引《书》'惟刑之卹'，今《尚书》'卹'皆作'恤'是也。"② "莫卹邦之不宁"，言邦君诸侯无人忧恤王室。

［6］复（作）訫（愍）再夂（终）

"訫"，整理者指出，"相当于文献中的'愍'"。"作愍再终"与《尚书·酒诰》"典听朕愍"的愍字用法相类，当从王国维先生训为"诰教"。按《酒诰》"愍"字三见："厥诰愍庶邦庶士""汝劼愍殷献臣""汝典听朕愍"。王国维认为"劼愍"系"诰愍"之讹。王国维说："'汝典听朕愍'，亦与上'其尔典听朕教'文例正同。则'愍'与'诰教'同义。"③ 整理者谓《芮良夫愍》为"训诫之辞"，符合王氏论断。《大雅·桑柔》"为谋为愍"，马瑞辰谓"愍或省借作必"，"必"训为"敕"，义近"诰教"。④ 王引之《经义述闻》训《酒诰》"愍"字为"告"，⑤ 不若王国维训"诰教"确当。"愍"，出土文献或作"怭"。清华简《周公之琴舞》"周公作多士敬怭""成王作敬怭"，整理者注："'怭'，同清华简《芮良夫愍》之'訫'，读为'愍'。"⑥

"终"。整理者注："古代诗可入乐，演奏一次叫作'一终'。"按："终"为周代礼乐制度术语之一。经学文献表明，周代礼乐制度操作系统中，"终"表示"成"即"备乐"中较小的音乐单位（一般指某一支歌曲或乐曲）的演唱或演奏完毕。《仪礼·燕礼》："工歌《鹿鸣》《四牡》《皇皇者华》。……笙入，立于县（悬）中。奏《南陔》《白华》《华黍》。……乃间歌《鱼丽》，笙《由庚》；歌《南有嘉鱼》，笙《崇丘》；歌《南山有台》，笙《由仪》。遂歌乡乐。《周南》：《关雎》《葛覃》《卷耳》。《召南》：《鹊巢》《采蘩》《采蘋》。大师告于乐正曰：'正歌备。'"郑玄注："正歌者，声歌及笙各三终，间歌三终，

---

① 参见王引之《经义述闻》，江苏古籍出版社，2000，第492页。
② 段玉裁：《说文解字注》，上海古籍出版社，1988，第214页。
③ 王国维：《与友人论诗书中成语书二》，《观堂集林》，中华书局，1959，第79页。
④ 马瑞辰：《毛诗传笺通释》，中华书局，1989，第965页。
⑤ 王引之：《经义述闻》，江苏古籍出版社，2000，第95页。
⑥ 清华大学出土文献研究与保护中心编、李学勤主编《清华大学藏战国竹简》（叁），中西书局，2012，第134页。

合乐三终，为一备。备亦成也。"① 明确区分出"终"与"成"之间的联系与区别。②

"一终"乐的文学文本呈现，为汉人所言《诗》之一篇。清华简第一辑《耆夜》记述周武王八年戡黎归来，于文大室行饮至礼，君臣饮酒作歌：

> （武）王夜（舍）爵酬毕公，作歌一终，曰《乐乐旨酒》："乐乐旨酒，宴以二公。任仁兄弟，庶民和同。方壮方武，穆穆克邦。嘉爵速饮，后爵乃从。"
>
> 王夜（舍）爵酬周公，作歌一终，曰《䲲乘》："䲲乘既饬，人服余不胄。虔士奋甲，繄民之秀。方壮方武，克燮仇雠。嘉爵速饮，后爵乃复。"
>
> 周公夜（舍）爵酬毕公，作歌一终，曰《央央》："央央戎服，壮武赳赳。毖静谋猷，裕德乃救。王有旨酒，我忧以浮。既醉有侑，明日勿慆。"
>
> 周公或（又）夜（舍）爵酬王，作祝诵一终，曰《明明上帝》："明明上帝，临下之光。不显来格，歆厥禋明。③ 于（原简残断）。月有盈缺，岁有歇行。作兹祝诵，万寿无疆。"
>
> 周公秉爵未饮，蟋蟀趯降于堂，公作歌一终，曰《蟋蟀》："蟋蟀在堂，役车其行。今夫君子，不喜不乐。夫日□□，□□□荒。毋已大乐，则终以康。康乐而毋荒，是惟良士之方方。蟋蟀在席，岁聿云莫。今夫君子，不喜不乐。日月其迈，从朝及夕。毋已大康，则终以祚。康乐而毋[荒]，是惟良士之瞿瞿。蟋蟀在舒，岁聿[云]□，□□□□，□□□□，□□□□□□，□□□□。毋已大康，则终以瞿。康乐而毋荒，是惟良士之瞿瞿。"④

上引"作歌一终"凡三见，"作祝诵一终"一见，皆述歌诗一篇。由上所述，可知"一终"乐的文学文本对应诗之一篇，而非学者所说一组诗，或某篇诗中之一章。

《芮良夫毖》"作歌再终"，录诗两篇，分别冠以"曰"与"二启曰"字样。"启"为乐歌术语，其在本篇中的意义，容后讨论。

---

① 《仪礼注疏》，阮元刻《十三经注疏》，中华书局，1980，第1021页。

② "成"与"终"有别。《周易·坤卦·六三》"或从王事，无成有终"。"成""终"对举，尤见其异。《仪礼·燕礼·记》"笙入三成"，郑玄注"三成谓三终也"，误"成"与"终"为一。《尚书·益稷》"箫韶九成"，孔颖达《疏》引郑玄注："成犹终也。"误同。据上引《燕礼·记》，可知郑注之误，肇始于作《记》者。详见姚小鸥《诗经三颂与先秦礼乐文化》，北京广播学院出版社，2000，第51～53页。

③ "明"字释读参见赵思木《从清华简〈耆夜〉谈"明"字的一种特殊含义》，《古籍整理研究学刊》2016年第4期。

④ 清华大学出土文献研究与保护中心编、李学勤主编《清华大学藏战国竹简》（壹），中西书局，2010，第150页。为便印行，释文用宽式。个别标点及隶定与整理者不同。

第一启

【第一章】

曰[7]：

敬之孯（哉）君子[8]！天猷（犹）畏（威）矣[9]。

敬孯（哉）君子！茥（悟）敗（败）改緐（由）[10]。【二】

龏（恭）天之畏（威），载聖（听）民之緐（谣）[11]。

闅（悬）鬲（隔）箬（若）否[12]，以自訨讀[13]。

由求圣人[14]，以繦（申）尔愳（谋）猷[15]。

以上为第一启第一章，10句。戒君子敬天威，定谋猷。威、讀，微部韵；由、谣、猷，宵幽合韵。

［7］曰

"曰"字以下至第九章末句"邦用昌炽"，为第一启。按：此处单冠一"曰"字，而无"第一启"字样。清华简《周公之琴舞》成王所作敬毖之第一启前冠"元内启曰"四字。本篇第二启前亦有"二启曰"字样。疑此处"曰"字前有阙文，或为传抄中删落。

［8］敬之孯（哉）君子

"敬"，整理者无注。或读"敬"为"儆""警"，谓本句意为"要君子自我警惕"。①按："敬"当如字读。"儆""警"意为戒备、戒敕，乃对外言。"敬"言敬惧、敬慎，乃对己言。《说文·苟部》"敬，肃也。"②《玉篇》："敬，恭也，慎也，肃也。"③《说文·人部》："儆，戒也。"段玉裁注："儆，与'警'音义同。《孟子》引《书》'洚水儆予'，用'儆'字。《左传》《国语》亦用'儆'。《毛诗》'徒御不警'，④《周礼》'警戒群吏'，皆用'警'。郑注《周礼》曰：'警，敕戒之言也。'韦注《国语》曰：'儆，戒也。'"⑤

《芮良夫毖》"敬"字凡六见，此处及简2之"敬哉君子"，简5"尚桓桓，敬哉"、

---

① 王瑜桢：《〈清华三·芮良夫毖〉札记》，复旦大学出土文献与古文字研究中心网站，2012年9月21日。http://www.gwz.fudan.edu.cn/SrcShow.asp? Src_ID=1931。

② 许慎撰、徐铉校定《说文解字》，中华书局，1963，第188页。

③ 《大广益会玉篇》卷第二十八，《四部丛刊》初编本经部第八十册。

④ "警"，阮刻本《毛诗正义》作"驚（惊）"。阮氏《校勘记》："唐石经、小字本、相台本同。案段玉裁云：'经文作警，《传》《笺》《正义》皆甚明。考文古本作警，采《正义》。'"阮元刻：《十三经注疏（附校勘记）》，中华书局，1980，第430页。

⑤ 段玉裁：《说文解字注》，上海古籍出版社，1988，第370页。

"所而弗敬"，简6"敬哉君子"及简8"彼人不敬"，皆读如字，言君子之敬慎，与警戒义有别。"敬之哉，君子"，与《诗》《书》等经典文献所载周人伦理的核心精神相合。《周颂·敬之》"敬之敬之，天维显思。"① 《尚书·吕刑》："敬之哉，官伯族姓。"② 皆为其例。

〔9〕天猷（犹）畏（威）矣

"猷"，即"犹"字，③ 语助。或训为"用"。《尚书·盘庚上》："先王有服，恪谨天命，兹犹不常宁，不常厥邑。"言先王恪谨天命，兹用不敢常安。《无逸》："古之人犹胥训告，胥保惠，胥教诲"，言古之人用相训告，相保惠，相教诲。诸"犹"字用法相同。详王引之《经传释词》。④

"畏"，读为"威"。"畏""威"二字古多通用。《诗经》用字，"畏"表畏惧，"威"言威罚。"敬之哉，天犹威矣"，言天威在上，君子庶几敬慎哉！《小雅·小旻》"旻天疾威"、《小雅·巧言》"上天已威"，皆为此用。

〔10〕瞀（悟）敗（败）改繇（由）

"瞀"，整理者据《周礼·占梦》陆德明《释文》所载或本，指出即"瞀"字，典籍作"瘄"。王宁据《楚辞·天问》王逸注进一步指出"瘄"当读为"悟"。⑤ 按《天问》"悟过改更"，王逸注："悟，一作瘄。"⑥ 《说文·心部》："悟，觉也。"⑦ "悟过"，意为觉悟以往之过错。"悟败"与之意近。

"繇"，李学勤先生括读为"由"。⑧ 按：《说文·系部》"繇"字段玉裁注："古'繇''由'通用一字。"⑨ 《王风·君子阳阳》"左招我由房"，"由"，阜阳汉简《诗经》S081即作"繇"。⑩ 《广雅·释诂》："由，式也。"⑪ 式犹法也。《小雅·宾之初筵》"匪由勿

① 《毛诗正义》，阮元刻《十三经注疏》，中华书局，1980，第598页。
② 《尚书正义》，阮元刻《十三经注疏》，中华书局，1980，第251页。
③ "猷""猶（犹）"本一字，古多通用。《说文解字》卷十"犬部""猶"字段玉裁注："今字分猷谋字犬在右，语助字犬在左，经典绝无此例。"段玉裁《说文解字注》，上海古籍出版社，1988，第477页。
④ 王引之：《经传释词》，江苏古籍出版社，2000，第10页。
⑤ 见复旦大学出土文献与古文字研究中心网王瑜桢《〈清华三·芮良夫毖〉札记》文后第七楼评论，2012年9月24日。http：//www.gwz.fudan.edu.cn/SrcShow.asp? Src_ ID =1931。
⑥ 洪兴祖：《楚辞补注》，中华书局，1983，第117页。
⑦ 许慎撰、徐铉校定《说文解字》，中华书局，1963，第219页。
⑧ 李学勤：《新整理清华简六种概述》，《文物》2012年第8期。
⑨ 段玉裁：《说文解字注》，上海古籍出版社，1988，第643页。
⑩ 胡平生、韩自强：《阜阳汉简诗经研究》，上海古籍出版社，1988，第10页。按：阜简"繇"字右半"系"残存，左半缺，整理者补作"繇"，即俗写之"繇"字。
⑪ 王念孙：《广雅疏证》，中华书局，2004，第134页。

语"，"由"字训同。"匪由勿语"，犹《孝经》之"匪法不道"，谓非法式之语则不言说。[1] "由"作动词，训"自"训"从"，此处有选择道路、确定从政方向之意。整理者训"繇"为"道"，虽可通，然与表抽象含义之"道德""天道"字易生混淆，不如读为"由"字，且其为《诗经》惯用字，宜为本文献整理之首选。

[11] 龏（恭）天之畏（威），载聖（听）民之繇（谣）

"恭天之威"，文辞和语意皆与《周颂·我将》"畏天之威"相近。

"载"，句首语助。[2]《小雅·斯干》："乃生男子，载寝之床，载衣之裳，载弄之璋"，"乃生女子，载寝之地，载衣之裼，载弄之瓦"。"载"字用法与此处相同。

"繇"，李学勤先生[3]、王坤鹏等读为"谣"。[4] "繇""谣"古相通借。《诗经·魏风·园有桃》"我歌且谣"，《广韵》引作"我歌且繇"。[5]《汉书·李寻传》"参人民繇俗"，颜师古注："'繇'读与'谣'同。"[6] "繇"即"繇"字俗写。[7]

"载听民之谣"，谓倾听民众舆论。周代贵族专制政体中多原始民主制度遗存。国人阶层运用舆论影响政治为其表现形式之一。[8] 这类舆论，多用韵语，称为"谣"，又称为"讴"或"诵"。《左传·襄公四年》："冬十月，邾人、莒人伐鄫，臧纥救鄫，侵邾，败于狐骀……国人诵之曰：'臧之狐裘，败我于狐骀。我君小子，朱儒是使。朱儒朱儒，使我败于邾。'"杜预注："襄公幼弱，故曰小子。臧纥短小，故曰朱儒。"[9]《襄公十七年》："宋皇国父为大宰，为平公筑台，妨于农收。子罕请俟农功之毕，公弗许。筑者讴曰：'泽门之皙，实兴我役。邑中之黔，实慰我心。'"杜预注："皇国父白皙而居近泽门，子罕黑

---

① 马瑞辰：《毛诗传笺通释》，中华书局，1989，第 755 页。

② 参见王引之《经传释词》，江苏古籍出版社，2000，第 82 页。

③ 李学勤：《新整理清华简六种概述》，《文物》2012 年第 8 期。

④ 王坤鹏：《清华简〈芮良夫毖〉篇笺释》，武汉大学简帛研究中心简帛网，2013 年 2 月 26 日。http://www.bsm.org.cn/show_article.php? id=1832。

⑤ 陈彭年等编《宋本广韵》，江苏教育出版社，2002，第 41 页下栏。按《魏风·园有桃》"我歌且谣"，《初学记》卷十五引《韩诗章句》："有章曲曰歌，无章曲曰谣。"陈乔枞《韩诗遗说考》："《毛传》云：'曲合乐曰歌，徒歌曰谣。'《正义》谓：'乐即琴瑟。《行苇传》曰歌者合于琴瑟是也。'合于琴瑟则有章曲矣。韩义亦与毛同。'谣'，古文作'音'。《说文》云：'音，徒歌。从言肉声。'徒歌则不必有章曲。孙炎释《尔雅》'徒歌谓之谣'云'声消摇也'，是已。'谣'字又通作'繇'。《广韵》'繇'下引《诗》曰'我歌且繇'，亦三家之异文。"见陈乔枞《韩诗遗说考》卷五，《清经解续编》本卷千百五十三。

⑥ 班固撰、颜师古注《汉书》，中华书局，1962，第 3180～3181 页。

⑦《说文·系部》："繇，随从也。从系䚻声。"徐铉注："今俗从备。"（许慎撰、徐铉校定《说文解字》，中华书局，1963，第 270 页）盖"谣"又"备"之俗。

⑧ 徐鸿修：《周代贵族专制政体中的原始民主遗存》，《中国社会科学》1981 年第 2 期。

⑨《春秋左传正义》，阮元刻《十三经注疏》，中华书局，1980，第 1934 页。

色而居邑中。"① 俱为其例。"讴""诵"始流传于国人，而后达于执政。本句所言，近于《国语·晋语六》"风听胪言于市，辨袄祥于谣"之"谣"，② 而与《周语上》所载"公卿至于列士献诗，瞽献曲，史献书，师箴，瞍赋，矇诵"之"献诗""献曲"等谏议制度下之进言有别。③

按"载听民之谣"所谓"谣言"，或即《诗经》屡见之"讹言"。《说文·口部》"𡆷"字下："繇，𡆷或从繇。"④ 则"讹""谣"二字本相通。《小雅·沔水》"民之讹言，宁莫之惩"，《小雅·正月》"民之讹言，宁莫之惩""民之讹言，亦孔之将"，诸"讹言"，高亨先生注为"谣言"⑤，的当。"讹言"，又作"譌言"。《说文·口部》："𡆷，读若譌。"⑥ 譌，为声，匣母歌部，与晓母歌部之"化"声可通。清华简《程寤》简1 "𡆷松柏械柞"，整理者注："𡆷，此处为'𡆷为'合文。𡆷……读为晓母歌部之'化'。"⑦ 可证。《史记·赵世家》："民讹言曰：'赵为号，秦为笑，以为不信，视地之生毛。'"⑧ 《风俗通义·六国篇》作"童谣曰"云云。⑨ 《郑笺》训"讹"为"伪"，⑩ 朱子据以释作"奸伪之言"⑪，并失之。

"恭天之威，载听民之谣"，言当畏天威、察民意。《尚书·康诰》"天畏棐忱，民情大可见"，与此可相对读。

［12］閼（悬）鬲（隔）若（若）否

"閼鬲"，整理者读为"间隔"。按："閼"当读为"县（悬）"。清华简第二辑《系年》第十八章"（楚灵王）伐吴，为南怀之行，閼陈蔡"。"閼陈蔡"即"县陈蔡"。⑫

---

① 《春秋左传正义》，阮元刻《十三经注疏》，中华书局，1980，第1964页。"妨于农收"，"收"字原作"功"。阮元《校勘记》："石经、宋本、淳熙本、岳本、纂图本、足利本'功'作'收'，《释文》同。"杨伯峻据杜预注"周十一月，今九月，收敛时"断"收"字是（《春秋左传注》，中华书局，1990，第1032页）。据改。

② 徐元诰：《国语集解》，中华书局，2002，第388页。

③ 徐元诰：《国语集解》，中华书局，2002，第11页。

④ 许慎撰、徐铉校定《说文解字》，中华书局，1963，第129页。

⑤ 高亨：《诗经今注》，上海古籍出版社，1980，第257、277页。

⑥ 许慎撰、徐铉校定《说文解字》，中华书局，1963，第129页。

⑦ 清华大学出土文献研究与保护中心编、李学勤主编《清华大学藏战国竹简》（壹），中西书局，2010，第136~137页。

⑧ 司马迁：《史记》，中华书局，1982，第1832页。

⑨ 王利器：《风俗通义校注》，中华书局，2010，第36页。参见闻一多《古典新义·释𡆷》，《闻一多全集》（第二册），三联书店，1982。

⑩ 《毛诗正义》，阮元刻《十三经注疏》，中华书局，1980，第433、441页。

⑪ 朱熹：《诗集传》，上海古籍出版社，1980，第129页。

⑫ 清华大学出土文献研究与保护中心编、李学勤主编《清华大学藏战国竹简》（贰），中西书局，2011，第180页。

"若否"，传世及出土文献多见，为古人成语：

《诗经·大雅·烝民》："邦国若否，仲山甫明之。"①

《尚书·盘庚下》："今我既羞告尔于朕志若否。"②

清华简《厚父》："知天之威，载闻民之若否。"③

《毛公鼎》："屏朕位，虩许上下若否。"（《集成》2841）④

《中山王𡭗鼎》："今余方壮，知天若否。"（《集成》2840）⑤

王国维先生指出：成语"有相沿之意义"，"与其中单语分别之意义不同"。⑥ 就"单语"而论，"若否"可释为"臧否""善恶""好坏"，⑦ 用为"成语"，则统言事物之性状与情势。上引《大雅·烝民》"邦国若否"指国情，《尚书·盘庚下》"朕志若否"指盘庚之志，《厚父》"民之若否"指民意，《毛公鼎》"上下若否"兼指天意民心，⑧《中山王𡭗鼎》"天若否"指天意。若以字面意解之，则或有不通，《芮良夫毖》之"若否"亦然。"县（悬）隔若否"，言阻绝民意。

［13］以自訿讟

"訿讟"，整理者读为"訾毁"，于上下文意不合。按："訿讟"意犹"溃乱"。《说文·言部》："讟，中止也。"段玉裁注："中止者，自中而止，犹云内乱。"⑨ "訿"字从言此声。《说文·此部》："此，止也。"⑩ 则"訿"亦有乱意。"訿"与"讟"古音俱在十五部。"訿讟"叠韵联绵词。又作"溃止"。《大雅·召旻》："我相此邦，无不溃

① 《毛诗正义》，阮元刻《十三经注疏》，中华书局，1980，第568页。
② 曾运乾：《尚书正读》，中华书局，1964，第110页。
③ 清华大学出土文献研究与保护中心、李学勤主编《清华大学藏战国竹简》（伍），中西书局，2015，第110页。"闻"，原字形作"𪔝"，整理者括读为"问"，恐有误。
④ 中国社会科学院考古研究所编《殷周金文集成（修订增补本）》第二册，中华书局，2007，第1541页。
⑤ 中国社会科学院考古研究所编《殷周金文集成（修订增补本）》第二册，中华书局，2007，第1530页。
⑥ 王国维：《与友人论诗书中成语书》，《观堂集林》，中华书局，1959，第75～78页。
⑦ 分别见《大雅·烝民》篇之朱熹《集传》，上海古籍出版社，1980，第214页；郑玄：《笺》，阮元刻《十三经注疏》，中华书局，1980，第568页；高亨：《诗经今注》，上海古籍出版社，1980，第456页。
⑧ "上下"对举，往往上指天，下指人。《诗经·大雅·大明》"明明在下，赫赫在上"，谓人自勉勉，天自照察（"明""勉"一声之转。见王引之《经义述闻》，江苏古籍出版社，2000，第170页）。故本文译"上下若否"为"天意民心"。
⑨ 段玉裁：《说文解字注》，上海古籍出版社，1988，第98页。
⑩ 许慎撰、徐铉校定《说文解字》，中华书局，1963，第38页。

止。"《郑笺》："溃，乱也。"① "止"即中止，亦溃败之意。② "溃止""訛讀"，系同族联绵词。

"悬隔若否，以自訛讀"，谓阻绝民意，乃自求溃乱之道。

［14］由求圣人

"由"，整理者注："通'迪'，语气助词。"按："由求圣人"与《墨子·尚贤中》所引《汤誓》"聿求元圣"文例类似。③ "聿"为语辞，无实义，④ "由"亦类似。整理者判其为"语气助词"，可取。唯"由"字本身即可用为语助，不必改读"迪"。"由"作语助，其字又作"攸"。《尚书·盘庚》"女不忧朕心之攸困"，言不忧朕心之困。《诗经·大雅·皇矣》"执讯连连，攸馘安安"，言执讯连连，馘耳安安。字亦作"猷"。《尚书·盘庚》"女猷黜乃心，无傲从康"，言女（汝）当黜乃心，无傲从康。详王引之《经传释词》卷一。⑤

"圣人"，指睿识有智慧者。《诗经·邶风·凯风》"母氏圣善"，《毛传》："圣，睿也。"⑥《大雅·桑柔》"维此圣人，瞻言百里。维彼愚人，覆狂以喜"，"圣人"与"愚人"相对。这一意义上的"圣人"与战国以降儒家所言道德事业兼备之"圣人"有异，与后世道德完备之"圣人"意义差别更大。⑦"圣"以智识言，不以道德言。早期文献中，"圣智"与"勇力"往往并举，参看本篇第七章"圣智勇力"条。"由求圣人"与下文"以申尔谋猷"之"谋猷"语意相承，皆用"圣"字早期意义。询于智者，为周人政治传统。《国语·晋语四》载文王"询于八虞，而谘于二虢，度于闳夭，而谋于南宫，诹于蔡原，而访于辛、尹，重之以周、邵、毕、荣，亿宁百神，而柔和万民"，⑧ 所说"八虞""二虢""闳夭""南宫""蔡原""辛尹""周邵毕荣"，均为文王决策之顾问。《小雅·皇皇者华》"咨诹""咨谋""咨度""咨询"亦为此意。

或读"由"为"迪"，训为"进"。⑨ 或训"由"为"求"。⑩ 然典籍无此用法，恐皆

---

① 《毛诗正义》，阮元刻《十三经注疏》，中华书局，1980，第 579 页。

② 马瑞辰：《毛诗传笺通释》，中华书局，1989，第 1038 页。

③ 孙诒让：《墨子间诂》，中华书局，2001，第 57 页。

④ 王引之：《经传释词》，江苏古籍出版社，2000，第 18 页。

⑤ 王引之：《经传释词》，江苏古籍出版社，2000，第 11 页。

⑥ 《毛诗正义》，阮元刻《十三经注疏》，中华书局，1980，第 301 页。

⑦ 参见顾颉刚《"圣"、"贤"观念和字义的演变》，《中国哲学》第一辑，三联书店，1979。

⑧ 徐元诰：《国语集解》，中华书局，2002，第 361～362 页。

⑨ 王坤鹏：《清华简〈芮良夫毖〉篇笺释》，武汉大学简帛研究中心简帛网，2013 年 2 月 26 日。http://www.bsm.org.cn/show_article.php? id=1832。

⑩ 黄杰：《清华简〈芮良夫毖〉补释》，《简帛研究》（2015 秋冬卷），广西师范大学出版社，2015。

非的论。

[15] 繎（申）尔愬（谋）猷

"繎"，字形为"繎"，整理者隶作"繎"。黄杰改隶为"繎"，① 可从。按："繎"即
"绅"字，读为"申"。郭店简《缁衣》引《君奭》"昔在上帝，割绅观文王德"②，"割
绅"，郑注《缁衣》言古文《尚书》作"割申"③。《诗》《书》"申"字多见，传注皆训
为"重"。《商颂·烈祖》"申锡无疆"，《毛传》"申，重也"。④《尚书·尧典》"申命羲
叔"，孔《传》"申，重也"。⑤《仪礼·士昏礼·记》"申之以父母之命"，郑玄注"申，
重也"。⑥ 按："重"为增益之意。⑦ 上引《烈祖》"申锡无疆"，言既常其祜，又益之以无
疆之福；《尧典》"申命羲叔"，言既命羲仲，复命羲叔；《士昏礼》"申之以父母之命"，
言庶母戒女，既施之以鞶囊，复命之以父母之命。

"由求圣人，以申尔谋猷"，两句意为诸臣当访求圣智，以增益其谋。

【第二章】

母（毋）脈（顺）龃（昏）繇（谣）[16]，

厇（度）[三]母（毋）又（有）諮（咎）[17]。

母（毋）惏（婪）愯（贪）犾（狋）昆[18]，

圌（满）湓（盈）康戏，而不智（知）蓳（语）告[19]。

此心目亡（无）亟（极）[20]，榢（富）而亡（无）浣[21]，

甬（用）莫能歪（止）[四]欲，而莫宫（肯）齐好[22]。

以上为第一启第二章，九句。戒君子节嗜欲，谨法度。谣、咎、告、好，幽觉合韵。

[16] 母（毋）脈（顺）龃（昏）繇（谣）

整理者读"脈"为"扰"，训"乱"；读"龃"为"闻"。按："毋乱闻繇"，文意不

---

① 黄杰：《清华简〈芮良夫毖〉补释》，《简帛研究》（二〇一五秋冬卷），广西师范大学出版社，2015。
② 荆门市博物馆：《郭店楚墓竹简》，文物出版社，1998，第 130 页。
③ 《礼记正义》，阮元刻《十三经注疏》，中华书局，1980，第 1651 页。
④ 《毛诗正义》，阮元刻《十三经注疏》，中华书局，1980，第 621 页。
⑤ 《尚书正义》，阮元刻《十三经注疏》，中华书局，1980，第 119 页。
⑥ 《仪礼注疏》，阮元刻《十三经注疏》，中华书局，1980，第 972～973 页。
⑦ 诸"重"字皆当读为《说文》"緟"字。《说文·糸部》："緟，增益也。"段玉裁注："增益之曰緟。经传统
假重为之，非字之本。如《易》之重卦，《象传》言'重巽'，又言'洊雷震'、'习坎'、'明两作离'、'兼
山艮'、'丽泽兑'，皆谓緟之也。今则重行而緟废矣。"见段玉裁《说文解字注》，上海古籍出版社，1988，
第 655 页。

明。试读"腑"为"顺"，读"酗"为"昏"，读"䚻"为"谣"。"毋顺昏谣"，谓不可听从昏悖之言。

"腑"读为"顺"。上博简《季康子问于孔子》简23"邦平而民腑矣"，① 即"邦平而民顺矣"。清华简《皇门》简4-5"百姓万民用无不腑比在王廷"，"腑比"即"顺比"，言百姓万民无不柔顺亲比，在周王之廷。②《诗经·大雅·皇矣》"克顺克比"，亦同类修辞。

"酗"读为"昏"。清华简《赤鹄之集汤之屋》简13"使后酗乱甘心"，"酗乱"即"昏乱"。③"䚻"读为"谣"，"昏谣"，指昏悖之言。清华简《殷高宗问于三寿》简19"元哲并进，谗䚻（谣）则屏"，整理者注："谗，《说文》'谮也'。《庄子·渔父》'好言人之恶，谓之谗'。谣，谣言。《楚辞·离骚》'谣诼谓余以善淫'，蒋骥注'谣，流言也'。"④ 可相参证。

"毋顺昏谣"，谓毋听昏悖之言。上博简《用曰》简17"违众诮谏，腑酗恶谋"，⑤"腑酗"即"顺昏"，与此处"毋顺昏谣"义相反对。

[17] 厇（度）母（毋）又（有）諎（咎）

"度"，《小雅·楚茨》"礼仪卒度"，《毛传》："度，法度也。"⑥ 据上下文意，此处"法度"兼指典章与威仪。"咎"，《小雅·伐木》"微我有咎"，《毛传》："咎，过也。"⑦ "度毋有咎"，言法度威仪无有差忒。《大雅·民劳》"国无有残"，《鲁颂·閟宫》"眉寿无有害"，⑧ "无有"云云，用法相类。

[18] 惏（婪）愈（贪）犾（猭）昆

"猭"，"獟"字异体。⑨《说文·犬部》："獟，犬獿獿咳吠也。"⑩ 则"獟"为犬吠声。

---

① 马承源主编《上海博物馆藏战国楚竹书》（五），上海古籍出版社，2005，第234页。

② 清华大学出土文献研究与保护中心编、李学勤主编《清华大学藏战国竹简》（壹），中西书局，2010，第164页。"腑"，整理者读为"扰"训"顺"，似不若迳读"腑"为"顺"为宜。

③ 清华大学出土文献研究与保护中心编、李学勤主编《清华大学藏战国竹简》（叁），中西书局，2012，第167页。

④ 清华大学出土文献研究与保护中心编、李学勤主编《清华大学藏战国竹简》（伍），中西书局，2015，第151、157页。

⑤ 马承源主编《上海博物馆藏战国楚竹书》（六），上海古籍出版社，2006，第303页。整理者原作："……而庶之亦不能违。众诮顺腑，酗（闻）恶谋事。""违众诮谏"一句读，见晏昌贵《读〈用曰〉札记一则》，武汉大学简帛研究中心简帛网，2007年7月27日。http：//www.bsm.org.cn/show_article.php？id=671。"腑酗恶谋"一句读，参见何有祖《上博六〈用曰〉研读》，《考古与文物》2010年第5期。

⑥《毛诗正义》，阮元刻《十三经注疏》，中华书局，1980，第468页。

⑦《毛诗正义》，阮元刻《十三经注疏》，中华书局，1980，第411页。

⑧《毛诗正义》，阮元刻《十三经注疏》，中华书局，1980，第548、617页。

⑨《集韵》，《四部备要》本（第14册），中华书局，1983，第45页下栏。

⑩ 许慎撰、徐铉校定《说文解字》，中华书局，1963，第204页。

"昆"字上古音与"犬"相近。《诗经·大雅·緜》"混夷駾矣"，"混夷"《说文》引作"犬夷"。① 犬善吠。"猣昆"，盖由善吠引申为骄矜气满之义。《大雅·荡》"女炰烋于中国，敛怨以为德"，"炰烋"，《毛传》："犹彭亨也。"《郑笺》："自矜气健之貌。"马瑞辰指出："炰烋"通作"咆哮"，"本为怒声，又引申为骄貌。故《传》以彭亨释之。彭亨即炰烋之转。干宝《易注》：'彭亨，骄满貌。'《玉篇》《广韵》彭亨作憉悙，注云：'自强也。'是知《笺》云'自矜气满之貌'，又申《传》彭亨之义也。"② 与"猣昆"之义可相参证。

[19] 不智（知）蓏（语）告

"蓏"，整理者括注为"蘦"。按："蘦"即"寱"（见第一章注10），此处读为"语"。鲁季寱字子言，古人名字相应，王引之《经义述闻》引或说曰："寱，读为语。语亦言也。"③ 可证。"不知语告"犹《左传·文公十八年》之"不知话言"。④《大雅·抑》"於乎小子，告尔旧止，听用我谋，庶无大悔"⑤，谓呜呼，执政小子！今告尔旧章，庶几听用我谋而无悔恨。与简文可相参证。或读"告"为"觉"，谓"蘦告"即"寱觉"。⑥"告""觉"虽有相通之例，然此处不宜改读。

[20] 心目亡（无）亟（极）

《说文·木部》："极，栋也。"⑦ 栋为房屋之脊檩。引申为中正、准则。《商颂·殷武》"商邑翼翼，四方之极"，《郑笺》："极，中也。"⑧"无极"，或作"罔极"。《卫风·氓》"士也罔极，二三其德"，《毛传》："极，中也。"《大雅·民劳》"无纵诡随，以谨罔极"，《郑笺》："罔，无。极，中也。"⑨"心目"连言，传世及出土文献多见。《国语·晋语一》"贰若体焉，上下左右，以相心目""周旋变动，以役心目"，⑩ 上博简六《用曰》简1"心目及言，是善败之经"⑪。古人以心目与行为相关联。清华简《管仲》简3-4："从人之道，趾则心之本，手则心之枝，目、耳则心之末，口则心之窍。趾不正则心遻，

---

① 许慎撰、徐铉校定《说文解字》，中华书局，1963，第31页。
② 马瑞辰：《毛诗传笺通释》，中华书局，1989，第940页。
③ 王引之：《经义述闻》，江苏古籍出版社，2000，第536页。
④《春秋左传正义》，阮元刻《十三经注疏》，中华书局，1980，第1862页。
⑤《毛诗正义》，阮元刻《十三经注疏》，中华书局，1980，第556页。
⑥ 白于蓝：《〈清华大学藏战国竹简（三）〉拾遗》，《中国文字研究》第二十辑，上海书店，2014。
⑦ 许慎撰、徐铉校定《说文解字》，中华书局，1963，第120页。
⑧《毛诗正义》，阮元刻《十三经注疏》，中华书局，1980，第628页。
⑨《毛诗正义》，阮元刻《十三经注疏》，中华书局，1980，第325、548页。
⑩ 徐元诰：《国语集解》，中华书局，2002，第263页。
⑪ 马承源主编《上海博物馆藏战国楚竹书》（六），上海古籍出版社，2007，第286页。

心不静则手躁。心无图则目耳豫，心图无守则言不道。"① "心目无极"，言思想行为无一定之准则。

［21］寠（富）而亡（无）涀

"富"意同"满"。《说文·宀部》："富，备也。"② 富者丰备之名，凡物之丰皆可称"富"。《论语·子张》"不见宗庙之美，百官之富"③，以宗庙宫室丰美喻孔子之贤。《论语·颜渊》"富哉，言乎"④，以"富"称誉孔子言语内涵之丰赡。丰备则多满盈。《小雅·小宛》"彼昏不知，壹醉日富"⑤，言醉则盈满。马瑞辰读"富"为"畐"，引《说文》训为"满"。⑥ 与"丰"之意相成。后财货之丰渐专"富"名。《芮良夫毖·小序》"恒争于富"之"富"近乎此用。

"涀"，涯岸。整理者指出即典籍之"倪"字。引《庄子·大宗师》"不知端倪"，陆德明《释文》"倪，本或作涀"为证。按"涀"字从水，取义水涯，盖"倪"之本字。

"富而无涀"，言心志盈满，曾无届极。《诗经·卫风·氓》："淇则有岸，隰则有泮。"《郑笺》："泮读为畔。畔，涯也。言淇与隰皆有厓岸以自拱持。今君子放恣心意，曾无所拘制。"⑦ 喻体相类。

［22］莫肎（肯）齐好

"齐"，敬。"好"，善。《召南·采蘋》"有齐季女"，《毛传》："齐，敬。"《小雅·小宛》"人之齐圣"，《毛传》："齐，正。"《大雅·思齐》"思齐大任"，《毛传》："齐，庄。"⑧ "齐""好"俱为美德而连言。

【第三章】

尚茊=（桓桓）[23]，敬挈（哉）！

---

① 清华大学出土文献研究与保护中心编、李学勤主编《清华大学藏战国竹简》（陆），中西书局，2016，第111页。"心无图则目耳豫"的"豫"字，整理者读为"野"，注曰：《礼记·檀弓》'若是野哉'，孔疏：'不达礼也。'"按："心无图则目耳豫"与上文"趾不正则心遄，心不静则手躁"并举，"遄"言其行不定，"躁"言其手不定，俱为具体行动之描述。"豫"亦当然。《说文》："豫，象之大者。"段玉裁注："此像之本义。引申之，凡大皆称豫。"（段玉裁《说文解字注》，上海古籍出版社，1988，第459页）"心无图则目耳豫"言心无持守则目耳皆大，所谓"心目无极"。
② 许慎撰、徐铉校定《说文解字》，中华书局，1963，第150页。
③ 杨伯峻：《论语译注》，中华书局，1980，第204页。
④ 《论语正义》，阮元刻《十三经注疏》，中华书局，1980，第2504页。
⑤ 《毛诗正义》，阮元刻《十三经注疏》，中华书局，1980，第451页。
⑥ 马瑞辰：《毛诗传笺通释》，中华书局，1989，第635页。
⑦ 《毛诗正义》，阮元刻《十三经注疏》，中华书局，1980，第325页。
⑧ 《毛诗正义》，阮元刻《十三经注疏》，中华书局，1980，第286、451、516页。

勗（顾）皮（彼）逡（后）逯（复）^[24]。

君子而受束（谏）^[25]，万民之容（述）^[26]。

所而弗敬^[27]，卑（譬）之若_[五]童（重）载以行隋（崝）险^[28]，

莫之敊（扶）道（导）^[29]，亓（其）由不遉（颠）覆^[30]？

以上第一启第三章，九句。戒君子敬天命，听谏言。复、述、导、覆，幽觉合韵。

［23］尚茾＝（桓桓），敬纱（哉）！

"尚桓桓"为经典用语。《尚书·牧誓》"尚桓桓！如虎如貔，如熊如罴。"① "尚"为希冀之辞。《尔雅·释言》："庶几，尚也。"邢昺疏："尚，谓心所希望也。"《鲁颂·泮水》"桓桓于征"，《毛传》："桓桓，威武貌。"《周颂·桓》"桓桓武王"，《郑笺》训同。②

"尚桓桓，敬哉"，戒众人黾勉从事，毋敢懈怠。清华简《封许之命》"桓桓不敬，严将天命"③，与简文意近。

［24］勗（顾）皮（彼）逡（后）逯（复）

"顾"，《说文·页部》："还视也。"④ 派生出顾念之意。《尚书·多士》"罔顾于天显民祗"，曾运乾注："顾，念也。"⑤ 谓殷纣不念民隐天威。

"复"，《说文·彳部》："往来也。"段玉裁注："《辵部》曰'返，还也'，'还，复也'。"⑥ 引申为报复。《左传·定公四年》伍子胥谓申包胥曰："我必复楚国。"杜预注："复，报也。"⑦ 言必复父仇于楚。

"顾彼后复"，言所为皆有后报，怠惰恣睢，乃自取亡，必常顾念。整理者读"复"为以言语回复之"复"，不合文意。《大雅·抑》"无言不雠，无德不报"，⑧ 清华简《尹诰》"厥辟作怨于民，民复之用离心"，⑨ 与简文可相参看。

① 《尚书正义》，阮元刻《十三经注疏》，中华书局，1980，第 183 页。

② 《毛诗正义》，阮元刻《十三经注疏》，中华书局，1980，第 612、604 页。

③ 清华大学出土文献研究与保护中心编、李学勤主编《清华大学藏战国竹简》（伍），中西书局，2015，第 118 页。

④ 许慎撰、徐铉校定《说文解字》，中华书局，1963，第 182 页。

⑤ 曾运乾：《尚书正读》，中华书局，1964，第 215～216 页。

⑥ 段玉裁：《说文解字注》，上海古籍出版社，1988，第 76 页。

⑦ 《春秋左传正义》，阮元刻《十三经注疏》，中华书局，1980，第 2137 页。

⑧ 《毛诗正义》，阮元刻《十三经注疏》，中华书局，1980，第 555 页。

⑨ 清华大学出土文献研究与保护中心编、李学勤主编《清华大学藏战国竹简》（壹），中西书局，2010，第 133 页。

［25］君子而受柬（谏）

"柬"，马楠读为"谏"，确当。① "受谏"见于《荀子·修身》"好善无厌，受谏而能诫"②，与"纳谏"意同。清华简《殷高宗问于三寿》"内谏受詈"。③ 用法与本句简文相类。《说文·言部》："谏，证也。""证，谏也。"④ 二字为转注。"谏"者，以言语正之。

《周礼》有"司谏"，"掌纠万民之德而劝之"。⑤ 郑玄注："谏犹正也。"孙诒让《周礼正义》："凡纠正之事，通谓之谏。"⑥ 则"谏"字不必如后世专指施于君王言。《大雅·民劳》"王欲玉女，是用大谏"，《大雅·板》"犹之未远，是用大谏"，俱谏正同僚。⑦

［26］万民之窨（述）

"窨"字，马楠训为"聚"，谓："咎为见组幽部字，同在见组幽部的九声、凵声、求声字多有会聚义。如《说文》'勼，聚也'；'纠，绳三合也'；'述，敛聚也'。"⑧ 按：简文"咎"字可读为"述"。《大雅·民劳》"惠此中国，以为民述"，《毛传》："述，合也。"《郑笺》："合，聚也。"⑨ "之"，语助，用法与"是"同。"君子而受谏，万民之述"，言君子纳谏，则万民归聚之。

［27］所而弗敬

整理者训"所"为"职"，谓"居君子之职"。按，"所"当训为"处"，本句指处君子之位。《尚书·无逸》："君子所其无逸"，郑玄注："所，犹处也。君子处位为政，其无自逸豫也。"⑩ "所而弗敬"，言君子处位当敬，否则，自取败亡。

［28］卑（譬）之若童（重）载以行隋（崝）险

"隋"，整理者指出即"崝"字异体。《说文·山部》："崝，嵘也。"徐铉注："今俗别作'峥'。"⑪ 全句谓车辆重载而行于峥嵘险道，此处喻施政之艰难。

① 马楠：《〈芮良夫毖〉与文献相类文句分析及补释》，《深圳大学学报》（人文社会科学版）2013年第1期。
② 王先谦：《荀子集解》，中华书局，1988，第21页。
③ 清华大学出土文献研究与保护中心编、李学勤主编《清华大学藏战国竹简》（伍），中西书局，2015，第151页。
④ 许慎撰、徐铉校定《说文解字》，中华书局，1963，第52页。
⑤ 《周礼注疏》，阮元刻《十三经注疏》，中华书局，1980，第731页。
⑥ 孙诒让：《周礼正义》，中华书局，1987，第660页。
⑦ 《民劳》与《板》二篇，《诗序》俱以为"刺厉王"，朱熹指出乃"同列相戒之辞"。朱熹：《诗集传》，上海古籍出版社，1980，第199~200页。
⑧ 马楠：《〈芮良夫毖〉与文献相类文句分析及补释》，《深圳大学学报》（人文社会科学版）2013年第1期。
⑨ 《毛诗正义》，阮元刻《十三经注疏》，中华书局，1980，第548页。
⑩ 孙星衍：《尚书今古文注疏》，中华书局，2004，第433页。
⑪ 许慎撰、徐铉校定《说文解字》，中华书局，1963，第191页。

[29] 莫之扏（扶）道（导）

"扏道"，整理者括读为"扶导"，无说。按：《说文·手部》："扶，左也。"① "左"，古"佐"字。"扶"为从旁扶助之意。《说文·寸部》："导，引也。从寸，道声。"段玉裁注："从寸，引之必以法度也。"② "导"，在前引导。《平山中山王墓大鼎铭》"夙夜不解，以詳（引）道（导）寡人"③，即为此用。

按："扶导"的上述意义，源于古代车乘制度。"扶"指"扶轮"。"导"指"前驱"引导乘舆。

古代车战，一辆战车通常载三名乘员。主帅所乘战车乘员由主帅、驭手（仆夫）及车右（骖乘）组成。车右负责主帅安全，须保证主帅所乘车辆正常行驶，其中即包括"扶轮"即"扶正车轮"之责，使之与车轴保持安全角度，不致折轴。《左传·成公二年》齐晋鞌之战，晋军主帅车右郑丘缓言"苟有险，余必下推车"，言遇险阻，必下推车。推车必扶轮。④ 文献又有"持轮"一语。《周礼·旅贲氏》："掌执戈盾，夹王车而趋。左八人，右八人。车止，则持轮。"⑤《文选·东京赋》薛综注："持，扶也。"⑥

古代社会中，尊贵者出入必有先导，称为"前驱"。《周礼·太仆》："王出入，则自左驭而前驱。"郑玄注："前驱，如今道（导）引也。"⑦ 又称"先马"或"先马走"，以其驱驰于主君车马之前。《令鼎》："王驭谦仲仆，令眾奋先马走。"言令与奋二人为王舆之先导。⑧《荀子·正论》载天子出门，"诸侯持轮挟舆先马"，杨倞注："先马，导马也。"⑨ 屈原《离骚》"来吾道（导）夫先路"，言愿以法度引导楚王乘舆。⑩

[30] 亓（其）由不遺（颠）覆

"遺覆"，原字形作"**𤅷𤄷**"，郭永秉指出"**𤅷**"字右半上部正、倒两个人形，为"真"字所从倒人的繁形，下半为"鼎"旁的省变写法。全字当释为从辵真声的"遺"

---

① 许慎撰、徐铉校定《说文解字》，中华书局，1963，第251页。
② 段玉裁：《说文解字注》，上海古籍出版社，1988，第121～122页。
③ 朱德熙、裘锡圭：《平山中山王墓铜器铭文的初步研究》，《文物》1979年第1期。
④ 姚小鸥：《"扶轮"考》，《复旦学报》（社会科学版）2007年第1期。
⑤《周礼注疏》，阮元刻《十三经注疏》，中华书局，1980，第850～851页。
⑥ 萧统编、李善注《文选》，中华书局，1977，第67页。
⑦《礼记正义》，阮元刻《十三经注疏》，中华书局，1980，第851页。
⑧ 参见郭沫若《两周金文辞大系图录考释》，上海书店，1999，第30～31页。
⑨ 王先谦：《荀子集解》，中华书局，1988，第335页。
⑩ 姚小鸥：《〈离骚〉"先路"与屈原早期经历的再认识》，《中州学刊》2001年第5期。

字，读为"颠"。其下倒山形的" "字则当释为"覆"。① "由"，用作表因果关系的连接词，可训为"用""以"。由、用、以，一声之转，见王引之《经传释词》。② "莫之扶导，其由不颠覆"，言重载遇险，危弱无辅，则车舆将用是颠覆。清华简《皇门》"譬如戎夫，骄用从禽，其由克有获？"③ 言骄怠从禽，则猎者将以是无获。这一用法的"由"字，传世文献或作"犹"。《逸周书·皇门》作"骄用逐禽，其犹不克有获"。④

【第四章】

敬学（哉）君子！恪学（哉）母（毋）宄（荒）[31]！

畏天之墬（降）载（灾），卹邦之不觟（臧）[32]。【六】

母（毋）自縱（纵）于愧（逸）[33]，以罢（敊）不悫（图）戁（难）[34]。

党（变）改棠（常）絉（术），而亡（无）又（有）絽（纪）統（纲）[35]。

此惠（德）型（刑）不齐[36]，夫民甬（用）悬（忧）惕（伤）。

民之【七】倿（残）矣[37]，而隼（谁）嗇（适）为王[38]？

皮（彼）人不敬，不蓝（鉴）于顕（夏）商[39]。

以上第一启第四章，十四句。戒君子畏天威，慎德刑。荒、臧、难、纲、伤、王、商，阳元合韵。

[31]恪学（哉）母（毋）宄（荒）

《诗经·商颂·那》"执事有恪"，《毛传》："恪，敬也。""毋荒"，典籍通常作"无荒"。《唐风·蟋蟀》"好乐无荒"，《毛传》："荒，大也。"⑤ "大"与"淫"意相近，指过度。《左传·襄公二十七年》载印段赋《蟋蟀》，赵文子论之曰："乐而不荒。乐以安民，不淫以使之。"⑥ 正以"不淫"申说"不荒"。"乐而不荒"，言康乐而有度。"好乐无荒"意同。"恪哉毋荒"，言恪敬天命，慎毋逸乐过度。或释"荒"为"怠荒"，乃引申之义。

① 郭永秉：《释清华简中倒山形的"覆"字》，"清华简与《诗经》研究"国际会议论文，2013年11月1~3日，香港。收入《清华简研究》（第二辑），中西书局，2015。
② 王引之：《经传释词》，江苏古籍出版社，2000，第9~10页。
③ 清华大学出土文献研究与保护中心编、李学勤主编《清华大学藏战国竹简》（壹），中西书局，2010，第164页。
④ 黄怀信等：《逸周书汇校集注》（修订本），上海古籍出版社，2007，第554页。
⑤ 《毛诗正义》，阮元刻《十三经注疏》，中华书局，1980，第361页。
⑥ 《春秋左传正义》，阮元刻《十三经注疏》，中华书局，1980，第1997页。

［32］虣邦之不㠯（臧）

"邦之不臧"，犹《小序》所言"邦之不宁"。"不臧"，《诗经》多见，《传》《笺》俱训为"不善"。①"不善"与"不宁"，义亦相近。《尚书·盘庚》"邦之臧，惟汝众；邦之不臧，惟予一人有佚罚"，"邦之不臧"，犹言邦之不宁。孙星衍引韦注《国语》："臧，善也。国俗之善，则惟汝众。……国俗之不善，则惟予一人。"②韦注释"善"为"国俗之善"，失之泥。

［33］母（毋）自縱（纵）于㦹（逸）

"纵"，恣。"自纵于逸"，犹《尚书·多方》之"诞厥逸"。曾运乾《尚书正读》："诞，大也。诞厥逸者，恣其奔放也。"③又《尚书·无逸》"无淫于观、于逸、于游、于田"，郑玄注："淫，放恣也。"④

［34］以嚣（敖）不眚（图）戁（难）

"嚣"，读为"敖"，倨傲。敖字今作"傲"，经传多作"敖"。《礼记·曲礼》"敖不可长"，《孔疏》："敖者，矜慢在心之名。"⑤"不敖"为君子美德。《诗经·小雅·桑扈》"彼交匪敖，万福来求"，言不侮慢，不倨傲，则福禄来聚。⑥《周颂·丝衣》"不吴不敖，胡考之休"，言不喧哗，不傲慢，则可得寿考之福。⑦"图"，《尔雅·释诂》："谋也。"⑧"敖不图难"，谓倨傲怠惰而不思救患。或读"敖"为"遨"，训"游"，于义未惬。

［35］兓（变）改甞（常）絉（术），而亡（无）又（有）纪（纪）统（纲）

全句意为弃常法，废纪纲。此谴责之辞。《左传·哀公六年》引《夏书》："惟彼陶唐，帅彼天常，有此冀方。今失其行，乱其纪纲，乃灭而亡。"⑨与简文可相对读。

---

① 《邶风·雄雉》"不忮不求，何用不臧"，《毛传》："臧，善也。"《鄘风·载驰》"视尔不臧，我思不远"，《郑笺》："臧，善也。"《小雅·十月之交》"此日而食，于何不臧"，《郑笺》："臧，善也。"《小雅·小旻》"谋臧不从，不臧覆用"，《郑笺》："臧，善也。"《小雅·宾之初筵》"彼醉不臧，不醉反耻"，《郑笺》："彼醉则已不善。"

② 孙星衍：《尚书今古文注疏》，中华书局，2004，第231页。

③ 曾运乾：《尚书正读》，中华书局，1964，第238页。

④ 孙星衍：《尚书今古文注疏》，中华书局，2004，第442页。

⑤ 《礼记正义》，阮元刻《十三经注疏》，中华书局，1980，第1230页。

⑥ "彼"，借为"匪"，义为"不"。见马瑞辰《毛诗传笺通释》，中华书局，1989，第734页。"求"与"逑"同，训为"聚"。见王引之《经义述闻》，江苏古籍出版社，2000，第155页。

⑦ "不吴不敖"，《郑笺》："不讙譁，不敖慢也。"《毛诗正义》。阮元刻《十三经注疏》，中华书局，1980，第603页。

⑧ 《尔雅注疏》，阮元刻《十三经注疏》，中华书局，1980，第2569页。

⑨ 《春秋左传正义》，阮元刻《十三经注疏》，中华书局，1980，第2162页。

［36］惪（德）型（刑）不齐

"德"字在此有规范之意。《诗经·周颂》"文王之德"与"文王之典"错出而互训，可证。① 按"德"字早期皆从彳，属强制性的社会规范。后增"心"以为意符，逐渐强调其抽象的"道德"含义。② 本篇简10"毋害天常，各当尔德"，"常""德"对举，"常"即典常，规范之义，可与"德"字意义相参证。

《尔雅·释诂》："刑、範，常也。"③《周颂·我将》"仪式刑文王之典"，马瑞辰《毛诗传笺通释》："刑者，型之省。《说文》：'型，铸器之法也。'古者以木曰模，以金曰镕，以竹曰範，以土曰型。经传中通假作刑。"④ 简文从土作"型"，盖用本字。整理者括注为"刑"，系从经典惯用字。或读此"刑"为刑罚字，误。

"德型（刑）"义近连用，犹《诗》之"典刑"，《易》之"典常"。《大雅·荡》："虽无老成人，尚有典刑"，马瑞辰说："《诗》言典刑，犹《易》言'既有典常'也。《笺》训为典法者，法亦常也。"⑤ 本篇"德刑"凡五见。即此处及简18"和德定刑"，简19"德刑怠惰"，简21"政命德刑"，简22"德刑义利"。诸"德刑"俱为"典刑"之意。

"齐"，正，并参见第二章注［22］"莫肯齐好"条。"德刑不齐"犹言纪纲不正。与上文"变改常术""无有纪纲"文义相近。

［37］民之僝（残）矣

"僝"，读为"残"。⑥ 整理者读"僝"为"贱"，与古人观念不合。本句言民人残灭，与下句"隼（谁）啻（适）为王"连读，其意益显。详下。

［38］而隼（谁）啻（适）为王

"隼"，⑦ 读为"谁"。清华简《子仪》"余隼使于告之"，"隼"字读法相同。⑧

---

① 参见高亨《诗经今注》，上海古籍出版社，1980，第477、481页。
② 参见姚小鸥（署名姚旼）《论〈大武〉乐章》，《社会科学战线》1991年第2期。
③ 《尔雅注疏》，阮元刻《十三经注疏》，中华书局，1980，第2569页。
④ 马瑞辰：《毛诗传笺通释》，中华书局，1989，第1054页。
⑤ 马瑞辰：《毛诗传笺通释》，中华书局，1989，第945页。
⑥ 王坤鹏：《清华简〈芮良夫毖〉篇笺释》，武汉大学简帛研究中心简帛网，2013年2月26日。http：//www.bsm. org. cn/show_ article. php？id=1832。
⑦ "隼"，《整理报告》隶定作"隹"。按：该字字形作"𩾌"，下有一横笔，陈剑先生指出依形当隶定为"隼"。转引自王瑜桢《〈清华大学藏战国竹简（叁）·芮良夫毖〉释读》，《出土文献》第六辑，中西书局，2015，第187页注1。
⑧ 清华大学出土文献研究与保护中心编、李学勤主编《清华大学藏战国竹简》（陆），中西书局，2016，第128页。

"啻"，读为"適"，① 为"是"字通假。《诗经·小雅·伐木》第四章"宁適不来，微我有咎"，"適"，阜阳汉简《诗经》S142 作"是"。② 上古音"是"字禅母支部，"適"字书母锡部。支锡对转，书禅旁纽，故得通借。③ 《郑风·缁衣》"適子之馆兮"，"適"字阜阳汉简 S086 作"偍"，④ 与之相类。

"谁適为王"，即"谁是为王"，犹言"为谁王"。"谁"作介词宾语，前置。⑤ "是"为结构助词，表宾语前置，且示强调。《左传·僖公四年》"岂不穀是为"，即"岂为不穀"。⑥ 从语意推求，"是"字表示强调，"適"字可训"正好"，含强调意。二字声韵俱近，义亦相通，故得相借。

《诗经·卫风·伯兮》"岂无膏沐，谁適为容"，《小雅·巷伯》"彼谮人者，谁適与谋"。两"適"字亦皆当训为"是"。"谁適为容"，即"谁是为容"，犹言"为谁容"。"谁適与谋"，即"谁是与谋"，犹言"与谁谋"。

"民之残矣，而谁適为王"，言若民人残灭，将为谁而王耶！此与篇末"民多艰难，我心不快"，俱述保民之意。⑦

［39］皮（彼）人不敬，不蓝（鉴）于頙（夏）商

"殷鉴"为周人共识。《诗经·大雅·荡》"殷鉴不远，在夏后之世"，⑧ 《尚书·召诰》"我不可不监于有夏，亦不可不监于有殷"。⑨ 《芮良夫毖》为诰教邦君御事之篇，⑩ 或以"彼人"为"周王"者，⑪ 非是。

【第五章】

心之慁（忧）矣，梦（靡）所告罘（怀）[40]。

---

① 见武汉大学简帛研究中心简帛论坛《清华简三〈芮良夫毖〉初读》主楼曹方向（网名"鱼游春水"）的发言。2013 年 1 月 5 日。http：//www. bsm. org. cn/bbs/read. php？tid＝3040&page＝1。
② 胡平生、韩自强：《阜阳汉简诗经研究》，上海古籍出版社，1988，第 18 页。
③ 于茀：《金石简帛诗经研究》，北京大学出版社，2004，第 100 页。
④ 胡平生、韩自强：《阜阳汉简诗经研究》，上海古籍出版社，1988，第 11 页。
⑤ 疑问代词"谁"字作宾语，则前置。见吕叔湘、王海棻编《马氏文通读本》，上海教育出版社，2000，第 132 页。
⑥ 《春秋左传正义》，阮元刻《十三经注疏》，中华书局，1980，第 1793 页。
⑦ 参见高中华、姚小鸥《周代政治伦理与〈芮良夫毖〉"谁適为王"释义》，《文艺评论》2016 年第 9 期。
⑧ 《毛诗正义》，阮元刻《十三经注疏》，中华书局，1980，第 554 页。
⑨ 《尚书正义》，阮元刻《十三经注疏》，中华书局，1980，第 213 页。
⑩ 高中华、姚小鸥：《论清华简〈芮良夫毖〉的文本性质》，《中州学刊》2016 年第 1 期。
⑪ 王坤鹏：《清华简〈芮良夫毖〉篇笺释》，武汉大学简帛研究中心简帛网，2013 年 2 月 26 日。http：//www. bsm. org. cn/show_ article. php？id＝1832。

佳（兄）俤（弟）愿（忒）矣[41]，忈（恐）不和[八]均（均）[42]。

屯员（云）圈（满）盗（溢）[43]，曰余未均[44]。

凡百君子，迟（及）尔专（芮）臣[45]，

疋（胥）收疋（胥）由[46]，疋（胥）綝（穀）疋（胥）均（均）[47]。

以上第一启第五章，十句。戒兄弟相求，芮臣相收。均、均、臣、均，真部韵。

[40] 心之慁（忧）矣，楚（靡）所告罙（怀）

"心之忧矣"，《诗经》屡见，且仅见于《诗》。《芮良夫毖》为《诗》类文献，此为一旁证。《诗经》中相关语句如下：《邶风·柏舟》"心之忧矣，如匪澣衣"。《邶风·绿衣》"心之忧矣，曷维其已/心之忧矣，曷维其亡"。《卫风·有狐》"心之忧矣，之子无裳/心之忧矣，子之无带/心之忧矣，之子无服"。《魏风·园有桃》"心之忧矣，我歌且谣/心之忧矣，其谁知之/心之忧矣，聊以行国"。《曹风·蜉蝣》"心之忧矣，于我归处/心之忧矣，于我归息/心之忧矣，于我归说"。《小雅·沔水》"心之忧矣，不可弭忘"。《小雅·正月》"心之忧矣，如或结之"。《小雅·小弁》"心之忧矣，云如之何/心之忧矣，疢如疾首/心之忧矣，不遑假寐/心之忧矣，宁莫之知/心之忧矣，涕既陨之"。《小雅·小明》"心之忧矣，其毒大苦/心之忧矣，惮我不暇/心之忧矣，自诒伊戚"。《小雅·苕之华》"心之忧矣，维其伤矣"。《大雅·瞻卬》"人之云亡，心之忧矣/心之忧矣，宁自今矣"。

[41] 佳（兄）俤（弟）愿（忒）矣

"愿"，读为同音之"忒"。《尚书·洪范》"民用僭忒"，《汉书·王嘉传》引"忒"作"愿"。①《广雅·释诂》："忒，差也。"王念孙《广雅疏证》："《尔雅》'爽，差也'，'爽，忒也'。郭璞注云：'皆谓用心差错不专一。'"②"兄弟忒矣"，言兄弟不能同心。或读"愿"如字，训为"怨恶"，似于文义未惬。

[42] 忈（恐）不和均（均）

"均"，整理者读为"均"，引《毛传》训"调"。可从。调、和，意相近。"兄弟忒矣，恐不和均"，言兄弟僭忒，不能和协。

兄弟和协，乃周人大伦，见于《诗》《书》等经典文献。《小雅·常棣》尤述此意。《常棣》八章，章四句。朱熹《诗集传》说此篇之意深切著明："此诗首章略言至亲莫如

---

① 高亨纂著、董治安整理《古字通假会典》，齐鲁书社，1989，第413页。
② 王念孙：《广雅疏证》，中华书局，2004，第128页下栏。

兄弟之意。次章乃以意外不测之事言之，以明兄弟之情，其切如此。三章但言急难，则浅于死丧矣。至于四章，则又以其情义之甚薄，而犹有所不能已者言之。其序若曰：不待死丧，然后相收；但有急难，便当相助。言又不幸而至于或有小忿，犹必共御外侮。其所以言之者，虽若益轻以约，而所以著夫兄弟之义者，益深且切矣。至于五章，遂言安宁之后，乃谓兄弟不如友生，则是至亲反为路人，而人道或几乎息矣。故下两章乃复极言兄弟之恩，异形同气，死生苦乐，无适而不相须之意。卒章又申告之，使反覆穷极而验其信然。可谓委曲渐次，说尽人情矣。"①

［43］屯员（云）圌（满）盗（溢）

《广雅·释诂》："屯，聚也。"②"员""云"古今字，在此用为句中语助。《诗经·郑风·出其东门》"缟衣綦巾，聊乐我员"，《孔疏》："云、员古今字，助句辞也。"③"屯云满溢"，言聚敛无极，至于盈溢。整理者训"屯"为"盈"、读"员"为"圆"，谓"屯""圆""满""溢"四字同义并列，恐非文意。馀详下条注。

［44］曰余未均

"余"，舒也。《尔雅·释天》："四月为余。"④《诗经·小雅·小明》孔颖达《疏》引李巡曰："四月，万物皆生枝叶，故曰余。余，舒也。"⑤又借为"除"。上引《尔雅·释天》"四月为余"，郑玄笺《诗》作"四月为除"。《小雅·天保》"何福不除"，除亦余之假借。⑥"何福不除"，言上天降福，无不舒布。整理者读"余"为"予"，训为"布施"，稍嫌迂延。

"屯云满溢，曰余未均"，言屯聚已极，而施布未均。《周易·屯卦·九五》："屯其膏，小贞吉，大贞凶。"《象传》："屯其膏，施未光也。"⑦《论语·季氏》"不患贫而患不均"，⑧ 与简文可相参证。

［45］凡百君子，迓（及）尔聿（茡）臣

《诗经·大雅·文王》："王之茡臣，无念尔祖。"《毛传》："茡，进也。"《郑笺》：

① 朱熹：《诗集传》，上海古籍出版社，1980，第103页。
② 王念孙：《广雅疏证》，中华书局，2004，第94页。
③ 《毛诗正义》，阮元刻《十三经注疏》，中华书局，1980，第346页。参见王引之《经传释词》，江苏古籍出版社，2000，第31页。
④ 《尔雅注疏》，阮元刻《十三经注疏》，中华书局，1980，第2608页。
⑤ 《毛诗正义》，阮元刻《十三经注疏》，中华书局，1980，第464页。
⑥ 林义光：《诗经通解》，中西书局，2012，第185页。
⑦ 《周易正义》，阮元刻《十三经注疏》，中华书局，1980，第20页。
⑧ 阮元刻本作"不患寡而患不均"。据俞樾说乙，见程树德《论语集释》，中华书局，1990，第1137页。

"王之进用臣。"① 马瑞辰："苌本草名，训'进'者，当为'建'字之同音假借。《说文》'建，自进极也。'建、进以叠韵为训。《埤仓》云：'建，至也。'至亦进也。"② 马楠谓"苌"字当从《方言》训"馀"，"用作'烬'之通假字"。引清华简《皇门》"朕遗父兄眔朕苌臣"，谓"'苌臣'与'遗父兄'平列，'苌臣'谓前代、先王之遗臣无疑"。③ 其说优长。

［46］疋（胥）收疋（胥）由

"胥"，相也。《诗经·小雅·角弓》"兄弟昏姻，无胥远矣"，《郑笺》："胥，相也。"④ "收"，《尔雅·释诂》："聚也。"⑤ "胥收"，言无相远。《角弓》"无胥远矣"，意与之相近。"收"或训"恤"。《说文·心部》："恤，忧也，收也。"⑥ 《管子·轻重甲》"振孤寡，收贫病"，王念孙："谓收恤之也。"⑦ 《战国策·齐策六》："内收百姓，循抚其心，振穷补不足，布德于民"，⑧ "收"字用法与简文相类。

"由"，整理者引《广雅·释诂》训"助也"，可从。

［47］疋（胥）榖（榖）疋（胥）袀（均）

"榖"，即"榖"。榖者，所以养人，又训为"养"。《小雅·小弁》"民莫不榖"，《郑笺》："榖，养。"⑨ 或训为"善"。《大雅·桑柔》："朋友已谮，不胥以榖。"《郑笺》："榖，善也。（中略）今朝廷群臣皆相欺，皆不相与以善道。"⑩ 所言与简文可相参照。并参见第二启第六章"非榖哲人"条注。"袀"读为"均"，调和之意。参见注42"恐不和均"条。

"胥收胥由，胥榖胥均"两句戒兄弟相恤，和衷共济。与上文"兄弟忒矣，恐不和均"相呼应。

① 《毛诗正义》，阮元刻《十三经注疏》，中华书局，1980，第505页。
② 马瑞辰：《毛诗传笺通释》，中华书局，1989，第798~799页。
③ 详清华大学出土文献读书会《清华六整理报告补正》，清华大学出土文献与研究保护中心网站，http://www.tsinghua.edu.cn/publish/cetrp/6831/2016/20160416052940099595642/20160416052940099595642_html.2016年4月16日。
④ 《毛诗正义》，阮元刻《十三经注疏》，中华书局，1980，第490页。
⑤ 《尔雅注疏》，阮元刻《十三经注疏》，中华书局，1980，第2574页。
⑥ 许慎撰、徐铉校定《说文解字》，中华书局，1963，第219页。
⑦ 王念孙：《读书杂志》中册《管子第六》，中国书店，1985，第130页。
⑧ 范祥雍：《战国策笺证》，上海古籍出版社，2006，第725页。按："内收百姓"之"收"，姚氏本讹作"牧"，鲍彪本作"收"，不误。参见王念孙《读书杂志》，中国书店，1985，第130页。
⑨ 《毛诗正义》，阮元刻《十三经注疏》，中华书局，1980，第452页。
⑩ 《毛诗正义》，阮元刻《十三经注疏》，中华书局，1980，第560页。按：下"皆"字疑为"背"字之讹，连上"欺"字读为"欺背"。《释文》出"欺背"，《正义》言"群臣皆相欺背，不相与善"，可证。

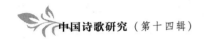
【第六章】

民不日幸，尚[九]惥（忧）思[48]！

殴（繄）先人又（有）言，则畏（威）蠹（虐）之[49]。

或因斩椅（柯），不远亓（其）恻（则）[50]？

母（毋）瀶（害）天棠（常），

各堂（当）尔惪（德）[51]！

以上第一启第六章，八句。戒群臣遵先人之言，各循其法度。思、之、则、德，之职通韵。

[48] 民不日幸，尚惥（忧）思

"民"即人，非专指庶民。"幸"，侥幸之意。《说文·夭部》："幸，吉而免凶也。从逆从夭。夭，死之事。"[1]"尚"，希冀之辞。参见第三章"尚桓桓"注。"思"，句末语气词。[2]《大雅·抑》"神之格思，不可度思，矧可射思"。《周颂·赉》"於绎思"。[3]诸"思"字用法相同。"民不日幸，尚忧思"，言（今兹内忧外患）我等岂有幸免除祸患？诸位庶几恤之哉！

[49] 殴（繄）先人又（有）言，则畏（威）蠹（虐）之

"繄"，句首发语词，亦含有一定实义。在此表示伤痛，与"噫"字用法相近。《左传·隐公元年》记郑庄公之言："尔有母遗，繄我独无。""繄"字用法与此类似。[4]"有"，用法与"之"字相当。[5]"先人有言"犹"先人之言"。"畏蠹"，整理者读为"威虐"，可从。"繄先人有言，则威虐之"，伤其蔑弃先人之言。[6]

[50] 或因斩椅（柯），不远亓（其）恻（则）

"或"，用作不定代词，意为"谁"。[7]清华简《郑武夫人规孺子》简16"不是然，或称起吾先君于大难之中"，谓不如此，谁称起吾先君于大难之中？句中"或"字即当训为

---

① 许慎撰、徐铉校定《说文解字》，中华书局，1963，第214页。
② 王引之：《经传释词》，江苏古籍出版社，2000，第78页。
③ 《毛诗正义》，阮元刻《十三经注疏》，中华书局，1980，第555、605页。
④ 参见杨伯峻《春秋左传注》，中华书局，1990，第15页。
⑤ 裴学海：《古书虚字集释》，中华书局，2004，第160页。
⑥ 或读"繄"字上属，连"尚忧思"为句，亦通。
⑦ 刘淇：《助字辨略》卷五，《续修四库全书》第195册第499页。

"谁"。① "因"，就；"柯"，斧柄；"则"，法。"或因斩柯，不远其则"，言谁能依就手中斧柄，以为斩柯之法则？意无人能之。"斩柯" 即 "伐柯"。《诗经·豳风·伐柯》"伐柯伐柯，其则不远"，《郑笺》："伐柯者必用柯，其大小长短近取法于柯，所谓不远求也。"② 《国语·越语下》"先人有言曰'伐柯者其则不远'"，③ 盖古有是语。"或因斩柯，不远其则"，言诸臣不能取则，与上两句 "先人有言，则威虐之" 不能取法先人，义正相成。

[51] 母（毋）潅（害）天棠（常），各竺（当）尔惪（德）

《左传·哀公六年》引《夏书》曰："惟彼陶唐，帅彼天常。" "天常"，杜预注："天之常道。"④

"竺"，整理者读为 "当"，训 "相值"，可从。"德"，指法度、威仪。参见第四章注 [36] "德刑不齐" 条。"毋害天常，各当尔德"，意谓君子当敬讶天威，敬慎威仪。《大雅·抑》"谨尔侯度" "敬尔威仪"，⑤ 语意与之相似。

【第七章】

寇（寇）戎方晋[一〇]，思（谋）猷隹（维）戒[52]。
和剸（专）同心[53]，母（毋）又（有）相放（忒）[54]。
恂（旬）求又（有）忎（才）[55]，圣智恿（勇）力[56]。
必罙（探）亓（其）尾（度）[57]，以暈（暴）亓（其）桷（状）[58]。
身与[一一]之语，以求亓（其）上[59]。

以上第一启第七章，十句。戒君子求智勇，备寇戎。戒、忒、力，职部韵。度、语，鱼铎通韵。状、上，阳部韵。

[52] 思（谋）猷隹（维）戒

"谋猷"，见《尚书·文侯之命》："越小大谋猷，罔不率从。"⑥ 《诗》作 "谋犹"。

---

① 马楠说，见清华大学出土文献读书会《清华六整理报告补正》，清华大学出土文献研究与保护中心网站。http://www.tsinghua.edu.cn/publish/cetrp/6831/2016/20160416052940099595642/20160416052940099595642_html，2016 年 4 月 16 日。

② 《毛诗正义》，阮元刻《十三经注疏》，中华书局，1980，第 399 页。

③ 徐元诰：《国语集解》，中华书局，2002，第 587 页。

④ 《春秋左传正义》，阮元刻《十三经注疏》，中华书局，1980，第 2162 页。

⑤ 《毛诗正义》，阮元刻《十三经注疏》，中华书局，1980，第 555 页。

⑥ 《尚书正义》，阮元刻《十三经注疏》，中华书局，1980，第 253 页。

《小雅·小旻》"谋犹回遹，何日斯沮"，朱熹《诗集传》："犹，谋也。"① "戒"，《说文·廾部》："警也。从廾持戈以戒不虞。"② "寇戎方晋，谋猷维戒"，言战事日亟，必谋划以戒备之。

[53] 和劅（专）同心

"劅"，即"剸"字。整理者读为"专"，可从。清华简《子仪》"君及不穀劅心戮力以左右诸侯"，"劅"字读法相同。③《左传·昭公二十年》："若琴瑟之专壹。"④ 玄应《一切经音义》卷二十五："专，壹也。"⑤ 字又作"抟"。《史记·秦始皇本纪》载秦琅琊台刻石"抟心揖志"，《索隐》："抟，古专字。"⑥ "和专同心"，言同心如一。

[54] 母（毋）又（有）相放（忒）

"放"，马楠括读为"忒"。可从。⑦ 按："放"字从力、攴会意，有龃龉不能和协之意。与"劦"之从三力会意，言其同心协力者，取意正相反。"忒"，《广雅·释诂》："差也。"⑧ 忒差者，言其不同心。《诗经·大雅·瞻卬》"鞫人忮忒"，⑨《尚书·洪范》"民用僭忒"，⑩ "忒"字用法并同。

"和专同心，毋有相忒"，意为兄弟当同心协力。参见第五章注［41］ "兄弟忒矣"条。

[55] 恂（旬）求又（有）杰（才）

"恂"，读为"旬"。《大雅·江汉》："王命召虎，来旬来宣。"《毛传》："旬，遍也。"⑪《说文·勹部》："旬，遍也。十日为旬。"段玉裁注："日之数十，自甲至癸而一遍。"⑫ "旬求"，即遍求。清华简《说命》记商王武丁"以货旬求说于邑人"⑬，言武丁遍求傅说。《国语·楚语》："（武丁）使以梦象旁求四方之贤，得傅说以来。""旁"，溥也。

① 朱熹：《诗集传》，上海古籍出版社，1980，第137页。
② 许慎撰、徐铉校定《说文解字》，中华书局，1963，第59页。
③ 清华大学出土文献研究与保护中心编、李学勤主编《清华大学藏战国竹简》（陆），中西书局，2016，第128页。
④ 《春秋左传正义》，阮元刻《十三经注疏》，中华书局，1980，第2094页。
⑤ 徐时仪校注《〈一切经音义〉三种校本合刊》，上海古籍出版社，2008，第506页。
⑥ 《史记》，中华书局，1982，第245页。
⑦ 马楠：《〈芮良夫毖〉与文献相类文句分析及补释》，《深圳大学学报》（人文社会科学版）2013年第1期。
⑧ 王念孙：《广雅疏证》，中华书局，2004，第128页。
⑨ 《毛诗正义》，阮元刻《十三经注疏》，中华书局，1980，第578页。
⑩ 《尚书正义》，阮元刻《十三经注疏》，中华书局，1980，第190页。
⑪ 《毛诗正义》，阮元刻《十三经注疏》，中华书局，1980，第573页。
⑫ 段玉裁：《说文解字注》，上海古籍出版社，1988，第433页。
⑬ 清华大学出土文献研究与保护中心编、李学勤主编《清华大学藏战国竹简》（叁），中西书局，2012，第122页。

旁求，亦遍求之意。①

［56］圣智惠（勇）力

"圣"，指有智识者。参看第一章"由求圣人"条注。"惠"，曹方向读为"勇"，② 可从。"旬求有才，圣智勇力"，言遍求圣智者与勇力者。清华简《皇门》"旁求选择元武圣夫"③，语意与此相近。

［57］必罙（探）亓（其）厇（度）

"罙"，整理者读为"探"，可从。《说文·手部》："探，远取之也。"段玉裁注："探之言深也。"④ 言测其浅深。《仪礼·士冠礼》"南北以堂深"，《释文》出"堂深"二字，曰："凡度浅深曰深。"⑤ "罙""深"古今字。《商颂·殷武》"罙入其阻"，《毛传》："罙，深也。"⑥《说文·穴部》："突，深也。"段玉裁注："此以今字释古字也。突、濵古今字。篆作突、濵，隶变作罙、深。"⑦

"厇"，读为"度"。⑧《左传·昭公十二年》"思我王度，式如金，式如玉"，《孔疏》："思使我王之德度，用如玉然，用如金然。使之坚而且重，可宝爱也。"⑨ 《孔疏》训"度"为"德度"，指君子之威仪法度。简文"度"字用法相似。

［58］以暈（暴）亓（其）牀（状）

"暈"，原字形作""，整理者读为"亲"，似不协于文意。陈剑指出该字为"暴"字异体。⑩ 按：《说文·日部》："暴，晞也。"段玉裁注："《考工记》'昼暴诸日'，《孟子》'一日暴之'。引伸为表暴、暴露之义。"⑪ "以暴其状"，言表暴其行状。盖犹《尚书》尧之试舜，"纳于百揆，百揆时叙；宾于四门，四门穆穆；纳于大麓，烈风雷雨弗迷"。⑫《孟子》对此表述为："尧荐舜于天，而天受之；暴之于民，

---

① 参见王引之《经义述闻》，江苏古籍出版社，2000，第55～56页。

② 见武汉大学简帛研究中心简帛论坛《清华简三〈芮良夫毖〉初读》第1楼曹方向（网名"鱼游春水"）的发言。2013年1月6日。http：//www.bsm.org.cn/bbs/read.php？tid=3040&page=1。

③ 清华大学出土文献研究与保护中心编、李学勤主编《清华大学藏战国竹简》（壹），中西书局，2010，第164页。

④ 段玉裁：《说文解字注》，上海古籍出版社，1988，第605页。

⑤ 陆德明：《经典释文》，中华书局，1983，第143页。

⑥ 《毛诗正义》，阮元刻《十三经注疏》，中华书局，1980，第627页。

⑦ 段玉裁：《说文解字注》，上海古籍出版社，1988，第344页。

⑧ 王瑜桢：《〈清华大学藏战国竹简（叁）·芮良夫毖〉释读》，《出土文献》第六辑，中西书局，2015。

⑨ 《春秋左传正义》，阮元刻《十三经注疏》，中华书局，1980，第2064页。

⑩ 见王瑜桢《〈清华大学藏战国竹简（叁）·芮良夫毖〉释读》，《出土文献》第六辑，中西书局，2015，第188页注4。

⑪ 段玉裁：《说文解字注》，上海古籍出版社，1988，第307页。

⑫ 《尚书正义》，阮元刻《十三经注疏》，中华书局，1980，第126页。

而民受之。"①

[59] 身与之语，以求亓（其）上

"上"，升也。《周易·需卦·象传》："云上于天。"《释文》引干宝云："升也。"② 此处意为登进、录用。湖北随州文峰塔一号墓《正月曾侯臙编钟铭》："伯筶上庸，左右文武。"李学勤先生指出，"上庸"，与《尚书·尧典》"登庸"、《舜典》"征庸"同义，意为为君上录用。③

"身与之语，以求其上"，言求才者，当与之面谈，后求其见用。古有是法。《史记·孔子世家》记孔子之言："（秦穆公）身举五羖，爵之大夫，起纍绁之中，与语三日，授之以政。"④

"必探其度，以暴其状。身与之语，以求亓（其）上"，述古代官人铨选之法。传世文献及出土文献皆表明，周初已有官人制度。《尚书·立政》一篇即周初官人大法。⑤ 成王时器《臣辰盉》铭"王令士上眔史寏薆于成周"，言王与士（司法之官）上（按："上"为人名）及史官寏共同评议群臣政绩。沈文倬先生指出："抡才铨选，在周初由王亲自过问而大士具体承办。"⑥

【第八章】

昔才（在）先王，幾（既）又（有）众俑（庸）[60]，

勤恤 庶懃（难），甬（用）建亓（其）邦[61]。

坪（平）和庶民，莫敢怠（□）憧[62]。[一二]

□□□□，□□□□。

维甬（用）嬐（协）保[63]，罔又（有）肙（怨）诵（讼）[64]。

忞（恒）静（争）献亓（其）力，畏娑（爱）方戳（雠）[65]，

先君以多祉（功）。

以上第一启第八章，十三句，其中两句缺。本章陈先王之事，戒君子献力奏功。庸、

---

① 《孟子注疏》，阮元刻《十三经注疏》，中华书局，1980，第2737页。

② 陆德明：《经典释文》，中华书局，1983，第20页。

③ 李学勤：《正月曾侯臙编钟铭文前半详解》，《中原文化研究》2015年第4期。

④ 司马迁：《史记》，中华书局标点本，1982，第1910页。

⑤ 《尚书正义》，阮元刻《十三经注疏》，中华书局，1980，第230～233页。

⑥ 沈文倬：《略论宗周王官之学》，收入《菿闇文存》，商务印书馆，2006，第433页。

邦、憧、讼、功，东部韵。

［60］幾（既）又（有）众俑（庸）

"俑"，读为"庸"，指服役于君上者。古人名动相因。"庸"字作动词，训为"用"。《尚书·尧典》"登庸"、《舜典》"征庸"，俱为其例（详上章"以求其上"条注）。作名词，指为君上任用者。后世"傭夫"之"傭"与之为古今字。

"昔在先王，既有众庸"，言先王之辅臣甚众。《诗经·大雅·緜》："予曰有疏附，予曰有先后，予曰有奔奏，予曰有御侮。"《郑笺》："文王之德所以至然者，我念之曰：此亦由有疏附、先后、奔奏、御侮之臣力也。"①

自"昔在先王"以下，诗人追述先王与众臣共治邦国而获成功。

［61］ 勤 恤 庶鞻（难）

"勤恤"二字原缺，据文义试补。按《芮良夫毖·小序》有"不恤庶难"句，则此处所缺当为"不恤"之反义。"勤恤"，忧勤、忧恤也。《国语·周语上》"先王非务武也，勤恤民隐而除其害也"。②《师询簋铭》"女彶屯（纯）恤周邦"（《集成》4342），意与之相近。

［62］坪（平）和庶民，莫敢惓（懁）憧

"惓"，整理者引《广雅》训为"惊也"；又引《说文》训"憧"为"意不定"，皆可从。"平和庶民，莫敢懁憧"，言众臣勤劳王事，安靖庶民，而莫敢贰心。

［63］ 维 甬（用）燊（协）保

"维"字原缺，据文义试补。"维"，句首助词，无实义。"协"，《说文·劦部》："众之同和也。"③"保"，《大雅·常武》"王舒保作"，《毛传》："保，安也。"④"维用协保"，言众人皆和协安保。

［64］罔又（有）肯（怨）诵（讼）

《说文·言部》："讼，争也。"⑤《左传》多记讼事。《成公四年》"郑伯与许男讼"，为诸侯之相讼。《僖公二十八年》"卫侯与元咺讼，甯武子为辅，鍼庄子为坐，士荣为大士。卫侯不胜，杀士荣，刖鍼庄子"，系君臣之相讼。《襄公十年》"王叔陈生与伯舆争

---

① 《毛诗正义》，阮元刻《十三经注疏》，中华书局，1980，第512页。"奔奏"，原作"奏奔"。阮元《校勘记》："闽本、明监本、毛本同。小字本、相台本'奏奔'倒。按'奔奏'是也。"据乙。
② 徐元诰：《国语集解》，中华书局，2002，第6页。
③ 许慎撰、徐铉校定《说文解字》，中华书局，1963，第293页。
④ 《毛诗正义》，阮元刻《十三经注疏》，中华书局，1980，第576页。
⑤ 许慎撰、徐铉校定《说文解字》，中华书局，1963，第56页。

政，王右伯舆，王叔陈生怒而出奔……晋侯使士匄平王室，王叔与伯舆讼焉"，则同列之相讼。① 《尚书·吕刑》载听讼法式："两造具备，师听五辞。五辞简孚，正于五刑。五刑不简，正于五罚。五罚不服，正于五过。五过之疵，惟官、惟反、惟内、惟货、惟来，其罪惟钧，其审克之。"② "维用协保，罔有怨讼"，言群臣同心同德，救患恤邦，而无讼争怨恶。

[65] 畏燮（燮）方戳（雠）

《尔雅·释诂》："燮，和也。""雠，匹也。"又"匹，合也。"③ "燮""雠"义近并举，与下第九章"燮仇启国"之"燮仇"，皆和协之意。"畏""方"二字，用作副词。"畏"有大义。古"畏""威""委"三字音近通用。《周易·大有·六五》"厥孚交如威如"，"威如"，帛书《周易》经传皆作"委如"。帛书《易传·二三子问》解释爻辞之意曰："委，老也。"④ "老"者，久也，旧也。⑤ 此处指程度之深。"方"字古与"旁"相通，意犹溥也、遍也。⑥ "畏""方"二字，一言其深，一言其广。"畏燮方雠"，言群臣和协辑睦之深且笃。整理者读"燮"为"袭"，读"雠"为仇敌，又训"方"为"四方"，盖以"畏燮方雠"为威袭四方雠敌。恐非文意。

【第九章】

古[一三]「我」「先」「王」[66]，□□□□。

□□元君[67]，甬（用）又（有）圣政惠（德）[68]。

以力及复（作），燮（燮）戢（仇）敀（启）郹（国）[69]。

以武圣（及）恿（勇），敚（卫）想（相）社[一四]禝（稷）[70]。

衰（怀）才（兹）孯（幼）弱，羸（嬴）寡（寡）覞（茕）蜀（独）[71]。

万民具（俱）慜（愁），邦甬（用）昌蕙（炽）[72]。

以上第一启第九章，十二句。再陈先王之事，戒君子戮力王事，定国安邦。德、国、稷、炽，职部韵。

---

① 《春秋左传正义》，阮元刻《十三经注疏》，中华书局，1980，第1901、1827、1949页。

② 《尚书正义》，阮元刻《十三经注疏》，中华书局，1980，第249页。

③ 《尔雅注疏》，阮元刻《十三经注疏》，中华书局，1980，第2573、2569页。

④ 裘锡圭主编《长沙马王堆汉墓简帛集成》（叁），中华书局，2014，第51页。

⑤ 蔡邕：《独断》卷上，《四部丛刊》本。

⑥ 王引之：《经义述闻》，江苏古籍出版社，2000，第69页。

[66] 古 我 先 王

"我先王"三字原缺，据文义试补。按：上章追述先王，以"昔在先王"起句。此章亦追述先王，以"古"字领起，故试补如上。"古我先王"句，见于《尚书·盘庚》。①

[67] □□元君

"元"字本义为首。《左传·襄公九年》："元，体之长也。"② 长者必大。"元君"盖即"大君"。言其为人之长上。《国语·晋语》"人之有元君"，③ 言人之有君上也。《左传·襄公二十一年》"敢布四体，唯大君命焉"，杜预注："大君谓天王。"④ 天王即周天子。天子而称"大君"者，以其为诸侯邦君之长。上引《国语·晋语》"人之有元君"，韦昭注"元，善也"，则"长"义之引伸。《乾卦·文言》："元者，善之长也。"⑤ 为韦注所本。

[68] 甬（用）又（有）圣政惪（德）

"政德"犹言"政典"。古代"德""典"二字义近。《左传·襄公二十八年》记郑子大叔之言："楚子将死矣。不修其政德，而贪昧于诸侯，以逞其愿。欲久，得乎！"⑥ 参见第四章注〔36〕"德刑不齐"条。"不修政德"，言不修国家政典，非言其不饬个人品行。"圣"，睿也。参见第一章注〔14〕"由求圣人"条。"用有圣政德"，言先人典章齐正。

[69] 以力及复（作），燮（燮）戮（仇）敁（启）邦（国）

"燮仇"，和协之意。见第八章注〔65〕"畏燮方雠"条。"启"，《说文·口部》："开也。"⑦ "启国"即"启土"，开疆拓土之意。《左传·庄公二十八年》"晋之启土，不亦宜乎"，杨伯峻注："启土，犹言开疆拓土。"⑧

[70] 以武丞（及）惪（勇），彭（卫）想（相）社褬（稷）

"以武及勇，卫相社稷"与上"以力及作，燮仇启国"互文。言同心协力，奋其勇武，以戮力王室、定国安邦。

① 《盘庚上》："古我先王，亦惟图任旧人共政。"《盘庚下》："古我先王，将多于前功。"见阮元刻《十三经注疏》，中华书局，1980，第169、172页。
② 《春秋左传正义》，阮元刻《十三经注疏》，中华书局，1980，第1942页。
③ 徐元诰：《国语集解》，中华书局，2002，第402页。
④ 《春秋左传正义》，阮元刻《十三经注疏》，中华书局，1980，第1972、1971页。
⑤ 《周易正义》，阮元刻《十三经注疏》，中华书局，1980，第15页。
⑥ 《春秋左传正义》，阮元刻《十三经注疏》，中华书局，1980，第1999页。
⑦ 段玉裁注："后人用启字训开，乃废启不行矣。"见段玉裁《说文解字注》，上海古籍出版社，1988，第58页。
⑧ 杨伯峻：《春秋左传注》，中华书局，1990，第240页。

上章言"用建其邦"，此章言"爨仇启国""卫相社稷"。建邦、启国、卫相、社稷，循次以进，章法谨饬。

［71］襄（怀）孞（兹）㘴（幼）弱，赢（赢）募（寡）覛（茕）蜀（独）

《国语·周语中》："此赢者阳也。"韦昭注："赢，弱也。"① 《说文·宀部》："寡，少也。"②

"覛"，整理者读为"矜"，训为"怜惜之意"。黄杰指出当读为"茕"。"覛"字"巠"声。"巠"古音见母耕部，与"茕"群母耕部相近，故相通借。③ "茕独"古人常语。《尚书·洪范》："无虐茕独。"孔《传》："茕，单，无兄弟也。"④ 字或作"惸"。《小雅·正月》"哿矣富人，哀此惸独"，《孟子·梁惠王下》引作"茕独"。焦循《孟子正义》引王念孙曰："郑注《大司寇》云'无兄弟曰惸'，《洪范》云'无虐茕独'，《小雅·正月篇》云'哀此惸独'，《唐风·杕杜篇》云'独行睘睘'，《周颂·闵予小子篇》云'嬛嬛在疚'，《说文》'趀，独行也'，并字异而义同。"⑤

"幼弱""赢寡""茕独"三者一例，俱为"怀"字宾语。⑥《大雅·皇矣》"侵阮徂共"，《郑笺》："阮也，徂也，共也，三国犯周而文王伐之。"⑦ 阮、徂、共俱为"侵"字宾语，句法类似。⑧ 句言怀此幼弱鳏寡孤独之人。此与上引《洪范》"无虐茕独"所叙施政原则正相符合。

［72］万民具（俱）懋（懋），邦甬（用）昌簋（炽）

"懋"，《说文·心部》："肯也。"⑨《小雅·十月之交》："不懋遗一老，俾守我王。"《郑笺》："懋者，心不欲自强之辞。"《孔疏》："懋，肯也。从心，楙声。"⑩《国语·晋语五》"懋庇州犁焉"，韦昭注："懋，愿也。"⑪《左传·文公十二年》"两君之士，皆未懋

---

① 徐元诰：《国语集解》，上海古籍出版社，2002，第54页。
② 许慎撰、徐铉校定《说文解字》，中华书局，1983，第151页。
③ 黄杰：《清华简〈芮良夫毖〉补释》，《简帛研究》（二〇一五秋冬卷），广西师范大学出版社，2015。
④ 《尚书正义》，阮元刻《十三经注疏》，中华书局，1980，第190页。
⑤ 焦循：《孟子正义》，中华书局，1987，第136页。
⑥ 这一点黄杰已指出。见黄杰《清华简〈芮良夫毖〉补释》，《简帛研究》（二〇一五秋冬卷），广西师范大学出版社，2015。
⑦ 《毛诗正义》，阮元刻《十三经注疏》，中华书局，1980，第521页。
⑧ 《毛传》"侵阮，遂往侵共"，训"徂"为"往"，以之为动词，恐未必。
⑨ 段玉裁：《说文解字注》，上海古籍出版社，1988，第504页。
⑩ 《毛诗正义》，阮元刻《十三经注疏》，中华书局，1980，第447页。按：《孔疏》原作"懋，肯从心也"。据段玉裁《说文解字注》引正。见段玉裁《说文解字注》，上海古籍出版社，1988，第504页。
⑪ 徐元诰：《国语集解》，上海古籍出版社，2002，第384页。

也，明日请相见也"，言两军将士皆未愿休战。① "万民俱愁"，言万民皆愿从之。整理者引《说文》"一曰说也"，未十分达意。

"炽"，整理者引《说文》训"盛"，可从。《鲁颂·閟宫》"俾尔昌而炽"，言上天降休，使邦家昌炽。

① 《春秋左传正义》，阮元刻《十三经注疏》，中华书局，1980，第 1852 页。

·中国古代诗歌研究·

勤行与言命[*]

——《诗经·小星》历代阐释的主题转换机制及新解

张　妍[**]

【内容提要】　对《小星》的历代阐释进行主题学视域下的梳理和解析，可以发掘出众说纷纭中的主题转换机制，即勤行与言命主题在不同主体和境域下的组合。媵妾、小臣、入值者为主题转换模式的不同主体，而模式境域也呈现了美正、喜悦、安分守己、怨而不怒、愤恨等类型差异，可对不同组合类型的解读进行图表化分类。并非诗歌文本直接主体的"夫人惠下"解释体系，有着上行下效式的思维独特性与内在转换性，也隶属于勤行/言命的主题转换机制。在符合先秦时代的文化语境的基础上，结合发掘出的阐释的主题转换机制和文本的具象化结构，得出《小星》为入值者在安分守己的境域下达成勤行、言命主题同向性的作品。

【关键词】　《小星》　阐释模式　主题转换机制　勤行　言命

对《召南·小星》的解释经由漫长的历史变迁变得众说纷纭。《毛诗序》："《小星》，

＊　基金项目：山西省姚奠中国学教育基金项目"中日朝《诗经·小星》百家汇注"（101021901049）阶段性成果。

＊＊　张妍，女，辽宁铁岭人，山西大学文学院讲师，浙江大学文艺学博士。

惠及下也。夫人无妬忌之行，惠及贱妾，进御于君，知其命有贵贱，能尽其心矣。"① 毛诗的解释系统中包含"夫人惠下"和"贱妾自知"两个主体视角。与毛诗相并行的是三家诗的"小臣行役"视角。现今"小臣行役"说占主导，如程俊英的《诗经译注》："这是一个小官吏出差赶路，怨恨自己不幸的诗。"② 此两种看似不相关的主旨解释，却有共同的内在机制。结合《小星》文本，"尽其心"和"出差赶路"可看作是对"肃肃宵征"的解释，"知其命有贵贱"和"怨恨自己不幸"可以看作是对"寔命不同/犹"的解释，前者可以浓缩为勤行主题，后者浓缩为言命主题。可见，诗歌文本中的"肃肃宵征"和"寔命不同"两个诗句已经奠定了文本解释中的一个基本模型，即勤行与言命二主题，进而为分析不同文本主体和阐释境域下的转换机制奠定了基础。这种重复的主题模式在不同情境的转换具有主题学研究的意义。

一 基于主体与境域的解诗模式

《毛诗序》和程俊英的两种代表性的解释中，已经出现了三个文本主体，即夫人、贱妾和小臣。通过对《小星》从汉代到近现代230多篇的解释文本的梳理、分析，我们可以将解释视角下该诗文本自身的主体分为媵妾、小臣、入值者。而夫人惠下视角的解释则以媵妾为主体而连接文本，整体上符合勤行与言命主题关系模式，只不过从中我们可以看出毛诗解诗体系中的特有的模式转换。

（一）媵妾主体的境域解诗模式

媵妾作为《小星》解释的主体在《毛诗序》中已有论述，其核心要素为勤行与言命两个主题，而后世媵妾作为主体的众多解释都是对勤行/言命这一核心要素的不同境域下的模式变型。我们可以细致地分析如下：（1）妾言命往往比对更高位之人，即夫人。《毛诗序》的解读也是比对了惠下的夫人。无论是人之常情的心理，还是在《毛诗序》"惠及下"解释影响，妾对夫人的心理已经成为众多阐释者关注点。这就形成了影响媵妾勤行与言命主题关系的境域模式之一，即夫人这一外力。特别注意的是，此处解释的主体是媵妾非夫人，是媵妾在夫人外力的影响下而呈现出的主体性的表现。"夫人惠下"的语境下，媵妾的勤行/言命

① （清）阮元校刻《十三经注疏》，中华书局，清嘉庆刊本，第613页。
② 程俊英：《诗经译注》，上海古籍出版社，2004，第29页。

有着外在的动力，更进一步的妾"报其上"，"众妾能尽其心施报之道"。① 此种境域包含了妾内心的安分与行为上的勤勉皆源于对夫人的感恩，虽有对夫人这一外力的依靠，但也有媵妾自身的主动性。与之相似的是涉及夫人这一外力的解释系统是妾"不敢与夫人齿"②。此种情境下，夫人作为媵妾勤行/言命模式的外力依然存在，但强调的重心是地位上差异而形成的作用力。相对前一种境域来说，此种解释的媵妾缺乏主动性。以上两种情况，无论媵妾是主动还是被动，作为夫人这一外力来说都是具有一定正面意义的，也就是说在促成了媵妾勤行/言命的主题关系上具有同方向性。（2）从此点开始，解释系统进入诗歌文本主体，也就是媵妾的内部。媵妾的心境出现了不同程度的波动。情绪从窃喜到不怨到怨而不伤。"此诗是庆幸之词，非怨其赋命之薄。"③ 此时的勤行/言命产生于媵妾的庆幸心境。解诗者将"庆幸"与"怨"进行了区分，强调了安命非怨而是窃喜。另一类的情感强调非怨。"南国诸侯，勤于政事，其夫人惠及下人，故众妾之进御者，乐恩泽之深，惜欢娱之少，安于命而无怨之作也。"④ 此观点中的媵妾内心无怨，虽然乐得恩泽，但有了些许叹息。而另一种不怨的心境则是恩泽没有达到媵妾。"读《樛木》、《螽斯》者，当知为上者，皆当惠爱其下。读《小星》、《江有汜》者，当知为下者，虽上之惠不逮于下，不可有怨尤其上之心。"⑤ 媵妾对于上的不惠及下并无怨情。而更具有学理论调的解读是"怨而不伤"。"朱子云：'怨的亦须还他些怨。'此语最妙。但怨之情不胜感之情，便是怨而不伤，此感之正也。"⑥ 此种解释者承认媵妾有怨的成分，但更多的是感恩，所以在两种心境的合力下，达成了勤行/言命模式的另一个境域基础。（3）不同于前一种情境下媵妾内心的多重情绪。第三类解读体系的媵妾内心并未过多喜悲，只是自觉地在己位行己事。"《小星》之安分如此。"⑦ 这种媵妾自觉的安分守己，在一些解释家视野中成为夫人教化的结果。"此诗述其事，言其志，而夫人之贤自见于言外。"⑧ 而此时的夫人并非左右媵妾的外力，而是经由教化而媵妾有自得，明于本分，因为此时的媵妾具有自觉意识。勤行/安命源于自身的本分所在。所以就有解诗者直接提出，媵妾的自觉与夫人不妒忌无关。"诗言妾不上僭，不以不妒为美。"⑨（4）最后一个内核模式的媵妾境域是"美

① （宋）李樗：《毛诗李黄集解》卷三，《文渊阁四库全书·诗类》第71册，台湾商务印书馆，1986，第84页。
② （宋）苏辙：《苏氏诗集传》，《文渊阁四库全书·诗类》第70册，第324页。
③ （明）江环：《诗经阐蒙衍义集注》卷一，明万历二十三年静观室刊本，第17页。
④ 焦琳：《诗蠲》卷一，范华印刷厂刊本，1935，第36~37页。
⑤ （清）崔述：《读风偶识》卷二，《续修四库全书·诗类》第64册，上海古籍出版社，2002，第252页。
⑥ （明）沈守正：《诗经说通》，《四库全书存目丛书·诗类》第64册，齐鲁书社，1997，第25页。
⑦ （明）唐汝谔：《毛诗蒙引》卷一，日本宽文十二年刊本，1672，第30页。
⑧ （元）朱公迁：《诗经疏义》卷一，《文渊阁四库全书·诗类》第77册，第98页。
⑨ （清）王闿运：《诗经补笺》，清光绪32年衡阳东州刊本，第39页。

之"。对媵妾的单独赞美并不多，一般是和夫人一起言说"两得其正"。"上好仁而下必好义"① 当然也有明确提出"不首明妾安于命之正，亦微差矣"，指明妾与夫人皆有其正，且"一也""道也"。② 这样媵妾的勤行/安命模式具有了"正"与"道"的支撑。综上所述，勤行/安命在不同情境下的转换而生成不同解释，情境包括：外力顺或反、怨而不伤、自己安分、美之。这样我们可以用一个内核模式，将解释主体定为媵妾的解诗系统进行合理分类和梳理，并能廓清其内在的转换机制。总体来说，媵妾作为主体的解释系统中，勤行与言命处于同向的互助作用，言命在于安命，进而能勤行（见表1）。

表 1　媵妾主体的境域阐释模式及文本

境域	细分		作品
夫人外力	主动		李樗：《毛诗李黄集解》
	缺乏主动性		苏辙：《苏氏诗集传》
	庆幸之喜		江环：《诗经阐蒙衍义集注》
媵妾主体情感	不怨	恩泽多，欢愉少	焦琳：《诗蠲》
		惠不及下	崔述：《读风偶识》
	怨而不怒		沈守正：《诗经说通》
	夫人教化		朱公迁：《诗经疏义》
安分守己			唐汝锷：《毛诗蒙引》
	非美不妒		王闿运：《毛诗补笺》
得其正			杨简：《慈湖诗传》

（二）小臣主体的境域解诗模式

三家诗皆赞同小臣作为文本的主体，不同于毛诗的媵妾主体视角。"小臣行役"解释体系中，有解诗者分析了诗歌主体是小臣行役而非媵妾进御的原因。"夫进御君所，不可言征。且妾媵当夕，以得幸为荣，尚嗟命乎？至欲拟于后妃，益为僭矣。……当寝抱衾，理或有之，抱裯而往，无乃太烦？不如以行役者当寝而不获寝之为长也。"③ 姚际恒也分析了《小星》不是夫人惠下的理由，指出从诗歌见星地势、疾行步履、奔驰道路三处，可

---

① （宋）朱熹：《诗集传》卷一，中华书局，2011，第 15 页。
② （宋）杨简：《慈湖诗传》卷二，《文渊阁四库全书·诗类》第 73 册，第 26 页。
③ （明）曹学佺：《诗经剖疑》卷二，《续修四库全书·诗类》第 60 册，第 13 页。

知《小星》的主体不类宫闱妇人；而退一步讲，假若是进御之诗，那么从来去何处、夜宜静景、君有衾裯三个方面，宵征和抱衾裯也于理不通。①

"小臣行役"体系下可以分为两大类视角，一种是小臣自身视角，另一种则是妇人送夫视角。小臣自身视角的解诗体系中主体境域也各不相同，按勤行/言命主题关系的境域转变梳理，体现为从循礼、自甘到安命，接着从叹劳苦到惧君命，最后则出现矛盾的过程。（1）"小臣奉使行役之诗。……《小星》见小臣奉上之勤，君使臣以礼，臣事君以忠。"②作为鲁诗的代表，在丰坊的解释下，小臣与君都是两得其正的表现，皆可美之。此处虽没有明确提出，但赞美之意已现。正如对媵妾的赞美需要与夫人一起两得其正，小臣的赞美也与君一起。（2）与之境域相近的则是"小臣行役自甘也"。③小臣的自甘体现了勤行与言命的方向一致性，勤行为安于命后的自主行动。安命不是不得已的退而求其次，而是对自己本职的尽职尽责，这样达成的内在的喜悦。（3）韩诗的解释系统也重在小臣行役。"《韩诗外传》：'任重道远者不择地而息，家贫亲老者不择官而仕，故君子矫褐趋时，当务为急。《诗》云：夙夜在公，实命不同。'愚按：《传》意当是君子而为下吏，循分安命者所作。"④韩诗解释者因《韩诗外传》以任职讲《小星》诗句，进而推《小星》为小臣行役之诗。而《诗经说铃》正是明确指出《韩诗外传》的君子为小臣行役的境遇。不同情境下的君子做了不同的选择，也即循分安命也，这也是勤行/言命的境域之一。（4）相对于韩诗的解释，齐诗的解释体系中多了些言苦之意。"《易林》：'旁多小星。三五在东，早夜晨行，劳苦无功。'（《大过之夬》）。璇按：劳苦之义，亦谓行役，非曰妾媵进御矣。"⑤对劳苦的言说意味着新的勤行/言命模式的境域发生了转变，对勤行的劳苦之言，已经不再是自甘或安命，而是有些怨怼或自怜，但基本符合怨而不怒。作为小臣视角的言说劳苦，如冯时可之言"恐亦当时□栖者之托言也。"⑥在同样言劳苦且为怨而不怒境遇的解释中，还有另一种相对特别的观点："召公佐文王布化，夙夜尽忠。诗人叹君子、小人劳逸不同，为之赋《小星》。……亦言小人在东，文王、召公虽尽忠竭力，无人能知也。……小星，吕向曰'喻小人在朝也'……忠于殷也。"⑦此解释也是齐诗的解释视角，但强调的劳苦无功的人是文王、召公，而其原因则是因为有小星这样的小人在朝

---

① （清）姚际恒著，顾颉刚标点《诗经通论》卷二，中华书局，1958，第43页。

② （明）丰坊：《鲁诗世学》卷二，《四库全书存目丛书·诗类》第60册，第710页。

③ （清）方玉润撰，李先耕点校《诗经原始》，中华书局，1986，第110页。

④ （清）潘克溥：《诗经说铃》卷一，《四库未收书辑刊》肆辑，北京出版社，1997，第406页。

⑤ （清）徐璈：《诗经广诂》卷二，《续修四库全书·诗类》第69册，第391页。

⑥ （明）冯时可：《诗臆》，明万历刻本，第9页。

⑦ （清）胡文英：《诗经逢原》卷二，《四库未收书辑刊》贰辑6，第393页。

廷。诗人在文王、召公忠于殷的勤行和劳而无功之间感叹、徘徊。如此行役者虽非小臣，但符合臣行役的大角度。而替文王和召公叹劳苦，符合了怨而不怒的境域基调。（5）外力的介入也让勤行/言命的境域出现再一次的改变，在外力的作用下，小臣才不得已而为之。"洪迈曰：'此诗咏使者远适，夙夜征行，不敢慢君命之意。'"① 此时小臣内心更是离平静远去，不再是自觉自愿，而成为外力下的被动行为。这样也为更加不平静的情境转换进行了铺垫。（6）"当是小臣行役自伤劳苦之诗。……此诗反映奴隶社会统治阶级内部早已存在深刻之等级矛盾。"② 这种矛盾境域的解释中，之前的勤行/言命的一致性完全破坏，已经成为相对立的存在，越是勤行则越是反抗安命。此中解释相对于整个解释的大体系来说比例十分少，但因其比较符合当代的价值取向，从而产生了广泛的影响。

在妇人送夫视角下，主体内心都是不平静的，并呈现了解释的越来越私语化趋势。"惜夫之抛弃衾裯，言婉而情正。"③ 而更私语化的解释则更切近妇人的内心。对丈夫疾行的惋惜，尚属怨而不怒、哀而不伤的范围，勤行/言命模式虽然处在内心更为被动的情境，但还是在同向的范围内，而送夫则外力境域成为主导。作为首见妇人送夫解释的《诗总闻》便是该境域的体现。"妇人送君子，以夜而行事，急则人劳称命，言不若安处者，各有分也。大率昔人至无可奈何不得已者，归之于命。"④ 妇人送君子，急行者应是君子，则"人劳称命"并不单言妇人内心。而此处的勤行/言命模式更多的是不得已的外力介入境域，以言命来支撑勤行。虽然言命和勤行还是同向的，但内心被动和怨情的积淀已为超出两主题的同向性奠定基础，是"妇人因夫出征，自伤身世的抒情诗"⑤。自伤的出现则打破了怨而不怒、哀而不伤的界限，勤行/言命模式出现了反向关系，两者形成了内在的矛盾关系，不安命的意思已见（见表2）。

表 2　小臣主体的境域阐释模式及文本

主体/境域	两得其正	喜悦、自甘	安分守己	怨而不怒	小臣 / 臣	外力介入	矛盾
小臣自身	鲁诗 丰坊《鲁诗世学》	方玉润《诗经原始》	韩诗 潘克溥《诗经说铃》	齐诗 徐璈《诗经广诂》	冯时可《诗臆》 胡文英《诗经逢原》	徐璈《诗经广诂》	陈子展《诗经直解》
妇人送夫				闻一多《古典新义》	王质《诗总闻》	蓝菊苏《诗经国风今译》	

① （清）徐璈：《诗经广诂》卷二，《续修四库全书·诗类》第69册，第391页。
② 陈子展：《诗经直解》卷二，复旦大学出版社，1983，第58页。
③ 闻一多：《闻一多学术文钞·诗经研究》，巴蜀书社，2002，第127页。
④ （宋）王质：《诗总闻》卷一，《文渊阁四库全书·诗类》第72册，第452页。
⑤ 蓝菊苏：《诗经国风今译》，四川人民出版社，1982，第106页。

（三）入值者主体的境域解诗模式

另一种比较有代表性的观点认为诗歌的主体是入值者。"宫中进御之人，犹今所谓上直，盖贱者之事，非一娶九女中之妾媵，可以当夕者也。"[1] 此观点认为媵妾不用自抱衾裯，所以主体者乃是抱被入值者，而非进御于君的媵妾。这种观点可以细分为三个境域模式。（1）"诗中绝无惠下之意，观侍女之引分自安，知抚御者之有恩也。"[2] 该论断进一步强调了入值者勤行安命，源于抚御者。这就将勤行/言命的主题关系放置到了外力作用的情境下。（2）而进入入值者内心的解释者也有不同侧重。在怨而不怨范围内提出了宫怨说。"宫怨也。……然怨而不怨，可谓知分矣。今之富贵家，视奴婢如草芥，尚知所体值哉？"[3] 更有从齐诗视角来解释宫怨主旨的。"言大星之旁多小星，如三星、五星在天之东，以喻君侧多嬖妾，宠如夫人者也。而我早夜直宿，抱持衾裯，宵征夜行，不得少留，徒有劳苦之役，曾无进御之功。以此自叹薄命不如彼人。……《小星》乃宫怨之诗也。"[4] 此种解释对自己的勤行之苦与命不如人的境况嘘唏感叹，怨之情昭然可见。（3）另一种从入值者内心解释的是言其尽职。"非及下也，瞀御入直居寝之词也。……才有贤否，位有崇卑，各尽其职而已。"[5] 此处勤行/言命的主题关系则进入了各尽其职的平静心境中，无美无怨，只是客观陈述而已（见表3）。

表3　入值者主体的境域阐释模式及文本

境域	作品
安分守己	朱谋㙔《诗故》
怨而不怨	牟应震《诗问》
	牟庭《诗切》
外力介入	张次仲《待轩诗记》

二　夫人惠下的模式转型

以《毛诗序》和《诗集传》为代表的夫人惠下解释体系也符合勤行/言命的主题关系

① （明）季本：《诗说解颐》卷一，《文渊阁四库全书·诗类》第79册，第44页。
② （明）张次仲：《待轩诗记》卷一，《文渊阁四库全书·诗类》第82册，第60页。
③ （清）牟应震：《诗问》卷一，《续修四库全书·诗类》第65册，第55页。
④ （清）牟庭：《诗切》，齐鲁书社，1983，第188页。
⑤ （明）朱谋㙔：《诗故》卷一，《文渊阁四库全书·诗类》第79册，第554页。

转换模式。该解释体系与文本连接的直接主体为滕妾，正是由于"惠及贱妾"，所以诗歌文本描述的才是滕妾"知其命有贵贱，能尽其心矣"。但由于夫人惠下模式有其自身的独特性和代表性，所以我们专门进行深入解析。

"夫人惠下"在《毛诗序》中始见。我们可以从三个层面将该解释体系加以解析。（1）在"惠及下"的总论后，"夫人无妒忌之行"成为其论述的第一个角度。而对于妒忌的不同角度论述也成为后世解诗系统中的一个要素。对妒忌这一概念的解析就有两种相异的观点。郑玄认为"以色曰妒，以行曰忌"，妒忌被分为"色"与"行"两类。而李樗提出反对意见，"所谓妒忌者，不必分别色与行也"。① 妒忌本身探讨的笔墨并不多，而夫人不妒忌的原因却有着大比重的探讨。"妇人之妒，何以化之？曰：此非可强制也。动之以礼义，而和平其性情，则庶几耳。"② 化解妒忌的根本良方非外力的强制，而在于礼义达成的平和内心。朱熹等人对化解妒忌的原因进行了更具体的解读，提出了"南国夫人承后妃之化，能不妒忌以惠其下，故其众妾美之如此"③ 的观点。该解释中南国夫人为不妒忌的主体，其原因是上承后妃教化，下启的则是后文要论述的夫人惠下视域的另两个点。南国夫人之所以能承后妃之教化，不仅在于地位，也更在气量。"但视《樛木》、《螽斯》微有安勉之殊，不独《周南》、《召南》风化差别亦见，后妃与南国夫人身分气量相去径庭。"④ 可以说后妃的地位和气量都是高于南国夫人，居高位者气量高可以教化下位者，这也是夫人惠下解释体系中的一个思想基点。李光地则明确指出后妃为文王太姒。"文王太姒之化行，列国夫人皆能惠下也。"⑤（2）《毛诗序》"夫人无妒忌之行"之后，论述的是"惠及贱妾"，这也构成了"夫人惠下"解诗体系下的第二个角度。夫人施惠于贱妾，从心理层面讲，沿袭夫人承后妃教化的模式，贱妾也因为夫人的"无妒忌"在先，而可以"感服其心"⑥。夫人是言说的主体，强调其对滕妾的作用。而在实际的行为层面，"但使值女君之妒忌，则虽欲循其分，以效其劳，亦不得矣，故为可幸"⑦。此处的解释将夫人不妒忌、贱妾守其分、贱妾效其劳三者结合起来，将夫人惠下与《小星》诗歌文本连接起来。"效其劳"是"肃肃宵征"的体现，"循其分"是"寔命不同/犹"的句解。这样看似与诗歌文本无直接关系的"夫人惠下""夫人无妒忌之行""惠及贱妾"落到了实处，

---

① （宋）李樗：《毛诗李黄集解》卷三，《文渊阁四库全书·诗类》第 71 册，第 83 页。
② （清）汪绂：《诗经诠义》卷一，延川金世德堂藏板，清光绪 23 年，第 362 页。
③ （宋）朱熹：《诗集传》卷一，第 15 页。
④ （明）贺贻孙：《诗触》卷一，《续修四库全书·诗类》第 61 册，第 500 页。
⑤ （清）李光地：《诗所》，《文渊阁四库全书·诗类》第 86 册，第 11 页。
⑥ （宋）范处义：《诗补传》卷二，《文渊阁四库全书·诗类》第 72 册，第 48 页。
⑦ （明）陆化熙：《诗通》卷一，《续修四库全书·诗类》第 61 册，第 9 页。

有了诗句的逻辑支撑。(3)"夫人惠下"这一类别下的第三个方面就是"美夫人"视角。但"美夫人"的主体在不同解诗者中存在差异。"此为众妾美夫人之诗,则亦《周南·樛木》、《螽斯》之类也。"① 此种解读,"美夫人"的主体是众妾。"诗美夫人,非美众妾。时必夫人被化,众妾始邀进御之惠,故作此诗。至忘劳安命,即众妾亦在化中而不自知。"② 直接说明"诗美夫人",那么众妾并不是"美夫人"的主体,而是赞美夫人事件的载体,诗歌通过夫人对妾的恩惠赞美夫人,那么"美夫人"的主体则是诗歌本身。这样"夫人惠下"成为标杆,"诗人歌此为凡君夫人者皆当如是"。③ "夫人惠下"解释体系从夫人无妒忌的惠下原因、惠及贱妾的行为,以及成就美名的结果分别进行了深入的解释,在不同解释文本中有不同侧重。三个侧面整体构成了对文本媵妾勤行/言命模式的大境域,即美、正。"此诗一二章皆因所见以□进御之勤,而一安于所赋之分也,要说美夫人意出。"④ 夫人惠下解释体系以夫人为解释主体,并以美正为勤行/言命主题转换境域,而其更根本的与诗歌文本的连接则是媵妾作为诗歌主体的解读方式。可以说从夫人视角进行解释的可行性在于以媵妾为依托,但此解释体系的主体为夫人而非媵妾。当然有很多解释者是将夫人和媵妾都作为解释的主体同时进行,本文为了分析方便而进行主体的划分(见表4)。

表4 夫人主体的境域阐释模式及文本

美正境域细分			作品
不妒忌	妒忌本身	色、行二分	郑笺
	不妒忌原因	不分	李樗《毛诗李黄集解》
		概说礼仪化之	汪绂《诗经诠义》
		后妃化之	朱熹《诗集传》 贺贻孙《诗触》
		太姒	李光地《诗所》
惠及贱妾	心理层面		范处义《诗补传》
	行为层面		陆化熙《诗通》
美夫人	妾美夫人		刘瑾《诗传通释》
	诗美夫人		冉觐祖《诗经详说》
	夫人成标杆		郝敬《毛诗原解》

---

① (元)刘瑾:《诗传通释》卷一,《文渊阁四库全书·诗类》第76册,第316页。
② (清)冉觐祖:《诗经详说》卷五,《四库全书存目丛书·诗类》第74册,第719页。
③ (明)郝敬:《毛诗原解》卷二,《续修四库全书·诗类》第58册,第265页。
④ (明)邹泉:《新刻七进士诗经折衷讲意》,日本尊经阁文库本,第15页。

从上文的解析可以看出，"夫人惠下"这一源于《毛诗序》的解释系统与《小星》文本并无直接关系，即使该解释系统下的文本的言说主体也是媵妾等人，而非夫人。夫人的解释主体与文本的直接主体发生了分离，那么《毛诗序》从文本的媵妾到阐释的夫人发生了解释主体转型。此种转型也是造成后世认为毛诗穿凿附会等弊端的一个原因。前人在面对此问题时的解决方案是意指话语蕴藉。"若诗中要讲如何不妒，如何感恩，殊难措辞，语亦不雅，断非诗人之意。"① 也就是说文本靠写媵妾来写夫人，夫人之美已在其间。然则此种话语蕴藉思路并非建基在修辞手法的比兴或象征上，因为媵妾和夫人不存在修辞手法上的关系。那么值得我们探讨的则是《毛诗序》对《诗经》解释上的发明理路。《毛诗序》："故正得失，动天地，感鬼神，莫近于诗。先王以是经夫妇，成孝敬，厚人伦，美教化，移风俗。"② 《诗经》教化意义的推行是从上到下，先王用诗教化百姓，可见教的角色是上位者，而下位者是被教化的角色。《毛诗正义·诗谱序》："文、武之德，光熙前绪，以集大命于厥身，遂为天下父母，使民有政有居。其时《诗》，风有《周南》、《召南》，雅有《鹿鸣》、《文王》之属。及成王，周公致大平，制礼作乐，而有颂声兴焉，盛之至也。本之由此风、雅而来，故皆录之，谓之《诗》之正经。"③ 《小星》为"正风"，正是上教化下的正统展现。正如朱自清所言："先王以诗美教化，移风俗，却是与献诗陈志不同；那是由下而上，这是由上而下。"④ 即使献诗者也是为了将自己的观点传达到上位而起作用。变风变雅的讽上之作正是如此。《诗大序》："至于王道衰，礼义废，政教失，国异政，家殊俗，而变风、变雅作矣。国史明乎得失之迹，伤人伦之废，哀刑政之苛，吟咏情性，以风其上，达于事变而怀其旧俗者也。"⑤ 可见上位的重要性，上位者作为天子，其行为直接影响百姓，所以才会有讽喻上位之诗。这也是秦汉时期的思想语境。《左传·昭公十二年》："昔穆王欲肆其心……祭公谋父作《祈招》之诗，以止王心。"⑥ 上位者因诗之风而止己心，方能进一步教化子民。"子为政，焉用杀？子欲善而民善矣。君子之德风，小人之德草。草上之风，必偃。"⑦ 上位者为善则下位者自然做好。如此看来，《毛诗序》将《小星》的媵妾之善行的原因归于上位的夫人，这种思想有其历史和思维方

---

① （明）徐光启：《毛诗六帖讲意》卷一，《四库全书存目丛书·诗类》第64册，第163页。
② （清）阮元校刻《十三经注疏》，第564~565页。
③ （清）阮元校刻《十三经注疏》，第555页。
④ 朱自清：《诗言志辨》，岳麓书社，2011，第21页。
⑤ （清）阮元校刻《十三经注疏》，第566~567页。
⑥ 杨伯峻：《春秋左传注》，中华书局，2009，第1341页。
⑦ 程树德：《论语集释》，中华书局，1990，第866页。

式的语境，并非无意义的附会。在这种上行下效的风教思路下，诗歌即使没有直接言夫人，而是言下位之人，也可以看成是夫人的教化成就了下位人的所行。诗歌本身言说的人物已经成为其上位行为的反映，而非对人物自身的言说。以《毛诗序》为代表的"夫人惠下"论具有其合理性，贱妾在夫人的教化下达成了勤行与言命的同向化，只不过是在勤行/言命的模式基础上加了一个间接的主体即夫人，并没有背离《小星》解释体系的固有模式。

通过上面的分析，我们得出历代的阐释是同一个模式在不同境域转换而生成的。诗歌主体包括媵妾、小臣、入值者。内核模式是勤行/言命。转换的境域可分为两大类。勤行与言命是同向或者两者反向。正向即既勤行又安命的，这其中又包括得到美、正的情境，喜悦、自甘的情境，安分守己的情境，言劳苦但哀而不伤、怨而不怒的情境，外力介入的情境；反向则是勤行中出现了对命运逆反，主体愤恨、悲伤的情境。当然夫人的解释视角都是建基于媵妾之上的美的解释（见表5）。

表5 《小星》阐释模式及其代表文本

模式：勤行/言命						
方向	正向					反向
主体/境域	美、正	喜悦、自甘	安分守己、不怨	怨而不怒	外力介入	愤恨、悲伤
夫人	不妒：《诗集传》惠下：《诗通》美之：《诗传通释》					
媵妾	《慈湖诗传》	《诗经阐蒙衍义集注》	《毛诗蒙引》《读风偶识》	《诗经说通》	《毛诗李黄集解》《苏氏诗集传》	
小臣	《鲁诗世学》	《诗经原始》	《诗经说铃》	《诗臆》《古典新义》	《诗经广诂》《诗总闻》	《诗经直解》《诗经国风今译》
入值者			《诗故》	《诗问》	《侍轩诗记》	

三 文本细读下的诗歌新解

我们试图通过文本细读，结合诗歌历代解读内核模式，对《小星》进行重新阐释。"嘒彼小星"一句纷争并不多，主要从视觉和听觉两个角度加以解释。"嘒，微貌。"① "嘒本小声之义。"② 这两种不同的解释却有着共同的特点，那就是"小"的定位。我们上面对历代解释的主体的分析，媵妾、小臣、入值者都是下位者，即使夫人也是因惠媵妾而与诗歌产生联系。星之小和主体下位者的解释也符合了古人天人合一的思想，可见《小星》的主体自然是位居于下者。这样说来几种解释的主体都可能成为诗歌描述对象。"三五在东"，此句的解释关系到对诗歌大的结构的判断。历代关于此句的解释也是众说纷纭。"三五"最著名的解释是毛诗的"三，心。五，噣"观点。③ 与之不同的观点可从星相、数量、时间角度进行归类。"三作特三，柳本非五，不必指心、柳也。"④ 明确否定了毛诗的解释。不破不立，重新立论的解释体现了上下两章关系的视角，提出三、五为参、昴。"始但见星之三五耳，加详察焉，则知其为参与昴也。"⑤ 这也为我们从上下两章的结构关系角度进行解读提供了启发。不同于从星相角度的解释，从数量角度的解释则结合了媵妾进御的制度。"诸侯取九女"⑥，除去在上位的夫人一人，则剩下八人为媵妾。"侄娣与嫔而八，故诗正以三、五况之。"⑦ 作为时间角度的解释则有赋和兴两种不同视角。"全篇皆赋也。三五，言其稀，欲曙之时也。"⑧ 此种视角下，"三五在东"成为事件发生的原点，成为叙事的一部分，所以全篇为赋。"三五，言其稀，盖初昏或将旦时也。……因所见以起兴。其于义无所取。"⑨ 朱熹将三五解释成时间的标志，并且认为此种起兴与诗歌的意义没什么联系。这也成为后人对其质疑的一点。"此殊不然，诗之兴未有无所取义者。"⑩ 我们从《毛诗正义》中对兴的解释也可看出其包含着意义上的关联。"取譬引类，启发己

---

① （清）阮元校刻《十三经注疏》，第 613 页。
② （明）何楷：《诗经世本古义》卷八，《文渊阁四库全书·诗类》第 81 册，第 136 页。
③ （清）阮元校刻《十三经注疏》，第 613 页。
④ （宋）严粲：《诗缉》卷二，《文渊阁四库全书·诗类》第 75 册，第 38 页。
⑤ （元）朱公迁：《诗经疏义会通》卷一，《文渊阁四库全书·诗类》第 77 册，第 99 页。
⑥ （清）孙希旦：《礼记集解》，中华书局，1989，第 760 页。
⑦ （宋）蔡卞：《毛诗名物解》，《文渊阁四库全书·诗类》第 70 册，第 537 页。
⑧ （明）丰坊：《鲁诗世学》卷二，《四库全书存目丛书·诗类》第 60 册，第 710 页。
⑨ （宋）朱熹：《诗集传》卷一，第 15 页。
⑩ （清）严虞惇：《读诗质疑》卷二，《文渊阁四库全书·诗类》第 87 册，第 195 页。

心，诗文诸举草木鸟兽以见意者，皆兴辞也。"① 也就是说《诗经》中的起兴之词与作品表达之意有内在的模拟或对应关系。上文分析了小星与诗歌的主体有内在的对应关系，那么"三五在东"则与诗歌主体所要承载的意义有关。为了对兴义有更明确的理解，我们需结合"维参与昴"这一诗句的解释。"参、昴，西方二宿之名。"② 诗歌明确提出"参、昴"二宿，所以对其星相的解释没有争议。从星相的角度来说，《小星》文本列举了"在东"的星宿和西方的"参昴"二宿，那么我们有理由将"三五"解释为东方之宿。此解释将"三五在东"的位置在东转变成为"三五"为东方苍龙的星宿，而与下文的西方的"维参与昴"行文上形成同构与对应。"三，心星。心之旁，则房也。房，四星直下，有健闭一星，属房之四星上，稍曲，合而为五可矣。"③ 可知"三五"为东方二宿心、房。诗句没有直接言说东方二宿的名称"心、房"，只是说"三五在东"，而第二章则明确提出西方二宿名称"参昴"，那么诗歌两章之间呈现了具象化④过程，从数量上的指代到直接明指，后一章比前一章更具体化。而在兴义上则也可说得通。小星各在其东、西方的位置上，居于下位的诗歌主体也安于其位，两意呈现了对应性。

至此我们可以得出《小星》具象化的篇章结构和各安其位的兴义主旨。在此整体分析的基础上，诗歌主体和文本主旨的确定则可结合之后的诗句进行解析判断。"肃肃"解释为两大类："疾貌"⑤ 和 "敬也"⑥。两大类的解释从行动和心理的角度将"宵征"（夜行）的状态描摹出来。结合起来则是勤行中也怀有虔敬之心。"肃肃宵征"的主体可以是进御的媵妾、出行的小臣和入值者。不同的主体解释有不同的材料和逻辑依据。《笺》云："众无名之星，随心、噣在天，犹诸妾随夫人以次序进御于君也。"⑦ 在毛诗的解释体系下，"三五在东"已经为"肃肃宵征"奠定了材料和逻辑基础。诸妾的进御是"肃肃宵征"的写实，也是"三五在东"的比拟。孔颖达在分析诗歌主体媵妾时解释道："若内司服、女御。注以衣服进者，彼暂时之事，不得次序进御，明不在此贱妾之中。"⑧ 孔颖达强调了"次序进御"，从而推出诗歌主体是媵妾而非入值者。而其逻辑上的依据则源于对

---

① （清）阮元校刻《十三经注疏》，第 565 页。
② （宋）朱熹：《诗集传》卷一，第 15 页。
③ （清）罗典：《凝园读诗管见》卷一，《四库未收书辑刊》叁辑 6，第 58 页。
④ 刘树胜教授在解释"夙夜在公"和"抱衾与裯"的关系中使用了"具象化"的概念。参见刘树胜《小星臆说》，《沧州师范专科学校学报》2008 年第 4 期。钱锺书先生也指出《诗经》中有"重章之循序渐进"的笔法。参见钱锺书《管锥编》卷一，三联书店，2007，第 131 页。
⑤ （清）阮元校刻《十三经注疏》，第 613 页。
⑥ （宋）黄櫄：《诗解》，《毛诗李黄集解》卷三，《文渊阁四库全书·诗类》第 71 册，第 85 页。
⑦ （清）阮元校刻《十三经注疏》，第 613 页。
⑧ （清）阮元校刻《十三经注疏》，第 613 页。

"三五在东"是媵妾次序进御的比拟。如果将"三五在东"解释为"各安其位"，那么媵妾进御一说则失去了逻辑基础。这样，诗歌的主体是媵妾的说法在此种解释体系下可以排除。而对于因"肃肃宵征"和"夙夜在公"而备受认可的诗歌主体小臣也可结合下面的诗句进行解析。"在公"的解释包含"在于君所"①和"言公事"②两类具有代表性的观点。而"言公事"的解释也是形成小臣行役解诗体系的关键。"衾、裯"的解释皆与卧具有关，即使是将"裯"解释为"汗襦"或"祇裯"也为贴身之物，"祇裯连文，与单言裯者不同，而其为贴身之物，义实不异。"③可见"裯"依然与卧具有关。单看"抱衾与裯"则诗歌的主体是在下位者即可，媵妾、入值者皆通，而小臣也可因行役而抱卧具。而在诗歌整体的二章是首章具象化的结构视角下，"抱衾与裯"则是"夙夜在公"的具象化。也就是说，"抱衾与裯"是其"在公所"或"公事"的具体化，那么出行小臣的公事一定不是在抱卧具，而只有入值者的职责才符合诗歌文本。《内则》篇中描述了对卧具的处理方案："父母舅姑将坐，奉席请何乡；将衽，长者奉席请何趾。少者执床与坐，御者举几，敛席与簟，悬衾箧枕，敛簟而裯之"。④这些需"长者""少者"而行的事情，在不同的地位的情况下，也都可以交由入值者。"不命之士贱，于父母抑、搔、沃、盥之事皆亲之，故其朝宜蚤；命士既贵，其父母猥辱之事盖仆御供之，故其朝可稍宴也。"⑤可见，由于"抱衾与裯"是"夙夜在公"的具象化，诗歌的主体也可将小臣排除。如果说"三五在东"到"维参与昴"的具体化中，文本中还省略了参昴的"在西"语义的话，那么"寔命不同"到"寔命不犹"则直接在文本层面体现了具体化的趋势。"不犹"的解释采用毛诗体系，"犹，若也。"⑥则"不犹"即不相若或不相似。相同是完全的一致，相似则包含的范围大些，"不同"的范围大于"不犹"的范围，从而从"寔命不同"到"寔命不犹"范围更加缩小，呈现了具体化的趋势。至此勤行/安命的模式也得以完成。而符合以上分析的诗歌主体则是入值者。《小星》的文本主旨可以解释为，入值者如同安于其位的小星一样，在己位上勤行安命。

---

① （清）阮元校刻《十三经注疏》，第 613 页。
② （宋）王质：《诗总闻》卷一，《文渊阁四库全书·诗类》第 72 册，第 451 页。
③ （清）陈奂：《诗毛氏传疏》卷一，商务印书馆，1933，第 43 页。
④ （清）孙希旦：《礼记集解》，第 733 页。
⑤ （清）孙希旦：《礼记集解》，第 732 页。
⑥ （清）阮元校刻《十三经注疏》，第 614 页。

《毛诗》与荀子之关系详考[*]

强中华^{**}

【内容提要】 在现有文献条件下，很难断言《毛诗》是否传自荀子。通过客观比对可见，《大序》"经夫妇，成孝敬，厚人伦，美教化，移风俗"的诗学观与荀子相通。《小序》旨在探索诗的创作背景，考察诗所反映的历史事件，而荀子对此并无兴趣，其引诗的意图在于借重经典，强化己说；不过，《小序》解诗重教化，这与荀子的诗学精神一脉相通。《毛传》《郑笺》解诗则与荀子或通或异。

【关键词】 荀子 毛诗 大序 小序 毛传 郑笺

关于《毛诗》的传授，《汉书·艺文志》载，"毛公之学，自谓子夏所传"。陆德明《经典释文》载，三国吴人徐整称："子夏授高行子，高行子授薛仓子，薛仓子授帛妙子，帛妙子授河间人大毛公，毛公为《诗故训传》于家，以授赵人小毛公。小毛公为河间献王博士，以不在汉朝，故不列于学。"《经典释文》又载："一云：子夏传曾申，申传魏人李克，克传鲁人孟仲子，孟仲子传根牟子，根牟子传赵人孙卿子，孙卿子传鲁人大毛公。"① 所谓"一云"，乃陆玑《毛诗草木鸟兽虫鱼疏》中的观点。陆玑这一说法在后代颇有市场，孔颖达及宋人林岊甚至认为"毛公亲事荀卿"。② 清人汪中《荀卿子通论》保留了陆

---

   * 本文为国家社科基金项目"秦汉荀学研究"（10XZX0005）及西华师范大学博士科研启动基金"荀子接受史论（秦汉至两宋）"（10B019）的阶段性研究成果。

** 强中华，男，四川南江人，文学博士，哲学博士后，西华师范大学文学院副教授，硕士生导师，目前主要研究先秦两汉学术思想史。

① 陆德明：《经典释文·经典序录》，中华书局，1983，第10页。

② 孔颖达之说见《毛诗正义》，北京大学出版社，1999，第447页。林岊之说见其著《毛诗讲义》卷四，影印《文渊阁四库全书》第74册，商务印书馆，1986，第97页下。

玑与徐整的看法，但又说："由此言之，《毛诗》，荀卿子之传也。"俞樾在《荀子诗说》中亦云，"读《毛诗》而不知荀义，是数典而忘祖也"。① 刘师培赞同汪中之说，特作《毛诗荀子相通考》。② 今之研究者也多认同《毛诗》确与荀子有关。③ 不过，亦有不同意见。如徐复观先生认为，陆玑、徐整"这两种说法是在《毛诗》被压抑之下，有人伪造出两种单传统绪以自重，其不足信至为显然"。④ 但是，徐先生没有为其大胆推测提供确凿证据。马银琴对《毛诗》出自荀子表示怀疑，认为"徐整的说法更接近事实"，并提出了她的理由。她说："诗义解说上的相同，不能作为《毛诗》出自荀子的理由，比较荀子引《诗》与《毛诗》的关系，关键是要看二者的文本是否相同。"⑤ 在笔者看来，不管结论是否正确，这一对理由的归结方法都值得商榷。如果《毛诗》与荀子在诗义解说上相同，应该正是《毛诗》借鉴荀子的铁证，怎能说不能成为证据呢？"关键是要看二者的文本是否相同"却并不是关键因素，而只能作为一个辅助证据。因为《诗经》在荀子时代已经基本定型，即使后来流传有所不同，也不会有太大的差别。马女士列举荀子与《毛诗》相异之处仅仅止于异体字、假借字的不同，以及"见晛曰消"与"宴然聿消"的差别。如果以异体字、假借字以及其他个别文字的不同而否认荀子与《毛诗》的关系，那么，荀子与《鲁诗》《韩诗》《齐诗》之间也存在这种情况，不知作者是否也要据此否定荀子与《鲁诗》《韩诗》《齐诗》之间的关系？且"见晛曰消"与"宴然聿消"的差别仅是孤证，不能为否认《毛诗》与荀子之关系提供足够证据。其次，作者又以荀子所引七首逸诗不见于《毛诗》为据，证明荀子与《毛诗》之间没有关系。按此逻辑，七首逸诗亦不见于《韩诗》《鲁诗》，作者是否也要据此否认它们与荀子的关系？但事实上，作者却在文章中认同《韩诗》《鲁诗》出自荀子。可见，无论结论对错，作者的论证思路是有问题的。

到底如何确定《毛诗》与荀子之间有无师传关系？笔者认为，首先要弄清楚师传的含义。师传可以有两种形式：其一是纯粹的文本传授，其二是诗学思想、诗之基本含义的传承。在现有条件下，考察《毛诗》与荀子之间有无传承关系，至少应该从四个方面综合考察：第一，考察二者有无直接或间接传授的确凿记载；第二，考察二者诗学思想是否具有

---

① 俞樾：《荀子诗说》，《曲园杂纂》卷六，光绪二十五年《春在堂全书》刻本。（又见严灵峰编《无求备斋荀子集成》第三十五册，成文出版社，1977 年，此编所据原稿缺两页。）
② 刘师培：《毛诗荀子相通考》，《刘申叔遗书》，江苏古籍出版社，1997，第 351～353 页。
③ 如赵伯雄《〈荀子〉引〈诗〉考论》就持此观点，载《南开大学学报》2000 年第 2 期。
④ 徐复观：《徐复观论经学史二种》，上海书店出版社，2005，第 104 页。
⑤ 马银琴：《荀子与诗》，载《清华大学学报》（哲学社会科学版）2008 年第 3 期。

相似性;第三,考察所引诗歌文字的差异;第四,考察在文字训诂方面是否受到荀子的启发。

第一,关于传承的记载。《汉书·艺文志》载,毛公自谓其诗传自子夏,而未言与荀子有何关系。徐整、陆玑的看法孰是孰非,以往的研究者均未得出让人心悦诚服的结论。目前也找不出更多的文献记载,因此,在没有铁证的前提下,我们不得不存疑。

第二,关于文字方面的异同。按照常理,文字若有较大出入,则并非一个传受谱系,这是可以肯定的。但是,《诗经》文本的传播与接受非常复杂,出于同一派别的文本经过长期的口传或书写,完全可能发生变异,而且今天所见文本也完全有可能已非荀子或《毛诗》时代的原本。荀子所引《诗经》文字不仅与流传至今的《毛诗》存在差异,而且与学界普遍认为传自荀子的《韩诗》《鲁诗》亦存在差异。本文以王先谦《荀子集解》《诗三家义集疏》为标准,把《荀子》所引之诗与四家诗的异文做出详细比较后发现,四家诗与《荀子》所引之诗文字大多相同,但均存少数异文(见附录)。因此,很难把少数异文作为否定荀子与《毛诗》传承关系的确凿证据。

第三,再谈《毛诗》与荀子在诗学思想方面的关系。关于《大序》《小序》的作者,分歧太多,① 目前也很难断言作者与荀子的关系,但我们可以比较《大序》《小序》与荀子之间的诗学思想。刘师培罗列了《大序》与荀子的六处关联。其一,《劝学篇》:"《诗》者,中声之所止也。"刘师培认为,《大序》"情发于声,声成文谓之音"与荀子同。② 其实,荀子的意思是,《诗》乃圣人之道的载体,故为"中声",即中和典正之声。③ 与《大

---

① 《诗序·提要》罗列备至,可参见影印《文渊阁四库全书》第69册,商务印书馆,1986,第1~3页。
② 刘师培:《刘申叔遗书》,江苏古籍出版社,1997,351页右下。
③ 《荀子·儒效》:"圣人也者,道之管也。天下之道管是矣,百王之道一是矣。故《诗》《书》《礼》《乐》之归是矣。《诗》言是,其志也;《书》言是,其事也;《礼》言是,其行也;《乐》言是,其和也;《春秋》言是,其微也。"可见,在荀子看来,《诗经》等儒家典籍乃圣人之道的文化载体。《儒效》:"先王之道,仁之隆也,比中而行之。曷谓中?曰:礼义是也。""凡事行,有益于理者立之,无益于理者废之,夫是之谓中事。凡知说,有益于理者为之;无益于理者舍之。夫是之谓中说。事行失中谓之奸事;知说失中谓之奸道。"《天论》:"故道之所善,中则可从,畸则不可为,匿则大惑。"《乐论》:"故乐者,天下之大齐也,中和之纪也,人情之所必不免也。是先王立乐之术也。"又见,"中"在荀子笔下是一种美德。荀子"中声"的内涵可以找到外证,《说苑·修文》载:子路鼓瑟,有北鄙之声。孔子闻之曰:"信矣,由之不才也。"冉有侍,孔子曰:"求,来,尔奚不谓由夫先王之制音也,奏中声为中节。流入于南,不归于北。南者,生育之乡;北者,杀伐之域。故君子执中以为本,务生以为基。故其音温和而居中,以象生育之气。忧哀悲痛之感不加乎心,暴厉淫荒之动不在乎体。夫然者,乃治存之风,安乐之为也。彼小人则不然,执末以论本,务刚以为基。故其音湫厉而微末,以象杀伐之气。和节中正之感不加乎心,温俨恭庄之动不存乎体。夫杀者,乃乱亡之风,奔北之为也。昔舜造《南风》之声,其兴也勃焉。至今王公述无不释。纣为北鄙之声,其废也忽焉。至今王公以为笑。彼舜以匹夫,积正合仁,履中行善,而卒以兴。纣以天子,好慢淫荒,刚厉暴贼,而卒以灭。今由也,匹夫之徒,布衣之丑也。既无意乎先王之制,而又有亡国之声,岂能保七尺之身哉?"可见,"中声"即正声,乃是君子之乐。

序》并不相同。其二，《劝学篇》"诗书故而不切"，刘师培云："故者，即训诂之谓也。切者，犹言切于事情也。杨注引《论语》'诵诗三百，使于四方，不能专对'证之，盖《诗大序》有云'达于世变'，即切于事之义也。荀子虑诵诗者不能达世变，故为此言。"① 不过，《大序》"达于事②变"，既指作诗达于事变，又指学诗、解诗达于事变，即必须要有现实关怀，而荀子则仅指学诗要有现实关怀。其三，《儒效篇》"诗言是其志也"，刘师培云，《大序》"诗者，志之所之也，在心为志，发言为诗"之说与荀子同。③ 其实，荀子的意思是，诗乃言说圣人之志，而《大序》则从一般意义上论述诗歌创作的心理机制。其四，《儒效篇》："故《风》之所以为不逐者，取是以节之也。《小雅》之所以为《小雅》者，取是而文之也。《大雅》之所以为《大雅》者，取是而光之也。《颂》之所以为至者，取是而通之也。"《大序》："变风发乎情，止乎礼义，发乎情，民之性也，止乎礼义，先王之泽也。" "颂者，美盛德之形容，以其成功告于神明者也。" 刘师培云，此为荀子用《诗序》之证。④ 刘师培的观点可备一说。其五，《大略篇》："《国风》之好色也，传曰：'盈其欲而不愆其止。其诚可比于金石，其声可内于宗庙。'"《大序》："《关雎》乐得淑女以配君子，忧在进贤，不淫其色，哀窈窕，思贤才，而无伤善之心焉。是《关雎》之义也。" 刘师培认为，荀子用《毛诗》义。⑤ 实际上，二者并无必然联系，刘说牵强。其六，《大略》："《小雅》不以于污上，自引而居下，疾今之政，以思往者，其言有文焉，其声有哀焉。" 刘师培云："《诗大序》云：'雅者，正也。言王政之所由废兴也。'居上思往，即陈古刺今之义。若'其言有文'即《大序》'声成文谓之音'之义。而'声有哀'即《大序》'乱世之声哀以怒'之义也。"⑥ 刘说可从。

在笔者看来，《大序》与荀子的最大相通之处在于，《大序》"经夫妇，成孝敬，厚人伦，美教化，移风俗"的诗学观念与荀子不重训诂，更重诗在修身治国中的作用更为相似。刘师培云："《劝学篇》'《诗》《书》之博也'，此即孔子'多识于鸟兽草木之名'义，故《毛诗》作诗传详于训诂名物，不以空言说经。"⑦ 又说，《大略篇》"善为诗者不说"，此即孟子"不以文害辞" "以意逆志"义，亦《毛诗》义。⑧ 笔者认为刘说不确。

---

① 刘师培：《毛诗荀子相通考》，《刘申叔遗书》，江苏古籍出版社，1997，第351页左下。
② 通行本《诗经》大序作"事"，刘师培作"世"。
③ 刘师培：《毛诗荀子相通考》，《刘申叔遗书》，江苏古籍出版社，1997，第351页左下。
④ 刘师培：《毛诗荀子相通考》，《刘申叔遗书》，江苏古籍出版社，1997，第351页左下。
⑤ 刘师培：《毛诗荀子相通考》，《刘申叔遗书》，江苏古籍出版社，1997，第352页右上。
⑥ 刘师培：《毛诗荀子相通考》，《刘申叔遗书》，江苏古籍出版社，1997，第352页右上。
⑦ 刘师培：《毛诗荀子相通考》，《刘申叔遗书》，江苏古籍出版社，1997，第351页右下
⑧ 刘师培：《毛诗荀子相通考》，《刘申叔遗书》，江苏古籍出版社，1997，第352页右上。

实际上，荀子所谓"博"乃指《诗》《书》博载圣人之道。所谓"善为诗者不说"，即不局限于解释诗的字面意思，而是必须通过诗这一文化载体，领悟圣人之道，并以圣人之道指导当下道德或政治实践，^① 此与《毛传》重训诂大异其趣。

《毛诗·小序》旨在考察诗所反映的历史事件或诗的创作背景。而荀子引诗，目的在于借重经典、强化己说，因此，他对考察诗所反映的具体历史事件根本没有兴趣，而是仅仅吸纳了诗所表现的某种"历史精神"，且这种"历史精神"也仅仅是荀子所理解的"历史精神"。荀子通过把握诗的"历史精神"，与《小序》考察与诗相关联的历史事件，二者几乎无有对应关系。有人认为《小序》和荀子都是从政治角度解诗，因此二者颇有关联。这自然具有合理成分，不过，从政治角度解诗、用诗，并非荀子的特例，从西周到汉代，《诗》的功用无一不与政治紧密相连。关于此，陆晓光《中国政教文学之源：先秦诗说论考》、李春青《诗与意识形态：西周至两汉诗歌功能的演变与中国诗学观念的生成》等著均有详细考述。^②

再谈《毛传》与荀子在文字训诂方面的关系。荀子极力反对学《诗》止于名物训诂，而《毛传》则恰恰意在于此，从这个意义上说，《毛传》与荀子并无关联。不过，荀子在一定语境下引诗，这一语境必然蕴含着对所引之诗或诗中字词的某种理解，这种理解有可能对《毛传》具有某种启示。俞樾《荀子诗说》、刘师培《毛诗荀子相通考》论及《毛传》与荀子之关联，仅论及部分诗歌，且其理解或有失误。有鉴于此，本文将逐一详考《毛传》与荀子的关系。^③ 为了研究方便，下文以《毛诗》篇名、《荀子》原文为准，把《荀子》引自同一诗篇的诗句列在一起考察。

（1）采采卷耳，不盈顷筐。嗟我怀人，置彼周行。（《周南·卷耳》）

《荀子·解蔽》："心容其择也，无禁必自见，其物也杂博，其情之至也不贰。《诗》云：'采采卷耳，不盈倾筐。嗟我怀人，置彼周行。'顷筐易满也，卷耳易得也，然而不可以贰周行。故曰：心枝则无知，倾则不精，贰则疑惑。以赞稽之，万物可兼知也。身尽其故则美，类不可两也，故知者择一而壹焉。"（P398）^④ 俞樾认为，《毛传》"顷筐，畚属，

---

① 《荀子·劝学》："学之经莫速乎好其人，隆礼次之。上不能好其人，下不能隆礼，安特将学杂识志，顺《诗》《书》而已耳，则末世穷年，不免为陋儒而已。将原先王，本仁义，则礼正其经纬蹊径也。……不道礼宪，以《诗》《书》为之，譬之犹以指测河也，以戈舂黍也，以锥餐壶也，不可以得之矣。"

② 陆晓光：《中国政教文学之源：先秦诗学论考》，华东师范大学出版社，1994。李春青：《诗与意识形态：西周至两汉诗歌功能的演变与中国诗学观念的生成》，北京大学出版社，2005。

③ 本文在论及《毛传》与荀子的关系时，旁及《郑笺》与荀子的关系。

④ 《荀子》原文出自王先谦《荀子集解》（中华书局，1988），括号中的页码即引文在此书中的起始页码。下同。

易盈之器也"即本荀子。① 刘师培同。刘又认为《毛传》"怀，思。寘，置。行，列也。思君子，官贤人，置周之列位"，荀子"不可以贰周行"亦与《传》义同。② 刘后说牵强，荀子意在批判用心不专。王先谦认为，《笺》"器之易盈而不盈者"、"忧思深也"，即用《荀子》引诗意。③ "忧思深"，与用心不专并无实质性相通。不过，在某一方面"忧思深"，倒是可能会影响对其他事物的思考。

（2）忧心悄悄，愠于群小。（《邶风·柏舟》）

《荀子·宥坐》引孔子语云："是以汤诛尹谐，文王诛潘止，周公诛管叔，太公诛华仕，管仲诛付里乙，子产诛邓析、史付，此七子者，皆异世同心，不可不诛也。《诗》曰：'忧心悄悄，愠于群小。'小人成群，斯足忧也。"（P521）刘师培云："《毛传》未释'群小'，《郑笺》云'群小，众小人在君侧者'，亦用荀义。"④ 其说是。

（3）瞻彼日月，悠悠我思。道之云远，曷云能来。（《邶风·雄雉》）

《荀子·宥坐》："《诗》曰：'瞻彼日月，悠悠我思。道之云远，曷云能来！'子曰：'伊稽首，不其有来乎？'"（P524）《毛传》："瞻，视也。"《郑笺》："日月之行，迭往迭来。今君子独久行役而不来，使我心悠悠然思之。女旷之辞。"⑤《荀子》原文难以看出荀子是如何理解这几句诗的，《毛传》《郑笺》不可能受到荀子的启示。

（4）如切如磋，如琢如磨。（《卫风·淇奥》）

《荀子·大略》："人之于文学也，犹玉之于琢磨也。《诗》曰：'如切如磋，如琢如磨。'谓学问也。和之璧，井里之厥也，玉人琢之，为天子宝。子赣、季路，故鄙人也，被文学，服礼义，为天下列士。"（P508）《毛传》："治骨曰切，象曰磋，玉曰琢，石曰磨，道其学而成也，听其规谏，以自修，如玉石之见琢磨也。"⑥ 其说与《荀子》"谓学问""被文学""服礼义"通。

（5）颠之倒之，自公召之。（《齐风·东方未明》）

《荀子·大略》："诸侯召其臣，臣不俟驾，颠倒衣裳而走，礼也。《诗》曰：'颠之倒之，自公召之。'天子召诸侯，诸侯辇舆就马，礼也。"（P485）俞樾引《毛序》"东方未明，刺无节也"，并认为荀意不以为刺诗。⑦ 刘师培云："《毛传》无解语，荀子举寻常君

① 俞樾：《荀子诗说》，《曲园杂纂》卷六，光绪二十五年《春在堂全书》刻本。
② 刘师培：《毛诗荀子相通考》，《刘申叔遗书》，江苏古籍出版社，1997，第352页左上。
③ 王先谦：《诗三家义集疏》，中华书局，1987，第24页。
④ 刘师培：《毛诗荀子相通考》，《刘申叔遗书》，江苏古籍出版社，1997，第352页左上。
⑤《毛诗正义》，北京大学出版社，1999，第137页。
⑥《毛诗正义》，北京大学出版社，1999，第216页。
⑦ 俞樾：《荀子诗说》，《曲园杂纂》卷六，光绪二十五年《春在堂全书》刻本。

召之礼，就臣下言，盖此为古代相传之礼，齐廷行之不当，故诗人刺其无节。荀子此言乃引诗以证古礼，非与《小序》刺时之义相背。"《郑笺》："群臣颠倒衣裳而朝，人又从君所来而召之，漏刻失节，君又早兴。"①《毛序》《郑笺》之说实与荀子相反，俞樾说是。

（6）言念君子，温其如玉。（《秦风·小戎》）

《荀子·法行》引孔子语曰："夫玉者，君子比德焉。温润而泽，仁也；缜栗而理，知也；坚刚而不屈，义也；廉而不刿，行也；折而不挠，勇也；瑕适并见，情也；扣之，其声清扬而远闻，其止辍然，辞也。故虽有珉之雕雕，不若玉之章章。《诗》曰：'言念君子，温其如玉。'此之谓也。"（P536）《毛传》无解。《郑笺》："念君子之性，温然如玉，玉有五德。"②《荀子》以玉比君子"仁""知""义""行""勇""情""辞"七德，而《郑笺》止于五德，足见不用荀义。

（7）"鸤鸠在桑，其子七兮。淑人君子，其仪一兮。其仪一兮，心如结兮。""淑人君子，其仪不忒。其仪不忒，正是四国。""淑人君子，其仪不忒。"（《曹风·鸤鸠》）

《荀子·劝学》："是故无冥冥之志者无昭昭之明；无惛惛之事者无赫赫之功。行衢道者不至，事两君者不容。目不能两视而明，耳不能两听而聪。螣蛇无足而飞，梧鼠五技而穷。诗曰：'鸤鸠在桑，其子七兮。淑人君子，其仪一兮。其仪一兮，心如结兮。'故君子结于一也。"（P9）《富国》："故仁人之用国，非特将持其有而已也，又将兼人。诗曰：'淑人君子，其仪不忒。其仪不忒，正是四国。'此之谓也。"（P199）《议兵》："是以尧伐驩兜，舜伐有苗，禹伐共工，汤伐有夏，文王伐崇，武王伐纣，此四帝两王，皆以仁义之兵行于天下也。故近者亲其善，远方慕其德，兵不血刃，远迩来服，德盛于此，施及四极。《诗》曰：'淑人君子，其仪不忒。'此之谓也。"（P279）《君子》："故尚贤、使能，则主尊下安；贵贱有等，则令行而不流；亲疏有分，则施行而不悖，长幼有序，则事业捷成而有所休。故仁者，仁此者也；义者，分此者也；节者，死生此者也；忠者，惇慎此者也。兼此而能之，备矣。备而不矜，一自善也，谓之圣。不矜矣，夫故天下不与争能而致善用其功。有而不有也，夫故为天下贵矣。《诗》曰：'淑人君子，其仪不忒；其仪不忒，正是四国。'此之谓也。"（P453）刘师培仅引《劝学篇》，认为《毛传》"执义一，则用心固"即引申荀子之义。③ 其说是，然《毛传》就鸤鸠而说鸤鸠，与荀子不同。《郑笺》："喻人君之德当均一于下也，以刺今在位之人不如鸤鸠淑善。仪，义也。善人君子，其执

① 《毛诗正义》，北京大学出版社，1999，第337页。
② 《毛诗正义》，北京大学出版社，1999，第415页。
③ 刘师培：《毛诗荀子相通考》，《刘申叔遗书》，江苏古籍出版社，1997，第352页左下。

义当如一也。"①"善人君子""执义当如一"之说或受荀子启发。纵观《荀子》四处引文，其所谓"仪"，即以尚贤使能、贵贱有等、亲疏有分、长幼有序为中心的礼仪，君子结于一者，用心于此也。

（8）昼尔于茅，宵尔索绹，亟其乘屋，其始播百谷。（《豳风·七月》）

《荀子·大略》："孔子曰：《诗》云：'昼尔于茅，宵尔索绹，亟其乘屋，其始播百谷。'耕难，耕焉可息哉！"（P510）《毛传》《郑笺》之训诂与荀子无关，文繁不录。

（9）我出我舆，于彼牧矣。自天子所，谓我来矣。（《小雅·出车》）

《荀子·大略》："天子召诸侯，诸侯辇舆就马，礼也。《诗》曰：'我出我舆，于彼牧矣。自天子所，谓我来矣。'"（P486）俞樾云，《毛传》"出车，就马于牧地"与荀子义合。②刘师培认为，《毛传》"就马"二字本于荀子。③俞、刘二说均是。《郑笺》："上我，殷王也。下我，将率自谓也。西伯以天子之命，出我戎车于所牧之地，将使我出征伐。""有人从王所来，谓我来矣。谓以王命召己，将使为将率也。"④与荀子无关。"舆"，《毛诗》作"车"。

（10）"物其指矣，唯其偕矣。""物其有矣，惟其时矣。"（《小雅·鱼丽》）

《荀子·大略》："《诗》曰：'物其指矣，唯其偕矣。'不时宜，不敬文，不欢欣，虽指，非礼也。"（P488）《不苟》："君子行不贵苟难，说不贵苟察，名不贵苟传，唯其当之为贵。《诗》曰：'物其有矣，唯其时矣。'此之谓也。"（P39）《毛诗》"指"作"旨"，"唯"作"维"。《毛传》无解。《郑笺》："鱼既美，又齐等。鱼既有，又得其时。"⑤刘师培云，《郑笺》非荀子之义。⑥然"又得其时"与荀子"不时宜"一正说，一反说，义相通。

（11）鹤鸣于九皋，声闻于天。（《小雅·鹤鸣》）

《荀子·儒效》："贵名不可以比周争也，不可以夸诞有也，不可以势重胁也，必将诚此然后就也。争之则失，让之则至，遵道则积，夸诞则虚。故君子务修其内而让之于外，务积德于身而处之以遵道，如是，则贵名起如日月，天下应之如雷霆。故曰：君子隐而显，微而明，辞让而胜。《诗》曰：'鹤鸣于九皋，声闻于天。'此之谓也。"（P128）俞樾

①《毛诗正义》，北京大学出版社，1999，第476页。
②俞樾：《荀子诗说》，《曲园杂纂》卷六，光绪二十五年《春在堂全书》刻本。
③刘师培：《毛诗荀子相通考》，《刘申叔遗书》，江苏古籍出版社，1997，第353页右上。
④《毛诗正义》，北京大学出版社，1999，第597页。
⑤《毛诗正义》，北京大学出版社，1999，第609页。
⑥刘师培：《毛诗荀子相通考》，《刘申叔遗书》，江苏古籍出版社，1997，第353页右上。

云，《毛传》"言身隐而名著也"，合荀子"隐而显"之旨。① 其说是。《郑笺》："喻贤者虽隐居，人咸知之。"② 亦合荀义。

（12）"天方荐瘥，丧乱弘多。民言无嘉，憯莫惩嗟。""尹氏大师，维周之氐。秉国之均，四方是维。天子是庳，卑民不迷。"（《小雅·节南山》）

《荀子·富国》："故墨术诚行则天下尚俭而弥贫，非斗而日争，劳苦顿萃而愈无功，愀然忧戚非乐而日不和。《诗》曰：'天方荐瘥，丧乱弘多。民言无嘉，憯莫惩嗟。'此之谓也。"（P198）《毛传》："荐，重。瘥，病。弘，大也。憯，曾也。"与荀子无关。《郑笺》："天气方今又重以疫病，长幼相乱，而死丧甚大多也。惩，止也。天下之民，皆以灾害相吊唁，无一嘉庆之言，曾无以恩德止之者，嗟乎奈何？"③《郑笺》实言天道，与荀子虽言天道，实言人事异。《宥坐》："故先王既陈之以道，上先服之；若不可，尚贤以綦之；若不可，废不能以单之；綦三年而百姓往矣。邪民不从，然后俟之以刑，则民知罪矣。《诗》曰：'尹氏大师，维周之氐，秉国之均，四方是维，天子是庳，卑民不迷。'是以威厉而不试，刑错而不用，此之谓也。"（P522）《毛传》："氐，本。均，平。毗，侯也。"④ 与荀子无关。俞樾言《毛诗》"庳"作"毗"，"卑"作"俾"，然《释文》本作"卑"，则古本自是"卑"字。⑤ 刘师培云，《毛传》仅云"使民无迷惑之忧"，而荀子则推言之。⑥"使民无迷惑之忧"乃《郑笺》语，非《毛传》语，刘误。《郑笺》与荀义通。

（13）"百川沸腾，山冢崒崩；高岸为谷，深谷为陵。哀今之人，胡憯莫惩！""下民之孽，匪降自天。噂沓背憎，职竞由人。"（《小雅·十月之交》）

《荀子·君子》："乱世则不然：刑罚怒罪，爵赏逾德，以族论罪，以世举贤。故一人有罪而三族皆夷，德虽如舜，不免刑均，是以族论罪也。先祖当贤，后子孙必显，行虽如桀、纣，列从必尊，此以世举贤也。以族论罪，以世举贤，虽欲无乱，得乎哉！《诗》曰：'百川沸腾，山冢崒崩；高岸为谷，深谷为陵。哀今之人，胡憯莫惩！'此之谓也。"（P452）《毛传》："言易位也。"《郑笺》："易位者，君子居下，小人处上之谓也。""变异如此，祸乱方至，哀哉。"⑦ 二者与荀子所谓"刑罚怒罪，爵赏逾德，以族论罪，以世举贤"，则天下大乱，在一定程度上相通。《正论》："尧、舜者，天下之善教化者也，不能

---

① 俞樾：《荀子诗说》，《曲园杂纂》卷六，光绪二十五年《春在堂全书》刻本。
② 《毛诗正义》，北京大学出版社，1999，第668页。
③ 《毛诗正义》，北京大学出版社，1999，第699页。
④ 《毛诗正义》，北京大学出版社，1999，第701页。
⑤ 俞樾：《荀子诗说》，《曲园杂纂》卷六，光绪二十五年《春在堂全书》刻本。
⑥ 刘师培：《毛诗荀子相通考》，《刘申叔遗书》，江苏古籍出版社，1997，第353页左上。
⑦ 《毛诗正义》，北京大学出版社，1999，第723~724页。

使鬼琐化。何世而无鬼，何时而无琐，自太皞、燧人莫不有也。故作者不祥，学者受其殃，非者有庆。《诗》曰：'下民之孽，匪降自天。噂沓背憎，职竞由人。'此之谓也。"（P337）《毛传》与荀子无关。《郑笺》："下民有此害，非从天隋。……遂为此者，主由人也。"① 祸乱非由天降，实出于人，与荀子引诗意在强调人们应自觉接受礼义教化相通。

（14）"嘤嘤訿訿，亦孔之哀。谋之其臧，则具是违；谋之不臧，则具是依。""不敢暴虎，不敢冯河。人知其一，莫知其它。战战兢兢，如临深渊，如履薄冰。"（《小雅·小旻》）

《荀子·修身》："谄谀者亲，谏争者疏，修正为笑，至忠为贼，虽欲无灭亡，得乎哉！《诗》曰：'嘤嘤訿訿，亦孔之哀。谋之其臧，则具是违；谋之不臧，则具是依。'此之谓也。"（P21）《毛传》："潝潝然患其上，訿訿然思不称其上。"俞樾认为，"此二语殊不易解。《释文》引《韩诗》云：'不善之貌。'则更是望文为说。以荀子此文证之，嘤嘤訿訿，字皆从口，当是形容小人众口附和之貌。惟上之恶人非己，欲人贤己，故群小从而附和之也。"俞氏又引《汉书·刘向传》"众小在位而邪议，歙歙相是而背君子"语为证。可见，《毛传》《韩诗》均与荀义不合，而《鲁诗》与之合。② 俞说是。《郑笺》："臣不事君，乱之阶也，甚可哀也。""谋之善者俱背违之，其不善者依就之，我视今君臣之谋道，往行之将何所至乎？言必至于乱。"③ 与荀子义通。《臣道》："仁者必敬人。凡人非贤则案不肖。人贤而不敬，则是禽兽也；人不肖而不敬，则是狎虎也。禽兽则乱，狎虎则危，灾及其身矣。《诗》曰：'不敢暴虎，不敢冯河。人知其一，莫知其它。战战兢兢，如临深渊，如履薄冰。'此之谓也。故仁者必敬人。敬人有道：贤者则贵而敬之，不肖者则畏而敬之；贤者则亲而敬之，不肖者则疏而敬之。"（P255）《毛传》"不敬小人之危殆"，《郑笺》"人皆知暴虎冯河立至之害，而无知当畏慎小人能危亡也"④，二者均主张谨慎对待小人，此与荀子义合。

（15）"为鬼为蜮，则不可得。有靦面目，视人罔极。作此好歌，以极反侧。"（《小雅·何人斯》）

《荀子·儒效》："事行失中谓之奸事；知说失中谓之奸道。奸事奸道，治世之所弃，而乱世之所从服也……而狂惑戆陋之人，乃始率其群徒，辩其谈说，明其辟称，老身长子，不知恶也。夫是之谓上愚，曾不如相鸡狗之可以为名也。《诗》曰：'为鬼为蜮，则不可得。有靦面目，视人罔极。作此好歌，以极反侧。'此之谓也。"（P124）《正名》：

---

① 《毛诗正义》，北京大学出版社，1999，第 728 页。

② 俞樾：《荀子诗说》，《曲园杂纂》卷六，光绪二十五年《春在堂全书》刻本。

③ 《毛诗正义》，北京大学出版社，1999，第 737～738 页。

④ 《毛诗正义》，北京大学出版社，1999，第 742 页。

"故知者之言也，虑之易知也，行之易安也，持之易立也，成则必得其所好而不遇其所恶焉。而愚者反是。《诗》曰：'为鬼为蜮，则不可得，有腼面目，视人罔极。作此好歌，以极反侧。'此之谓也。"（P426）《毛传》："反侧，不正直也。"以"不正直"解"反侧"，与荀子以此诗批评愚人相通。《郑笺》："使女为鬼为蜮也，则女诚不可得见也。姡然有面目，女乃人也，人相视无有极时，终必与女相见。好，犹善也。反侧，辗转也。作八章之歌，求女之情，女之情反侧，极于是也。"① 与荀子无关。

（16）"周道如砥，其直如矢。君子所履，小人所视。眷焉顾之，潸焉出涕！"（《小雅·大东》）

《荀子·宥坐》："故先王既陈之以道，上先服之；若不可，尚贤以綦之；若不可，废不能以单之；綦三年而百姓往矣。邪民不从，然后俟之以刑，则民知罪矣……今之世则不然：乱其教，繁其刑，其民迷惑而堕焉，则从而制之，是以刑弥繁而邪不胜。三尺之岸而虚车不能登也，百仞之山任负车登焉，何则？陵迟故也……今夫世陵迟亦久矣，而能使民勿逾乎！《诗》曰：'周道如砥，其直如矢。君子所履，小人所视。眷焉顾之，潸焉出涕！'岂不哀哉！"（P522）"眷焉"《毛诗》作""睊言"。《毛传》："如砥，贡赋平均也；如矢，赏罚不偏也。"俞樾认为《毛传》与荀子引诗义合。② 荀子引诗，说明先王礼义教化为先，刑法减省而适当，今之乱世则"乱其教，繁其刑"。《毛传》具体到贡赋、赏罚，虽合荀子之义，但仍有不同。《郑笺》："此言古者天子之恩厚也，君子皆法效而履行之；其如砥矢之平，小人又皆视之、共之无怨。""此二事者在乎前世，过而去矣，我从今顾视之，为之出涕，伤今不如古。"③ 古今对比，与荀子义通。

（17）"普天之下，莫非王土；率土之滨，莫非王臣。"（《小雅·北山》）

《荀子·君子》："天子无妻，告人无匹也。四海之内无客礼，告无适也。足能行，待相者然后进；口能言，待官人然后诏。不视而见，不听而聪，不言而信，不虑而知，不动而功，告至备也。天子也者，势至重，形至佚，心至愈，志无所诎，形无所劳，尊无上矣。《诗》曰：'普天之下，莫非王土；率土之滨，莫非王臣。'此之谓也。"（P450）"普"《毛诗》作"溥"。《毛传》："溥，大。率，循。滨，涯。"与荀子无关。《郑笺》："此言王之土地广矣，王之臣又众矣，何求而不得，何使而不行。"④ 与荀子强调天子"尊无上"义合。

① 《毛诗正义》，北京大学出版社，1999，第765页。
② 俞樾：《荀子诗说》，《曲园杂纂》卷六，光绪二十五年《春在堂全书》刻本。
③ 《毛诗正义》，北京大学出版社，1999，第780页。
④ 《毛诗正义》，北京大学出版社，1999，第797页。

（18）"无将大车，维尘冥冥。"（《小雅·无将大车》）

《荀子·大略》："君人者不可以不慎取臣，匹夫不可以不慎取友……取友善人，不可不慎，是德之基也。《诗》曰：'无将大车，维尘冥冥。'言无与小人处也。"（P514）俞樾云："《毛序》曰：'无将大车，大夫悔将小人也。'《毛传》曰：'大车，小人之所将也。'与荀子义合。"①《郑笺》："冥冥者，蔽人目明，令无所见也。犹进举小人，蔽伤己之功德也。"刘师培云，《郑笺》亦用荀义。②俞、刘皆是。

（19）"嗟尔君子，无恒安息。靖共尔位，好是正直。神之听之，介尔景福。"（《小雅·小明》）

《荀子·劝学》："君子博学而日参省乎己，则知明而行无过矣。……不闻先王之遗言，不知学问之大也。干、越、夷、貉之子，生而同声，长而异俗，教使之然也。诗曰：'嗟尔君子，无恒安息。靖共尔位，好是正直。神之听之，介尔景福。'神莫大于化道，福莫长于无祸。"（P2）俞樾认为《毛传》"正直为正，能正人之曲为直"本《左传》公族穆子"正直为正，正曲为直"语，"荀子之意，以人性本恶，必以学正之"。③可见，《毛传》虽与荀子义合，但不一定出自荀子。荀子所谓以"神之听之，介尔景福"说明教化与学习的潜移默化作用，与人格神无关。《郑笺》："神明听之，则将助女以大福。谓遭是明君，道施行也。"④把"神"理解为人格神，与荀子异。"遭是明君"，与荀子强调学习"先王之遗言"在一定程度上相通。

（20）"礼仪卒度，笑语卒获。"（《小雅·楚茨》）

《荀子·修身》："故人无礼则不生，事无礼则不成，国家无礼则不宁。诗曰：'礼仪卒度，笑语卒获。'此之谓也。"（P23）《礼论》："故厚者，礼之积也；大者，礼之广也；高者，礼之隆也；明者，礼之尽也。《诗》曰：'礼仪卒度，笑语卒获。'此之谓也。"（P358）《毛传》："度，法度也。获，得时也。"⑤与荀子无关。《郑笺》无解。

（21）"左之左之，君子宜之；右之右之，君子有之。"（《小雅·裳裳者华》）

《荀子·不苟》："君子崇人之德，扬人之美，非谄谀也；正义直指，举人之过，非毁疵也；言己之光美，拟于舜、禹，参于天地，非夸诞也；与时屈伸，柔从若蒲苇，非慑怯也；刚强猛毅，靡所不信，非骄暴也。以义变应，知当曲直故也。诗曰：'左之左之，君

① 俞樾：《荀子诗说》，《曲园杂纂》卷六，光绪二十五年《春在堂全书》刻本。
② 刘师培：《毛诗荀子相通考》，见《刘申叔遗书》，江苏古籍出版社，1997，第353页左上。
③ 俞樾：《荀子诗说》，《曲园杂纂》卷六，光绪二十五年《春在堂全书》刻本。
④ 《毛诗正义》，北京大学出版社，1999，第804页。
⑤ 《毛诗正义》，北京大学出版社，1999，第815页。

子宜之；右之右之，君子有之。’此言君子能以义屈信变应故也。"（P41）《毛传》："左，阳道，朝祀之事。右，阴道，丧戎之事。"《郑笺》："君子，斥其先人也。多才多艺，有礼于朝，有功于国。维我先人有是二德，故先王使之世禄，子孙嗣之。今遇谗谄并进，而见绝也。"刘师培认为《毛传》与荀子"以义屈信变应"之语合，而郑语非荀子之义。①其实，《毛传》与荀子无关，而《郑笺》言下之意，先王有美德，后人因此而受惠，这是完全应该的。有人谗谄并进，批判这种情况，是不对的。这与荀子赞同"崇人之德，扬人之美"，甚至可以"言己之光美"义通。

（22）"匪交匪舒，天子所予。""平平左右，亦是率从。"（《小雅·采菽》）

《荀子·劝学》："故未可与言而言谓之傲，可与言而不言谓之隐，不观气色而言谓之瞽。故君子不傲，不隐，不瞽，谨顺其身。诗曰：'匪交匪舒，天子所予。'此之谓也。"（P17）"匪交匪舒"《毛诗》作"彼交匪纾"。《毛传》与荀子无关。《郑笺》："彼与人交接，自偪束如此，则非有懈怠纾缓之心，天子以是故赐予之。"②"自偪束如此，非有懈怠纾缓之心"与荀子强调"谨顺其身"义合。《儒效》："故明主谲德而序位，所以为不乱也；忠臣诚能然后敢受职，所以为不穷也。分不乱于上，能不穷于下，治辩之极也。《诗》曰：'平平左右，亦是率从。'言上下之交不相乱也。"（P129）俞樾认为，《毛传》以"辩治"解"平平"，即用荀卿说。③俞说是。荀子所谓"辩治"，即上文"谲德而序位"，"诚能然后敢受职"，"分不乱于上，能不穷于下"。《郑笺》："率，循也。诸侯之有贤才之德，能辩治其连属之国，使得其所，则连属之国亦循顺之。"刘师培认为此"与荀子符，亦用荀子之义"。④确实，"能辩治其连属之国""使得其所"与荀子引诗以言君臣各尽其职确实有部分相通。

（23）"民之无良，相怨一方。受爵不让，至于己斯亡。""雨雪瀌瀌，宴然聿消。莫肯下隧，式居娄骄。"（《小雅·角弓》）

《荀子·儒效》："君子务修其内而让之于外，务积德于身而处之以遵道……鄙夫反是。比周而誉俞少，鄙争而名俞辱，烦劳以求安利，其身俞危。《诗》曰：'民之无良，相怨一方。受爵不让，至于己斯亡。'此之谓也。"（P128）《毛传》："爵禄不以相让，故怨祸及之，比周而党愈少，鄙争而名愈辱，求安而身愈危。"俞樾认为《毛传》用荀子义。⑤极是。《郑

① 刘师培：《毛诗荀子相通考》，《刘申叔遗书》，江苏古籍出版社，1997，第353页左上。
② 《毛诗正义》，北京大学出版社，1999，第889、900页。
③ 俞樾：《荀子诗说》，《曲园杂纂》卷六，光绪二十五年《春在堂全书》刻本。
④ 刘师培：《毛诗荀子相通考》，《刘申叔遗书》，江苏古籍出版社，1997，第353页右下。
⑤ 俞樾：《荀子诗说》，《曲园杂纂》卷六，光绪二十五年《春在堂全书》刻本。

笺》："良，善也。民之意不获，当反责之于身，思彼所以然者而恕之。无善心之人，则徒居一处，怨恚之。"① 亦与荀义通。《非相》："人有三不祥：幼而不肯事长，贱而不肯事贵，不肖而不肯事贤，是人之三不祥也。人有三必穷：为上则不能爱下，为下则好非其上，是人之一必穷也。乡则不若，偝则谩之，是人之二必穷也。知行浅薄，曲直有以相县矣，然而仁人不能推，知士不能明，是人之三必穷也。人有此三数行者，以为上则必危，为下则必灭。诗曰：'雨雪瀌瀌，宴然聿消，莫肯下隧，式居屡骄。'此之谓也。"（P76）"宴然聿消"、"隧"、"屡"，《毛诗》分别作"见晛曰消"、"遗"、"娄"。《毛传》："晛，日气也。"与荀子无关。《郑笺》："雨雪之盛，瀌瀌然，至日将出，其气始见，人则皆称曰雪今消释矣。喻小人虽多，王若欲兴善政，则天下闻之，莫不曰小人今诛灭矣，其所以然者，人心皆乐善，王不启教之。""今王不以善政启，小人之心则无贵谦虚，以礼相卑下，先人而后己，用此自居处，敛其骄慢之过者。"② "小人"之说，与荀子所谓"三不祥""三必穷"之人相通。"小人今诛灭矣"，与荀子所谓"必危""必灭"义通。

（24）"我任我辇，我车我牛。我行既集，盖云归哉。"（《小雅·黍苗》）

《荀子·富国》："故仁人在上，百姓贵之如帝，亲之如父母，为之出死断亡而愉者，无它故焉，其所是焉诚美，其所得焉诚大，其所利焉诚多。《诗》曰：'我任我辇，我车我牛。我行既集，盖云归哉！'此之谓也。"（P181）《毛传》："任者，辇者，车者，牛者。"与荀子无关。《郑笺》："营谢转饟之役，有负任者，有挽辇者，有将车者，有牵傍牛者。其所为南行之事既成，召伯则皆告之云：可归哉。刺今王使民行役，曾无休止时。"③ 荀子以此诗美仁人，《笺》专言召伯事，二者异。

（25）"饮之食之，教之诲之。"（《小雅·绵蛮》）

《荀子·大略》："不富无以养民情，不教无以理民性。故家五亩宅，百亩田，务其业而勿夺其时，所以富之也。立大学，设庠序，修六礼，明十教，所以道之也。《诗》曰：'饮之食之，教之诲之。'王事具矣。"（P498）《毛传》无解。《郑笺》："渴则予之饮，饥则予之食。事未至则豫教之，临事则诲之。"④ 与荀子义通。

（26）"济济多士，文王以宁。"（《大雅·文王》）

《荀子·君道》："故人主无便嬖左右足信者谓之暗，无卿相辅佐足任使者谓之独，所使于四邻诸侯者非其人谓之孤，孤独而暗谓之危。国虽若存，古之人曰亡矣。《诗》曰：

① 《毛诗正义》，北京大学出版社，1999，第905页。
② 《毛诗正义》，北京大学出版社，1999，第908页。
③ 《毛诗正义》，北京大学出版社，1999，第922页。
④ 《毛诗正义》，北京大学出版社，1999，第934页。

'济济多士，文王以宁。'此之谓也。"（P245）《毛传》："济济，多威仪也。"与荀子无关。《郑笺》无解。

（27）"明明在下，赫赫在上。"（《大雅·大明》）

《荀子·正论》："故主道利明不利幽，利宣不利周。故主道明则下安，主道幽则下危。故下安则贵上，下危则贱上。故主道莫恶乎难知，莫危乎使下畏己。传曰：'恶之者众则危。《书》曰：'克明明德。'《诗》曰：'明明在下。'故先王明之，岂特玄之耳哉！"（P322）《解蔽》："周而成，泄而败，明君无之有也；宣而成，隐而败，暗君无之有也……君人者宣则直言至矣，而谗言反矣，君子迩而小人远矣。《诗》曰：'明明在下，赫赫在上。'此言上明而下化也。"（P409）《毛传》："明明，察也。文王之德，明明于下，故赫赫然著见于天。"《郑笺》："明明者，文王、武王施明德于天下，其征应照晳见于天，谓三辰效验。"刘师培云："《郑笺》云明明兼言文武，余与《传》同，咸与荀义不合。荀谓上明下化，上指君王，下指臣民言，非指上天言也。此条乃《鲁诗》《韩诗》之说，与《毛》义殊。"①刘说是。然《传》所谓"察"，《笺》所谓"明德"，与荀子所谓在上位者应该"宣""泄"义通，均指光明磊落。

（28）"雕琢其章，金玉其相，亹亹我王，纲纪四方。"（《大雅·棫朴》）

《荀子·富国》："而人君者，所以管分之枢要也……故为之雕琢、刻镂、黼黻、文章，使足以辨贵贱而已，不求其观；为之钟鼓、管磬、琴瑟、竽笙，使足以辨吉凶，合欢定和而已，不求其余；为之宫室台榭，使足以避燥湿，养德辨轻重而已，不求其外。《诗》曰：'雕琢其章，金玉其相。亹亹我王，纲纪四方。'此之谓也。"（P179）"雕琢其章""亹亹"《毛诗》分别作"追琢其章""勉勉"。俞樾云："雕琢刻镂，即所谓雕琢其章，金玉其相也。辨贵贱，辨吉凶，辨轻重，则纲纪四方之谓也。与诗义正合。杨注谓小异，非也。亹亹，《诗》作勉勉，字异而义同。"②俞说是。《毛传》与荀子无关。《郑笺》："追琢玉，使成文章，喻文王为政，先以心研精，合于礼义，然后施之。万民视而观之，其好而乐之，如睹金玉然。言其政可乐也。"③《郑笺》"合于礼义"可视作对荀子"辨贵贱""辨吉凶""合欢定和""辨轻重"的概括。

（29）"刑于寡妻，至于兄弟，以御于家邦。"（《大雅·思齐》）

《荀子·大略》："然则赐愿息于妻子。"孔子曰："《诗》云：'刑于寡妻，至于兄弟，

---

① 刘师培：《毛诗荀子相通考》，《刘申叔遗书》，江苏古籍出版社，1997，第353页右下。
② 俞樾：《荀子诗说》，《曲园杂纂》卷六，光绪二十五年《春在堂全书》刻本。
③ 《毛诗正义》，北京大学出版社，1999，第1001页。

以御于家邦。'妻子难，妻子焉可息哉！"（P510）《毛传》："刑，法也。寡妻，嫡妻也。御，迎也。"《郑笺》："寡妻，寡有之妻，言贤也。御，治也。文王以礼法接待其妻，至于宗族，以此又能为政治于家邦也。"①《传》《笺》与荀子无关。

（30）"不识不知，顺帝之则。"（《大雅·皇矣》）

《荀子·修身》："礼者，所以正身也；师者，所以正礼也……故学也者，礼法也。夫师，以身为正仪而贵自安者也。《诗》云：'不识不知，顺帝之则。'此之谓也。"（P34）《毛传》无解。《郑笺》："天之言云：我谓人君有光明之德，而不虚广言语，以外作容貌，不长诸夏以变更王法者。其为人不识古、不知今，顺天之法而行之者。此言天之道尚诚实，贵性自然。"②荀子所谓"帝"，实指师法，《笺》与之异。

（31）"媚兹一人，应侯顺德。永言孝思，昭哉嗣服。"（《大雅·下武》）

《荀子·仲尼》："持宠处位终身不厌之术：主尊贵之，则恭敬而僔；主信爱之，则谨慎而嗛；主专任之，则拘守而详；主安近之，则慎比而不邪；主疏远之，则全一而不倍；主损绌之，则恐惧而不怨。贵而不为夸，信而不处谦，任重而不敢专。财利至则善而不及也，必将尽辞让之义然后受。福事至则和而理，祸事至则静而理。富则施广，贫则用节。可贵可贱也，可富可贫也，可杀而不可使为奸也，是持宠处位终身不厌之术也。虽在贫穷徒处之势，亦取象于是矣。夫是之谓吉人。《诗》曰：'媚兹一人，应侯顺德。永言孝思，昭哉嗣服。'此之谓也。"（P109）《毛传》："一人，天子也。"③与荀子言"主"义合。《郑笺》："媚，爱。兹，此也。可爱乎武王，能当此顺德，谓能成其祖考之功也。易曰：'君子以顺德，积小以高大。'服，事也。明哉，武王之嗣行祖考之事。谓伐纣定天下。"俞樾认为，荀子引"应侯顺德"言臣道非君道，而《郑笺》言君道而非臣道，与荀子引诗不合。④极是。

（32）"自西自东，自南自北，无思不服。"（《大雅·文王有声》）

《荀子·儒效》：孙卿曰："其（指大儒）为人上也广大矣：志意定乎内，礼节修乎朝，法则度量正乎官，忠信爱利形乎下，行一不义、杀一无罪而得天下，不为也。此君义信乎人矣，通于四海，则天下应之如欢。是何也？则贵名白而天下治也。故近者歌讴而乐之，远者竭蹶而趋之，四海之内若一家，通达之属莫不从服，夫是之谓人师。《诗》曰：'自西自东，自南自北，无思不服。'此之谓也。"（P120）《王霸》："故百里之地足以竭势矣，致忠信，著仁义，足以竭人矣，两者合而天下取，诸侯后同者先危。《诗》曰：

① 《毛诗正义》，北京大学出版社，1999，第 1010 页。
② 《毛诗正义》，北京大学出版社，1999，第 1033 页。
③ 《毛诗正义》，北京大学出版社，1999，第 1047 页。
④ 俞樾：《荀子诗说》，《曲园杂纂》卷六，光绪二十五年《春在堂全书》刻本。

'自西自东，自南自北，无思不服。'一人之谓也。"（P215）《议兵》："故近者歌讴而乐之，远者竭蹶而趋之，无幽闲辟陋之国莫不趋使而安乐之，四海之内若一家，通达之属莫不从服，夫是之谓人师。《诗》曰：'自西自东，自南自北，无思不服。'此之谓也。"（P279）荀子因境而言诗，《儒效》认为，大儒当政，"志意定乎内，礼节修乎朝，法则度量正乎官，忠信爱利形乎下"，故天下莫不顺服。《王霸》认为，虽百里地，若"致忠信，著仁义"，则天下来归。《议兵》认为，仁义之兵，天下响应。《毛传》认为此诗言"武王作邑于镐京"与荀子无关。《郑笺》："武王于镐京行辟雍之礼，自四方来观者，皆感化其德心，无不归服者。"① 强调以美德感化天下，则"无不归服"，与荀子通，然所言具体历史事件与荀子无涉。

（33）"朋友攸摄，摄以威仪。""孝子不匮，永锡尔类。"（《大雅·既醉》）

《荀子·大略》："（子贡曰）'然则赐愿息于朋友。'孔子曰：'《诗》云：朋友攸摄，摄以威仪。朋友难，朋友焉可息哉！'"（P510）荀子引诗，言朋友之事不能让人休息。《毛传》："言相摄佐者，以威仪也。"《郑笺》："朋友，谓群臣同志好者也。言成王之臣，皆有仁孝士君子之行，其所以相摄佐威仪之事。"② 均与荀子无关。《大略》："'（子贡曰）然则赐愿息事亲。'孔子曰：'《诗》云：孝子不匮，永锡尔类。事亲难，事亲焉可息哉！'"（P510）荀子引诗，强调侍奉父母并能让人休息。《子道》："孝子所以不从命有三：从命则亲危，不从命则亲安，孝子不从命乃衷；从命则亲辱，不从命则亲荣，孝子不从命乃义；从命则禽兽，不从命则修饰，孝子不从命乃敬。故可以从而不从，是不子也；未可以从而从，是不衷也。明于从不从之义，而能致恭敬、忠信、端悫以慎行之，则可谓大孝矣。《传》曰：'从道不从君，从义不从父。'此之谓。故劳苦雕萃而能无失其敬，灾祸患难而能无失其义，则不幸不顺见恶而能无失其爱，非仁人莫能行。《诗》曰：'孝子不匮。'此之谓也。"（P529）荀子在此论述何谓真正的"孝子"。《毛传》："匮，竭。"与荀子无关。《郑笺》："孝子之行，非有竭极之时，长以与女之族类，谓广之以教道天下也。"③ 所谓"非有竭极之时"，与荀子"焉可息"义通。

（34）"恺悌君子，民之父母。"（《大雅·泂酌》）

《荀子·礼论》："君者，治辨之主也，文理之原也，情貌之尽也，相率而致隆之，不亦可乎！《诗》曰：'恺悌君子，民之父母。'彼君子者，固有为民父母之说焉。父能生

① 《毛诗正义》，北京大学出版社，1999，第1053页。
② 《毛诗正义》，北京大学出版社，1999，第1093页。
③ 《毛诗正义》，北京大学出版社，1999，第1094页。

之，不能养之，母能食之，不能教诲之，君者，已能食之矣，又善教诲之者也。"（P374）"恺悌"《毛诗》作"岂弟"。《毛传》："乐以强教之，易以说安之。民皆有父之尊，母之亲。"① 俞樾认为《毛传》用《礼记·表记》文，而《表记》与荀子义合。② 《表记》原文："君子之所谓仁者，其难乎！《诗》云：'凯弟君子，民之父母。'凯以强教之，弟以说安之。乐而毋荒，有礼而亲，威庄而安，孝慈而敬，使民有父之尊，有母之亲。如此而后可以为民父母矣。"③ 言君子善教诲，则可为民之父母，《表记》《毛传》与荀子相通。然荀子所谓君子，明言人君，《表记》《毛传》不甚分明。

（35）"颙颙卬卬，如珪如璋，令闻令望。岂弟君子，四方为纲。"（《大雅·卷阿》）

《荀子·正名》："以正道而辨奸，犹引绳以持曲直，是故邪说不能乱，百家无所窜。有兼听之明而无矜奋之容，有兼覆之厚而无伐德之色。说行则天下正，说不行则白道而冥穷，是圣人之辨说也。《诗》曰：'颙颙卬卬，如珪如璋，令闻令望。岂弟君子，四方为纲。'此之谓也。"（P424）《毛传》："颙颙，温貌。卬卬，盛貌。"与荀子无关。《郑笺》："令，善也。王有贤臣，与之以礼义相切磋，体貌则颙颙然敬顺，志气则卬卬然高朗，如玉之圭璋也。人闻之则有善声誉，人望之则有善威仪，德行相副。"④ 《郑笺》强调"礼义"，与荀子所谓"圣人"之"正道"略通。然荀子引诗意在说明以正道辨奸说，而《郑笺》则言君臣以礼义相切磋，二者侧重不同。

（36）"惠此中国，以绥四方。"（《大雅·民劳》）

《荀子·致士》："刑政平而百姓归之，礼义备而君子归之。故礼及身而行修，义及国而政明，能以礼挟而贵名白，天下愿，令行禁止，王者之事毕矣。《诗》曰：'惠此中国，以绥四方。'此之谓也。"（P260）荀子所谓"惠"，乃是"刑政平""礼义备"，则利及天下；利及天下，则天下归附，是谓"绥"。《毛传》："中国，京师也。四方，诸夏也。"与荀子无关。《郑笺》：'康、绥，皆安也。惠，爱也。今周民疲劳矣，王几可以小安之乎？爱京师之人以安天下，京师者，诸夏之根本。"⑤ 与荀子无关。

（37）"我言维服，勿用为笑。先民有言，询于刍荛。""介人维藩，大师为垣。"（《大雅·板》）

《荀子·大略》："天下、国有俊士，世有贤人。迷者不问路，溺者不问遂，亡人好

① 《毛诗正义》，北京大学出版社，1999，第 1124 页。
② 俞樾：《荀子诗说》，《曲园杂纂》卷六，光绪二十五年《春在堂全书》刻本。
③ 《礼记正义》，北京大学出版社，1999，第 1483 页。
④ 《毛诗正义》，北京大学出版社，1999，第 1132 页。
⑤ 《毛诗正义》，北京大学出版社，1999，第 1138 页。

独。《诗》曰：'我言维服，勿用为笑。先民有言，询于刍荛。'言博问也。"（P499）
"用"《毛传》作"以"。《毛传》："刍荛，薪采者。"刘师培云："《毛传》仅释'刍荛'。
《郑笺》云'匹夫匹妇，或知及之'，即《洪范》'谋及庶人'之义也。亦用荀子之义。"①
其说大体是，然荀子博问之对象，实为"俊士""贤人"，与"刍荛""匹夫匹妇"并不
完全对应。荀子重在说理，不在解诗，故用诗之大意而已。《君道》《强国》："故君人者
爱民而安，好士而荣，两者无一焉而亡。《诗》曰：'介人维藩，大师为垣。'此之谓也。"
（P236）"介人"《毛诗》作"价人"。《毛传》："价，善也。藩，屏也。"俞樾认为《毛
传》与荀子合，并进一步解释说，"价人者，善人也，所谓士也。"又云："大师，毛无
传，以荀义求之，则当训众，大师者，大众也，所谓民也。《郑笺》以价人为披甲之人，
大师为三公，均非是。"② 俞说是。

（38）"匪上帝不时，殷不用旧。虽无老成人，尚有典刑。曾是莫听，大命以倾。"
（《大雅·荡》）

《荀子·非十二子》："兼服天下之心：高上尊贵不以骄人；聪明圣知不以穷人；齐给
速通不争先人；刚毅勇敢不以伤人；不知则问，不能则学，虽能必让，然后为德。遇君则
修臣下之义，遇乡则修长幼之义，遇长则修子弟之义，遇友则修礼节辞让之义，遇贱而少
者，则修告导宽容之义。无不爱也，无不敬也，无与人争也，恢然如天地之苞万物，如是
则贤者贵之，不肖者亲之。如是而不服者，则可谓訞怪狡猾之人矣，虽则子弟之中，刑及
之而宜。《诗》云：'匪上帝不时，殷不用旧。虽无老成人，尚有典刑。曾是莫听，大命
以倾。'此之谓也。"（P99）《毛传》无解。《郑笺》："此言纣之乱，非其生不得其时，乃
不用先王之故法之所致。老成人，谓若伊尹、伊陟、臣扈之属，虽无此臣，犹有常事故法
可案用也。莫，无也。朝廷君臣皆任喜怒，曾无用典刑治事者，以至诛灭。"③ 俞樾云：
"荀子以十二子皆妖怪狡猾之人。上云'今夫仁人也，将何务哉？上则法舜、禹之则，下
则法仲尼、子弓之义'，此即所谓老成典刑也。"④ 俞说是。然以"如是而不服者，则可谓
訞怪狡猾之人矣，虽则子弟之中，刑及之而宜"观之，荀子所谓"典刑"还包括刑法，
若不用贤人及刑法，则"大命以倾"。《笺》"曾无用典刑治事者，以至诛灭"正与荀子
义合。

① 刘师培：《毛诗荀子相通考》，《刘申叔遗书》，江苏古籍出版社，1997，第353页左下。
② 俞樾：《荀子诗说》，《曲园杂纂》卷六，光绪二十五年《春在堂全书》刻本。
③ 《毛诗正义》，北京大学出版社，1999，第1160页。
④ 俞樾：《荀子诗说》，《曲园杂纂》卷六，光绪二十五年《春在堂全书》刻本。

（39）"无言不雠，无德不报。""不僭不贼，鲜不为则。""温温恭人，惟（维）德之基。"（《大雅·抑》）

《荀子·富国》："君子以德，小人以力。力者，德之役也。百姓之力，待之而后功；百姓之群，待之而后和；百姓之财，待之而后聚；百姓之势，待之而后安；百姓之寿，待之而后长。父子不得不亲，兄弟不得不顺，男女不得不欢。少者以长，老者以养。故曰：'天地生之，圣人成之。'此之谓也。今之世而不然：厚刀布之敛以夺之财，重田野之赋以夺之食；苛关市之征以难其事。不然而已矣，有掎挈伺诈，权谋倾覆，以相颠倒，以靡敝之，百姓晓然皆知其污漫暴乱而将大危亡也。是以臣或弑其君，下或杀其上，粥其城，倍其节，而不死其事者，无它故焉，人主自取之。《诗》曰：'无言不雠，无德不报。'此之谓也。"（P182）《毛诗》"雠"作"酬"。《毛传》："酬，用也。"与荀子无关。《郑笺》："教令之出如卖物，物善则其售贾贵，物恶则其售贾贱。德加于民，民则以义报之。"① "德加于民，民则以义报之"与荀子义合。《致士》："水深而回，树落则粪本，弟子通利则思师。《诗》曰：'无言不雠，无德不报。'此之谓也。"（P264）荀子引诗以言弟子感恩于贤师，《传》《笺》无此义。《臣道》："仁者必敬人。敬人有道：贤者则贵而敬之，不肖者则畏而敬之；贤者则亲而敬之，不肖者则疏而敬之。其敬一也，其情二也。若夫忠信端悫而不害伤，则无接而不然，是仁人之质也。忠信以为质，端悫以为统，礼义以为文，伦类以为理，喘而言，臑而动，而一可以为法则。《诗》曰：'不僭不贼，鲜不为则。'此之谓也。"（P256）《毛传》："为人君止于仁，为人臣止于敬，为人子止于孝，为人父止于慈，与国人交止于信。僭，差也。"荀子引诗意在说明，仁者无论何种情况均无过错，均为人典范。《传》言为人君、为人臣、为人子、与国人交，正是荀子"无接而不然"的进一步展开。《郑笺》："女所行，不僭、不残贼者少矣，其不为人所法。"② 理解为"女所行"，"僭""残"甚多，故"不为人所法"，与荀子及《毛传》均异。《不苟》："君子宽而不慢，廉而不刿，辩而不争，察而不激，寡立而不胜，坚强而不暴，柔从而不流，恭敬谨慎而容。夫是之谓至文。《诗》曰：'温温恭人，惟德之基。'此之谓矣。"（P40）《非十二子》："故君子耻不修，不耻见污；耻不信，不耻不见信；耻不能，不耻不见用。是以不诱于誉，不恐于诽，率道而行，端然正己，不为物倾侧，夫是之谓诚君子。《诗》云：'温温恭人，维德之基。'此之谓也。"（P102）《君道》："至道大形，隆礼至法则国有常，尚贤使能则

---

① 《毛诗正义》，北京大学出版社，1999，第1168页。
② 《毛诗正义》，北京大学出版社，1999，第1171页。

民知方，纂论公察则民不疑，赏克罚偷则民不怠，兼听齐明则天下归之。然后明分职，序事业，材技官能，莫不治理，则公道达而私门塞矣，公义明而私事息矣。如是，则德厚者进而佞说者止，贪利者退而廉节者起……故职分而民不探，次定而序不乱，兼听齐明而百姓不留。如是，则臣下百吏至于庶人莫不修己而后敢安正，诚能而后敢受职，百姓易俗，小人变心，奸怪之属莫不反悫。夫是之谓政教之极。故天子不视而见，不听而聪，不虑而知，不动而功，块然独坐而天下从之如一体，如四肢之从心。夫是之谓大形。《诗》曰：'温温恭人，维德之基。'此之谓也。"（P238）《荀子》一处"惟"、两处"维"，《毛诗》均作"维"。《毛传》"温温，宽柔也。"《郑笺》："宽柔之人，温温然则能为德之基止。言内有其性，乃可以有为德也。"① 《传》《笺》对诗义的理解与《荀子》三处均相通。不过，《君道》所谓"德"者，不仅指天子个人的品德，更包括"隆礼至法""尚贤使能""纂论公察""赏克罚偷""兼听齐明"等为政措施，《传》《笺》无此义。

（40）"维此良人，弗求弗迪；维彼忍心，是顾是复。民之贪乱，宁为荼毒。"（《大雅·桑柔》）

《荀子·儒效》："故人知谨注错，慎习俗，大积靡，则为君子矣；纵性情而不足问学，则为小人矣。为君子则常安荣矣，为小人则常危辱矣。凡人莫不欲安荣而恶危辱，故唯君子为能得其所好，小人则日徼其所恶。《诗》曰：'维此良人，弗求弗迪；维彼忍心，是顾是复。民之贪乱，宁为荼毒。'此之谓也。"（P144）《毛传》："迪，进也。"与荀子无关。《郑笺》："良，善也。国有善人，王不求索，不进用之。有忍为恶之心者，王反顾念而重复之。言其忽贤者而爱小人。贪，犹欲也。天下之民，苦王之政，欲其乱亡，故安为苦毒之行，相侵暴慍恚使之然。"② 言王者用小人而不用贤人，与荀子言君子积善，小人积恶不同。

（41）"既明且哲，以保其身。""德辖如毛，民鲜克举之。"（《大雅·烝民》）

《荀子·尧问》："然则孙卿怀将圣之心，蒙佯狂之色，视天下以愚。《诗》曰：'既明且哲，以保其身。'此之谓也。"（P553）《毛传》《郑笺》均无注。《强国》："积微，月不胜日，时不胜月，岁不胜时……故王者敬日，霸者敬时，仅存之国危而后戚之，亡国至亡而后知亡，至死而后知死，亡国之祸败不可胜悔也。霸者之善著焉，可以时托也，王者之功名不可胜日志也。财物货宝以大为重，政教功名反是，能积微者速成。《诗》曰：'德

---

① 《毛诗正义》，北京大学出版社，1999，第1173页。
② 《毛诗正义》，北京大学出版社，1999，第1187页。

辖如毛，民鲜克举之。'此谓之也。"（P304）《毛传》无解。《郑笺》："德甚轻，然而众人寡能。独举之以行者，言政事易耳。而人不能行者，无其志也。"① 与荀子言为政者少有能积"政教功名"义通。

（42）"王犹允塞，徐方既来。""徐方既同，天子之功。"（《大雅·常武》）

《荀子·君道》："故上好礼义，尚贤使能，无贪利之心，则下亦将綦辞让、致忠信而谨于臣子矣。如是则虽在小民，不待合符节、别契券而信，不待探筹、投钩而公，不待衡石、称县而平，不待斗、斛、敦、概而啧。故赏不用而民劝，罚不用而民服，有司不劳而事治，政令不烦而俗美。百姓莫敢不顺上之法，象上之志，而劝上之事，而安乐之矣。故藉敛忘费，事业忘劳，寇难忘死，城郭不待饰而固，兵刃不待陵而劲，敌国不待服而诎，四海之民不待令而一，夫是之谓至平。《诗》曰：'王犹允塞，徐方既来。'此之谓也。"（P232）《议兵》："故厚德音以先之，明礼义以道之，致忠信以爱之，尚贤使能以次之，爵服庆赏以申之，时其事、轻其任以调齐之，长养之，如保赤子。政令以定，风俗以一，有离俗不顺其上，则百姓莫不敦恶，莫不毒孽，若祓不祥，然后刑于是起矣……故民归之如流水，所存者神，所为者化。暴悍勇力之属为之化而愿，旁辟曲私之属为之化而公，矜纠收缭之属为之化而调，夫是之谓大化至一。《诗》曰：'王犹允塞，徐方既来。'此之谓也。"（P286）《毛传》："犹，谋也。"与荀子无关。《郑笺》："犹，尚。允，信也。王重兵，兵虽临之，尚守信自实满。兵未陈而徐国已来告服，所谓善战者不陈。"② 强调治国、治兵以德为上，武力为辅，《笺》与荀子通。《非相》："故君子贤而能容罢，知而能容愚，博而能容浅，粹而能容杂，夫是之谓兼术。《诗》曰：'徐方既同，天子之功。'此之谓也。"（P86）荀子以天子化易徐方之典，说明君子应该具有各种美德。《传》《笺》无解。

（43）"天作高山，大王荒之。彼作矣，文王康之。"（《周颂·天作》）

《荀子·王制》："故天之所覆，地之所载，莫不尽其美，致其用，上以饰贤良，下以养百姓而安乐之。夫是之谓大神。《诗》曰：'天作高山，大王荒之。彼作矣，文王康之。'此之谓也。"（P162）《天论》："治乱天邪？曰：日月、星辰、瑞历，是禹、桀之所同也，禹以治，桀以乱，治乱非天也。时邪？曰：繁启蕃长于春夏，畜积收臧于秋冬，是又禹、桀之所同也，禹以治，桀以乱，治乱非时也。地邪？曰：得地则生，失地则死，是又禹、桀之所同也，禹以治，桀以乱，治乱非地也。《诗》曰：'天作高山，大

---

① 《毛诗正义》，北京大学出版社，1999，第 1222 页。
② 《毛诗正义》，北京大学出版社，1999，第 1256 页。

王荒之。彼作矣，文王康之。'此之谓也。"（P311）俞樾云，毛公解"作"为生，天生万物于高山，盖本荀卿义。荀卿言天之所覆，地之所载，莫不尽其美，致其用，是以物言也。《郑笺》谓天生此高山，则非荀义。《荀子》上文云"北海则有走马吠犬焉"，"南海则有羽翮、齿革、曾青、丹干焉"，"东海则有紫、绖、鱼、盐焉"，"西海则有皮革、文旄焉"。罗陈万物，可知《毛诗》之有自来。《天论篇》"得地则生，失地则死"云云，亦引此诗，是亦以万物言。① 俞说是。《毛传》以大解"荒"，《郑笺》以安解"康"，又以岐山解高山，均与荀子无关。袁长江认为，此处之"荒"作"治"解，② 其说更合荀子本意。

（44）"怀柔百神，及河乔岳。"（《周颂·时迈》）

《荀子·礼论》："天能生物，不能辨物也；地能载人，不能治人也；宇中万物、生人之属，待圣人然后分也。《诗》曰：'怀柔百神，及河乔岳。'此之谓也。"（P366）《毛传》："怀，来。柔，安。乔，高也，高岳，岱宗也。"《郑笺》："武王既定天下……王行巡守，其至方岳之下，来安群神，望于山川，皆以尊卑祭之。"③《传》《笺》落实到具体人物、地点、事件，与荀子泛言圣人利用自然万物不同。

（45）"钟鼓喤喤，管磬玱玱，降福穰穰。降福简简，威仪反反。既醉既饱，福禄来反。"（《周颂·执竞》）

《荀子·富国》："故儒术诚行，则天下大而富，使而功，撞钟击鼓而和。《诗》曰：'钟鼓喤喤，管磬玱玱，降福穰穰。降福简简，威仪反反。既醉既饱，福禄来反。'此之谓也。"（P187）荀子以诗描绘"儒术诚行"带来的美好结果。"管磬""玱玱"《毛诗》分别作"磬筦""玱将"。《毛传》《郑笺》释义均与荀子无关，文繁不录。

（46）"温恭朝夕，执事有恪。"（《商颂·那》）

《荀子·大略》载，子贡问孔子曰："赐倦于学矣，愿息事君。"孔子曰："《诗》云：'温恭朝夕，执事有恪。'事君难，事君焉可息哉！"（P510）《毛传》："恪，敬也。"与荀子无关。《郑笺》认为，此言王与诸侯来助祭者之间，"其礼仪温温然恭敬，执事荐馔则又敬也。"④ 言王与荀子言君通，言诸侯与荀子言臣略通。

① 俞樾：《荀子诗说》，《曲园杂纂》卷六，光绪二十五年《春在堂全书》刻本。
② 袁长江：《先秦两汉诗经研究论稿》，学苑出版社，1998，第187页。
③ 《毛诗正义》，北京大学出版社，1999，第1304页。
④ 《毛诗正义》，北京大学出版社，1999，第1433、1444页。

（47）"受小球大球，为下国缀旒。""受小共大共，为下国骏蒙。""武王载发，有虔秉钺，如火烈烈，则莫我敢遏。"（《商颂·长发》）

《荀子·臣道》："夺然后义，杀然后仁，上下易位然后贞，功参天地，泽被生民，夫是之谓权险之平，汤、武是也。过而通情，和而无经，不恤是非，不论曲宜，偷合苟容，迷乱狂生，夫是之谓祸乱之从声，飞廉、恶来是也。传曰：'斩而齐，枉而顺，不同而一。'《诗》曰：'受小球大球，为下国缀旒。'此之谓也。"（P257）荀子引诗意在说明，诸如汤武，采取暴力手段推翻暴政的合理性。《荣辱》："故仁人在上，则农以力尽田，贾以察尽财，百工以巧尽械器，士大夫以上至于公侯，莫不以仁厚知能尽官职，夫是之谓至平。故或禄天下而不自以为多，或监门、御旅、抱关、击柝而不自以为寡。故曰：'斩而齐，枉而顺，不同而一。'夫是之谓人伦。《诗》曰：'受小共大共，为下国骏蒙。'此之谓也。"（P71）荀子以此诗证明职业分工及等级制度的合理性。俞樾云："《毛传》训共为法，与荀子意合。小共大共，谓大小各有法度，即上文所谓贵贱之等，长幼之差也。《郑笺》训共为执，非是。"①其实，《传》"训共为法"，在《荀子》中找不到直接根据，最多受"贵贱之等，长幼之差"的启发而已。"骏蒙"，《毛诗》作"骏厖"。《议兵》："故仁人用，国日明，诸侯先顺者安，后顺者危，虑敌之者削，反之者亡。《诗》曰：'武王载发，有虔秉钺，如火烈烈，则莫我敢遏。'此之谓也。"（P269）"发""遏"《毛诗》作"旆"、"曷"。荀子引诗意在说明仁者之兵，无往而不胜。《毛传》："武王，汤也。旆，旗也。虔，固也。曷，害也。"释文与荀子无关。《郑笺》："上既美其刚柔得中，勇毅不惧，于是有武功，有王德。及建旆兴师出伐，又固持其钺，志在诛有罪也。其威势如猛火之炎炽，谁敢御害我。"②此与荀子义合。

通过以上研究，本文认为，在现有文献条件下，很难断言《毛诗》是否传自荀子。既然无法断言，我们就应该跳出是与不是这一简单二分法思维，不一定要作出《毛诗》传自荀子或者不传自荀子的判断，而应该客观分析二者之异同。通过前文的考察可见：《毛诗大序》"经夫妇，成孝敬，厚人伦，美教化，移风俗"的诗学观念与荀子相通。《小序》探索诗的创作背景，考察诗所反映的具体历史事件，与荀子借重《诗经》，强化己说，存在根本区别；不过，《小序》解诗重教化，与荀子的诗学精神一脉相通。《毛传》《郑笺》解诗有时与荀子相通，有时相异。

---

① 俞樾：《荀子诗说》，《曲园杂纂》卷六，光绪二十五年《春在堂全书》刻本。
② 《毛诗正义》，北京大学出版社，1999，第1459页。

附录 《荀子》引诗与四家诗异文表①

荀子引诗	韩诗	鲁诗	齐诗	毛诗
采采卷耳，不盈顷筐。嗟我怀人，置彼周行。（《周南·卷耳》P24）		"卷"亦作"菤" P24		
忧心悄悄，愠于群小（《邶风·柏舟》P132）				
瞻彼日月，悠悠我思。道之云远，曷云能来。（《邶风·雄雉》P160）		"悠悠"作"遥遥" P160		
如切如磋②，如琢如磨。（《卫风·淇奥》P267）	"磋"作"瑳"。"琢"作"错" P267	"切"亦作"齰"。"磋"作"瑳" P267	"磋"作"瑳"。"磨"亦作"摩" P267	
颠之倒之，自公召之（《齐风·东方未明》P382）				
言念君子，温其如玉。（《秦风·小戎》P444）				
"鸤鸠在桑，其子七兮。淑人君子，其仪一兮。其仪一兮，心如结兮。""淑人君子，其仪不忒。其仪不忒，正是四国。""淑人君子，其仪不忒。"（《曹风·鸤鸠》P500、P500、P502）				
昼尔于茅，宵尔索绹，亟其乘屋，其始播百谷。（《豳风·七月》P522）				
我出我舆，于彼牧矣。自天子所，谓我来矣。（《小雅·出车》P585）				"舆"作"车" P585
"物其指矣，唯其偕矣""物其有矣，唯其时矣"（《小雅·鱼丽》P592）				"指"作"旨"。"唯"作"维" P592
鹤鸣于九皋，声闻于天。（《小雅·鹤鸣》P639）				

---

① 本表以《毛诗》篇目为标准，把《荀子》所引之诗出于同一篇目的诗句列在一起。《荀子》所引之诗有七首不见于四家诗，本表不列。表中页码乃《诗三家义集疏》页码。

② 《荀子集解》作"磋"，然《诗三家义集疏》引《荀子》作"瑳"（268页）。《荀子集解》乃研究《荀子》之专著，故本文依此，但同时指出《诗三家义集疏》所载之异。下同。

荀子引诗	韩诗	鲁诗	齐诗	毛诗
"天方荐瘥，丧乱弘多。民言无嘉，憯莫惩嗟。""尹氏大师，维周之氏，秉国之均，四方是维，天子是庳，卑民不迷。"（《小雅·节南山》P659）	篇目为《节》P657。"瘥"作"嵯"P659	篇目为《节》P657。"瘥"作"嵯"P659。"氏"作"底"P659	篇目为《节》P657。"瘥"作"嵯"P659。"均"作"钧"P659	篇目为《节南山》P657，"庳"作"毗"P659。"卑"作"俾"P659
"百川沸腾，山冢崒崩；高岸为谷，深谷为陵。哀今之人，胡憯莫惩！""下民之孽，匪降自天。噂沓背憎，职竞由人。"（《小雅·十月之交》P676、681）	"腾"作"滕"P676。"噂"作"僔"P681	"噂"作"僔"P681	"噂"作"僔"P681	
"嗡嗡呰呰，亦孔之哀。谋之其臧，则具是违；谋之不臧，则具是依。""不敢暴虎，不敢冯河。人知其一，莫知其它。战战兢兢，如临深渊，如履薄冰。"（《小雅·小旻》P688、691）	"嗡"作"翕"。"呰"作"訿"P688	"嗡"作"翕"，又作"歙"P688		"嗡"作"渝"。"呰"作"訿"P688
为鬼为蜮，则不可得。有腼面目，视人罔极。作此好歌，以极反侧。（《小雅·何人斯》P714）				
周道如砥，其直如矢。君子所履，小人所视。睠焉顾之，潸焉①出涕！（《小雅·大东》P727）				"睠焉"作"睠言"P727
普天之下，莫非王土；率土之滨，莫非王臣。（《小雅·北山》P739）				"普"作"溥"P739
无将大车，维尘冥冥（《小雅·无将大车》P742）				
嗟尔君子，无恒安息。靖共尔位，好是正直。神之听之，介尔景福。（《小雅·小明》P745）	"靖共"作"静恭"，一作"靖恭"P745		"无恒"一作"毋常"。"靖共"作"靖恭"，一作"静共"P745	
礼仪卒度，笑语卒获（《小雅·楚茨》P752）	"仪"作"义"P752			

---

① 《荀子集解》作"潸焉"，然《诗三家义集疏》引《荀子》作"潸然"（P728）。

荀子引诗	韩诗	鲁诗	齐诗	毛诗
左之左之，君子宜之；右之右之，君子有之。（《小雅·裳裳者华》P771）				
"匪交匪舒，天子所予""平平左右，亦是率从。"（《小雅·采菽》P792）	"平"作"便"P792			"匪交匪舒"作"彼交匪舒"P792
"民之无良，相怨一方。受爵不让，至于己斯亡。""雨雪瀌瀌①，宴然聿消。莫肯下隧，式居娄骄。"（《小雅·角弓》P795、797）	"瀌瀌"作"麃麃"。"宴然聿消"作"曣曣聿消"。"隧"作"隤"P797	"宴然聿消"作"曣曣聿消"P797		"宴然聿消"作"见晛曰消"。"隧"作"遗"。"娄"作"娄"P797
我任我辇，我车我牛。我行既集，盖云归哉。（《小雅·黍苗》P806）				
饮之食之，教之诲之。（《小雅·绵蛮》P814）			篇名作《绵蛮》P814	
济济多士，文王以宁。（《大雅·文王》P825）				
明明在下，赫赫在上。（《大雅·大明》P828）				
雕琢其章，金玉其相，亹亹我王，纲纪四方。（《大雅·棫朴》P845）	亦作"亹亹"P845			"雕琢"作"追琢"。"亹亹"作"勉勉"P845
刑于寡妻，至于兄弟，以御于家邦。（《大雅·思齐》P849）				
不识不知，顺帝之则。（《大雅·皇矣》P858）		"不"一作"弗"		
媚兹一人，应侯德顺②，永言孝思，昭哉嗣服。（《大雅·下武》P867）		"德顺"作"慎德"P867		
自西自东，自南自北，无思不服。（《大雅·文王有声》P872）	"自西自东"作"自东自西"P872			
"朋友攸摄，摄以威仪。""孝子不匮，永锡尔类。"（《大雅·既醉》P889、890）				

---

① 《荀子集解》作"瀌瀌"，然《诗三家义集疏》载《荀子》作"麃麃"。（P797）
② 《荀子集解》作"顺德"，然《诗三家义集疏》载《荀子》作"慎德"。（P867）

续表

荀子引诗	韩诗	鲁诗	齐诗	毛诗
恺悌君子，民之父母（《大雅·泂酌》P904）	亦作"恺悌" P904		"恺悌"或作"凯弟" P904	"恺悌"作"岂弟" P904
颙颙卬卬，如珪如璋，令闻令望。岂弟①君子，四方为纲。（《大雅·卷阿》P907）				
惠此中国，以绥四方（《大雅·民劳》P909）				
"我言维服，勿用为笑。先民有言，询于刍荛""介人维藩，大师维垣"②（《大雅·板》P915、919）				"用"作"以"P915。"介"作"价"P917
匪上帝不时，殷不用旧。虽无老成人，尚有典刑。曾是莫听，大命以倾。（《大雅·荡》P927）				
"无言不雠③，无德不报。""不僭不贼，鲜不为则。""温温恭人，惟④德之基。"（《大雅·抑》P934、P937、P938）	"雠"作"酬" P934	"雠"亦作"醻"、"酬" P934		"雠"作"讐"P934。"惟"作"维"P938
维此良人，弗求弗迪；维彼忍心，是顾是复。民之贪乱，宁为荼毒。（《大雅·桑柔》P950）				
"既明且哲，以保其身。""德辀如毛，民鲜克举之。"（《大雅·烝民》P968、P970）				
"王猶⑤允塞，徐方既来。""徐方既同，天子之功。"（《大雅·常武》P989）	"猶"作"猷" P990	作"猷"P990	"来"作"倈" P989	

---

① 王先谦云："《荀子·正名篇》引诗五句，全与毛同，疑误。"（《诗三家义集疏》P907）
② 《荀子集解》三"维"字，《诗三家义集疏》载《荀子》前一作"均作"维"（P916），后二作"惟"（P918）。
③ 《荀子集解》作"雠"，然《诗三家义集疏》载《荀子》作"讐"。（P935）
④ 《荀子集解·不苟》作"惟"，《非十二子》《君道》均作"维"。然《诗三家义集疏》载，《荀子》均作"惟"（P938）。
⑤ 《荀子集解》作"猶"，然《诗三家义集疏》载《荀子》作"猷"。（P990）

续表

荀子引诗	韩诗	鲁诗	齐诗	毛诗
天作高山，大王荒之。彼作矣，文王康之。（《周颂·天作》P1006）				
怀柔百神，及河乔岳。（《周颂·时迈》P1013）		"乔"一作"峤"P1013		
钟鼓喤喤，管磬玱玱，降福穰穰，降福简简，威仪反反。既醉既饱，福禄来反。（《周颂·执竞》P1015）	"喤"作"锽"，"玱"作"蹡"P1015	"喤"作"锽"。"管磬"一作"磬筦"。"玱"亦作"鎗"。"穰"一作"禳"。"反反"一作"板板"P1015	"喤"作"锽"。"玱"作"锵"P1015	"管磬"作"磬筦"。"玱玱"作"玱将"P1015
温恭朝夕，执事有恪。（《商颂·那》P1099）				
"受小球大球，为下国缀旒。""受小共大共，为下国骏蒙。""武王载发，有虔秉钺，如火烈烈，则莫我敢遏。"（《商颂·长发》P1110、P1111、P1112）		"共"作"珙"，或作"拱"P1111	"骏蒙"作"恂蒙"P1111	"骏蒙"作"骏厖"P1111。"发"作"旆"。"遏"作"曷"P1112

盛唐七古的复古成就及诗史意义

黄　琪[*]

【内容提要】　七古在开元中后期至天宝期间，逐步确立了以单句散行、言志述怀为基本特色的艺术体制，并随之拓展了叙事、抒情、讽兴等多种表现功能。真正意义的七古成熟于盛唐，属于古体诗形态的一种，而与七言歌行、乐府相区别。盛唐七古的重要成就，一方面标志着在以歌行为大宗的七言诗史上终于产生了成熟的古体形态，另一方面也推动着盛唐时期复古诗风的深化，故其诗史意义不可忽视。

【关键词】　七古　艺术体制　盛唐诗风　诗史意义

研究盛唐各种诗歌体裁，七古是相对复杂的一个问题，古今学者对七古本身的体式界定，有不同看法。换言之，哪些诗歌归为七古，尚未有定论。盛唐诗坛的七言诗，七律、七绝的体式畛域较为清楚，而七古、七言歌行、七言乐府歌行等各体，则既相互区别，又互有交集。古人对七古的概念认识，就存在不少分歧。其中，既有如明人胡应麟提出的"七言古诗，概曰歌行"[①] 的广义观念；也有将古乐府从歌行中区分出去的，如清人钱木菴说："凡七言及长短句不用古题者，通谓之歌行。"[②] 明清时期的一些重要的唐诗选本，如《唐诗品汇》《唐诗别裁集》等，在七言古诗类中也兼收七古（含杂言）、古乐府、新

　　＊　黄琪，湖南大学中国语言文学学院，助理教授，主要研究魏晋六朝隋唐诗歌。

　　①　胡应麟：《诗薮》内编卷三，上海古籍出版社，1958，第41页。

　　②　钱良择：《唐音审体·古诗七言论》，丁福保编《清诗话》，上海古籍出版社，1978，第781页。

题乐府、歌行。① 综合来看，明清学者的意见中，占主流的是广义的七言古诗观，即这一体式不仅包括非乐府题、非歌辞性题目的七古（含杂言古诗），也包含乐府，以及带有"歌""行""吟"等歌辞性题目的七言（含杂言）古诗。现当代学者一方面继承古人的融通的观点，如王锡九《唐代的七言古诗》、薛天纬《唐代歌行论》等专著，并不严辨七古和歌行②；也有一些学者努力界分七古、歌行、乐府各体，如日本学者松浦友久从表现功能方面指出古题乐府、新乐府及歌行的不同特征，③ 葛晓音《初盛唐七言歌行的发展——兼论歌行的形成及其与七古的分野》④ 一文，从字法句式和篇法结构等方面，梳理了初盛唐歌行艺术风格的发展变化，及其与七古的艺术差异。总之，七古、七言歌行以及七言乐府的体制风格探讨和体式界分，是盛唐七言诗歌研究之中的一个焦点。

本文讨论七古，不再对七古体式范围的划定作论争，而是将狭义七古，即非乐府题、非歌吟类的七言古诗，作为研究对象。学界由于多持广义的七言古诗观，讨论盛唐七古时，所关注的其实主要是歌行，而对真正的七言古诗探析得不够。本文也不再从学界常见的以七古和歌行相对比的思路来阐述盛唐七古艺术，而是从复古诗风发展的层面，考察严格意义上的七古的成熟，以及七古的功能和体制在开元、天宝诗坛的发展变化，由此揭示七古一体在盛唐诗坛的复古成就和诗史意义。⑤

一　盛唐七古艺术体制的成熟

开元前期，孙逖、赵冬曦、张说等创作的一些七言诗，虽然不采用歌、行类题目，也不用乐府题，但其创作手法和艺术风格仍保留初唐歌行的韵味，不是真正意义的七古。如张说《同赵侍御乾湖作》、赵冬曦《灉湖作》，此二篇为先后之作。两首诗虽然不再使用

① 如高棅《唐诗品汇》七言古诗卷，李白作品中录有"乐府二十三首"、"歌吟十六首"，以及非乐府、非歌吟题的诗作三十六首。参见《唐诗品汇》卷二十六、卷二十七，上海古籍出版社，1988，第282～298页。又如沈德潜《唐诗别裁集》七言古诗卷，录有高适《燕歌行》、李白《战城南》等古乐府，也有歌行如岑参《白雪歌送武判官归京》，还有杜甫《兵车行》《丽人行》《悲陈陶》《哀王孙》等新题乐府。参见《唐诗别裁集》卷五、卷六，中华书局，1975，第68～99页。
② 参见王锡九《唐代的七言古诗》，江苏教育出版社，1991；薛天纬：《唐代歌行论》，人民文学出版社，2006。
③ 参见松浦友久《中国诗歌原理》中第八篇"乐府·新乐府·歌行论"，辽宁教育出版社，1990，第269～291页。
④ 参见葛晓音《初盛唐七言歌行的发展——兼论歌行的形成及其与七古的分野》，《文学遗产》1997年第5期。
⑤ "盛唐"作为一个唐诗分期概念，学界对其所指时段有不同看法。如罗宗强《隋唐五代文学思想史》认为盛唐是景云中至安史之乱前后。（罗宗强：《隋唐五代文学思想史》，上海古籍出版社，1986，第89页）袁行霈认为盛唐的时段大致在公元721年到770年。（袁行霈：《百年徘徊——初唐诗歌的创作趋势》，《北京大学学报》1994年第6期）本文对此不拟做专门辨析，本文所用的"盛唐"概念，在时段上就是开元、天宝。

南朝乐府歌行常见的顶针、回文、叠字等修辞手法，但仍然保留了初唐歌行的特点。首先是运用对应的虚字来勾连句意，如"乍见""复闻""适来""已复""试就""莫疑""应思""谁谓"等。其次是基本全以对偶句行篇，两句一节、四句一层的结构贯穿全诗，这种创作手法使得诗篇突出表现出一种悠扬宛转的声情。虽然诗篇不采用歌行类的题目，其实还是属于歌行的样式。又如孙逖《夜宿浙江》《春日留别》二诗描写春江月夜之景，无论在意境和声情方面，都可看到张若虚《春江花月夜》的影子。

可见，开元前期的一些非歌吟、非乐府类的古诗，尚保留着初唐歌行的格调，在内容上以情景描摹为主，在手法上以虚字勾连、偶句排比为重，声情宛转，意境悠远。严格意义的七古作品的出现，还有待后之诸家的开拓。

开元中后期至天宝期间，七古艺术体制的突出变化，就是形成以散句行篇的特征。散句自然叙述的功能，使得诗意顺势贯穿，一气呵成，这在中篇的七言古诗中体现得比较明显。如李颀开元年间所作《送陈章甫》：

> 四月南风大麦黄，枣花未落桐叶长。青山朝别暮还见，嘶马出门思旧乡。
> 陈侯立身何坦荡，虬须虎眉仍大颡。腹中贮书一万卷，不肯低头在草莽。
> 东门沽酒饮我曹，心轻万事皆鸿毛。醉卧不知白日暮，有时空望孤云高。
> 长河浪头连天黑，津口停舟渡不得。郑国游人未及家，洛阳行子空叹息。
> 闻道故林相识多，罢官昨日今如何。

整首诗以散句贯穿直下，叙事、写人、抒情相交替，而又一气呵成、气脉不断，自有一种奇崛。

又如高适《赠别晋三处士》：

> 有人家住清河源，渡河问我游梁园。手持道经注已毕，心知内篇口不言。
> 卢门十年见秋草，此心惆怅谁能道。知己从来不易知，慕君为人与君好。
> 别时九月桑叶疏，出门千里无行车。爱君且欲君先达，今上求贤早上书。

此篇与上一首李颀送别诗有相似性，其层意转换都是通过单行散句来实现。散句的叙述性明显，与骈偶句长于描摹不同。

七古同五古一样，在开元后期诗坛已有较成熟的八句体的代表作品，只是七古本身数量较少，不太引人注意。如李白开元中的作品《示金陵子》：

金陵城东谁家子，窃听琴声碧窗里。落花一片天上来，随人直度西江水。
楚歌吴语娇不成，似能未能最有情。谢公正要东山妓，携手林泉处处行。

又如岑参《偃师东与韩樽同诣景云晖上人即事》：

山阴老僧解楞伽，颍阳归客远相过。烟深草湿昨夜雨，雨后秋风渡漕河。
空山终日尘事少，平郊远见行人小。尚书碛上黄昏钟，别驾渡头一归鸟。

这两首八句体的七古，皆能破除骈偶，以散句写来。

天宝时期七古作品，也突出表现出以散句精神贯穿全诗的特色。如李白《醉后赠从甥高镇》：

马上相逢揖马鞭，客中相见客中怜。欲邀击筑悲歌饮，正值倾家无酒钱。
江东风光不借人，枉杀落花空自春。黄金逐手快意尽，昨日破产今朝贫。
丈夫何事空啸傲，不如烧却头上巾。君为进士不得进，我被秋霜生旅鬓。
时清不及英豪人，三尺童儿重廉蔺。匣中盘剑装鲮鱼，闲在腰间未用渠。
且将换酒与君醉，醉归托宿吴专诸。

这首七古也是全用散句，气势淋漓。打破骈俪化七言诗两句一意、四句一层的结构，自由的组织意脉。诗人在现实中的种种悲愤情怀，与七古散句直叙的纵逸气势，融为一体。

再如岑参《送李副使赴碛西官军》，此诗作于天宝十载，岑参送李副使赴高仙芝安西都护府。诗从火山、赤亭的艰苦环境入笔，惜别之意暗含其中。次写李副使乃久经沙场之将，想其必能克服环境之苦。第五句转到对酒话别的场面，第六句道出李副使此行击胡的使命，豪迈之感溢于笔端。最后两句直述胸臆，既是对李副使建功立业的期许，也是诗人自己理想和壮志的剖白。这首八句体的七古，也以散句的精神贯穿，气势豪放明快，极有感染效果。

开元、天宝时期一些七古之中，也不乏少数对偶句，这并非是盛唐七古未能彻底摆脱梁、陈、初唐七言歌行的骈俪化形制，而是诗人创作时的有意安排，一二偶句在散行诗行之中，往往成为警策之处。如李白的名篇《宣州谢朓楼饯别校书叔云》，散行中有"抽刀断水水更流，举杯消愁愁更愁"二句，谢朓楼前奔流不息的流水，与人生在世无穷无尽的

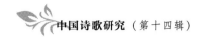

愁绪，构成一种天然的比兴关系，严格说来是一种对照的句法，与偶俪不同。从艺术效果来看，二句又构思奇绝，乃篇中精华。而从诗的章法看，前有高楼对酒、青天揽月之豪兴，此二句将意思一转，愁情勾出，后遂有"人生在世不称意"之牢骚，故而这两句对照，恰是一篇转折之所在。

又如钱起《送邬三落第还乡》篇中"关中新月对离尊，江上残花待归客"二句对偶，将眼前离景与前路归程两相对照，扩大了诗意的容量。高适《留别郑三韦九兼洛下诸公》亦有偶句"远路鸣蝉秋兴发，华堂美酒离忧销"，刘长卿《送贾三北游》中有"雨色新添漳水绿，夕阳远照苏门高"，同样都是两种场景的对照。送别诗中的偶句，往往是为述及离别双方或是离别之时、离别之后等要素而安排，周全诗意，扩展容量，有其特定的作用。总之，这些偶句的穿插，并不影响七古以散句为主的精神，能与散句互为补充，相得益彰。

除散句外，开元、天宝七古艺术体制上另一个重要特点，就是多涉及第一人称（"我"）、第二人称（"君""尔""汝"等），有种对面直呼、如告如诉的亲切效果。这其中，有的是分别叙述朋友和诗人双方，如：

> 知君独坐青轩下，此时结念同所怀。我闭南楼看道书，幽帘清寂在仙居。
> （李白《早秋单父南楼酬窦公衡》）
> 我家寄在沙丘傍，三年不归空断肠。君行既识伯禽子，应驾小车骑白羊。
> （李白《送肖三十一之鲁中兼问稚子伯禽》）
> 君为进士不得进，我被秋霜生旅鬓。　　　（李白《醉后赠从甥高镇》）
> 而我守道不迁业，谁能肯敢效此事。……会应怜尔居素约，可即长年守贫贱。
> （丁仙芝《赠朱中书》）
> 自是君身有仙骨，世人那得知其故。……罢琴惆怅月照席，几岁寄我空中书。
> （杜甫《送孔巢父谢病归游江东兼呈李白》）

这一类都出自寄赠送别诗中。分叙朋友和自身，既是诗歌内容应有之义，也以这种对照形成全篇的一种章法结构。本来，分叙主宾双方，并不一定要出现"我""君"这类称呼，比如杜甫五言排律《寄岳州贾司马六丈巴州严使君两阁老五十韵》《哭台州郑司户苏少监》等，将诗人自己与诗中涉及对象穿插交代，反复对照，并不使用直接的人称代词。五言排律的这种处理方法，显得客观郑重，而七古中多出现"我"如何、"君"如何的叙述，就表现出口语化的通俗特色，这与七言诗的俗体特性分不开的。

开元、天宝七古中出现更多的，是诗人对朋友的直接呼告。如：

世人遇我同众人，唯君于我最相亲。　　　　　　　　（高适《别韦参军》）

今人昨人多自私，我心不说君应知。　　　　　　　　（王维《不遇咏》）

我今蹭蹬无所似，看尔崩腾何若为。　　　　　　　　（高适《送蔡山人》）

凿井耕田不我招，知君以此忘帝力。　　　　　　　（高适《送杨山人归嵩阳》）

忆昨相逢论久要，顾君咟我轻常调。　　　　（高适《留别郑三韦九兼洛下诸公》）

请君骑马望西陵，为我殷勤吊魏武。　　　　　　　　（李颀《送刘方平》）

如此写来，如同当面诉说，亲切可感。

此时期七古以散句为主的体制特征，以及对面倾诉的表达方式，是其最显著的艺术特色。前一点，与开元、天宝五古的发展情况大致相似，而后一点则更能代表七古本身偏于直白和通俗的倾向。

二　盛唐七古表现功能的发展

随着七古艺术体制的成熟，盛唐七古的表现功能也得到开拓。

开元中后期，七古作为一种古诗的艺术风格，已发展成熟，但作品数量尚不多。除了高适、李颀七古作品相对较多，其他重要诗人今仅可见个别篇目流传，如孟浩然《高阳池送朱二》、李白《早秋单父南楼酬窦公衡》、王维《不遇咏》、储光羲《登戏马台》等。而且这一时期七古，总体来看，以言志述怀为主突出体现了一种复古创作的理想，七古这一体式的其他方面的表现功能尚未充分得以开拓。

七古在天宝诗坛的数量明显增多，除高适、李颀的创作较前期突出外，王维、李白、岑参、杜甫、刘长卿、钱起等，也写作了不少重要的七古作品。从诗题来看，天宝七古仍然是以寄赠送别诗为最主要的题材，高适、李颀、李白的七古几乎全为送人之作，钱起创作的几首七古，如《送傅管记赴蜀军》《卢龙塞行送韦掌记》《送崔校书从军》《送邬三落第还乡》等，也都是送人类篇目。但是，在此之外，也有诗人创作一些其他题材的作品，随着题材的扩展，七古多方面的表现功能也得以拓展。

如高适《封丘作》自如地将叙述、抒情、议论结合起来：

我本渔樵孟诸野，一生自是悠悠者。乍可狂歌草泽中，宁堪作吏风尘下。只言小

邑无所为，公门百事皆有期。拜迎官长心欲碎，鞭挞黎庶令人悲。归来向家问妻子，举家尽笑今如此。生事应须南亩田，世情付与东流水。梦想旧山安在哉，为衔君命且迟回。乃知梅福徒为尔，转忆陶潜归去来。

此篇作于诗人任封丘尉期间，是诗人发自肺腑的自白。诗人首先自道不羁于物的自由本性，再言担任卑微小吏后所作所为的无奈辛酸，最后怀念先贤高逸之迹，流露出不愿与世俗同流合污的高洁之志。七古写来，虽然意含忧戚，但自有一种跌宕放达的气势。

又如李白《夜泊黄山闻殷十四吴吟》：

> 昨夜谁为吴会吟，风生万壑振空林。龙惊不敢水中卧，猿啸时闻岩下音。
> 我宿黄山碧溪月，听之却罢松间琴。朝来果是沧洲逸，酤酒醨盘饭霜栗。
> 半酣更发江海声，客愁顿向杯中失。

此诗写诗人夜泊黄山，听到吴地歌吟之声的心情感受。诗中创造了夜泊闻声和朝起识人两个情景，诗人夜间听到有人为吴会之吟，并为之罢琴倾倒。朝起才发现，吟唱者是位隐逸之人，于是携着酒食前往；饮至半酣，隐者又发出如江涛海啸般的吟唱声，诗人闻而兴动，客居的愁绪也因之一解。这首七古把闻吟的经历写得如同一个小故事，也发挥了古诗叙事的功能。

再如杜甫《叹庭前甘菊花》等诗，将托寓讽兴引入七古：

> 檐前甘菊移时晚，青蕊重阳不堪摘。明日萧条醉尽醒，残花烂熳开何益。
> 篱边野外多众芳，采撷细琐升中堂。念兹空长大枝叶，结根失所缠风霜。

《杜诗详注》注该诗于天宝十三载长安所作。[1] 诗的一、二句，点出甘菊移植的时间过晚，未及重阳佳节。接着便道出赏花人之意兴阑珊，叹息即便甘菊花能绚烂绽放，也终究无益。至此已流露出生不逢时的惆怅情绪。甘菊花空自缀满枝头、徒然枝叶繁盛，不仅不会有人驻足欣赏，反而将遭受风霜的残酷摧折。沉痛之情，卒章而显。该诗借甘菊花寄慨，以甘菊移植失时、遭受风霜打击，自比诗人坎坷失意的现实处境，所托之意，亦在言外。

---

① 参见仇兆鳌《杜诗详注》，中华书局，1979，第210页。

可见，七古这一体式，在开元中后期以恢复汉魏古诗言志述怀传统的姿态，登上诗坛，经过天宝时期的发展，很快扩展到多种题材，并开拓了叙事、抒情、议论、讽兴等多方面的表现功能。

三　盛唐七古的诗史意义

狭义的七古，虽然多被学者连同歌行、乐府合而论之，其实其诗学渊源各有不同。文人诗自汉魏勃兴以来，一直以五言诗为主导，初唐之时古律攸分，主要是五古和五律的对立。而七言诗的发展，明清学者大多认为起源于汉魏而盛于齐梁，如冯班《钝吟杂录》云：

> 七言创于汉代，魏文帝有《燕歌行》，古诗有"东飞伯劳"，至梁末而七言盛于时，诗赋多有七言，或有杂五七言者，唐人歌行之祖也。①

又如钱良择《唐音审体·古诗七言论》中说：

> 七言始于汉歌行，盛于梁。梁元帝为《燕歌行》，群下和之，自是作者迭出，唐初诸家皆效之。②

以上学者所论，注意到了七言歌行源出汉乐府的事实。其实，七言诗产生之后，得以发展的主要是柏梁体和歌行体，尤以歌行的生命力强盛。钱良择编选唐诗各体，于"古诗七言论"中所谈及的，也主要是七言诗中歌行体的发展轨迹。可以说，七言诗之中真正狭义的七言古诗，并未有多少发展。故而冯班又说：

> 至唐有七言长歌，不用乐题，直自作七言，亦谓之歌行。故《文苑英华》歌行与乐府又分两类。今人歌行题曰古风，不知始于何时？唐人殊不然，故宋人有七言无古诗之论。③

---

① 冯班：《钝吟杂录》，丁福保编《清诗话》，上海古籍出版社，1978，第37页。
② 钱良择：《唐音审体·古诗七言论》，丁福保编《清诗话》，第781页。
③ 冯班：《钝吟杂录》，丁福保编《清诗话》，第37页。

此论很明确地指出，将七言诗中之歌行题曰古风是错误的，而之所以有"七言无古诗"之论，正是由于七言诗在产生以后的很长时期之内，都以歌行为重镇，少有真正的七古。

可以说，唐前七言诗的历史，主要就是七言歌行的历史。大致而言，汉魏晋宋时期，曹丕《燕歌行》、鲍照《行路难》等，言情淋漓，述怀畅达，尚存古风。齐梁以降至于初唐，以萧纲《杂句春情诗》、张正见《赋得阶前嫩竹》、卢照邻《长安古意》、骆宾王《畴昔篇》、刘希夷《公子行》等七言歌行为代表，都表现出骈俪化的特征。可以看出，七言诗在梁陈初唐以来具有近体化倾向。这一情况，与五言诗的发展趋向大致相似。

盛唐七古的诗史意义首先就表现为，在以歌行为大宗的七言诗发展历史上，终于产生成熟的七言古体形态，七古与五古一样成为盛唐诗坛古体样式的重要代表。五言诗的复古，在初唐陈子昂之时已取得重要的突破，至开元中期以后，五古在山水行役、言志述怀、寄赠酬答等各种题材上，都已发展成熟。某种程度上说，由于有汉魏古诗的经典在前，五言诗的复古问题是相对容易被后世文人注意到的，并且可供盛唐诗人复古创作借鉴的前代遗产也十分丰富。而七言诗的创作，直到开元中期诗坛复古创作风气出现以后，才真正取得复古方面的成就，即一方面是七言歌行本身的复古探索（这个问题暂时不在本文讨论之内），另一方面就是七古逐步成熟发展，与五古一起成为盛唐诗坛的重要的古诗形态。故而，讨论七言诗的成熟，虽可以追溯到先秦，而如果言及真正严格意义上的七古的成熟，则当从唐代开元时期算起。

开元中后期，高适、李颀、王维、孟浩然、李白等创作的一批七古登上诗坛，标志着真正七古的成熟。这些七言古诗，已很少使用虚字对应勾连句意的方法，而是自然连贯。而它们在内容上的最重要变化，就是不再限于山光水色、相思别离等题材，把重心转为抒写建功立业的人生抱负和落拓不遇的愤懑感慨。如王维高唱："济人然后拂衣去，肯作徒尔一男儿。"[1] 高适叹息："一生称意能几人，今日从君问终始"[2]，"纵使登高只断肠，不如独坐空搔首"[3]。储光羲感慨："少年自古未得意，日暮萧条登古台。"[4] 同时，七古的创作手法，也从情景描摹转为多使用直白的抒情或议论。如高适《平台夜遇李景参有别》："岁物萧条满路歧，此行浩荡令人悲。家贫羡尔有微禄，欲往从之何所之。"又如高适《送蔡山人》："斗酒相留醉复醒，悲歌数年泪如雨。丈夫遭遇不可知，买臣主父皆如斯。"

---

① 王维：《不遇咏》，《全唐诗》卷一百二十五。
② 高适：《题李别驾壁》，《全唐诗》卷二百十三。
③ 高适：《九月九日酬颜少府》，《全唐诗》卷二百十三。
④ 储光羲：《登戏马台》，《全唐诗》卷一百三十八。

又如李颀《欲之新乡答崔颢綦毋潜》："数年作吏家屡空，谁道黑头成老翁。男儿在世无产业，行子出门如转蓬。"这种多发直白议论的特点，与七言诗在当时是一种俗体有关。七言古诗不用于雅、颂题材，也未进入宫廷酬赠唱和的范围，多被中下层文人采用，抒发人生失意的牢骚心态。

语言质朴、情志畅达，是开元中后期七古的重要特色，也是七古真正成熟的一种体现。由于自汉魏以降，至于盛唐，五言诗始终居于大宗，开元、天宝诗坛七古的创作数量及专业作者都不及五古，故而七古的复古成绩也未被充分揭示。真正的七古，并非从七言歌行中分化出来，而是在五古之后的又一种古诗形态。

其次，盛唐七古的发展成熟，是当时诗坛推崇汉魏风骨的诗学理想的一种反映，也是复古创作风气的重要体现，推动着盛唐诗歌复古进程的深化发展。

唐人七古与五古，差不多同时在开元中后期达到小的创作高峰，这是一个值得注意的现象。初唐时，陈子昂鲜明地提倡"汉魏风骨"，批判齐梁间诗"彩丽竞繁，而兴寄都绝"[1]，明确要求以恢复汉魏之兴寄与风骨，来革除齐梁以来的绮靡之风，使得一条由复汉魏来革齐梁的复古路径清晰起来，他在复古诗学观的层面对盛唐人崇尚汉魏诗风产生了直接影响，这对盛唐复古诗风的发展也至关重要。严格来说，在陈子昂之后的较长时期内，恢复汉魏古调的诗学追求，缺乏专门有力的继承者。直到开元中期之后，张九龄、崔国辅、孟浩然、李颀、储光羲、王昌龄等大力创作古体诗，才为复古诗学带来新的气象。但是，开元诗坛相当一部分七言诗仍然未能破除俳偶的形式。盛唐诗歌的复古有待进一步深化。天宝诗人继开元已有成就之后，七古创作全面恢复了汉魏古诗结体散直的形式，其叙事抒情功能得到拓展。盛唐七古还形成了直呼"君""我"，叙情如诉的特色。七古作为古诗样式的一种，在唐以前并没有真正意义上的七言古诗可以借鉴。盛唐诗人是以汉乐府、汉魏古诗为学习对象，来完成七言诗的古体化。而当面倾诉、亲切可感，也正是汉魏古意的重要特点。[2] 盛唐诗坛以"汉魏风骨"为理想，五古、七古皆注意学习汉魏诗风，但对面倾诉的特色在七古中更为显著。这是由于五古整体上格调更为高古，而七言诗具有俗体色彩，更易以口语化的语言入诗。并且，开元、天宝七古大多集中在寄赠送别类，受创作场合和题材的影响，诗中也比较容易增加自述及倾诉的色彩。可见，七古经开元、天宝时期的发展，在取得复古实绩的同时，也促进着盛唐复古诗风的深化。

---

[1] 陈子昂：《与东方左史虬修竹篇序》，《陈子昂集》，第15页。
[2] 葛晓音《论汉魏五言的"古意"》一文指出，对面倾诉的抒情方式是汉魏"古意"的重要体现。可参看葛晓音《论汉魏五言的"古意"》，《北京大学学报》2009年第2期。

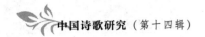

　　长期以来，学界对盛唐七古的研究，多聚焦于七古、歌行之间的比较和界分。其实，真正意义上的七古，不当与歌行并置归为广义七言古诗，而应与五古一起放到古诗的样式中。盛唐七古在表现功能上由抒情述怀到讽兴的发展，在艺术形式上对散句精神的恢复，都与五古存在某种一致性。不同处在于七古风格更加纵逸、直白。传统意义的古风，仍以五古的高古格调为正。七言诗的俗体色彩使得七古在高古和通俗之间有所依回，难以保持纯粹的高古。这也正是盛唐诗坛七言诗中古风创作偏少而以歌行为最大宗的一个客观原因。总之，七古的创作数量及兴盛局面虽不突出，但它作为盛唐复古诗风发展的重要组成，有其不可忽视的意义。从七言诗发展史来看，盛唐七古的成熟标志着一种独立的七言古体形态的确立。从盛唐诗歌发展史来看，七古与五古一样以恢复汉魏古调为理想，推动着盛唐复古诗风的深化发展。

孔天胤生平、交游及其重神韵的诗论[*]

孙学堂[**]

【内容提要】 明代各类传记资料中关于孔天胤的记载极为简短，不够全面，且多有舛错。本文以孔氏本人的诗文集为主要资料。参考多种相关文献，考察他的生平仕履，为他的一生勾勒出了一个大致的轮廓，并考察了他与嘉靖至万历时期文坛上影响较大的作家，如薛蕙、高叔嗣、谢榛等人的交游情况。孔天胤的诗论表现出重神韵的倾向，尤其是对"清""远""淡""神"之关系的阐发，有较多的理论价值。

【关键词】 孔天胤　仕履　交游　神韵

"神韵说"在清代之前已处在发展中，明代中后期有不少诗人和批评家对其发展做出了重要贡献。王士禛推崇徐祯卿、高叔嗣、杨巍、华察为代表的"古淡一派"，对杨慎、薛蕙、曹学佺等人也评价很高。而他提出"神韵说"时，那条最重要的表述则是征引了孔天胤的话。《池北偶谈》卷十八"神韵"条：

> 汾阳孔文谷（天胤）云："诗以达性，然须清远为尚。薛西原论诗，独取谢康乐、王摩诘、孟浩然、韦应物，言：'白云抱幽石，绿筱媚清涟，清也；表灵物莫赏，蕴真谁为传，远也；何必丝与竹，山水有清音，景昃鸣禽集，水木湛清华，清远兼之也。'总其妙在神韵矣。"神韵二字，予向论诗首为学人拈出，不知先见于此。①

＊　本文为国家社科基金重大招标项目"易代之际文学思想研究"（14ZDB073）的阶段性成果。

＊＊　孙学堂，山东大学文学院教授。

①　王士禛《池北偶谈》卷十八，中华书局，1982，第430页。

双引号之内是渔洋引孔天胤的话，见《孔文谷集》卷十三《园中赏花赋诗事宜》；单引号之内是孔天胤引薛蕙的话，见薛氏《西原遗书》卷下《诗论》题下。将孔、薛的两段文字比对可知，单引号之外、双引号之内是孔天胤综述薛蕙论诗的话。① 无论是"清远"二字还是"神韵"一词，都是薛蕙提出，孔天胤在此只是引述其说。

渔洋论诗多有称道薛蕙处，而为何言及"神韵"，却要从孔天胤处"转引"呢？窃以为不外两种可能：一是渔洋一时未见《西原遗书》，二是他认为孔天胤直接将"清远"与"神韵"互阐，在表述上更接近或说能更准确地阐述他自己的诗学思想。无论出于何种原因，渔洋征引的是孔天胤的话，可以说孔天胤对渔洋"神韵说"的提出无疑有重要影响，孔氏于"清远""神韵"之说虽非"原创"，却无疑是此一诗说的重要传播者。

对今人而言，孔天胤的名字是熟悉的，② 可他的生平事迹、文学成就和文学观念却是陌生的。他对"神韵说"是否还有其他有价值的论说？这值得我们关注。本文拟先考察他的生平行实，再对他的文学活动和重神韵的诗学观作一探究。

一　孔天胤生平考略

孔天胤，③ 字汝锡，号文谷，又号管涔山人、愚公，山西汾阳人，嘉靖十一年（1532）壬辰科一甲第二名（榜眼）。他的行状、墓志、碑传笔者俱未见，关于他生平的最详细的记载见乾隆《汾州府志》卷二十，录全如下：

> 孔天胤，字汝锡，汾州人，嘉靖壬辰殿试第二。以宗亲例不得授京职，外补陕西按察司佥事，提督学政。降知祁州，迁河南按察司佥事，兵备颍州。复以布政司参议提督浙江学政，历陕西按察使、右布政使，迁河南左布政使，谢政归。天胤好读书，善诗文，著有《文谷集》若干卷。

另见光绪《汾阳县志》与此小传文全同，文渊阁四库全书本《山西通志》与此文略

---

① 台湾黄继立：《王士禛〈池北偶谈〉"汾阳孔文谷天胤云：诗以达性，然须清远为尚"条考辨》对此一问题有详细比对，可以参看。见《文学新钥》创刊号，2003 年 7 月。该文认为这段话是孔天胤"《园中赏花赋诗事宜》之后的一段不具标题文字"，窃以为非是。《园中赏花赋诗事宜》兼谈赏花与赋诗，分两段，前段谈赏花不可俗，后段谈赋诗要有神韵，正是前后相关的一篇散文。
② 孔天胤曾主持刊刻《资治通鉴》，其《西京杂记序》《唐诗纪事序》也常为文献研究者提及。
③ 在清雍正朝及以后的文献中，因避讳"胤"字，以音近者如允、孕、印、引、寅等字代。

同。兹以孔天胤的诗文集为主要依据，考其生平履历如下。

生卒年。据《孔文谷集》（以下简称《文集》）卷首《自序》"万历二年岁次甲戌中秋日，七十老人文谷子书"，及卷十三《园中录语》"游兆摄提格之岁，余年六十有二……游兆摄提格为丙寅也"，可以确知其生年为弘治十八年（1505）。《孔文谷诗集》（以下简称《诗集》）最后一集卷首题"庚辰万历八年，时七十六"，而卷末最后一诗题曰《庚辰除夕儿阶奉予守岁》，诗云"呼僮吹笛鼓频和，庆我身康儿复闲"，可知他该年（1580）除夕尚无恙。朱孟震于万历九年（1581）正月任山西参政（见《明实录》），其《朱秉器诗集》中与孔天胤有关的诗三首，一首题为《夏日孔先生汝锡招隐酌海榴花下，时余愁病未捐，久失占谢，偶以登楼余兴漫呈此诗》，知万历九年夏日孔天胤尚康强善饮；另外二首即是《秋日哭孔汝锡先生墓》，其一云"残岁龙蛇逼，新阡雉兔过。鹿随朝槿尽，风入暮蝉多"，其二云"菊暗寒城雨，鸿沉野水烟。分违如昨梦，愁断白云天"，由此推测，孔天胤很可能是在万历九年秋突然去世的。若然，则卒年七十七。

及第授官。孔天胤嘉靖十年举于乡，主持乡试者为王崇庆。王氏《端溪先生集》卷六《诰封奉训大夫宗人府仪宾质庵孔公合葬新郑县君墓表》（以下简称《质庵墓表》）说："陕西右方伯孔汝锡天胤氏，予昔驻汾问课所品题者。"嘉靖十一年（1532）三月及第之后，孔天胤因系王亲（其父是庆成王府仪宾，见《质庵墓表》）之故，不得在朝任职，授陕西按察司金事。当年七月，提调学校（见《明实录》）。①

王世贞《弇山堂别集》卷八二《科试考》曰："（嘉靖）十一年壬辰……第二名孔天胤，以王亲例补外，为湖广提学金事。"查继佐《罪惟录》所记略同，按"湖广提学金事"误。详《明实录》该年三月："第二名孔天胤以王亲例不得官于朝，吏部言：二甲进士，外授则知州，从五品，今天胤一甲，宜正五品，乃授陕西按察司金事。"

明代皇亲、宗藩不得任京官，应有明文规定。戚元佐嘉靖四十四年所上《宗藩七议疏》云："有志读书者与民间俊秀子弟一体入学，应举登名科甲者，一如皇亲例，止任外官。"② 可为一证。但时人似对于这一规定并不熟悉，且"宗藩"之界限也不甚分明。王世贞《弇山堂别集》卷十六《山西二国戚》条曰："嘉靖壬辰第一甲第二人孔天胤以国戚授陕西按察金事，迁提学副使，至右布政使；丁未第二甲第一人亢思谦，改庶吉士，授编修，国戚事始觉，得迁提学副使，至右布政使，皆以不得意功名去官，皆晋人，皆有诗文

① 《明文海》卷二百九十一张治道《送提学孔文谷先生序》说"嘉靖癸巳，关中提学缺，朝命乃以我文谷孔先生来，以次年甲午，时值开科"，癸巳为嘉靖十二年，应系误记。

② 林尧俞等纂修，俞汝楫等编撰《礼部志稿》卷四十九，影印文渊阁四库全书，第597册，第922页。

名，豪饮喜客相甲乙。"亢思谦可以选庶吉士、任京官，是因为他"国戚"的身份并不那么清楚，孔天胤也是一样。对于富有才华的皇亲而言，这条规定无疑成了仕进道路上的绊脚石。

孔天胤一举得一甲第二名，应是怀着很高的政治期待。王崇庆在他及第后寄给他的信说："尝得三晋乡书，始知吾子魁杰消息，不胜雀跃；今复得京师试录，又知吾子连捷殿元，忻忭当复如何也！实事夫泥蟠而飞天，龙之神也；积久而流光，圣之学也。乃今吾子有地矣，行且相天子如尧舜莫之难矣，敢不为天下贺！"①欣喜之情溢于言表，乃谓其不久即当任要职。从此一角度看，不能够选为庶吉士、入翰林、任馆职，是孔天胤仕途中的第一次挫折。数年后，孔天胤出任陕西右参政，顾梦圭送行，尚谈及此事，说："今制，用人重进士科，进士登一甲及遴选为庶吉士，试入高等者例授馆职，则终其身居清华、荐至宰执，得以可否天下事……乃壬辰岁，临轩策天下士，文谷孔君以闳猷邃学对扬清问，上亲擢一甲第二人及第，顾以藩府姻也，出为陕西督学金宪。"②该文虽然从《尚书》所谓"天工人代"之角度一再强调其不能入翰林、居台阁并非憾事，但言外惋惜之意自不难体察。又孔氏门人赵讷《孔先生文集序》说："擢首科，乃以宗亲例外补。假使先生不恪于例，得竟其用，则其所以加于上下者，当如《豳风》《无逸》所称矣。"③均为孔氏抱不平。

但孔天胤甫及第即被授为正五品之金事，又实在是一种"优遇"。陆深说："永乐十年壬辰科进士得除金事，吾乡黄汝申翰江西是也，当时有数人同除……今由进士有十年不得此官者。昨壬辰科及第之二人，孔天胤以王亲例除金事提学河南，昨以岁贡非人，递降寿州知州。"④所言"提学河南""寿州知州"俱误，但可知由进士授金事，在永乐以后已是十分难得的"优遇"了。

降知祁州。据《明实录》嘉靖十三年（1534）九月，因孔天胤所考岁贡生员黜落六人，因此降为直隶祁州（今河北安国）知州。查《明会要》卷四十："嘉靖十一年六月，定提学官岁贡廷试被黜五名以上者降一级，三名以上者提问。"所考被黜六人，正在"降一级"之列。诗集卷一《履霜集》第一首《甲午冬十二月赴祁州经宿榆次县》，可知在赴祁州之前，他在汾阳家中闲居了几个月，岁末才赶赴祁州。同卷《寒食放吏斋居悄然五首》其四曰"自出逢寒食，依然两度春"，知嘉靖十五年（1536）春他还在祁州。孔天胤

---

① 王崇庆：《与门人汾州孔进士汝锡》，《端溪先生集》卷四，明嘉靖刊本。
② 张时彻辑《皇明文范》卷二十四，四库全书存目丛书，集部第302册，第686～687页。
③ 孔天胤：《孔文谷集》卷首，四库全书存目丛书，集部第95册，第3页。
④ 陆深：《俨山外集》卷二十一《豫章漫抄四》，影印文渊阁四库全书，第885册，第118页。

在祁州居官有善称，王世贞《张司直先生传》曰："先生之治安种种皆善状，时与祁州比壤，而祁守为孔天胤先生，亦以善谳断闻，台司大狱几事必以属两守，时人为之语曰：'有所疑，问安、祁；莫忧悚，有张、孔。'"①

迁河南按察司金事、兵备颍州。《履霜集》有《将赴颍上与亲爱别》，诗云"日昃渡冰河，荒山石磷磷"，可知赴颍州系在嘉靖十五年冬。从此至嘉靖十七年（1538）夏，不到两年的时间，他的活动范围在淮、楚一带，《履霜集》中多有诗道及。

升陕西右参政、丁父忧。据《明实录》，嘉靖十七年五月孔天胤由河南按察司金事升为陕西布政使司右参议。此后至嘉靖二十一年（1542），他的存诗数量很少。《文集》卷五写给周金②的书信《与约庵周老先生》说："某戊戌过家，即哭先君子矣，壬寅起复，补河南。"戊戌是嘉靖十七年，壬寅是二十一年，可知他嘉靖十七年出任陕西右参议不久，即因丁忧归乡，从嘉靖十七年至二十年末都守制在家。据王崇庆《质庵墓表》，孔天胤之父质庵君"嘉靖戊戌忽病卧，汝锡之陕，犹及过省受遗命，卒之日十二月二十日未时也"。

起为河南左参议。乾隆《汾州府志》言孔天胤备兵颍州之后的履历是"复以布政司参议提督浙江学政"，易误解为由陕西布政司右参议提督浙江学政，未载其丁忧及任河南布政使司参议这一经历。《文集》卷五《与赵复斋》云："四年家园，极承道爱……来至都城，半月而出补梁藩，住一月而起，以二月廿五日赴任分守河北，驻当辉县。"可知嘉靖二十一年初，他起为河南布政使司参议，先赴京领命，春初赴任，二月二十五日到官。查清修《河南通志》，他所任为左参议。《诗集》卷二《泽鸣稿》有诗题云《大梁城楼留别三司诸公，时出守河北道》。据《明会要》，河南布政使司分辖道四，河北道辖彰德、卫辉、怀庆三府。

浙江提学副使。《与约庵周老先生》还说："不肖昔在燕、颍，辱承照覆者四年，别去者六年矣……是岁九月，又仗庇承乏浙中，谬司文学之事。"可知他出任浙江提学副使是在调任陕西布政使司右参议之后的第六年，即嘉靖二十二年（1543），得周金之助。但考之其他诗文，"九月"的说法有误。《文集》卷五《与王端溪翁》则说"自癸卯四月抵浙"，癸卯即是嘉靖二十二年；《文集》卷二《浙江乡试录后序》③"嘉靖二十二年癸卯，秋八月，浙江省臣例举乡试，事成，录所选士九十人"云云，则是年八月他已在浙江参与主持乡试了。又《诗集》卷二《鸣泽稿》有诗《浙中三载中秋俱不见月》，三载为嘉靖二

① 王世贞：《弇州续稿》卷七十一，影印文渊阁四库全书，第1283册，第58页。
② 周金（1473—1546），字子庚，号约庵，武进（今江苏常州）人，正德三年进士，官至南户部尚书。
③ 该文有残缺。

十二至二十四年，则二十二年中秋当在浙无疑。

《文集》卷十五《与大司空刘坦翁先生》说"从事已来，一官已历四春三岁"，又卷三《别叙》曰"今年丙午……余亦且有秩满之代"，可知他离开浙江在嘉靖二十五年（1546），结合其母卒于三月中（详下），则其去浙当在三月末。

孔天胤在浙江任提学副使，主持刊刻了一些重要书籍。如《资治通鉴》《文章正宗》《明道语略》《朱子晚年定论》等。此一时期与理学家交游密切，《文集》中《与洪方洲先生》《与程松豁先生》《与钱绪山年丈》《与黄久庵先生》《与杨月山总戎》《与赵龙岩年丈》等都耽于探讨心性问题。《文集》卷十六《祭王阳明先生文》云："人心陷溺，圣教乃夷；沧海横流，畴其砥之。恭承先生，光表良知。揭日月而行中天，振唐虞邹鲁之植，于己披道弗坠地文其在兹。某等东西南北之人，生不及门，私淑未远于墙，斯依于堂，斯践于神。"表现出对阳明及其心学的敬仰之情。

丁母忧。熊过《祭新郑县君文》曰："维嘉靖二十五年岁次丙午（阙）月（阙）日，浙江按察司提学副使文谷孔君以母郡主之丧，瞻云靡及，戴星而奔。"① 可知孔天胤从浙江提学任上回乡奔丧、守制。据王崇庆《质庵墓表》，新郑县君卒于嘉靖二十五年三月十四日戌时。《文集》卷十《云林庵记》说"其经营在嘉靖二十三年秋七月，明年冬十月落成，后四年秋九月作记"，则至嘉靖二十八年（1549）秋，他还在汾阳。

起任陕西左参政、右布政使。《明实录》等文献未载孔天胤何时起为陕西布政使司参政，考孔天胤《文集》卷一《赠总督大司马石冈王公进锡序》曰"王以旗授三边四镇节制，"盖自公命之于今三年，所谓吏乐职，民序业……晋公太子少保，仍荫录元嗣"，查《明实录》，王以旗于嘉靖二十八年十月晋太子少保衔，该序署"左参政天胤时与执事之末"，可知当作于嘉靖二十八年十月之后，则孔天胤之起官亦当在二十八年年末或稍后。《文集》卷九《修周文武陵寝及周公太公墓祠碑》所写是嘉靖二十九年七月事，亦署"分守参政"。

至于孔天胤何时由陕西左参政升为右布政使，笔者尚未考得。《陕西通志》关于布政司使司署的记载说："嘉靖二十九年，左布政葛守礼建后堂，颜曰'诚心堂'，右布政孔天胤记。"② 此所谓"右布政使"很有可能是以他后来的任职称呼的。《文集》卷九《陕西创置正学书院学田记》记嘉靖壬子（三十一年，1552）事，曰"某有旬宣之司，当述事著文以表金石"，"旬宣之司"即承宣布政使司，知该年他还在陕西右布政使任上。

---

① 熊过：《南沙先生文集》卷七，四库全书存目丛书，集部第91册，第679页。
② 《陕西通志》卷十五，影印文渊阁四库全书，第551册，第763页。

乞休、罢官。《明实录》嘉靖三十三年（1554）十二月："陕西左布政使孔天胤、右布政使何其高闲住，各坐贪污，为巡按御史孙慎吉登所纠也。"《文集》卷十五《乞休疏》说："初授金事，寻调知州，复升金事，历任参议、副使、参政、按察使，以至今职，嘉靖三十一年忽得疾……延至今春，前病又复举。"同卷《与葛与川吏部》说自己"朝上疏，暮离省，绝无逗留顾望之私"，盼望归乡后"山间林下，啜菽饮水，览卷看云，以淹余岁，无步兵痛哭之讥，而有渊亮赋归之乐"。可知他在嘉靖三十二年（1553）春就上疏乞休了。按他自己"朝上疏，暮离省"的说法，是上疏后便毫不犹豫地离任了，若然，则罢官闲住之命下达时，他离任已近两年。然考之其他文献，他似并未按他说的去做。因为：（1）若干年后，其《文集》卷十四《叙知与王北野翁》还谈到"甲寅被谗见放"一事，甚以为恨。甲寅正是嘉靖三十三年，与《明实录》所记年份相合。（2）《文集》卷十五《与薛方山先生》曰："某以嘉靖乙卯之岁还山。"甲寅年底被谗见放，乙卯（嘉靖三十四年）年初归里闲居，与记载相符。

据《明实录》，孔天胤罢官时任陕西左布政使，而《汾州府志》所记孔氏最后任职是河南左布政使，哪一个说法是错误的呢？答案是《明实录》误。证据如下：（1）查清修《河南通志》和《陕西通志》，前者所录嘉靖间左布政使有孔天胤之名，而后者则无。（2）孔天胤门人赵讷《孔文谷先生诗集序》说他"周流于秦、越、燕赵、伊洛之表"[①]，乃以"伊洛"结；其《文谷孔先生文集序》亦曰："方其秦越督学，则先行实而后文艺；颍卫当路，则重风俗而略刑名；至总辖关、河两藩，则又惓惓于节用爱人以为本，而不屑屑于催科期会以为能。"曰"总辖关、河两藩"，看来孔天胤是到河南任过布政使的。（3）《孔文谷诗集》卷首嘉靖四十五年林大春《序》说："始先生仕浙中尝著《霞海篇》二千余言……其后入关陕，游河洛，退居汾曲，于是复有《履霜》《泽鸣》《渔嬉》诸稿。"[②]亦述"河洛"于"退居"前。以上三条为间接证据。笔者还从孔天胤《文集》中找到三条直接证据：（1）卷四《何柏斋先生文集序》自署"前河南左使"；（2）卷六《居敬堂集序》说："维康王在位如干年……征序北山之愚，以山愚昔岳牧河省，于邦国文献尝睹记焉。""岳牧"指封疆大吏，孔天胤之前在河南所作的布政使左参议不可称"岳牧"，所说显然是后来所任的左布政使；（3）卷九《创见邺二大夫祠记》说："路君王道，以名进士来宰是邑……使人寓书于余焉，曰……公旧岳牧，又尝分守兹郡，其记言以表之碑。"路王道时任临漳知县，临漳在明代属河南，"分守兹郡"指孔任左参议时分守

---

① 《孔文谷诗集》卷首，四库全书存目丛书，集部第95册，第293页。
② 《孔文谷诗集》卷首，第289页。

河北道，"旧岳牧"是指任左布政使。由这三条材料来看，孔天胤曾在河南任左布政使是不容置疑的。

那么，孔天胤上《乞休疏》是在河南左使任还是在陕西右使任上呢？从《乞休疏》中找不到当时他在何地任职的信息。而孔天胤同年友蔡汝楠《致孔文谷方伯》说："比至蜀臬，宪长路公亟道关中之会，公且上书，高尚威凤冥鸿，意何远也。"① 考蔡汝楠于嘉靖三十二年春入蜀任四川按察司副使，查《四川通志》知"宪长路公"为路天亨，亦嘉靖十一年进士，时任四川按察使。云"公且上书，高尚威凤冥鸿"，盖指孔天胤乞休事。云"关中之会"，知其乞休在陕西。可见，孔天胤出任河南左布政使，是在陕西任上乞休之后的事。

几则辨误：（1）乾隆《汾州府志》说孔天胤"历陕西按察使"。按据孔天胤《乞休疏》说"历任参议、副使、参政、按察使，以至今职"，其任陕西右布政使之前的官职是按察使。但从孔天胤《文集》及清修《陕西通志》都找不到他出任此职的记录，颇疑《汾州府志》以孔氏《乞休疏》为据。（2）清修《浙江通志》卷一百十八《职官八》"承宣布政使司右布政使"条下有孔天胤之名，疑误。《列朝诗集小传》《明诗综》都说孔天胤"官至浙江右布政使"，误。顾起纶《国雅》于孔天胤名下有小传云"嘉靖中官浙江方伯"，此说较钱谦益、朱彝尊说早出，《浙江通志》更晚，疑四者之间存前后相袭之关系。（3）《四库全书总目》、台湾"中央图书馆"辑《明人传记资料索引》说他"官至浙江布政司参政"，亦误。

综上所述，将孔天胤进士及第后的履历总结如下。

嘉靖十一年（1532），28岁，榜眼及第，授陕西按察司佥事。

嘉靖十三年（1534），30岁，九月降为祁州知州，岁末赴任。

嘉靖十五年（1536），32岁，冬，升河南按察司佥事，兵备颍州。

嘉靖十七年（1538），34岁，五月升为陕西布政使司右参政，不久后即因父丧归汾阳，守制三年。

嘉靖二十一年（1542），38岁，春，起为河南布政使司左参政，分守河北道，驻辉县。

嘉靖二十二年（1543），39岁，夏，转为浙江按察司提学副使。

嘉靖二十五年（1546），42岁，暮春，因母丧回汾阳，守制三年。

嘉靖二十八年（1549），45岁，岁末，起为陕西布政使司左参政。

---

① 蔡汝楠：《自知堂集》卷二十，四库全书存目丛书，集部第97册，第705页。

嘉靖三十一年（1552），48岁，或稍前，升为陕西布政使司右布政使。

嘉靖三十二年（1553），49岁，在陕西左布政使任上乞休。

嘉靖三十三年（1554），50岁，十二月，因被弹劾，在河南左布政使任上罢官。

罢官回乡之后，孔天胤似再未离开汾州家乡。他与乡贤及往来官宦和文士酬唱赓和，赏花结社，饮酒赋诗，过着清闲自在的生活。正如其门人赵讷《文谷孔先生文集序》所言，“恬愉淡泊，逍遥以游，与其弟乾石氏及诸山人诗酒相娱，甚乐也”。

二　孔天胤的文学交游

孔天胤的交游称不得广，在当时较为著名的诗人中，与他关系较密切的有薛蕙、高叔嗣、皇甫涍、蔡汝楠、谢榛等。除谢榛是后七子早期的成员和领袖外，其他都是既受前七子影响，又有意矫其流弊的重“韵”的诗人。

薛蕙

据《孔文谷集》卷三《薛诗拾遗》序，孔天胤初识薛蕙于嘉靖十五年（1536），时薛氏罢官闲居于谯城（今属安徽亳州市）大宁斋，二人一见莫逆，“留饮阑夕，赋诗见志”，以后数次往来，嘉靖二十年（1541）薛蕙卒后，孔天胤使人往吊其墓，并从朱灌甫处得到了薛蕙的一些轶诗，于嘉靖二十三年（1544）刻为《薛诗拾遗》六册。按，该书笔者未见著录，疑久轶。六册之数，见文集卷十五《与中川陈宗师》。

查薛蕙《考功集》，诗题中标出孔天胤名字的唱和、怀思等诗七首，《赠孔汝锡》是二人初识时作，诗云：“河清非难俟，鸣鸟亦易闻。伤哉独立者，异代无同群。调钟欲谁须，献玉秖自勤。士为知己死，古人岂徒云。我生信多幸，激赏遇夫君。清襟似渊澈，妙论若兰薰。寂灭契玄理，英华包艺文。”（《考功集》卷三）许孔氏为难得之知己，对其清操妙论、玄理文章十分激赏。《次韵酬孔汝锡》说“颍亳殊相近，诗筒约往还”（《考功集》卷五），应该是嘉靖十五至十七年（1536～1538）孔天胤任河南按察司佥事时所作。作于这一时期的诗还有《苏允吉侍御、孔汝锡佥宪同觞小园，薄暮值雨，骤作四韵奉呈二公》，诗云“内台兼约行台使，南郭相寻负郭翁”，“内台”指苏，“行台”指孔，他们相携访薛蕙于亳州，可知在这一段时间二人交往较多。《孔汝锡得陕右少参邸报，台中旧养一鹤，俄鸣舞而去，汝锡感而赋诗，因同作一首》（《考功集》卷七），从题目看，应是嘉靖十七年（1538）五月孔天胤改调陕西布政使右参议时所作。《余有洮溪砚乃孔汝锡所赠者每怀其人因成斯咏》云“凭寄关西使，何时到陇云”，则是孔氏改调之后做，孔氏《薛

诗拾遗序》提到："卷中有《赋桃溪砚》一篇，乃先生揽物怀余。夫先生怀余，余可得；今余怀先生，先生其可得耶？"可知该诗之作盖距薛蕙去世不远。

薛蕙卒后，孔天胤作凭吊诗有云"听啸苏门上，窥玄草阁中"（见《诗集》卷二《泽鸣稿·读薛考功集感而赋之》，又见《薛诗拾遗序》），追忆二人当日的交往，也赞美薛氏超然世外、潜心学术的品格。薛蕙于李何之间偏爱何氏之"俊逸"，推崇陶谢、王孟，不喜杜甫，晚年倾心学术，融道入儒，是对孔天胤影响最大的诗人。

高叔嗣

嘉靖十一年孔天胤进士及第，时高叔嗣充会试同考官。高氏对孔十分倾心，二人的深交则在嘉靖十二年高氏出任山西参政之后。嘉靖十三年冬，高氏整理自己的《读书园稿》交给孔天胤，并作《斋中检旧集因呈孔文谷学宪》诗，诗云："言笑一相投，逍遥穷朝昏。心赏不易值，素交世罕存。疏简本吾性，牵拘守兹藩。高车数来往，无为厌公门。"（《苏门集》卷三）时孔天胤得降知祁州之命，在家闲住。高氏又有《宴别文谷先生赴祁州》诗，系嘉靖十三年岁末送孔天胤谪祁州知州时作，诗云："感激多新调，飘零最苦思。才高世总弃，名在众方推。"颇为其鸣不平。天胤《渔嬉稿·履霜集》有《过平定用苏门韵》，云"复当将尽岁，且尔未休鞍。处世飘蓬是，容身直道难"，亦是有感于己之贬谪。查《苏门集》卷三有《发平定》诗，用韵与孔诗同，且云"孤心向谁是，直道非今难"，是时高叔嗣赴京入觐，盖二人相遇于平定（今属山西）旅社。

嘉靖十五年高叔嗣迁湖广按察使，在阳武（今河南原阳）与孔天胤相遇，作《还次阳武与孔文谷饮和其韵二首，时冬至后》，诗云："安知平生亲，合并此中堂。广筵罗丝竹，寒日悬晴光。陈觞未及饮，感往各自伤。"其《量移湖南用文谷韵》（均见《苏门集》卷四）亦作于同时。高叔嗣至江夏后，有《与孔文谷书》云："叔嗣褐来江关……鄙作栗生点定者一册附请教，兼新刻愿乞大序，倘肯惠及数言，即十朋之赐射虎。"（《苏门集》卷六）知叔嗣曾向孔天胤乞序。今《孔文谷集》未见兹序。高叔嗣不久下世，未知孔天胤是否接受了高的委托。

万历三年（1575），高叔嗣去逝三十八年后，孔天胤有《纪梦》一诗，序云："余梦与过去人薛考功君采、高廉使子业、张方伯子鱼行到一处，林渊映带，迥异城域，有牛面摩崖，议题诗其上，余先题'广泽生明月，苍山夹乱流'，笔落而寤，明以告空楼子吕山人，山人意奇之，因取赋诗送郡守杭公，时杭拂衣归海峤，笑曰：此其不死之旧乡者乎？余因足成一篇以纪之。"按孔所梦二句为晚唐马戴《楚江怀古三首》其一之句。

薛蕙与高叔嗣的赏识，无疑是衡量孔天胤文学史地位的一个重要"参数"。赵讷《文谷孔先生文集序》说："即如故祥符高苏门氏、亳州薛西原氏诸子，皆卓然以其诗文高视一世，独于先生之作推让焉，是故可传也已。"高叔嗣是王士禛推崇的"古淡派"诗人，在审美趋向上与"神韵说"一致。

谢榛

检孔天胤诗集，诗题中标明与谢榛有关（唱和、怀思）的诗达 50 余首，绝大部分都是作于嘉靖四十四年（1565）谢榛寓汾州期间。《皇明词林人物考》孔天胤小传说："孔公……先圣文宣王裔也，诗文俱可传，其与谢茂秦倡和诗尤优于谢，盖谢入晋而江淹才尽，孔反掩出其上矣。"[1] 此种价值判断固属主观。谢榛对孔天胤为人为诗都极为推崇，其《寄孔方伯汝锡》说："事有关天地，谁当著述名。山林一身重，钟鼎几人轻。"结尾把孔氏与正德十六年状元杨维聪并提，谓"应怜玉堂月，游宦老方城"（杨维聪号方城）。孔天胤则手批谢榛《适晋稿》，对谢诗颇为推崇，于此诗下批曰："诗自好诗，人则不敢当。"[2] 翻检李庆立先生整理的《谢榛全集校笺》，与孔天胤唱和诗亦可检出 20 余首。

嘉靖四十四年寒食，谢榛至汾州，孔天胤作《寒食喜谢四溟至率尔赋呈》一诗，表现出极为欣喜的情绪，在诗中说："大雅多糠粃，多君独扬簸。精华遂见收，本实未曾堕。击玉写冲融，垂瑞秀婀娜。清言神理熙，高步尘物琐。邈矣尔超群，嗒然吾丧我。朱轩安足紫，素位无不可。"推崇谢榛诗歌精粹超俗。同年与谢榛别后作《忆昔行赠别四溟先生》说"忆昔未见君子时，渺如天上攀琼枝；今日相逢复相析，相看终作长相思"，表现出推崇之意和惜别之情。

谢榛虽然是后七子早期的成员和领袖，但其论诗反对食古不化，其诗论中重"兴"及主张融会贯通的观点，在结构论上表现出重"神韵"的倾向，与主张"拟议以成其变化"的李攀龙有所差异。孔天胤的同年周复俊曾为谢榛诗集作序，论诗也表现出重韵的倾向，在王世贞、李攀龙领袖文坛的时代，他们与谢榛的交游是值得注意的。

杨慎

杨慎在嘉靖初士林的影响还在薛蕙、高叔嗣之上，杨、薛、高，在当时的诗坛可云鼎足而三。游居敬《翰林修撰升庵杨公墓志铭》说："先生居滇……名硕谕德，任君少海，

① 王兆云辑著《皇明词林人物考》卷八，四库全书存目丛书史部第 113 册，第 100 页。
② 李庆立：《谢榛全集校笺》卷五，江苏古籍出版社，2003，第 242 页。

方伯孔君文谷辈，率千里神交，邮书相讯。"① 孔天胤进士及第时杨慎已贬谪南滇近十年，孔又未至西南，故二人并未有面晤。今于孔天胤文集中也未见与杨慎往还书信。但其时杨慎虽身处南滇，而大江南北文人学士"邮书相讯"者极多，故游氏所言未必为非。

孔天胤在浙江任提学副使时与涪州谭启（字少嵋）同僚，《文集》卷三《贺宪使谭子家庆四寿序》即为谭作。嘉靖二十四年，谭启刻杨慎诗集，孔天胤应邀为之作《刻升庵南中集序》，曰："先生既谪去滇南，岁久留滞，端居覃省，发愤著书，神莹理解，垂文表意撰述弘，此编才一而已。吾友少嵋谭子，先生之邦彦也，取而刻之……告予曰：'吾刻，子序。'然先生余不得见。往余行县亳州，见薛西原，言先生卓绝之才，弘博之学，其诗唐四杰不能过也。余固知且好，欲尽见所著书，山川阻修，云雾塞之。比得与谭子游也，因数问谭子，见此编多于薛处所见，又喜其刻之如古金石焉，故谭子告予曰：'吾刻，子序也'。"② 在序文中，孔天胤认为杨慎诗歌的佳美之处不在"品式"（体调），而在"情深文明"："深莫深于发愤，明莫明于感人，高言逸响，识曲听真，三复此编，当自得之矣。"表彰的是杨慎诗歌抒情而能动人的特点。

皇甫涍

皇甫涍与孔天胤同年登进士第。嘉靖二十四年前后，孔天胤任职浙中，与皇甫涍交游往还较密。孔天胤《文集》卷十五《再与蔡白石年丈》与另一同年蔡汝楠书云："日来得近少玄，因知此兄齐衡古人无疑，盖非蕴藉之久，诚便难到耳。"很推崇皇甫涍的为人。查《皇甫少玄集》中有孔天胤寄赠唱和诗七首。

此外，孔氏文集中还可见与洪朝选、茅坤、冯惟讷、蔡汝楠、谢少南、栗应麟等人的交往。其中洪朝选曾刊刻孔氏诗文集，《诗集》卷首有孔天胤嘉靖四十一年（壬戌）所撰《纪言》，所记便是洪朝选对自己的推崇之言，谓"不事雕镂而古意宛然，且人情理路，一齐进出，透彻无遗，真希世之奇文"。③ 洪朝选论诗受唐顺之、王慎中影响，近于"道学派"，孔天胤将这段文字置于《诗集》卷首，当然是因为洪氏为他刊刻诗集，同时也可见他对洪氏的"赏心之言"颇怀知己之感。

孔天胤诗集前四卷题曰《孔文谷诗集》，鱼尾下镌"文谷诗集"，卷一又题《履霜集》，所收诗作于祁州、颍州时期，前后计四年；卷二又题《泽鸣稿》，题下标"辛丑"

---

① 黄宗羲辑《明文海》卷四百三十四，中华书局，1987，第4567页。
② 按该序未收入孔氏《文谷集》或《文谷续集》，兹据《杨升庵丛书》第四册，天地出版社，2002，第277页。
③ 孔天胤：《孔文谷诗集》卷首，第291页。

（嘉靖二十年）字样，但考其内容可知，该集既非一年内之诗，亦无辛丑岁之作。其第一组诗是《河南省堂公燕因呈省中诸僚长二首》，诗曰"春堂陈广宴"，"不意穷途子，来参大国藩"，可知是嘉靖二十一年起官河南参议时所作。该卷有不少诗作于嘉靖二十二至二十五年在浙江任提学副使时期。卷三、卷四都又题《渔嬉稿》，所收诗是自罢官至嘉靖三十九年之作。《诗集》四卷板式相同，都题"门人赵讷校"，应该就是洪朝选刻本。自嘉靖四十年（辛酉，1561）始，题曰《文谷渔嬉稿》，题下标干支，不标卷数，一年一卷，至万历八年（庚辰，1580），二十年间得二十卷。由诸诗集可见，孔天胤罢官回乡之后，似再未离开汾州家乡，他与乡贤及往来官宦和文士酬唱赓和，赏花结社，饮酒赋诗，过着清闲自在的生活。正如其门人赵讷《文谷孔先生文集序》所言，"恬愉淡泊，逍遥以游，与其弟乾石氏及诸山人诗酒相娱，甚乐也"。

从孔天胤诗集的结构可以明显看出，他嘉靖二十五年至三十二年之间的诗歌创作并未收入诗集。且其诗在明代流传不广，几部重要的明代诗歌总集收他的诗数量都很少。俞宪《盛明百家诗》有《孔方伯集》，收诗40余首，卷首识曰："孔方伯文谷与予同仕籍，几二十年出入相左，不及一晤，止于声闻而已……欲传其诗，仅得《霞海篇》数十首，盖亦鼎中一脔耳，俟后有得，当再刻之。"[1] 这40多首诗成为后来诸多明诗总集选录孔天胤诗的底本，顾起纶、钱谦益、朱彝尊乃至晚清陈田所录孔天胤诗，几乎都是从这40多首诗中选出。这些诗属于早年之作，多模拟之迹，故其所得评价不高。顾起纶《国雅品》将孔天胤与包节并提，谓为"忠謇伟流，未竟其才，辄以文抒其抑郁，方之玉琢鼎夷，才良器重，款识工致，特乏宏绰耳"。又说"二家意象都新，融炼并工，令人倾炫心目，斯江、鲍之流欤"。[2] 钱谦益《列朝诗集小传》非但对孔天胤的生平介绍极为简略，对其诗歌更不置一词。朱彝尊《静志居诗话》对其诗评价不高，谓"管涔山人如新调鹦鹉，虽复多言，舌音终是木强"。[3]《四库全书总目》附和其说，且《霞海篇》提要说：

> 是编乃其督学浙江时按临台州所作，故以霞海为名，凡诗三十四首，力摹三谢而未成。如《望司成程公》诗起句："瞻涂胆来旌，邂逅欣遽斯"。以胆字为引领而望之意，是不止札闼鸿休矣。[4]

① 俞宪辑《盛明百家诗·孔方伯集》卷首，四库全书存目丛书第308册，第181页。
② 顾起纶：《国雅品·士品四》，丁福保辑《历代诗话续编》，中华书局，1983，第1115页。
③ 朱彝尊：《静志居诗话》卷十二，人民文学出版社，1990，第336页。
④ 纪昀等：《钦定四库全书总目》（整理本），中华书局，1997，第2443页。

陈田《明诗纪事》谓"文谷刻意摹古，五律亦自清拔"。[①] 这些评价，盖都是因为未见孔天胤诗歌全帙。

三　孔天胤重神韵的诗论

"清远""神韵"都是薛蕙论诗的主张，其《西原遗书》卷下《诗论》说：

> 曰清曰远，乃诗之至美者也。灵运以之，王、孟、韦、柳抑其次也。"白云抱幽石，绿篠媚清涟"，清也；"表灵物莫赏，蕴真谁为传"，远也；"岂必丝与竹，山水有清音"，"景晏鸣禽集，水木湛清华"，可谓清远兼之矣。
> 陆士衡诗弘博繁富，张茂先谓之大材，信矣，至于清远秀丽，则不及康乐远甚。
> 论诗当以神韵为胜，而才学次之。陆不如谢，正在此耳。[②]

薛蕙把谢灵运视为诗风清远而富有神韵的代表，其实已把"清远"和"神韵"联系起来了，孔天胤《园中赏花赋诗事宜》题下那段话，引薛蕙之言后说"总其妙在神韵矣"，进一步挑明了二者的联系。薛蕙没有进一步解释何谓"清远"，只是以诗例说话，期待读者自悟。从所举的诗例来看，"清"似指所写物境而言，"远"不但指所写物境远离尘俗，而且更主要的意思当如唐人皎然《诗式》所谓"意中之远"，即在诗句中寄寓深远的意味。"白云"二句物境虽清，"抱""媚"二字却太过直露，寄意不够深远。

这样的意思，可以从孔天胤的诗论中得到印证。孔天胤欣赏陶渊明、王维、孟浩然诗，艺术趣味与薛蕙相近。《文集》卷十《兰雪斋散录记》赞美陶渊明的《桃花源记》《五柳先生传》与孟浩然的《登鹿门山怀古》《夜归鹿门歌》，以及王维的《桃源行》等，谓其"幽人之所贞适，有同然乎我心者……千载之下，尚使人悲歌乐道之"。他对"清""远"的描述和分析比薛蕙更详细，其《云林清籁序》是他最重要的一篇诗论，文中说他酷爱石屋禅师的《山居颂》，将其60多首诗选出刊行，取名为《云林清籁》，并阐释说：

> 籁，箫也；箫，肃也。其声肃肃然清也。则知籁品本清，以其奏于云林，则又清矣。故曰《云林清籁》者，表其非世俗之音也。世俗之音，世俗之情，吹之乎迩，而

① 陈田：《明诗纪事》戊签卷十八，上海古籍出版社，1993，第1741页。
② 薛蕙：《论诗》，《西原遗书》卷下，四库全书存目丛书，集部第69册，第406页。

哀怨，而欢愉，而绮靡，而亢厉。清乎，俞俞否否，不可得而据。惟夫出世之士，荫非烟，息茂树，蝉蜕外膠，冰解内热，复初乎太朴，返真乎元素，虚明湛寂，妙感玄通，是惟无言，言则窍于天籁之自鸣，所谓灵枢之发，虚而不诎，动而愈出，淡而不厌，简而文，清哉，神矣！夫清者，神之为也。①

首先，他用"非世俗之音"来阐释"清"字，欣赏"清之又清"的美，他说的"清"，就是远离尘俗，并将其落实为"出世之士"的生活意趣和主体精神。其次，他用"世俗之音"来阐释"远"的对立面——"迩"：世俗之音、世俗之情，无论是哀怨、欢愉、绮靡，还是亢厉，虽然都真切、实在，但离世俗的生活太近，未曾经过平和心灵的审美升华，故曰"迩"（近）。最后，他指出了"清"与"远"的内在联系：惟清而不俗者能远，清而不俗者自远。

他是否将"清""远"混同了呢？没有。他多处用《庄子》中的"天籁"说论诗，如《渔嬉稿自叙》云：

> 嬉者乐也，乐则生矣，生于心而宣于言也……南郭子綦之表天籁也，曰大言炎炎，小言詹詹。詹者，小篇之貌也，夫有使之言而小者，政吹万不同而使其自已也，亦犹夫穀之音也、蜩之响也、与龙之吟也、虎之啸也、凤凰之鸣也，其有辩也？②

这里是用"吹万不同"的"籁"比喻诗思，《云林清籁序》也是。"云林""清籁"都是比喻，前者喻远离尘俗的物境，后者喻远离尘俗的诗思。物境已"清"，"又清"才是"远"，即我们所说的寄意深远。

他还阐发了"清"和"淡"的关系。上引《云林清籁序》"荫非烟"以下，强调了人与大自然融合时的纯粹的审美经验，在这种审美经验中，审美主体没有强烈的喜怒悲欢，自然的灵感得到了调动与激发，所谓"灵枢之发，虚而不诎，动而愈出，淡而不厌"，便是描述自然灵感引发的自然而然诗思，所谓"天籁之自鸣"，因其自然无意故"淡"，故"远"。

最后他提出了"神"："天籁自鸣"不是人力可以操控的，故曰"清哉，神矣"。"神之为"应理解为"神在发挥作用"，"神"在此具有客观唯心论的色彩，也指极高妙

---

① 孔天胤：《孔文谷集》卷八，第 102~103 页。
② 孔天胤：《孔文谷诗集》卷首，第 293 页。

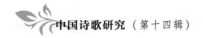

的境界。

看来，"清"是决定性的条件，"清"——"远"——"淡"——"神"，是一个自然而然的逻辑。《云林清籁序》接下来说：

> 神妙万物，物受之而不知，故上浮之美，绝埃通极之致，不可为象。及其消融变化，遂使人惊魂动魄，澡心雪虑，大梦回窹，沉醉改醒，贱啄腐于鸥群，耻喧繁于蛙部。餐风味道，深思高举，则是冷氛所披，万有生听，乃冲微自然之应，而非实比其竹而效俗之吹以动人也。

这段话充满神秘主义色彩，大意是说"神"虽然不可闻见，却在感化万物中发挥着作用。"及其消融变化"以下论说"神"的感召作用。被感召者超凡脱俗之后，则进入了极为高妙的境界，不会为世俗的音响所感动了。在此他强调了"神"的特点："不可为象""冲微自然"，不可求之以迹象，不可干之以人力。反过来说，要使"神"行于诗歌之中，不可凭借主观意念、人力手段。

诗人当然不可能把创作完全赋予造物，创作中不可能没有知性思维的介入。孔天胤并非不知道这一道理。《文集》卷十三《诗思说》云：

> 夫人心之中万理咸备，妙用浑涵，方其寂于无感，秘于未兆，实无端可寻。及有触而形，是为端绪。端绪萌生，则思之所由起也。夫即其所由起而究其所归，若机缄之露，其发也微，不专一念之精则郁而不匄，故思之思之，又重思之，引而伸之，触其类而长之。若其决也，中溃四出，不专一念之正，则横溢而不可制，故求其端以尽其变，大其规以要其旨，考衷度中，拨乱而反之治。如此者，融性情之禀，极中和之量，声成文，律合度，正之归也。妙解玄通，有□□无思，无思无不思，得之于内，不可得而传，精之□□而思之能毕矣。①

"思之思之，又重思之"指诗思的深化，"考衷度中，拨乱而反之治"指以创作规范节制诗思，都强调了创作中知性和理性思维的介入。孔天胤虽受道家思想影响，但其安身立命还在儒家的范围内，所以他强调情思之"中和""归正"。经过折中，他提出了"无思无不思"之说，与苏轼《书临皋亭》"若有思而无所思"的自然诗思说法较为接近。

---

① 孔天胤：《孔文谷文集》卷十三，第186页。

《云林清籁序》把"清远"与"神"联系起来，虽然没有谈到"韵"，但强调清虚淡远的意味，与同时代和后来重神韵者所说的"韵"已相去无间。其《王西野诗集序》论诗说：

> 夫性静而正，情动而和，物感而应，声协而文，古之所以为诗也。然中无所主，徒袭取成案，比附雕刻，捏目以为华，蓬（捧）心以为慧，则失之矣。是编标韵清远，菁藻秀润，天然之致，卓尔不群，自非正和之感真，声文之谐妙，其曷克臻此者耶！①

所谓"标韵清远"，把"韵"视为一种风姿标格，清远故"韵"，"菁藻秀润"云云，是对此种风姿标格的补充说明，它是一种自然秀丽的美。

在此他反对模拟，提倡心灵的自然感应，标榜一种和谐的美。对于弘治、正德时期的文学复古，孔天胤持否定态度，其《愚谷集序》说："弘正中，豪翰之士雄杜甫而右马迁，既乏堂室之观，卒依傍篱壁而已。"在审美基调上，他主张和谐、含蓄、优柔，也与前七子不同。他认为诗人应该是有修养的，诗歌应该抒写平和的性情。他在《西陂先生集序》中说：

> 故以道性情言乎其诗，以养性情言乎其学——故渊以养静，笃以养虚，凝以养动，专以养直，养得其养，神明自莹，所谓万有之宗，众妙之门，有感而斯应，不诎而愈出，文五采而彬布，声八音而允谐，一化工之抒其藻，谷神之窍其籁，耳目无藉，而礼乐不可胜穷矣。是为作者之绝轨，人文之大观，显道之余烈，陈艺之绪芳，复何色相之可假而言语之可学耶？②

不可否认，他的诗论中还有一定程度的道学色彩。但强调"养性情"，也是为了"神明自莹"，以进入上文所说的"神"的妙境。

孔天胤反对激烈的感情，反对感情的宣泄。其《谪台稿序》认为诗人应该抒写怨思之情，说："盖泰履之言难兴，而羁思之感易作。故登山临水，缅尔长谣；别鹤飞鸿，凄然异调。咸缱绻于去国，并徙倚乎怀乡，无有离而不伤，伤而不歌者也。夫《国风》婉思

---

① 孔天胤：《孔文谷文集》卷六，第 83 页。
② 孔天胤：《孔文谷文集》卷四，第 50 页。

慕，《小雅》善怨悱，由来岂迩也哉？时有作者，要惟当斯情耳。"但这种怨思应该如何抒写呢？他赞"与槐谢公"之诗说：

> 其材藻之瑰丽，则琼林玉堂之标；其节响之冲邃，则白雪幽兰之操。至石梁桐柏之观，层台双阙之陟，则陵霞御风之绝致，遗俗之极轨也，无复迁人逐客之悲，而有合节中声之趣，盖思而不淫，怨而不怒，《国风》、《小雅》之流乎！夫诗可以兴，吾得其情焉。①

不是把自己的怨思尽情释放，而是用瑰丽的辞藻、冲邃的音调，表现出超然尘外的高洁情操，惟洁身自好，而不必抨击世俗，这就是儒家诗论常常标榜的"思而不淫，怨而不怒"，将自己的怨思转化为"中声"。回避社会矛盾，反对感情的激烈冲突，这也是后来王士禛神韵说的一个特点。

孔天胤的《青毡独坐卷序》是一篇很美的散文，虽非论诗，其审美意趣却与论诗相通。中云：

> 儒有抱道自娱，不竞利达，不鄙穷约，饮水甘于列鼎，缊袍华于佩玉，偃仰一室之内，所乐惟琴书，咏歌先王之风，其声若金石，至其讲道论德，以诏来学，吟风弄月，以适天趣，与童冠数子，回翔雀鳣之庭，雍容槐杏之所，而其光霁融朗之标，化育流行之意，盖不知天壤之间，复有何乐可以代此者。……万物不能干其志，一毡之外，四海无以喻其宽，盖皭然泥而不滓，卷之无朕，而放之不穷，是为儒之清也。然以清而言清，则难乎其为状，善喻者取一毡以表之，虽不言清，而其清自不可掩，乃冲而深者越以章也。②

以审美的眼光表现儒家的人生理想和人生体验，强调了生活意趣的"清"，虽未言"远"，却表达了一种淡远的审美趣味。与王渔洋的神韵说相比，固然更多道学气息，但结尾处说"冲而深者越以章"，揭示了艺术的辩证法，与重神韵者提倡艺术表现之含蓄的宗旨相近。

---

① 孔天胤：《孔文谷文集》卷四，第55页。
② 孔天胤：《孔文谷文集》卷四，第60页。

锺惺的佛教生活及其佚诗三首[*]

锺惺的佛教生活及其佚诗三首[*]

李　瑄[**]

【内容提要】　锺惺晚明竟陵派主将，也是清初彭际清所编《居士传》收录的对象。他二十余岁开始修禅悦，后来影响到不少家庭成员成为佛教信徒。他的佛教修行包括虔信与学理两个方面，主要取向是禅净双修，在儒、佛之间持调和立场。其文集中留下不少募疏碑记文，显示了他在佛教公益上的积极行动。当时的高僧如憨山德清、淡居法铠等人与他都有交往，他对晚明禅林生态亦有深刻了解。其与贺中男合作的《楞严经如说》在佛教界评价很高。从佛教文献可以辑得锺惺佚诗三首。清理锺惺的佛教生活，对全面了解锺惺其人，考察其世界观和思维方式是必不可少的。

【关键词】　锺惺　《楞严经如说》　锺惺佚诗

锺惺的研究者大概都会对其临终出家一事印象深刻：离世前三日，锺惺在两位法师的见证下受菩萨戒，取法名断残，《病中口授五弟快草告佛疏》述其遗愿云：

> 今日归心三宝，将已断残欲，借金刚干慧不令续生。受菩萨五戒，法名断残，生生世世愿作比丘优婆塞。幸逢凡空、法华二师证盟，永无退转。不胜哀恳之至。[①]

"生生世世愿作比丘优婆塞"之绝大愿心，不禁激起人探究锺惺佛教生活的好奇心。

---

[*]　本文为国家社科基金项目"清初遗民僧群体心态与文学思想研究"（14BZW069）阶段性成果。

[**]　李瑄，四川大学中国俗文化研究所。

[①]　《病中口授五弟快草告佛疏》，锺惺著，李先耕、崔重庆标校《隐秀轩集》卷30，上海古籍出版社，1992，第510页。

他和佛门有何等渊源，为什么以其作最终归宿，又曾有过哪些佛教活动？遗憾的是，有关锺惺的研究虽多，涉及佛教者却寥寥无几。① 故本文试图勾勒其佛教生活本末，以期完善对其精神世界的多侧面了解。

一　入佛因缘

从"生生世世愿作比丘优婆塞"可知，锺惺不止于普通的涉猎佛禅或好谈玄理，而是对佛教有深刻的信仰。此信仰何时产生，又因何而起？

在锺惺之前，其家族没有佛教信仰传统。锺惺自撰《家传》，从高祖写起，记祖父、嗣父母、本生父母事甚详，然未尝言及佛教。但锺惺的爱妾吴孟子、长子肆夏、五弟锺快却都虔心事佛。吴孟子是锺惺诗文集中出现最多、唯一有姓名的姬妾，曾血书《法华经·普门品》，② 其念佛形象被图写留存，锺惺誉之为"林泉间步立，三七内思惟"。③ 锺肆夏十六岁早逝，自来"好道奉佛，喜为世外之论、方外之游。暗室中夜，礼斗焚香，持日月斋禁，行之数年不倦"。④ 锺快即锺惺口授《告佛疏》者，他在锺惺去世后"长斋持戒"，以致谭元春有"犹馀一弟僧行迳，洗钵然灯昼掩门"⑤ 的描述。前后对照，可见锺惺的佛教信仰并非来自家族传承，他本人正是家族的信仰引道者。

那么锺惺何时对佛教发生兴趣，触发其信仰的机缘又是什么呢？研究者多将其信教时间判定为晚年，依据主要是两位亲密友人谭元春和徐波的记录。徐波《锺伯敬先生遗稿序》言其"晚年颇留心内典"，⑥ 谭元春《退谷先生墓志铭》说得更具体：

> 年四十八九，始念人生不常，佛种渐失。悲泪自矢，以为读书不读内典，如乞匀食终非自赉。男子住世数十年，不明生死大事，贸贸而去，一妄庸人耳。乃研精《楞严》。⑦

① 现有研究论文仅三篇，周群：《佛禅旨趣与竟陵派诗论》（《江海学刊》1998年第2期），曾肖《竟陵派以庄禅说诗的理论述评》（《中国文学研究》2013年第4期），都非专论锺惺而力图寻找竟陵派诗论与佛教的联系；吴惠珍：《菩萨精神的实践——试从锺惺募疏文观察募疏文类的蓬勃现象》（台湾《光武国文学报》2004年第1期）则专论募疏文。此外，陈广宏：《竟陵派研究》（复旦大学出版社，2006）提及佛教对锺惺文学思想的影响，黄卓越：《佛教与晚明文学思潮》（东方出版社，1997）第77页简括锺惺的佛教活动。
② 《内人吴氏血书普门品偈》，《隐秀轩集》卷39，第591页。
③ 《题吴孟子念佛图》，《隐秀轩集》卷11，第200页。
④ 《告亡儿肆夏文》，《隐秀轩集》卷34，第552页。
⑤ 《丧友诗三十首其十三》，谭元春著，陈杏珍标校《谭元春集》卷15，上海古籍出版社，1998，第425页。
⑥ 徐波：《锺伯敬先生遗稿序》，《隐秀轩集》附录，第602页。
⑦ 谭元春：《退谷先生墓志铭》，《谭元春集》卷25，第680页。

按照这个说法，至五十二岁辞世，锺惺奉佛时间不过三四年。但李先耕、崔重庆《锺惺简明年表》云其年逾二十即"以多病讽诵佛经"，① 陈广宏《锺惺年谱》亦云。陈《谱》引李维桢《玄对斋集序》为证：

> 逾二十而后为诗，复以善病讽贝典，修禅悦。智慧生疾疢，虚空发光明，而所就若此，将释氏所谓宿因耶？②

如其所言，则锺惺弱冠即已向佛，克服病痛是其基本动机。锺惺诗中的确可以找到疾病与宗教交互体验的印迹，如万历三十三年《乙巳卧病作》："沈疴忘故吾，情形日几变。有时如婴儿，饥寒仰母便。有时如老人，奄奄息如线。过去未来身，一日游屡遍。真身宛自如，光明时隐见。"③ 对佛教"真如"的信念如同一线光明支撑其挨过病痛。

锺惺佛教的启蒙者可能是邹迪光。据陈《谱》，锺惺十八岁为生员，学官是邹迪光；锺惺有"青衿称弟子"④ 自陈。邹迪光是佛教的热衷者，他自称"屠提居士"，为《名公法喜志》作序，言世人"究竟收拾，未有不探觉海，不窥般若门者"。⑤ 从现存锺惺诗文来看，他与邹迪光终身保持着亲密关系，早年受他影响可能比较多。锺惺的会试座师雷思霈应该也起过作用。雷是虔诚的佛教居士，锺惺言其"宿缘清净，至性灵通，亦曾愿作佛弟子"，⑥ 吴应宾记其曾拜浮渡山华严寺朗目本智禅师"北面称浮山优婆塞"。⑦ 锺惺毕生对雷思霈极为推崇，称其"一片豪杰菩萨肝肠"，⑧ 又记万历三十八年六月"先生坐报国松下，与二三子谈有为之教、出世之旨"，⑨ 足见雷不仅是科举之师，佛教信仰上亦被锺惺视为道师。

锺惺晚年佛教活动的确更加密集，这可能由于死亡焦虑越来越强烈。锺惺亲友早卒者甚多，万历二十五年二弟锺憟卒、三十六年长子肆夏卒、三十七年季弟锺愫卒、四十

---

① 《隐秀轩集》附录，第 613 页。

② 李维桢：《大泌山房集》卷 21，《四库全书存目丛书》集部第 150 册，第 755 页。李先耕：《锺惺著述考》（黑龙江大学出版社，2008，第 1 页）、陈广宏：《锺惺年谱》（复旦大学出版社，1993，第 28 页）有引用。

③ 《乙巳卧病作》，《隐秀轩集》卷 2，第 6 页。

④ 《访邹彦吉先生于惠山园》，《隐秀轩集》卷 11，第 197 页。

⑤ 《名公法喜志》，《卍续藏经》第 150 册，新文丰出版公司，第 59 页。

⑥ 《荐先师雷太史疏》，《隐秀轩集》卷 30，第 508 页。

⑦ 《浮渡山大华严寺中兴尊宿朗目禅师塔铭并序》，《浮山法句》，《嘉兴藏》第 25 册，第 297 页。

⑧ 《报蔡敬夫大参》，《隐秀轩集》卷 28，第 459 页。

⑨ 《又哭雷何思先生》，《隐秀轩集》卷 6，第 84 页。

八年三弟锺忼卒。锺愫卒时仅二十一岁、锺悌二十六岁、锺忼三十九岁、锺肆夏只有十六岁。这些亲人的逝世给锺惺带来沉重打击，肆夏之殇尤其令之"意恍惘不欲生"。[①]谭元春言其"于骨肉之变，不哭而神伤，不伤而神寒"[②]，死亡面前人最易陷入虚无，而佛教从多方面提供了安慰和解脱之道。锺惺自云"德薄罪重，三十年内，丧嗣父嗣母，丧生母，丧仲弟、叔弟、季弟与妹，丧长男，诸男女眷属幼者不与焉"，[③] 期望通过盂兰盆施食念经礼忏超度亲人亡灵超升；[④] 万历四十八年三弟锺忼去世，他"看内典，诵佛号，一月之中斋食十五日"，[⑤] 俨然虔信的佛教徒了。锺惺自己曾几次体验生死边际：万历三十九年"死而复苏"，"已托友人料理后事"，"作遗书示亲戚知友"[⑥]。万历四十八年感疾，"自以为无生矣"；[⑦] 病后透悟世间虚幻，言"三月一眠后，诸缘皆梦中"，试图以佛教修持破人生执迷："得生轻宠辱，用死胜嗔贪。悟晚终无退，心坚在一惭。"[⑧] 超越死亡焦虑的需求越来越强烈，锺惺也就越来越多的到佛教中去寻找思想和信仰资源，终于过渡到谭元春所描绘"念人生不常，佛种渐失，悲泪自矢"而精研内典的状态。

还有一件异事使锺惺相信自己与佛教是前缘注定。万历四十二年，锺惺与友人同游摄山，林古度忽从柱上见联句云：

　　暮鼓辰锺，惊惺河山名利客；经声佛号，唤回苦海梦迷人。

联句中有两个别字，钟鼓之"钟"作"锺"，惊醒之"醒"作"惺"，而这两个字正好与锺惺的"姓名点画波撇丝毫不差"，不由使一众同游者"惊心动骨"，以为此乃"神或告之矣"，要将其从苦海迷梦中唤醒，寻回本有佛性。锺惺由此认定自己的佛教身份，写下偈子以表皈依之志："千错万错，两字偏错。千错万错，两字不错。我名我姓，明明道破。我面我目，头头借过。"[⑨]

---

① 《家传》，《隐秀轩集》卷22，第383页。
② 《答锺伯敬书》，《谭元春集》卷28，第773页。
③ 《募盂兰盆施食念经礼忏疏》，《隐秀轩集》卷29，第501页。
④ 《隐秀轩集》卷30，第507、508页。
⑤ 《答锺伯敬书》，《谭元春集》卷28，第773页。
⑥ 参见《与马仲良》、《答马时良》，《隐秀轩集》卷28，第467页。
⑦ 《送钱先生归娄东序》，《隐秀轩集》卷19，第315页。
⑧ 《又感归诗》，《隐秀轩集》卷9，第137页。
⑨ 本段引文均见《摄山偈（并序）》，《隐秀轩集》卷39，第590页。

二 修行与结缘

从现有文献资料中，可以大致勾勒出锺惺佛教生活的四个层面。

一是个人修行，包括折心虔信与义理探寻，这两方面又不能截然分开。因虔信而产生的行为主要是持斋、念佛与写经。锺惺爱妾有血书写经这样以残损身体表达虔诚的行为，锺惺褒奖曰："每见顶骨念珠、血书经，为之骨惊。古名宿不难以其身徇法，坚人信心如此。持此心以事君亲，刳心捐胠可也。"① 念佛在晚明因云栖祩宏的提倡作为求净土的简便法门而流行于佛门内外，锺惺比较云栖祩宏与幽溪传灯的理论，认为"念佛一事，不可视为太难，亦不可恃其太易"。② 难易之间的分寸，大概在对净土理论的理解。云栖"只须口诵便可往生"，则世人可能置佛教宗旨于不顾而茫昧贪求往生；幽溪"深极之论"，一般人难以索解而可能畏难退转。锺惺自己试图兼综虔信与义理，所谓"文人而学佛，愚哲或相兼"③，他认为"读书不读内典，如乞匄食，终非自爨"④，重点研习的对象是《法华经》与《楞严经》，旁及《金刚》等经，禅宗公案也有所涉猎。尤其研习《楞严》数年，参阅诸家注疏而自著《楞严经如说》一书，本文将于后章专论之。学佛一念渗透于其日常生活中亦随处可见，见鹦鹉而言"归依惟念佛，清净火中言"⑤，送友朋而曰"哀我多闻生有漏，乞君一语度无余"⑥，行旅中随缘礼佛，独居时与"寒照星星内，能通静者机"⑦ 的佛灯为伴。

与晚明大多数文人一样，锺惺的佛学取向是禅净双修，禅悟跳脱之气较少而更重义理寻绎。不过他虽然长斋念佛，毕竟很难离舍俗世，至天启三年仍然委托徐波物色婢妾。⑧ 和晚明三教会通的思潮一致，他在儒、佛之间也是持调和立场的。他以儒家人伦解释佛教，"历观真佛子，谁非慈孝人"，"多生固眷属，斯须作天伦"；⑨ 又会通二家的基本社会准则曰："佛家戒杀，厥念惟悲；儒者好生，其原在乐。"⑩ 以此为思想基础，他在文人与

① 《题血书法华经》，《隐秀轩集》卷35，第568页。
② 《又与徐元歎》，《隐秀轩集》卷28，第492页。
③ 《感归诗十首》之十，《隐秀轩集》卷9，第138页。
④ 谭元春《退谷先生墓志铭》，《谭元春集》卷25，第680页。
⑤ 《咏求仲家红鹦鹉兼有所赠》，《隐秀轩集》卷11，第197页。
⑥ 《王以明居士访予江夏送之南游》，《隐秀轩集》卷10，第181页。
⑦ 《佛灯》，《隐秀轩集》卷6，第86页。
⑧ 参见陈广宏《锺惺年谱》，第225页。
⑨ 《赠曾伯阳母》，《隐秀轩集》卷3，第34页。
⑩ 《长生馆诗（有引）》，《隐秀轩集》卷8，第116页。

信徒之间的身份转换亦不致有太多困难。

二是参与佛教仪式。锺惺诗文中常记录佛教忏仪，如《焰口施食颂》详细记录了仪式的整个过程，演说《佛说救面然饿鬼陀罗尼神咒经》，赞颂佛法救度恒河沙数恶鬼的大慈悲，亦可见锺惺在活动中所受之感动。他自己也多次发起此类仪式，如每年在亡子肆夏忌日"用佛法忏之"；① 再如万历四十年中元节作佛事荐亡，超度故去的嗣父母、生母、两位亡弟、子肆夏、座师雷思霈亡灵早脱苦海、速登彼岸。② 万历四十六年又为辽东战事阵亡的将士作荐疏，悲悼国殇，恳求佛恩津梁普度。此类记载为研究者提供了近距离观察佛教在晚明世俗社会中实际样态的可能性。

三是与佛门交往。锺惺对当时的佛门动态十分敏感，有《戏为达观和尚下火偈拈其语为起句》，拈达观临终所言"世法如此，久住何为"为起句，于生死世法作一番机锋。达观是晚明佛门内外影响最大的高僧，万历三十一年因妖书案牵连致死，"世法"云云不无悲愤。锺惺"悲其灯之不传"，拈出这两句作文章，表现出对晚明禅林生态的深刻了解。此偈后署"转致淡居、憨山二道人"，可见他和淡居法铠、憨山德清有过交往。淡居是达观弟子，主理过《嘉兴藏》的刊刻工作。憨山是晚明佛教改革中坚，锺惺以"出家超将相，度世答君亲"③ 誉之，乃知者之言。除了禅宗，锺惺与法相宗也有接触，他曾拜访雪浪洪恩故居，又与雪浪高足一雨通润过从。④ 一雨以注经名世，时人有"雨笔"之目，著《楞严经合辙》等，锺惺或与之商讨《楞严》注疏。总之，锺惺所交僧侣多为引道丛林发展的精英，他对晚明佛门的主脉是有精准把握的。

四是参与佛教公共事务。锺惺文集里留下不少募疏碑记文，显示了他对佛教公益的积极行动。⑤ 其中有为家乡圆通庵、东禅寺玻璃阁集资募缘，为京山多宝寺募五大部经，为南京大报恩寺募修观音殿……致力最多者是为南京牛首山重装祖师像。牛首山旧有画各祖及诸禅师像百轴，万历四十五年锺惺与王宇、林懋等获观存者八十余轴，见其岁久而纸轴毁败，募重图装裱之，使祖师群像之威仪严慈重现牛首，并书各祖出处其上；又刻其始末于石，如有借临祖像者，使守者拓一纸与之，既善为保存，又兼顾法物流通之便；一年后，为修牛首山罗汉殿作募疏文。再一年，重上牛首瞻礼画像，作歌。其功德在当时已有

① 《家传》，《隐秀轩集》卷23，第389页。
② 见《荐先嗣父母本生母二亡弟疏》、《荐亡儿肆夏疏》，陈广宏《锺惺年谱》系于万历四十年。
③ 《又题画送沈朗膜入庐山兼寄憨公》，《隐秀轩集》卷9，第139页。
④ 见《城南古华严寺半就倾颓，奇为清崎，同一雨法师、徐元歆、陈磐生往访，诗纪冥游兼劝募复》，《隐秀轩集》卷4，第49页。
⑤ 关于锺惺募疏文，可参见吴惠珍《菩萨精神的实践——试从锺惺募疏文观察募疏文类的蓬勃现象》。

显现：新安方居士观礼牛首画像后，欲广而传之，于是重新找画家临写而置之黄山。锺惺"闻其事而欢喜赞叹"，为之再作募疏文，"告二君广劝十方信心，成此功德，勿生退转"。① 此事前后延续数年，锺惺实为首倡者，他不仅出资，且作文、题像、参与装裱、立碑，自始至终以主事者态度出现。

三　《楞严经如说》

锺惺晚年专注于《楞严经》，著有《楞严经如说》一书，取《楞严经》"如所如说"之语命名。书成于天启四年，② 前后所花时间应在五年以上。锺惺《如说序》自言"研讨五年，栖寻众典"，③ 其《戢楞严注讫寄徐元歎》又云"七载求密因，心见欲豁如"。④ 著书的根本动机或为"明生死大事"，《楞严》"说修行始终，上下巨细已尽"，⑤ 被看作参悟的入手处，因此也劝谭元春修习。⑥ 锺惺还曾有神异之梦，梦见自己说经兜率天，超越体验的激励可能也是他著书的动力之一。⑦

无论五年或七年，其用力之精勤令人感佩。谭元春记其"研精《楞严》，眠食藩溷皆执卷熟思，著《如说》十卷，病臥犹沾沾念之。曰：'使吾数年视息人间，犹得细窥妙庄严路也'"，⑧ 说《楞严经如说》是锺惺晚年生活的核心内容似无不可。锺惺自称"《楞严经》为法拼命，病前病后，披剥不记其次"，⑨ 著书而至"拼命"，或倾注全副心血。因此锺惺对《如说》颇有自信，撰著中常觉"危者有时安，滞者有时通，佛力怜念加被，不敢谓苦心所致也"。⑩ 其著书方式是"取《楞严》新旧注，间出己意"，自谓"于各注差觉简明，然亦未尝离各注也"。⑪ 徐波记其来信"称日来研精内学，于《楞严》有独诣，

---

① 《募画祖像疏》，《隐秀轩集》卷29，第500页。
② 见陈广宏《锺惺年谱》系年，《卍新续藏》第13册所收锺惺《楞严经如说原序》文后署"明天启甲子"，亦可为证。
③ 《首楞严经如说序》，《隐秀轩集》卷16，第245页。
④ 《戢楞严注讫寄徐元歎》，《隐秀轩集》卷4，第54页。
⑤ 《又与徐元歎》，《隐秀轩集》卷28，第492页。
⑥ 见《皂市问伯敬病劝予究心楞严》，《谭元春集》卷14，第401页。
⑦ 谭元春记："君梦说经兜率，著有《楞严如说》"，见《丧友诗三十首其十六》，《谭元春集》卷15，第425页。
⑧ 谭元春：《退谷先生墓志铭》，《谭元春集》卷25，第682页。
⑨ 《答谭友夏》，《隐秀轩集》卷28，第490页。
⑩ 同上。
⑪ 《又与徐元歎》《隐秀轩集》卷28，第493页。

一扫从前注脚"，① 则其书初成时似尝踌躇满志。他又与谭元春相约"明年二月初，约说经市中，须发一往大愿，办一片深心"，② 可见确乎自信有得，可以宣告天下，可以劝化世人。

《楞严经如说》由锺惺与贺中男合作完成。贺中男，字可上，江西永新人。其人"于经史百家、天文律历，以逮野乘、术数之书，靡不博洽，尤究心当世兵刑、钱谷、盐屯、水利、马政诸要务"，"为古今文词，纵横曲折无不如意"。"十试乡闱弗售，而泊然不少夺其豪迈之气"，"遍游吴、楚、浙、闽、燕、赵、齐、鲁"。③ 交谭元春、萧士玮、艾南英、贺贻孙等名士，天启二年与憨山德清同游。④ 除《楞严如说》外，尚有《明经济名臣录》《惟识颂赞》行世。贺中男称"居士"，锺惺谓之"慧性辩才，深心闳览"，两人的合作历时数年，"昔聚白门，演说者数过；中来闽署，披剥者四旬"。⑤ 天启四年锺惺坐黜家居，贺中男又专访竟陵，为"疏性相大义"，⑥ 或许还在讨论注书条目。虽然锺惺称贺中男"为予说楞严大义"，但《如说》十卷，"七卷以前，已怀强半；八卷至末，贺说居多"，⑦ 锺惺还是书的主要作者。

《楞严经如说》今存明天启四年弘觉山房刊、锺惺原序本，中国国家图书馆、日本内阁文库有藏，题为《大佛顶如来密因修证了义诸菩萨万行首楞严经如说》。⑧ 还有清康熙己未十八年嘉兴周真德等校阅重梓本，卷首有惟则天如、锺惺及王庭序，卷末有东塔净范与周真德跋，因收入《续藏经》而比较容易见到。

《楞严经如说》天启四年刊出后就受到佛学界重视。钱谦益《楞严经疏解蒙钞》多引贺中男之说，应该有所服膺。顺治十七年，刘道开偶然从北京报国寺读到《如说》，认为其"本《正脉》而参以新裁，往往玅合佛旨"，因用之为编撰《楞严经贯摄》的参照。⑨ 到康熙年间，周真德"初阅是经，犹如望洋"，后读《如说》，见其本于惟则天如《楞严经会解》和一雨通润《楞严经合辙》，"可谓青出于蓝，岂非后来居上"，故康熙十七年为之校订重刊。⑩ 纳兰性德比较锺惺与钱谦益的《楞严》注疏，认为"锺于《楞

---

① 《锺伯敬先生遗稿》附刻徐波《遥祭竟陵锺伯敬先生文》，转引自《锺惺年谱》第 234 页。
② 《答谭友夏》，《隐秀轩集》卷 28，第 490 页。
③ 贺中男传记见萧玉春修，李炜纂（同治）《永新县志》卷 16，"爱如生方志库"清同治十三年刻本影像。
④ 《憨山老人自序年谱》，《憨山老人梦游集》卷 54，《卍续藏经》第 127 册，第 976 页。
⑤ 《首楞严经如说序》，《隐秀轩集》卷 16，第 245 页。
⑥ 《贺可上自南都过访为予疏性相大义赋诗志感》，《隐秀轩集》卷 10，第 182 页。
⑦ 《首楞严经如说序》，《隐秀轩集》卷 16，第 245 页。
⑧ 见李先耕《锺惺著述考》，第 73 页。
⑨ 《楞严经贯摄》卷 1《编辑始末》，《卍续藏经》第 23 册，第 95 页。
⑩ 《重刻楞严经如说□》，《楞严经如说》卷尾附录，《卍续藏经》第 21 册，第 72 页。

严》知有根性，钱竟不知也"，故钱"成佛当在伯敬后"。① 《楞严经》是晚明最流行的佛教经典，注疏之书多达十余种，② 在这样的环境中还能获得广泛认可，非确有胜义是不可能的。

四 佚诗三首

现存明刊锺惺诗文集，有天启二年沈春泽刻《隐秀轩集》三十三卷、天启七年徐波刊《锺伯敬先生遗稿》四卷及崇祯九年陆云龙刊《翠娱阁评选锺伯敬先生合集》十六卷。由于锺惺采取"精于裁，审于作，慎于示人"③ 的态度，所以可能有不少作品没有收入集中。但搜寻不易。目前锺惺诗文辑佚者，仅有李先耕、崔重庆所编《隐秀轩集》从《茗斋集》附《明诗钞》及《盛明百家诗选》辑得诗十首，从《锺伯敬评选四六云涛》及《简选堂辑选四六金声》辑得文五篇。④ 陈少松又从各种题名锺惺编选的诗文选本卷首辑得若干，⑤ 但此类诗文选不少是托名锺惺，如《古今名媛诗归》、《锺伯敬先生朱评词府灵蛇》，前人已有辨伪，其序文是否亦属托名尚需考订。

《茗斋集》附《明诗钞》所辑佚诗中，有《游九华山值阴》一首。

候晴如望岁，曾不见残晖。岚久山容病，烟浓岫影肥。晚香林气乱，寒火石灯微。谿壑中宵际，宵然群动归。⑥

《明诗钞》所选虽仅此一首，然此题还有三首诗，见于民国比丘德森编辑的《九华山志》卷七：

游九华山值阴霭

雪霁终幽壑，泉喧亦上方。山舆窥鹊牖，巖户像蜂房。寒火千龛影，风林一缕

① 纳兰性德《渌水亭杂识四》，《通志堂集》卷 18，上海古籍出版社，1979，第 721 页。
② 参见荒木见悟《明代楞严经的流行》，（台湾）《人生杂志》第 124 期；夏志前《〈楞严〉之诤与晚明佛教——以〈楞严〉的诠释为中心》，《中国哲学史》2007 年第 3 期；周群《晚明文士与〈楞严经〉》，《江海学刊》2013 年第 6 期。
③ 《题茂之所书刘眘虚诗册（并序）》，《隐秀轩集》卷 2，第 17 页。
④ 见李先耕、崔重庆校《隐秀轩集》。
⑤ 见陈少松《锺惺谭元春集外佚文》，《文教资料》1994 年第 1 期。
⑥ 《游九华山值阴》，《隐秀轩集》卷 9，第 150 页。

香。似多僧舍柏，夏腊未全忘。

　　摩空阴亦好，那更说晴朝。磴阁巖肤半，泉通海眼遥。旅行峰伛偻，人立树僬侥。也有天台路，冬春阻石桥。

　　到悔三冬晚，缘才二日悭。客能饶远目，天未破愁颜。云锁将飞石，烟缝欲断山。岁除花落徧，羡尔惜春闲。①

此三首摹写九华山阴蔼中的景物，写得幽微昏暗，与前一首如出一辙，亦合乎锺惺五言律诗的一贯做派，应该都是他的作品。沈本《隐秀轩集》有五古《游齐山》，写在"岁暮怀冥游，积阴忽晴燠"②之时，或为同时所作。《九华山志》在张智主编的《中国佛寺志丛刊》和杜洁祥主编的《中国佛寺史志丛刊》两套丛书中都有收录，要看到并不困难，但在锺惺诗文的辑佚工作中却一直没有人注意到。本文勾勒锺惺佛教生活的大致状貌，并利用佛教文献勾稽锺惺佚文，亦可见重视佛教对锺惺研究之必要。

锺惺是晚明竟陵派主将，性灵文学思潮中的代表人物，但他也是清初彭际清所编《居士传》收录的对象，对佛教有长久修习和真诚信仰。他还是佛教公共事业的积极参与者，其佛学专著亦有杰出贡献。清理锺惺的佛教生活，对全面了解锺惺其人，考察其世界观和思维方式是必不可少的。当然，他的佛教修习和信仰对其文学思想有何影响，又如何显现在其诗文写作中，是文学研究者最为关心的问题。对此笔者将另撰文专述。

---

① 张智主编《中国佛寺志丛刊》第13册，第340~341页。
② 《游齐山》，《隐秀轩集》卷2，第7页。

从军滇蜀时期王昶的心态与诗歌创作[*]

武云清^{**}

【内容提要】 王昶是乾隆时期著名的文人、学者，是"吴中七子"之官位最显赫者，乾隆三十三年因"两淮预提盐引案"获罪而远赴滇蜀边地，遭遇了人生中唯一一次贬谪。从军滇蜀，使其心态和人生哲学发生了很大的变化，诗文中表现出"内自省""心灰色死"与渴望归乡等多种情绪。与此同时，王昶此时期的诗歌创作也是最为时人和后世所称颂的，其滇蜀诗得"江山之助"，描摹了当地奇险绝丽之景，不仅具有重要的文学史意义，也为研究乾隆时期的西南边地提供了丰富的资料。

【关键词】 王昶　滇蜀时期　心态　诗歌创作

王昶（1724—1806），字德甫，号述庵，又号兰泉、琴德，江苏青浦县（今属上海市）人，是清代乾隆时期活跃于政界、学界、文坛的一位"通儒"。他是"吴中七子"中爵位最显赫者，乾隆帝赞称其"人才难得"。其以毕生心血纂辑了 160 卷的金石考据学巨制《金石萃编》，还编纂了《湖海诗传》《国朝词综》《湖海文传》等一系列的诗词文选集，"功业、文章炳著当代"。^① 乾隆三十三年，王昶因"两淮预提盐引案"牵连而戴罪从军滇蜀，这是他人生中遭遇的唯一一次贬谪，对其人生价值观与诗歌创作均产生了决定性的影响。

众所周知，清代中叶，政治稳定，经济繁荣，出现了中国两千年封建统治的最后一个

　＊　本文为 2016 年兰州理工大学校基金项目"乾隆时期江南人士与汉文化传播研究"阶段性成果。
　＊＊　武云清，兰州理工大学文学院。
　①　江藩：《国朝汉学师承记》卷四《王兰泉先生》，中华书局，1983，第 59 页。

极盛时期——"康乾盛世"，乾隆时期更是达到了顶峰。但与此同时，乾隆时期又是一个封建王朝盛极而衰的关键时代，梁启超遂有"乾隆朝为清运转移的最大枢纽"① 之说。乾隆中后期，贪腐奢靡之风逐渐兴起，乾隆三十三年（1768）的"两淮预提盐引案"便被称为特大贪污案。一直以来，两淮盐务对清朝经济具有非常重要的作用，而且，也是统治江南的重要内容之一，所以皇帝及其统治集团对两淮盐务非常关心。此案原本是因盐商"将官帑视为己赀"② 而引发的，乾隆帝下令对盐政官员彻查到底，最后"盐政高恒、普福、运使卢见曾均伏法"，而且数位身居要职的官吏也卷入其中，"刑部郎中王昶，内阁中书赵文哲、徐步云以私自送信与见曾皆获严遣，大学士文达公昀亦牵连责戍焉"，③ 他们的共同点在于，都是卢见曾的亲戚或好友，与盐政本身没有丝毫关系。由此可见，乾隆帝对官员的打击与限制力度之大，也体现了中央政权与江南地区之间的微妙关系。

在"两淮预提盐引案"中，王昶所获之罪为"坐言语不密"。据《清实录》载，卢见曾孙卢荫恩称，最初被纪昀告知正在查办"小菜银两"之事，于是派遣家人送信回家，之后又见刑部郎中王昶，后者直接说破"并非小菜银两，乃系历年提引事发"，④ 最终在乾隆帝派人查抄时，卢府已经一贫如洗，没有金银首饰，就连衣服也所剩无几。王昶因此而牵连获咎，他曾自述曰："戊子秋，侍讲学士纪昀、中书舍人徐步云，泄两淮盐运使卢见曾事，君（赵文哲）与余牵连得罪。"⑤ 在此之前，王昶与卢见曾的私交甚好，是卢见曾旧时的幕宾，前后大概一年有余。乾隆二十一年（1756）冬，王昶应邀教授卢见曾子孙，入幕为宾客，和其他幕宾共同参与卢见曾所主持的文事，譬如校勘古代典籍、诗酒唱和等等，影响最大的是乾隆二十二年的"红桥修禊"集会，⑥ 王昶对幕主提倡风雅之举推崇备至，"其爱古好事，百余年来所罕见"。⑦ 由此可知，盐引案发后，王昶告诉卢荫恩"系历年提引事发"，也在情理之中。

其实，王昶与赵文哲之所以因"一言不密"便遭贬谪，在很大程度上与军机处的特殊

---

① 梁启超：《中国近三百年学术史》，人民出版社，2008，第 26 页。
② 方濬师：《蕉轩随录》卷八"两淮提引案"，中华书局，1995，第 311 页。
③ 徐珂：《清稗类钞》第三册"狱讼类"之"两淮盐引案"，中华书局，1984，第 1061 页。
④ 《高宗实录（一〇）》卷八一四乾隆三十三年七月乙未，中华书局，1986，第 18 册，第 1007 页。
⑤ 王昶：《春融堂集》卷五三《敕赠光禄寺少卿户部主事赵君墓志铭》，《续修四库全书》，上海古籍出版社，2002，第 1438 册，第 199 页上栏。
⑥ 乾隆二十二年（1757），卢见曾效仿同乡前辈王士禛举行"红桥修禊"集会，王昶也参与其中，《蒲褐山房诗话》"陶元藻"条云："乾隆丁丑，余在广陵时，卢运使见曾大会吴、越名士于红桥，凡六十三人，篁村与焉。"乾隆四十八年（1783）所作《友竹出所摹董北苑〈夏山欲雨〉、文五峰〈夏山〉及吴渔山〈湖山秋晓〉三长卷属题，追忆旧游，率成长句》一诗自注云："丁丑，雅雨运使修禊红桥，同会者今惟君（徐坚）与东有及予三人尚在，而皆在西安，尤可异也。"
⑦ 王昶：《蒲褐山房诗话新编》"卢见曾"，周维德校辑《蒲褐山房诗话新编》，齐鲁书社，1988，第 8 页。

性密切相关。王昶于乾隆二十五年（1760）由中书舍人入直，后迁刑部郎中，先后达八年之久。军机处，是清代特有的政治机关，也是封建专制集权进一步加强的产物，最初是为防止泄漏军机，之后逐渐成为辅助清代皇帝处理政务的权力机构，深得皇帝宠信的大臣才能入直，所谓"其大臣惟尚书、侍郎被宠眷尤异者，始得入"。① 在这样一个以保守机密为主要目的的机构中，出现泄密之事，这是乾隆帝最为担心的，所以惩处了很多涉案官员。邓之诚《骨董琐记》概括说："告见曾孙荫恩查办小菜银两者，文达也。谓系历年盐引者，郎中王昶也。谓已查钞高恒家产者，刑部郎中黄骏昌也。尚牵连及徐步云，赵文哲。步云以门生，文达以姻戚，俱发乌鲁木齐，余人拟徒。"② 王昶与赵文哲皆得徒刑，后获准在兵部尚书阿桂幕中效力，同为掌书记而赴滇黔。

一 遭贬后"内自省"的生命意识

"两淮盐引案"为王昶的仕宦生涯画上了休止符，从朝廷大臣顷刻间沦为戴罪之徒。中国古代宦场中突遭变故而被贬的官员比比皆是，由于被贬原因、惩处力度、谪居之地以及个人性格等方面的差异，他们遭贬后的精神状态也有不同，或忧伤嗟叹，或悲凉愤懑，或寄情山水，或企盼归乡。乾隆时期，由于文字狱的严酷，官员因一诗、一言被贬已属常事，轻者流放边地，重者身首异处。从写给好友曹仁虎的书信中可以看出，王昶遭贬后的反应则是"一一自考验"：

> 古之迁谪者，往往嗟嗟戚戚，若不安其生，思颂封禅，纪功德，因以取后世讥。又或托于逸豫放旷，若乐天之在江州，徽之之在通州，徒以诗之富且工，往来相炫耀。窃以为处忧患之道，二者俱非。何则？人生触扞文网，虽曰时命，大都自取，天因以降罚使然。因一事发，不因一事起，生平或疵颣多，遂以致此。故自从军以后，默取二十年来行己处事及性情心术，一一自考验，始知违悖道理，不可擢发数过。益省益多，由此益愧且恨。怨天尤人之念，尚不以萌于心，刲弄笔墨，骋奇怪，与文士争名誉，其不敢也审矣。③

---

① 王昶：《春融堂集》卷四七《军机处题名记》，第 146 页下栏。
② 邓之诚：《骨董琐记》卷三 "纪文达漏言获谴"，中国书店，1991，第 92 页。
③ 王昶：《春融堂集》卷三十《与曹来殷书》，第 8 页上栏。

他认为，遭遇贬谪后，不论是"嗟嗟戚戚"，还是"托于逸豫放旷"，皆非"处忧患之道"，而应坚持从自身寻找原因，冷静、客观地反省早年立身处事之道，因为"虽曰时命，大都自取"，这也是王昶遭贬后心态的集中反映，于是他获罪后便开始自我检讨"二十年来行己处事及性情心术"。此段文字作于乾隆三十五年（1770），上推二十年，正好是乾隆十五年（1750）游学紫阳书院之时，也就是他人生价值观形成的重要时期。一次贬谪遭遇，就使王昶重新思索已然定型的"行己处事"与"性情心术"，可见此次遭贬对他的影响之大。这种"一一自考验"的反应，也就是传统儒家所强调的"内自省"的个人修养方式，即所谓"躬自厚而薄责于人，则远怨矣"，"君子求诸己，小人求诸人"（《论语·卫灵公》）。与白居易、元稹以诗歌寄托忧愁、避世求全不同，年过四十的王昶遭贬后，则坚持以"内自省"为人生解脱的方式，这种自省意识经常反映于其诗文创作之中，《访菊诗序》云："乾隆戊子秋，余以口语得罪，杜门思咎。"《途遇吴侍读冲之既别》亦云："噩梦惊心终自咎，归期屈指正难凭。"

经过自我反省以后，王昶"始知违悖道理，不可擢发数过，益省益多，由此益愧且恨"。他将自己的被贬遭遇归结于"天因以降罚使然"。"天"被赋予"惩恶扬善"、判断是非的功能，这也是王昶引咎自责的内在依据。儒家思想中，"天"是士人人生哲学的精神支撑，一旦遇到挫折，即可借此调适自己的心态，保持独立的人格精神，从而寻求安身立命的依托。《孟子·尽心上》曰："尽其心者，知其性也，知其性者，则知天也。存其心，养其性，所以事天也。"人类仁、义、礼、智的道德品质，既被视为天的属性，同时又是人的本性，而"尽心知性知天"为儒家士人找到了一种自省内心的道德修养方式。王昶的"天命观"与孟子的思想相通，他署书房为"存养斋"，即是孟子"存心养性事天"之义。"时命"观念可溯源于孔子，是其"天命观"的延伸。① 遭际逆境，也是"时命"所在，非人力可以改变，王昶无疑是认同的。当然，之所以"天因以降罚使然"，还得归咎于"大都自取"。他清醒地认识到，与卢见曾子孙相互往来，是他牵连获罪的原因之一："某无状，以尚书郎典机密，不能杜门谢宾客，与罪人子孙往还，其取咎戾固宜。"② 而另一个主要原因是不应进入仕途。乾隆三十四年（1769）所作《送升之回腾越》一诗云："前生出家人，一念逐仕宦。天将警其贪，遂使历忧患。"正因为当初贪恋官位、追逐权力，所以"天将警其贪"而获罪，即"天因以降罚使然"，这也是他遭贬后自省而心生愧

---

① 晁福林：《"时命"与"时中"：孔子天命观的重要命题》，《清华大学学报》（哲社科版）2008年第5期。

② 王昶：《春融堂集》卷三十《与杭大宗书》，第9页上栏。

疚悔恨之情的深层原因。

王昶虽然积极运用儒家的内圣之法进行自省内心，但对此次遭遇并非没有郁愤之情。对于王昶而言，遭遇贬谪是"突如其来"的打击，他的心灵受到巨创。自京师出发赴西南之时，不禁感叹："往事真如梦，谁知得此行。才看掺别袂，已促赴严程。生理何从数？羁怀未忍明。更无肠可断，摇漾任心旌。"① 隐约表达内心的怨愤和无奈。由于所生活的盛世社会环境和自己正统儒士身份的影响，王昶没有也不能将此愤愤不平之意公布于众，"羁怀未忍明"是也。诗歌中这种世事难料的嗟叹俯拾即是，如"诗场酒座前尘远，橘社蓴乡宿愿违。落叶随风难自料，长星配月好相依"②、"自叹不如花信准"③，等等。在上述那封写给曹仁虎的信中，王昶也感慨自己命运之屯蹇："某少无兄弟，年四十有六，生女一，尚乏子息，家无担石储，往时取一第，进一阶，必积劳苦乃得之。既得，又复催挫隔阂，使不如意，盖命之屯蹇，抑郁至于此。去年七月出铜壁关，迄十月抵老官屯，攻蒯贼垒，其间历毒暘，陷泥淖，厉怒湍，逾重岨，险恶万状，非耳目所恒闻见。是时军事亟不暇自顾，恤回忆军中强悍武士死且十五六，孱弱如某，托先人之积，庆未即填沟壑。窃幸以为过矣，痛定思痛，其嗟嗟戚戚固宜，又何心效前二者之为，勾奇斗艳，以诗文炫耀，取讥于后世邪？且三年中，备阅艰苦，精神消耗过半矣！曩时白发仅一两茎，今颠毛种种，髭须亦有白者。子曰：父母之年，不可不知也。老母年逾七十，茕茕一身，尚在万里外，诚不如牛医狗屠，犹得具毳以备待养也。"回顾所遭受的磨难，庆幸在险恶的边地生活中得以生还，又自喻不如"牛医狗屠"，隐隐表露心中的归乡之情。书信的末尾处又细数好友中"退而处江湖者"，隐约表明自己的志向，将自己对从军生活的厌倦巧妙地寄托于归乡后"奉老母、育子嗣、修身约己"以及与友朋唱和当中，也是"逸豫放旷""妄托于穷愁著书"之外的另一条解脱途径。譬如，《思远人·戊子冬日丛台驿作，时往云南》词云："赵北燕南凭振策，已到丛台驿。征鸿无定，疲驴已困，一饭少求息。弹丝击筑今犹昔，襆被叨留客。惩官烛将残，戍笳互响，梦归正难得。"时值赴边途中，引用"赵北燕南"、"弹丝击筑"之典，以战国之时荆轲赴秦自比，慨叹前途渺茫无测，命运凶多吉少。唯有梦中归乡，稍可聊以自慰。

---

① 王昶：《春融堂集》卷十《发京师》其二，《续修四库全书》，上海古籍出版社，2002，第1437册，第446页下栏。

② 王昶：《春融堂集》卷十《涿州道中再示升之》，第446页下栏。

③ 王昶：《春融堂集》卷十《新郑驿中见月季花方开有感三绝》其二，第447页下栏。

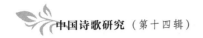

二　从军期间的"心灰色死"与自我价值的重新体认

不难发现，"两淮盐引案"后，王昶早年的志向发生了微妙的变化，尤其是谪居期间，频频表达其"心灰色死"的精神状态：

> 余从军三年矣，往往心灰色死，啾乎若不可终日。①
>
> 迤来疲惫已甚，心如死灰，身如槁木，军书如蝟毛。②
>
> 人或誉仆寡情，不知仆心死久矣。仆少无宦情，比益百念灰冷。③

王昶早年参加科举，积极入世，到了边地，却声明"少无宦情""心灰色死"，不能不说谪戍生活确实挫伤了其人格意志，追求功名以实现自我价值的志气似乎黯淡了许多。

囿于戴罪之身，身边的亲朋挚友也多远身避祸，使王昶备感形单影只、知己难求，所以他常自比"离群雁""旅雁"，借以抒发羁旅之途中的那种孤独和哀伤。《雁》云："旅雁辞燕塞，随人过楚都。思归仍惨淡，欲别尚号呼。未惜烟波远，终悲节候殊。烟江坠清月，今夜益羁孤。"《自汉江至江陵道中作》其五云："叹我远飘零，谁与慰悽愫？萧条入蓬窗，如怨更如诉。助以呜咽音，徐疾互相赴。我老不堪愁，无泪共倾注。"凄凉悲怆的情感深藏于内心深处，无人知晓，也无人可以倾诉。唯有挚友赵文哲的陪伴，可慰藉羁旅之愁，"艰难尚幸依良友，流落何堪媲昔人"。④两人皆因"言语不密"而从军，情感也能产生共鸣，因此，王昶视其为患难之交，"与君共羁孤，哀鸣等连雁。相依萍偶聚，相别圭屡飐"。⑤同时，王昶以明代学者杨慎这样遭贬的前贤为人生理想的寄托。杨慎因"议大礼"而被放逐西南边地，一生中有一半时间在贬地度过。时隔两百多年后，王昶重至此地，不由地生发"生平瓣香之愿"，⑥而"不信词章士，忠能叩九关"，⑦既是对前辈的崇敬，也是对自己的期许。

---

① 王昶：《春融堂集》卷四十《刘星洲据鞍唱和诗序》，第83页上栏。
② 王昶：《春融堂集》卷三一《答吴冲之学使书》，第12页上栏。
③ 王昶：《春融堂集》卷三一《又与南明》其三，第14页下栏。
④ 王昶：《春融堂集》卷十《良乡夜宿示升之》，第446页下栏。
⑤ 王昶：《春融堂集》卷十一《送升之回腾越》，第469页下栏。
⑥ 王昶：《春融堂集》卷十二《题升庵先生小像》，第474页上栏。
⑦ 王昶：《春融堂集》卷十一《过杨升庵先生故居》其一，第463页上栏。

渴望归乡、牵挂家人，是王昶在边地日思夜想之事，甚至成为"心病"，一直耿耿于怀，以至于"心尽"：

> 然老母之倚闾，先人之在浅土，年如牧犊无嗣续，皆不敢以忘，不敢忘而思，思而纠结缭绕，泪枯心尽，坐则不能立，夜则不能寝，烦冤愤懑则不能控诉，微奔走劳瘁，寒暑侵迫，亦安得而不病。前年，丹忱见仆颇讶为丧神失志，彼于仆二十年同年，且同官十余年，不察仆何以若此，是盖无人心者也。今苦之最者，心病矣，犹日用其心，犹日以心所不习者用其心。案牍之来，心摇摇然若将颎去者，又若昏昏然欲睡梦者，及起而束缚之、振厉之，乃稍可以从事。而仆不自恨其心，以为心尽矣，近死之心，若颎若睡，又何怪而何恨焉。①

随从阿桂奔赴西南边地之前，王昶心中就尚存顾虑，"不必触冒危险，以惊恐老母"。② 写上面这段文字时，已是乾隆四十年（1775），谪居边地的生活即将结束，已尝尽其中酸苦，心灵也遭受磨练。不管是心系家人、家事，还是其他原因，有一点是确定无疑的，在滇蜀时期，王昶内心明显充斥着"烦冤愤懑则不能控诉"的郁闷，常借边地奇景而发，所谓"英灵倘未徂，乘此泄愤懑"，③ 实际上是导致其"心病"生发的关键因素。那么，"烦冤愤懑"所为何事？我们或许可以大胆假想，他的意指所在应当不止是牵挂亲情那么简单。有意思的是，"心病"虽然已严重干扰公事的办理，但是王昶却"不自恨其心"，至于其中的缘由，他选用"心尽"两字来作诠释，"近死之心"也就没有怨恨的必要了，似乎都在情理之中。

在"心灰色死""心尽"的心态背后，其实寄寓着王昶对自我价值的重新认识。其一，祈望归田而修身约己。与其他贬谪文人一样，被贬期间，王昶也在努力寻找心灵的依归，以便于积极调适自己的心态。羁旅之艰很容易萌生思乡之情，《寄查观察恂叔》其四云："江山寥落身将老，戎马间关病未捐。远道惊心悲陟岵，余生回首念归田。"于是，钟情故乡、渴望归里便成为他的志向："傥缅酉悔祸藏事，某因得以还乡里，诛锄草茅，奉老母，育子嗣，修身约己以偿凤詟，志愿已毕矣。"④ 其中透露着王昶维护自我人格尊严的强烈愿望，归田不仅可以避官场与边地之祸，更重要的是能"修身约己"，这也符合他

---

① 王昶：《春融堂集》卷三一《又与南明》其三，第14页下栏。
② 王昶：《春融堂集》卷三十《与杭大宗书》，第9页上栏。
③ 王昶：《春融堂集》卷三十《自大雾溪至清浪滩长四十里上有马伏波祠》，第452页上栏。
④ 王昶：《春融堂集》卷三十《与曹来殷书》，第8页下栏。

"未仕以守身为大"的人生理念。其二，王昶在罢官后"耿介"的个性没有消褪，而是选择重新思考人生哲学。因此，他在边地高歌："我本不解事，南来更衰白。聱牙古性情，人世应弃掷。"①"我生如田仲，巨瓠不容斲。与世颇聱牙，其故坐愚愨。"② 倒也不觉得狂妄，也非无稽之谈，而是他早年一贯保持的"耿介"而几于"简傲"性格的自然发展。遭黜经历使王昶从早年追逐功名，转而专注自身命运，也就是说，王昶在人生困境中，更加重视自我的道德修养和人格尊严。

虽然遭遇贬谪使王昶追求功名的志气黯淡了许多，但他仍不改用世之志。在滇蜀时期，尽管声称自己"少无宦情"，也承认贬谪经历使其"心如死灰，身如槁木"，但一些细节却揭示出另一番景象。乾隆戊子年赴边前，在母亲的规劝下，王昶选择"克自湔洗""陈力自赎"，以实现"有闻于时"的愿望。遭贬谪后，王昶仍惦念"有闻于时"，足见不忘追逐功名之心。随往边徼，戴罪立功，对他而言，应是最好，也是唯一的选择。当然，出现犹豫不决的心理，也不全然是如他所说那样不能尽孝道，实际上是王昶在人生价值观遭遇挫折后重新调整的矛盾冲突，以赵文哲所谓"我衰壮怀减，岂为家室伤"③ 来解释，似乎更加贴切，能更好地揭示王昶当时心态的彷徨。乾隆三十八年（1773），陆锡熊因有功于《四库全书》的考订分排、撰述提要，著授翰林院侍读，当时在贬途中的王昶闻知此消息，自叹遭际之殊："同是西清同儤直，独怜烽燧滞危疆。"④ 除了感慨自己滞留贬地外，还包蕴着钦羡功名之意。这些矛盾心理，可以说代表了乾隆时期遭遇官场挫折的大部分汉族士人。

三 得"江山之助"的滇蜀诗作

对于王昶而言，从军滇蜀确实是一段"劳薪"生涯。单从时间上来说，自乾隆三十三年（1768）十月初十日至乾隆四十一年（1776）四月二十八日，"劳薪"生涯达八年之久，在当时因"两淮盐引案"而贬谪者中，时间是最长的。⑤ 虽然乾隆三十六年（1771）

---

① 王昶：《春融堂集》卷十二《七夕》，第480页下栏。
② 王昶：《春融堂集》卷十一《除夕和苏文忠公韵八首》其六，第473页上栏。
③ 赵文哲：《媕雅集》卷一《发京师四首》其三，《续修四库全书》，上海古籍出版社，2002，第1436册，第4页上栏。
④ 王昶：《春融堂集》卷十四《闻陆健男改官侍读奉寄》，第493页上栏。
⑤ 乾隆三十五年（1770），谪戍乌鲁木齐的纪昀被"赐环"；与王昶同赴西南边地的赵文哲，在乾隆三十八年（1773）战死；而徐步云也在三年流放期满后，离开贬地伊犁。

十月，王昶"喜见除书复旧簪"，① 奉旨赏给主事，不再是戴罪之身，但很快就随往四川办事，"南蛮定后又西戎"，② 不得不继续奔波于西南边地。漫长的边地生活经历，对于王昶这样的失意文人是刻骨铭心的。但是，正是由于这一特殊经历，王昶的诗歌创作才得江山之助，仕途的失意恰恰刺激了诗歌的勃兴。《答简斋先生书》云：

> 第少时生长吴淞，家家烟月。若复急装短后，作金戈铁马之音，众必斥以为怪。至于负羽从军，历经滇、蜀，烽烟交警，山木崛奇。危苦之余，迫为险绝之作，盖出于不得已，其时其地实为之。使工部遭际太平，则《咏怀》、《北征》可以不作；又使太白从容侍从，则《孤者》诸篇，亦无由而发。其故皆时与地为之，然其中亦各有才分焉。③

王昶在此强调"时""地"对诗歌的决定作用，一方面，在盛世之际，他远赴西南边地，所谓"时"也；另一方面，他离开京师，来到滇蜀，目睹了当地的独特景象，所谓"地"也。从军期间，他时刻用心于诗歌创作，其弟子江藩说："先生从征九年（应为八年），虽羽书旁午，然磨盾之暇，马上吟咏，穹庐诵读，无一日废也。"④ 最后将这一时期的诗歌作品编成《劳歌集》："所历楚黔诸境，搜奇觅险，诗益富，取《韩诗外传》'饥者歌食，劳者歌事'之意，名曰《劳歌集》，迄于凯旋而止。"时人蒋鸣鹿称赞"屈子之骚问，杜陵之诗史，汇而成此"。⑤ 此集得"江山之助"，不仅具有极强的文学史意义，而且描摹了滇蜀当地特有的风俗、山水以及边地战事，展示了乾隆时期西南边地的概貌。

王昶充分认识到边地环境对诗歌创作的积极作用，其《赵升之娵隅集序》有云："风俗之俶诡，山川林莽之怪，烽烟炮石之可骇可愕，皆前古诗人所未及，故其取材也富，而见于篇什者肆而奇。"缤纷多彩的边地景象不仅丰富了诗歌的题材，而且增加了诗歌的情感力度，"江山更助我，诗情忽而纵""今以悟吾诗，劳歌激慨慷"。⑥ 以往诗论家对王昶在官场亨通时期所创作的诗歌评价不高，认为"不免沉滞沓冗"，⑦ 相对而言，凭借题材的丰富、情感的真挚，其滇蜀时期诗歌得"江山之助"，最为时人和后世所称诵。曹仁虎、

---

① 赵翼：《瓯北集》卷十八《阅邸抄喜述庵璞函复官却寄》，上海古籍出版社，1997，第 377 页。
② 王昶：《春融堂集》卷十三《残夜过郫城小憩南明官舍把酒怅然述旧抚今辄成十绝》其八，第 486 页下栏。
③ 参见袁枚著《续同人集》文集卷三，王英志主编《袁枚全集》，江苏古籍出版社，1993，第 341 页。
④ 江藩：《国朝汉学师承记》卷四《王兰泉先生》，第 56 页。
⑤ 严荣：《述庵先生年谱》乾隆三十三年，王昶：《春融堂集》附录，第 339 页上栏。
⑥ 王昶：《春融堂集》卷十《明月岩》《雷回滩》，第 451 页下栏。
⑦ 李慈铭：《越缦堂诗话》，杜松柏主编《清诗话访佚初编》，新文丰出版公司，1987，第 8 册，第 180 页。

王鸣韶皆称赞其滇蜀诗作"奇崛雄拔""句奇语重，才情雄肆"。① 乾隆四十一年（1776）八月，王昶以滇蜀所作诗歌见示翁方纲，得其肯定和推崇。② 乾隆四十二年（1777），曹学闵、纪昀招同小集，王昶作诗云："新诗共爱湘灵瑟，异事如乘博望槎。"③ 并自注曰："同人谓予楚中诗最佳。"门人孙嘉乐更是将其滇蜀诗作刻于石而加以推广，石刻的形式不仅保留了王昶的诗歌，而且便于途径边地的士人传诵。④ 陆元铉《青芙蓉阁诗话》亦云："余观先生（王昶）之诗，早岁吟咏，一以三唐为法，然尚不出渔洋流派。至其丁年出塞，亲历行间叙次战功之作，直使临阵诸军，踊跃纸上，使渔洋执笔为之，亦当退避三舍也。"⑤ 由此可见，王昶滇蜀诗作不凡的文学成就。

南荒之地的山川风月，在王昶心目中最突出的印象是其"奇""难""险"的特点：

> 天无三日晴，地无三里平。人言黔陬恶，险滑难为名。谁知山水好，不畏崖路陗。⑥
>
> 生平豪气老不除，挥鞭径上凌崎岖。垂堂之言宁足戒，但恨奇险难为书。⑦
>
> 不虞随清车，万里事传箭。南渡澜沧江，瘴云涨炎嘆。西逾斑斓山，雪岭逼云栈。皮船泻奔流，铁索亘断岸。炮石每訇轰，烽燧肆凌乱。维时跂白云，亲舍隔京县。数椽压风雪，一灯守炊爨。悬知念慎旃，犹来发悲叹。癫思不可写，洒涕溢几案。⑧

边地环境的艰险，对于王昶心理的影响，是不容忽视的。他由衷感叹："盖南方卑湿

---

① 王鸣韶：《答大理述庵兄书》，参见王昶《湖海文传》卷四十六，上海古籍出版社，2013，第431页。

② 翁方纲《复初斋集外诗》卷十有诗《述庵通政见示滇黔楚蜀诸咏并惠道州周元公拙赋八分石刻赋谢二首》，其一肯定王昶滇蜀时期诗歌的独特性，重提王昶之禅趣，云："诗人从古未经处，盾鼻飞书到凯旋。蒲褐梦缘曾记否？鬓丝禅榻故依然。相看道眼清如水，金石雄文气涌泉。"

③ 王昶：《春融堂集》卷十五《初四日曹太仆慕堂学闵纪晓岚昀曹竹虚文植两学士招同小集》，第507页下栏。

④ 乾隆四十一年（1776）归京后，所作《送李勉伯纯之恩县任》诗注云："予游昆明之近华浦、大理之龙尾关、永昌之易罗池，皆有诗，学使孙君令宜刻于石头。"乾隆五十一年（1786），王昶又有绝句云："当年五字记从戎，忽见贞珉刻画工。闻说行人常洛诵，也应胜似碧沙笼。"诗题中详细说明"行人常洛诵"之事："往在长武，遇李制军岳麓侍尧忽诵予《龙尾关诗》，怪而问之，云：兹诗石嵌在大理官舍壁上，闻系学使孙令仪嘉乐所刻，今过此关，视之果然。盖令仪为予会试所取士，常求予在滇篇什，予录而贻之，不知其出使时，携以南来，刻于此也。为之怃然，著手摩掌，因题一绝。"可惜《劳歌集》中并未见《龙尾关》一诗。但孙嘉乐以石刻的形式推重王昶滇蜀诗歌，得行人传诵，应确有其事。

⑤ 陆元铉：《青芙蓉阁诗话》卷上，张寅彭选辑《清诗话三编》第4册，上海古籍出版社，2014，第2587页。

⑥ 王昶：《春融堂集》卷十《龙里道中微雪》，第458页下栏。

⑦ 王昶：《春融堂集》卷十三《军抵山神沟》，第488页上栏。

⑧ 王昶：《春融堂集》卷十八《题秦中允端崖潮缝衣图》，第536页上栏。

炎瘴不以时，故虽英伟特绝之人，久处其地，亦卒不能慷慨如常。"① 加上日夜兼程地行军，王昶身心俱疲。但也不全是负面作用，西南边地"奇""难""险"景象的特殊性，使得王昶的视野、胸襟都为之开阔，法式善《春融堂文集序》云："淬厉其精神，振荡其胸臆，山川岩谷之阻，鸟兽草木之奇，妖星之灼人，鬼雄之吐气，时时在心目间。"这种胸襟、心态是在雍容尔雅的朝廷仕宦生活中无法企及的，王昶内心慷慨豪放之气的激发也有赖于此，"宦海浮沉意气豪，生平萧瑟本风骚。听猿下泪闻鸡舞，又赖新词解郁陶。"② 参佐军事也得心应手，阮元赞称："公力疾叱马悬崖，日行数百里，夜治章奏文书于炮火矢石之中，无误无畏。"③ 面对这样的边地之景，王昶的内心情感颇为复杂。时而因边地之险而悲叹："性命真悲一发轻，寒滩日日斗峥嵘。人从激箭流中坐，船在崩崖罅里行。喜见杉筤围野逻，愁听风雨走山精。惊魂才定舆人报，前路千峰剑戟横。"④ 时而又陶醉于边地绝景："稽首山神貌姑射，贶此绝景谁能逢。"⑤

在王昶的笔下，边地山水之气势被描摹的生动形象：

> 山夹水而蟠，水薄山而走。山水互奔迫，怒流遂喷嗽。不谓雪滩舟，人能与水斗？奋臂或孤撑，翻身忽全仆。眼花落水眠，恐与巨石凑。生平得未曾，见此颇眩瞀。何暇邀桃林，一向渔父扣。⑥

岩石之奇绝也被重新赋予了生命：

> 大石如覆舟，小石如断臼。其色侔猪肝，其状肖熊首。其积累重甗，其裂豁破缶。谲诡非一形，争出扼溪口。⑦

细致入微地摹绘了西南边地的壮美景象，为后世研究乾隆时期的西南边地提供了丰富的资料。

① 王昶：《春融堂集》卷四十《刘星洲据鞍唱和诗序》，第82页下栏。
② 王昶：《春融堂集》卷十三《荣经道中阅杨笠湖刺史潮观所贻〈吟风阁杂曲〉偶题七绝》其五，第490页上栏。
③ 阮元：《揅经室二集》卷三《诰授光禄大夫刑部右侍郎王公昶神道碑》，中华书局，1993，第422页。
④ 王昶：《春融堂集》卷十《舟至玉屏》，第455页下栏。
⑤ 王昶：《春融堂集》卷十二《由杉木和赴花桥作》，第473页下栏。
⑥ 王昶：《春融堂集》卷十《自绿萝溪过新湘水石奔峭为入滩之始》其二，第451页上栏。
⑦ 王昶：《春融堂集》卷十《过甏子洞遂抵倒水岩皆水石奇绝处》其二，第451页上栏。

总之，"两淮盐引案"使王昶的身份发生了巨大的变化，从侍直军机处的朝廷达官，陡然间沦为谪戍边地的获罪之徒，对他的人生价值观影响颇大。从军期间"内自省""心灰色死"的复杂心态以及对人生价值的重新思考，是乾隆时期宦场遭遇挫折的汉族文人的真实反映，具有一定的时代意义。与此同时，此次经历却让王昶的诗歌创作呈现出一种新的风格，达到了一个新的高度。赵翼极度肯定此次遭遇，认为从戎滇蜀是王昶一生的重要转折点，不妨以此作结：

> 塞翁失马何足惜，先生奇遭在削籍。紫薇郎剩白衣身，万里从戎历重译。当日都门送临驾，分歧谁不悲迁斥。岂知官秩从此高，诗亦从此穷风骚。滇南三载蜀五载，踏遍徼外地不毛。路争鸟道入穹汉，渡寻象迹翻崩涛。炎乡三冬辊雷吼，阴岭六月阵雪饕。洪荒以来人不到，奇景留待公镌雕。吟毫既得江山助，况值羽书正驰鹜……倘非参军入蛮府，平步公卿享华腜。雄略虽馀扪虱谈，壮心谁激闻鸡舞。南山诗不如北征，只为未经戎马苦。乃知绝域烽烟中，正是玉成大名古。①

----

① 赵翼：《瓯北集》卷三六《述庵司寇新刻大集见贻展诵之余为题长句兼怀亡友璞函》，第842页。

黄遵宪《赤穗四十七义士歌》文本生成初探[*]

孙洛丹[**]

【内容提要】 晚清诗界革命代表人物黄遵宪的《赤穗四十七义士歌》收录在《人境庐诗草》第三卷中，经常被视作黄遵宪介绍和颂扬日本爱国志士的代表作，但仅仅如此理解这首古体叙事诗不免过于简单化。本文试图通过历史语境、现实演绎和文本互文三个角度分析《赤穗四十七义士歌》的生成，探讨前文本对诗歌创作的影响以及隐匿在诗语背后的历史建构。

【关键词】 黄遵宪 赤穗 室鸠巢 和魂

黄遵宪是晚清诗界革命的领军人物，同时也做过外交官。1877 年，作为中日《修好条规》签订后首任驻日参赞随同公使何如璋东渡扶桑，在五年未满的使节生涯中他创作了一大批日本主题诗文作品。除了众所周知的《日本杂事诗》《日本国志》

---

* 本文为国家社会科学基金项目"晚清文人在日本的写作与汉文圈内华文文学的成立研究（14CZW036）"阶段性成果。

** 孙洛丹，女，东北师范大学文学院讲师，主要研究领域为中日近现代比较文学。

之外，收录在《人境庐诗草》第三卷的诗歌也被认为是集中的代表。^①其中长诗《赤穗四十七义士歌》就经常被用来佐证黄遵宪的日本出使经历，^②且被视作近代古体叙事诗的代表作，^③不过遗憾的是，迄今还没有针对该诗文本进行的具体研究，而在笔者看来，通过探讨文本生成梳理诗歌背后交织的文本资源和历史语境才是理解《赤穗四十七义士歌》的关键所在。

从题目中即可看出，《赤穗四十七义士歌》以日本元禄年间赤穗事件为主题。1979年，夏衍先生在日本政府派遣歌舞伎访华团在北京演出《忠臣藏》之际，撰文指出黄遵宪曾以诗歌形式介绍过赤穗义士的义举。但是 30 多年过去了，有关《赤穗四十七义士歌》的研究似乎多围绕其长篇叙事诗这一形制上的特点展开，其他并无更多论述，事实上该诗区别于黄遵宪许多日本题材诗歌的一个特殊性就在于它是诗人在阅读了日人相关汉文著述后作成的，诗歌文本的生成与前文本的互文关系非常密切；不仅如此，该诗的创作还与这位外交官诗人所置身的历史语境脱不开干系。在展开对《赤穗四十七义士歌》文本生成的分析之前，有必要先介绍"赤穗事件"的发生背景及相关文本。

一　元禄"赤穗事件"与《赤穗义人录》

所谓元禄"赤穗事件"是指发生在日本江户时代中期元禄年间赤穗藩家臣 47 人为主君报仇的事。江户幕府第五代将军德川纲吉素来重视对朝廷的礼节，每年年初都会派使臣上京，之后天皇再派御使下京答谢。在天皇御使下京返礼之际，幕府从大名中挑选合适的人员来接待御使，也就是所说的"御驰走役"。元禄十四年（1701）3 月，赤穗藩藩主浅野长矩就被选中作为"御驰走役"接待朝廷御使，在接待过程中，浅野长矩自认受到负责接待礼节总指导的高家旗本吉良义央的刁难与侮辱，一怒之下在江户城大廊上拔刀砍伤吉良义央。此事一出，将军德川纲吉怒不可遏，遂命令浅野长矩当即切腹，并且断绝家名，没收其领地。然而冲突另一方，被浅野长矩轻度砍伤的吉良义央却没有受到将军的任何处罚。以大石内藏助为首的浅野长矩的家臣们无法接受这

---

^①《人境庐诗草》第三卷中的辑录诗歌经常被视作黄遵宪使日期间的代表作，事实上这其中不少诗歌都是他离开日本后补作的（如《流求歌》及本文涉及的《赤穗四十七义士歌》），但不可否认的是第三卷的诗歌就主题和内容而言都与日本有关。

^②关爱和：《别创诗届的黄遵宪》，《文学遗产》2005 年第 4 期。

^③马卫中、李亚峰：《试论近代古体叙事诗的创作特征》，见《中国文学研究》第十三辑。

一结果，在屡屡向幕府请愿保存赤穗藩、却最终复藩无望的情况下，经过了一年零八个月的潜伏、忍耐、等待和准备，在元禄十五年 12 月 14 日深夜，大石内藏助率领赤穗家臣共 47 人突袭吉良义央宅邸，成功取其首级，并将吉良的首级祭奠在泉岳寺浅野长矩墓前，最终完成为主君复仇雪耻的任务。次年 2 月 4 日，幕府命令赤穗家臣切腹自尽。

八个月后，著名儒学者室鸠巢应时写出《赤穗义人录》两卷，主张"义士免死"，对义士的复仇行为给予肯定和赞扬。《赤穗义人录》上卷讲述事情经过，下卷将四十七义士分别作介绍。室鸠巢（1658—1734）讳直清，字师礼，通称新助（也作信助），号鸠巢，又号沧浪。他是江户时代中期的儒学学者，朱子学在日本的代表人物之一。正德元年（1711），室鸠巢得到新井白石的推荐，成为江户幕府的儒学者。室鸠巢历仕德川家宣、德川家继、德川吉宗三代幕府将军。在德川吉宗将军嗣位之后，任命室鸠巢为文学侍讲。他奉德川吉宗之命，将《六谕衍义》翻译成日本语，即《六谕衍义大意》，这本书后来成为寺子屋的教科书，直至明治维新。除了《六谕衍义大意》之外，室鸠巢的代表作有《五常名义》《五伦名义》《骏台杂话》《献可录》和《赤穗义人录》。

赤穗藩家臣四十七人为主君报仇的事迹在江户时期引发了激烈的争论。从幕府的观点看，这种行为是不可以容许的；从武士道的传统看，他们的行为却是直接反应，不容思虑，根本无视后果，乃以自己的生命为代价。当时对此事件争议很大，室鸠巢所代表的只是当时的一种声音。而儒学家荻生徂徕的观点就刚好相反，他认为："义者洁己之道，法者天下之规矩也。以礼制心，以义制事。今四十六士为主报仇，是知士者之耻也。虽为洁己之道，其事亦义，然限于党事，毕竟是私论也。……今定四十六士之罪，以士之礼，处以切腹自杀，则上杉家之愿不空，彼等不轻忠义之道理，犹为公论。若以私论害公论，则此后天下之法无以立。"[1] 在宝永二年（1705）前后写成的《论四十七士之事》中，荻生徂徕更是明确将浅野长矩刺杀吉良义央定性为"匹夫之勇"，将赤穗家臣的复仇斥作"承君之邪志"。[2]

对于室鸠巢与荻生徂徕在"赤穗事件"上的意见分歧，黄遵宪是知晓的。1879年 5 月，在与宫岛诚一郎的笔谈中，面对宫岛"敝邦儒者，足下以何人为巨擘"的发问，黄遵宪特地举了这个例子："物茂卿高材卓识，仆私许为日本儒者巨擘。而颇不

---

① 荻生徂徕：《徂徕拟律书》，转引自丸山真男《日本政治思想史研究》，王中江译，三联书店，2000，第 75 页。
② 荻生徂徕：《四十七士の事を論ず》，见于《日本思想大系》（27），岩波书店，1974，第 400～401 页。

容于当时者，一以生长江户，关西学者颇致不满；一则由赤穗义士之狱，物氏不是之也。赤穗之狱，鸠巢是之，茂卿非之。仆以为二人之说皆是也。一伸国宪，一作士气。"①黄遵宪对赤穗事件的这一观感也充分体现在长诗《赤穗四十七义士歌》中，关于这一点后文会详细展开。如果说室鸠巢和荻生徂徕在赤穗事件上观点的对立提供给黄遵宪创作的背景，那么这还只是其中的一条线索，对于像他这样一位以"小行人""外史氏"自居的清朝中国外交官而言，"赤穗事件"在近代日本社会的发酵更是拓展了他观察的角度和视域。

二 明治前期《忠臣藏》的近代演绎

"赤穗事件"发生后，当即就出现了很多歌颂赤穗义士的匿名戏曲，后来更成为著名的歌舞伎剧本《忠臣藏》的蓝本，并随着1748年大阪竹本座《假名手本忠臣藏》的登台而声名远播，成为日本艺术史中绕不开的主题，迄今仍以各种形式久演不衰，"忠臣藏"一语也从而成为描写赤穗四十七义士及其"仇讨"事件的专有代名词。

同时伴随这种高人气的是对四十七义士行为的讨论，尤其是在明治之后达到顶点，而最初引发这一话题的，正是明治天皇。1868年，天皇迁都东京后，派使前往赤穗义士之墓所在的高轮泉岳寺，对义士义行进行褒赏——"汝良雄等固执主从之义，复仇死于法。百世之下，使人感奋兴起，朕深嘉赏焉。"②天皇对赤穗义士的特意颁诏，不失为明治新政府笼络民心的策略，但也由此定下了明治时代对赤穗四十七义士行为官方解释的论调。

"赤穗事件"在近代重新被聚焦，一方面，对于新生的明治日本而言，"忠臣藏"唤醒了在幕末"开国"与"攘夷"的路线之争中某种集体记忆，③正如天皇颁诏所隐喻的将忠君思想转化为忠于天皇的意旨；另一方面，即使由明治天皇定下了官方解释的基调，当时的启蒙思潮中也不乏以法治思想批判赤穗义士，并希望以此重塑日本精神的呼声，并由此引发激烈的论争，比如福泽谕吉就在著名的《劝学篇》中说：

---

① 《黄遵宪全集》，陈铮编，中华书局，2005，第740页。
② 宫泽诚一：《近代日本と「忠臣藏」幻想》，青木书店，2001，第2页。
③ 宫泽诚一：《近代日本と「忠臣藏」幻想》，第19页。

在从前德川时代，浅野的家臣们为了给主人报仇，杀了吉良上野介，世间称之为赤穗义士，那岂不是大错而特错吗？……假如他们有一个被杀，仍不畏惧，又代之上诉，前仆后继地向政府控诉，一直到四十七名家臣诉尽了理、丧尽了命为止，那么不管它是怎样坏的政府，总会终于为理所屈，对上野介加以刑罚，从而改正其判决，只有这样才可以叫做真正的义士。但是他们过去不明白这种道理，身为人民而不知尊重国法，妄自杀害上野介，真可以说是错认了人民职分，侵犯了政府权限，私自制裁了别人的罪行。①

与此论调相左，明治十二年，植木枝盛在著名的《赤穗四十七士论》中提出，福泽谕吉的观点不过是将欧美自由文明以及公议政体的国法作为规范的启蒙论罢了，而彼时德川幕府时代的日本是"专制独裁"的国家，并不适用福泽今日之观点。福泽谕吉与植木枝盛就赤穗四十七义士的行为展开争论并不偶然，随着明治四年司法省的创设，对统一、明晰的法律制度的需求愈演愈烈。1881年，明治政府以"第三十七号布告"的形式发布"复仇禁止令"，对日本中世以来"敌讨"的私刑予以法律上的严禁，规定如下：

杀人是国家的大禁，处罚杀人者是政府的公权。自古有旧习，把为父兄复仇当作子弟的义务。虽然出于至情而不得已，但毕竟以私愤破大禁，以私事犯公权，因而擅杀之罪不可免。②

日本于明治十三年五月颁布了《治罪法》和《刑法》，③正式实施是在十五年一月。为了推动新法律的普及，法律专家们为上至法官、检察官、律师，下至

---

① 〔日〕福泽谕吉：《劝学篇》，群力译，商务印书馆，1984，第34页。

② "仇討ち禁止令"（"人を殺すは国家の大禁にして、人を殺す者を罰するは政府の公権に候処、古来より父兄のために讐を復するを以て子弟の義務となすの風習あり。右は至情やむを得ずに出でると雖も、畢竟私憤を以て大禁を破り、私義を以て公権を侵す者にして、固く擅殺の罪を免れず。"）转引自宫泽诚一：《近代日本と「忠臣蔵」幻想》，第25页。

③ 《治罪法》即今日之刑事诉讼法。日本古代相当于《治罪法》的法律是中国传入的唐律《大宝律令》。明治以后，日本延请法国人布瓦索纳德（Gustave Émile Boissonade de Fontarabie）主持制定"治罪法"。该法于明治十三年七月作为太政官布告37号公布，十五年一月一日起正式实施。关于刑法，明治之前古代的《大宝律令》等"律"和幕府的"触书"等起到了刑法的作用。1868年，日本制定《假律》，三年后推出《新律纲领》，又三年后推出《改订律令》。但是这些尚不能称之为近代法。明治后，通过法国人布瓦索纳德以拿破仑法典为范本，制定刑法。明治十三年七月《刑法》作为太政官布告36号公布，十五年一月一日起正式实施。

普通百姓准备了各种各样的启蒙性读物。而在这一"普法"过程中，人们耳熟能详的忠臣藏的故事再次被政治家和思想家们捕捉和分享，并被置于新的脉络中进行阐发。

明治日本"法制化"进程是黄遵宪非常关注的内容。近年来，越来越多的研究者将《日本国志·刑法志》视作中国最早的一部对日本近代法律的翻译，沈国威更是明确地指出，《刑法志》正是对《治罪法》和《刑法》的翻译，① 研究者还推断近代中国人正是通过学习《刑法志》，迅速地掌握了近代法学术语，从而大大加快了中国传统法学的近代化。② 其实不光是《刑法志》，黄遵宪在《日本杂事诗》中也表现出对日本近代法律创立的关注。

拜手中臣罪被除，探汤剪爪仗神巫。竟将老子箧中物，看作司空城旦书。

（古无律法，有罪，使司祝告神。害稼穑、污斋殿为天罪，奸淫、蛊毒为国罪，皆请于神被除之。轻去爪发，重惩赎物。今尚传有中臣禊祠，即其事也。且有探汤法，入泥镬中煮沸，使讼者手探之，以董正虚实。是皆余所谓方士法门也。刑于无刑，真太古风哉！至推古乃作宪法，后来用大明律，近又用法兰西律；然囹圄充塞，赭衣载道矣。）③

相比于定本中的这首诗，初印本中关于日本法律一诗则是另外的模样——"禊祠拜手诵中臣，国罪湔除仗大神。讼许探汤刑剪爪，无怀长忆葛天民。"可以看到，初印本中的诗歌已经被简约为定本中的前两句，而新添加的"竟将老子箧中物，看作司空城旦书"，一方面可以解读为对"刑于无刑"的"太古风"的讽刺，而另一方面亦可视作对律法需求的关注。诗歌虽有改动，但两个版本的注释却未变化，文中所谓"近又用法兰西律"指的就是明治前期日本延请法国人布瓦索纳德主持制定治罪法和刑法。诗歌对古无律法的诟病，亦延续在《日本国志·刑法志》序论中，并进而批判中国传统的"德治"思想："上古以刑法辅道德故简，后世以刑法为道德故繁。中

---

① 沈国威：《黄遵宪的〈日本国志〉与日语借词：以〈刑法志〉为中心》，见沈国威《近代中日词汇交流研究：汉字新词的创制、容受与共享》，中华书局，2010，第333页。
② 相关论文如，李贵连《20世纪初期的中国法学》，见于《近代中国法制与法学》，北京大学出版社，2002，第190页；唐湘雨、刘永国：《沟通两个世界的不朽之作——评黄遵宪〈日本国志·刑法志〉在中国法律近代化进程中的作用》，见于《昭乌达蒙族师专学报》（汉文哲学社会科学版）2004年第1期。
③ 《黄遵宪全集》，第20页。

国士夫好谈古治，见古人画像示禁、刑措不用，则翠然高望，慨慕黄农虞夏之盛，欲挽末俗而趋古风，盖所重在道德，遂以刑法为卑卑无足道也。而泰西论者，专重刑法，谓民智日开，各思所以保其权利，则讼狱不得不滋，法令不得不密。其崇尚刑法，以为治国保家之具，尊之乃若圣经贤传……余观欧美大小诸国，无论君主、君民共主，一言以敝之，曰以法治国而已矣。"① 作为江户时期"三大复仇"之一的"赤穗事件"进入黄遵宪的视线并进而成为其诗歌的主题，与明治前期日本近代法律创制过程中对这一事件的再度聚焦和演绎密切相关，当被置于"法治"与"德治"取舍的天平时，赤穗四十七义士的行为又会被这位来自中国的外交官如何书写呢？

三 《赤穗四十七义士歌》与《赤穗义人录》的互文关系

尽管钱仲联为《赤穗四十七义士歌》作笺注时，多援引青山延光《赤穗四十七士传》② 中的内容进行背景和细节的说明，但实际上黄遵宪创作《赤穗四十七义士歌》时所参照的"前文本"是上文提到的、影响也更为深远的室鸠巢所著《赤穗义人录》。如此判断基于两点考虑：其一，《赤穗义人录》后被收录在板仓胜名编辑的《甘雨亭丛书》第三集中，而该书正是人境庐藏书之一；③ 其二，在笔者看来，能够直接印证《赤穗义人录》与《赤穗四十七义士歌》互文关系的是两者在文本叙事和结构上的重合。

《赤穗义人录》原文大约 15000 字左右，分为两个部分，前半部分以廊下刀伤和夜袭吉良府邸为中心记录事件缘由，后半部分分别介绍四十七人各自的情况，而被钱仲联引用的青山延光的《赤穗四十七士传》更类似于《赤穗义人录》后半部分的展开，分人记述，将事情经过融入对人物的分别介绍中。《赤穗四十七义士歌》有一个突出的特点就是在诗歌正文之前有一个较长篇幅的序文，介绍赤穗事件的前后经纬。该序文与《赤穗义人录》的相关记载高度重合，试对比如下：

---

① 《黄遵宪全集》，第 1322 ~ 1323 页。
② 钱仲联在《人境庐诗草笺注》（上海古籍出版社，1981）中写作"日本四十七侠士传"，但青山延光所著实为《赤穗四十七士传》。
③ 关于这一点可参考《人境庐黄遵宪藏书目录》（《黄遵宪全集》，第 1609 页）及李玲《黄遵宪故居人境庐保存的日本汉籍》，《江西科技师范学院学报》2006 年第 5 期。

《赤穗四十七义士歌》	《赤穗义人录》
四十七士自呼名拜谒，环跪墓前，读祭文曰：去年三月十四日之事，臣等卑贱疏远，不与知其状。然窃料我公与吉良上野君，必有积怨深仇，非得已也。不幸仇人未得，而身死国除，遂以一朝之愤，而亡百年之业。臣等食君之禄，应死君之事，苟觍颜视息，他日蒙耻入地，将何面目见我公乎？臣等自谋此事，弃妻子，捐亲戚，奔走东西，不遑宁处，凡一年又二百七十日于兹矣。常虑溘先朝露，所志不遂，重为世笑。赖天之明，君之灵，昨夕四更，往攻吉良氏，臣等幸得藉手以毕先公未了之志。此比首，昔公在时割所爱以赐臣者，今谨以奉上，请公以此甘心仇人，以洗宿根。读毕，起取盘上首，以匕首击之三。复相聚大哭。①	众皆围墓跪坐，良雄乃出祭文，读之曰，维元禄十五年十二月十五日，前所谒窃生之臣大石良雄等，再拜稽首，谨告于亡君故内匠公之灵。（众皆拜伏又读曰）<u>去年三月十四日我公与吉良上野君有事于朝，臣等卑贱，固不与知，窃以事情料之，虽臣等亦知其有深怨积怒，非得已也，但不幸仇人未得，而公赐死国除。</u>继之以室家迁徙，大学君被囚。虽事出官裁，职仇人之由，臣等不忠不材不能折冲御辱于前，不能排难解纷于后。<u>使我公身死世绝一朝而亡，祖宗百年之业，亦臣等之罪也。</u>今乃倍朝命谋仇人，虽固知非公敬上之意，<u>然臣等既食君禄宜死君事，苟视君仇人而不为之报</u>，仰有以斩不共戴天之言，俯无以酬不同蹈地之义，<u>他日苟徒抱耻而死，亦何面目以见我公于地下乎？</u>由是臣等相议誓以死报，自始谋此事来。<u>弃妻子，离亲戚，奔走东西不遑宁处</u>，冲冒雨雪，并日而食一，以间视仇家，不失机会为务。而衰老之臣，若多病者，恐不及事。<u>溘先朝露</u>，则相劝急于致死者矣。（直清谓，观此言，则当时在脱志赴死，果于欲速者微。良雄则几败乃事矣。）然又恐轻举辄败，<u>重为世笑</u>，以贻我公之辱。是以旷日持久而不敢发，亦有待焉耳。遂以前夜四更，往攻吉良氏。<u>赖天之明君之灵</u>，果得仇<u>人，以首来献。</u>自今以往，某等有以复公而死无憾矣。<u>此比首昔公在时，割所爱以赐良雄者。今谨还上。</u>公有灵，请以此甘心仇人，以快当日之怨。臣良雄等再拜稽首谨告。<u>读毕，起取盘上首，以匕首击之三</u>，乃复焚香拜退。众亦如之，皆泣数行下。②

　　《赤穗义人录》中"完整版"的祭文追述了浅野长矩与吉良义央结怨的原因、经过以及赤穗藩誓为主君报仇的过程，一气呵成，令人动容，黄诗序文摘其主要情节（重合处参考上表内划线部分），虽不复原文篇幅，但叙事完整措辞一致，可以清晰看出对前文本的征引。

　　在文本征引之外，《赤穗义人录》对黄遵宪的影响还体现在对诗歌结构的处理上。《赤穗四十七义士歌》全诗516字分为两段，分别以廊下刀伤和夜袭吉良府邸两个情节为

---

① 《人境庐诗草笺注》，第 292～293 页。
② 室鸠巣：《赤穗義人録》（早稲田大学図書館古典籍総合データベース http://www.wul.waseda.ac.jp/kotenseki/html/nu05/nu05_04832/index.html）。

中心，这两处场景正是《赤穗义人录》所着力刻画的；而室鸠巢借由笔下将近500字的祭文所营造的悲壮氛围更是通过黄诗的叙事方式——义士们复仇后围坐在浅野墓前进行追忆——得到继承，大仇已报，告白更添悲壮。诗歌中"四十七"的字样反复出现八次，尽管室鸠巢在《赤穗义人录》中曾明确说明最终剖腹自尽的义士实为46人，但黄遵宪仍坚持了更为常见的"四十七"的表述，意欲塑造同心戮力的英雄集体形象。①

在《赤穗四十七义士歌》中可以清晰看出其对前文本《赤穗义人录》的征引和借鉴，然而两者所表现出的思想倾向却有所不同。室鸠巢可以说是毫无保留的赞赏义士义举："昔孤竹二子不听武王之伐讨，而身距兵于马前。今赤穗诸士不听朝廷只赦义英，而众报仇于都下。二人则求仁得仁，诸士则舍生取义，虽事之大小不同，然其所以重君臣之义则一也。是故师尚父，不讳以义人称二子于当时，而其于武王之圣也，固无损焉。室子不讳以义人称诸士于今日，而其于国家之盛也，亦何妨乎？"② 在室鸠巢看来，赤穗义士的行为并不损害国家利益。但黄遵宪却借诗语铺陈四十七义士之举与国家法律间的对立和冲突——"臣等非敢国法仇，伏念国亡君死实惟仇人由"，"国家明刑有皋繇，定知四十七士同作槛车囚，不愿四十七士戴头如赘疣，唯愿四十七士骈死同首丘"。③ 这与前文提及的黄遵宪在笔谈中对室鸠巢、荻生徂徕分歧的评价也是一致的，只是此处的"法"不再是荻生徂徕所言"法者天下之规矩也"，而是黄遵宪所亲历的明治社会大张旗鼓的"法制化"进程。

此外，《赤穗四十七义士歌》引人瞩目之处还在于其句式长短错落，身体力行实践了黄遵宪本人"以文为诗"的诗学追求。对于"以文为诗"黄遵宪在《人境庐诗草笺注自序》中曾有明确的表述："尝于胸中设一诗境：一曰，复古人比兴之体；一曰，以单行之神，运排偶之体；一曰，取《离骚》、乐府之神理而不袭其貌；一曰，用古文家伸缩离合之法以入诗。"④ 在诗歌创作实践中，则主要表现为打破传统的格律限制，以一种长短有别错落有致的"新体诗"来扩充诗歌的语言表现能力，使诗歌语言的结构顺序符合散文语言的写作规范。在《赤穗四十七义士歌》一诗中，可以看出，诗句长短各异，离合伸缩，不求统一。黄遵宪使用了不少较长的诗句，其中最长的一处多达27个字，诗句被拉长后，其涵盖的内容相应增加，叙述节奏也由此变得舒缓，从而达到一唱三叹的艺术效果。从《赤穗四十七义士歌》这一具体的文本可以看出，黄遵宪将"以文为诗"的理想诉诸诗歌

① 最终剖腹自尽的赤穗义士实为46人，寺坂信行参与了夜袭吉良府邸的行动，但之后并未出现在岳泉寺浅野墓前，对此室鸠巢在《赤穗义人录》中对此也有说明，但黄遵宪还是使用了更为常见的"四十七士"的表述。
② 室鸠巢：《赤穗義人録》。
③ 《人境庐诗草笺注》，第298页及第300页。
④ 《人境庐诗草笺注》，第3页。

创作的实践，一方面服务于复杂题材铺陈的需要，而另一方面则是深受前文本的影响。可以说，《赤穗义人录》不仅为黄遵宪提供了主题的背景知识，还提供了诗歌文本的结构方式和叙述策略。

四　诗语"和魂"再阐释

如前所述，《赤穗四十七义士歌》经常被视作黄遵宪介绍和颂扬日本"爱国志士"的代表作，[①] 说"介绍"固然没错，但将其视作"颂扬"未免简单化了该诗的思想倾向。通过前文对历史背景的爬梳以及对诗歌文本的分析可以看出，在日本将四十七士纳入"爱国志士"是经过了漫长的历史及文本的建构，赤穗义士的"忠君"精神在历史演进中不断被唤醒，并被赋予新的内核。而在明治日本的"法制化"进程中赤穗义士更是被重新发现，忠臣藏的故事也由此被置于新的时代语境下再度阐释。

对于"赤穗事件"在江户以及明治前期所引发的争论，黄遵宪是了解的，在其诗歌中也并置了壮士义举与国家法律之间的对立。那么在此冲突背景下，对日本近代法律建制赞赏有加的黄遵宪会如何"颂扬"四十七义士？或者换言之，黄遵宪在诗歌中如何处理两者间的紧张关系？

在叙述完事件本末之后，黄遵宪在篇末"颂扬"道："自从天孙开国首重天琼鉾，和魂一传千千秋，况复五百年来武门尚武国多赍育俦。到今赤穗义士某某某某四十七人一一名字留，内足光辉大八州，外亦声明五大州。"[②] 在这里，赤穗义士被纳入天孙降临以来和魂传承的叙述脉络当中。无独有偶，《人境庐诗草》中此诗前收录的《近世爱国志士歌》中也出现"和魂"一词——"鸡鸣晓渡关，鸟楼夜系狱。长歌招和魂，一歌一声哭。"[③]

诗语中的"和魂"有其完整名称"大和魂"，由"大和""魂"两个语素构成。"大和"用以指称日本，"大和魂"也即"大和国之魂"，源自日本神道万物有灵的信，守护大和国的"灵"即为"大和魂"。研究者指出，自平安朝中期至室町时代，"大和魂"一词已出现在文学作品中，如《源氏物语》《大镜》《今昔物语》《愚管抄》《咏百寮和歌》等书中，并且这些例子都出现在日本政府应菅原道真之请、停止派出遣唐使期间，尤其是

---

① 关爱和：《别创诗届的黄遵宪》，第 126 页。
② 《人境庐诗草笺注》，第 301 页。
③ 《人境庐诗草笺注》，第 289 页。依作者提示及钱仲联笺注，这首诗是歌咏"黑川登几"的。此处所言"黑川登几"即黑泽登几（或黑泽止几，1807—1890），常陆国茨城郡人，安政大狱后，曾只身上京为德川齐昭申冤，历尽艰辛。明治五年八月学制颁布后，成为日本历史上最早的女性小学教师。

"摄关"制度已建成时期。① 这是一个日本自我意识逐渐抬头的年代，尽管来自中国的影响还在发挥效用，但"拒斥中国，回归日本"的倾向已经露出苗头，亦正如日本学者所言——"民族信仰的因子这时以一种不可抗拒的势头渗透到宫廷贵族悠闲的文学创作之中"。② 此后，"和魂"更是通过与"汉才"的对举和并置广为传播。

进入江户时代，国学运动兴起，"大和魂"被重新发现并赋予新的解释。贺茂真渊诉诸《万叶集》确认日本古来之精神，也即"大和魂"；而国学集大成者本居宣长也继承贺茂真渊的衣钵，在《源氏物语》中发现"物哀"，这不仅代表着毫不伪饰的人性，还象征着无须言语、崇尚感觉之日本"古道"，以截然区别于喜用概念和语言说明的汉土儒学思想。"若问敷岛大和魂，朝日映漾山樱花"，③ 经过国学者的重新诠释，此时的"大和魂"已然成为日本民族精神的实质所在。

而到了江户时代后期，幕藩体制危机加剧，"大和魂"也被用以歌颂皇室、贬抑海外。黑船的到来震惊朝野内外，"大和魂"又被再度发掘和消费，涂抹上新的色彩。佩里叩关后，吉田松阴曾私自投奔"黑船"，但遭拒绝。在被押送前往江户路上经过品川泉岳寺时，吉田松阴不免联想起赤穗四十七义士，发出慨叹："明知有虎偏山行，欲罢不能大和魂。"④

不知道黄遵宪是否读到过吉田松阴的这首与赤穗义士有关的和歌，并且以黄遵宪的日语水平推断，这首和歌他或许读不懂，但这并不影响诗人以"同文"之汉字表述的"和魂"作为衡量赤穗藩士以及《近世爱国志士歌》中黑泽登几的标准。巧合的是，无论赤穗四十七藩士还是黑泽登几，都在维新后，得到来自明治天皇或政府的"平反"，并被作为新的时代精神的楷模加以讴歌。如前所述"和魂"的内涵始终处于变化和整合中，黄遵宪所咏唱的"和魂一传千千秋"，只不过描述了一种"想象的共同体"，在此想象和承继中，赤穗义士得以冲破江户以及明治以来的种种论争风暴，成为"历史上"无需置疑的"爱国志士"，也借此得以呈现在黄遵宪的诗歌中。

---

① 胡稹：《日本精神的实像和虚像："大和魂"的建构》，载于《外国文学评论》2012 年第 2 期。

② 斎藤正二：《『新撰朗詠集』の遊宴世界》，转引自胡稹上文，第 37 页。

③ 本居宣长《敷岛之歌》（《敷島の歌》）原文为："敷島の大和心を人問はば朝日に匂ふ山桜花"（见《本居宣长六十一歳自畫自贊像》，寛政 2 年（1790）8 月）。本居宣长这里使用的是"大和心（やまとごころ）"，根据三省堂《大辞林》（第三版），"大和心（やまとごころ）"等同于"大和魂（やまとだましい）"。此处中文翻译参考胡稹上文。

④ 吉田松阴《かくすればかくなるものと知りながら已むに已まれぬ大和魂》、山中铁三《吉田松陰の詩藻：和歌・俳句編》、《德山大学論叢》（16），1981 年。

章太炎诗歌研究三题[*]

马强才^{**}

【内容提要】 晚清民国之间的诗坛，章太炎以强烈的个性书写占有重要一席，以致胡适评述"五十年"间文学时，专门提及他部分诗作。章太炎一生创作有120余首诗作，很多未收入《太炎文录初编》和《太炎文录续编》，需要辑佚整理编集。梁启超、汪辟疆等人无法见到章氏诗作全貌，多以为五言古诗成就最高。流风所及，长期以来，人们忽视章太炎晚年创作大量律诗且艺术成就非凡的事实，选评目光多局限于鼓吹革命的古诗，以为他注重抒写情性，可谓宋诗派的反拨。全面考察章氏诗作，会发现其前后创作兴趣大异，创新的艺术手法各有千秋，但基本带有浓郁的文人气质，尤其是"活剥"之法与用事用典，颇与宋派诗歌技法接近。

【关键词】 章太炎 诗歌 律诗 复古

在中国近现代社会的历史舞台上，浙地政、学、商精英，扮演着十分重要的角色，堪称"千年未有之大变局"浪潮的中流砥柱。其中，章太炎可谓贡献最巨、影响最深者。章氏一生，获得头衔名号甚多，有国学大师、汉学泰斗、朴学宗师、"有学问的革命家"和"一代文豪"等。通过这些称呼、名号，我们不难看出，很长一段时间来，人们多未重视章太炎的"诗人"地位，甚至很多研究章太炎思想、文学的专书大著，仅就文章立论，而对他的诗作，往往只字不提。① 这与章太炎在晚清民国诗坛的实际地位和巨大影响难以相

---

* 本文系浙江省哲学社会科学规划课题——章太炎诗校注及研究（17NDJC068YB）的阶段性研究成果。

** 马强才，四川南江人。杭州师范大学人文学院、国学院副教授。研究方向为中国古代文学、古典文献学和近现代学术史。

① 欧阳哲生《章太炎研究述评》（《求索》1991年第4期）一文，未提及有研究章太炎诗歌者。

符。1923 年，胡适评点《申报》诞生"五十年来"从"古文学"到"新文学"转变的诗坛，特辟专节分析章太炎诗歌创作中"革命"与"复古"之间的矛盾，而忽略大量晚清、民初旧体诗人，恰好说明章氏诗作具有一定代表意义。① 将近百年过去，时至今日，有关章太炎诗作研究的专题论述，仅有区区两三篇论文而已，难说全面解决问题，甚至还有诸多错误认识等待纠正，留有较大可以讨论的空间。章太炎诗作存世数量如何？长于何体？艺术成就如何？与章氏思想观念的关联如何？诸如此类看似基础的问题，自民国时代即已聚讼纷纭，可谓章太炎诗歌研究的"难题"，仍需进一步的解决。为此，本文尝试对章太炎诗歌做一番鸟瞰，希望从三个方面克服部分难题。耳闻目见有限，恳请方家赐教。

一　整体数量：存留与散佚

传说章太炎七岁时，已展露写诗天赋。今天，仓前故居展览中，称章太炎曾即席赋诗一首："天上雷阵阵，地下雨倾盆；笼中鸡闭户，室外犬管门。"从此，章太炎踏上诗歌创作道路，用以传写自己的心志，抒发情性之真。汤国梨女士曾谈到，太炎先生"常作诗"，因而自己多填词。② 可见，章太炎具有诗人面目，常将心意寄托于诗作艺术天地之中。或许可以说，诗作乃章太炎一生颇为重要的文化活动。那么章太炎一生到底创作有多少首诗作？

从文献来看，章太炎诗作大多收入《太炎文录初编》及《太炎文录续编》。两"编"共收录 55 题诗作凡 90 首。《太炎文录初编》五卷，1915 年上海右文社编，内有《文录》二卷，"为章太炎早年的诗文结集"，共收录单篇诗文 127 篇。③ 其中，收录《艾如张·董逃歌》《鸱鹊案户鸣》《山阴徐君歌》和《东夷诗十首》等诗作 20 题 36 首。诗篇排列，大致按照时间先后，最早者为《艾如张》，1898 年作，刊发于 1899 年三月版《清议报》第八册，而最晚者为《上留田行》，刊发于 1914 年 12 月 5 日出版的《雅言》第十一期。

① 胡适：《五十年来中国之文学》，欧阳哲生编《胡适文集》，北京大学出版社，1998，第 232～234 页。案：本文实节选自胡适 1923 年发表于《申报》五十周年纪念特刊的《最近之五十年》。又，与胡适的"重视"相对照，陈衍规模庞大的《石遗室诗话》论及大量诗人，却仅一次提及章太炎（见张寅彭主编《民国诗话丛编》第一册，上海书店出版社，2002，第 102 页）。

② 陈平原、杜玲玲编《追忆章太炎》，三联书店，2009，第 78 页。

③ 《校点说明》，《章太炎全集》之《太炎文录初编》，上海人民出版社，2014，第 1 页。

1938 年章氏国学讲习会编刊《太炎文录续编》，收录"手写民国五年出都以后所作诗三十八首"，凡 35 题，收录"十七年以后诗十六首"，凡 14 题。集中诗作，远未收录完备。编辑人之一的孙世扬坦言自己"侍于公者十年，每逢公单篇之作，则为缮写，而以草稿藏之，积所得近百首"。这些"手泽"之稿，似乎成为《续编》的主要来源。然而，当时整理人已经发现，"有民国初年之作，既为初编、补编所不收，则不敢续录。更有年代较晚而不知其来历者，亦不敢阑入者"。① 孙世扬所言，诗文并举，暗示他们收录"卷七下"中的诗作，实有大量遗漏，当时已经有诗作流行却未见收入。

今检阅章太炎书信、名人回忆录、日记和诗话等部分文献资料，会发现两编均有遗漏。如早年《台北旅馆抒怀寄呈南海先生》《儒冠》《西归留别中东诸子》《赠吾君遂诗》《漫兴》《狱中赠邹容》和《梁元客》等，亦曾传诵一时，堪称名作佳什，散见于《清议报》《浙江潮》等晚清报刊。步入民国，遗失亦多。如，1913 年 6 月 15 日章太炎婚礼即席口占两首，端赖当时传媒发达，得以流传至今。又，1913 年 9 月 20 日，章太炎将短歌八章寄汤国梨女士，因家书保存、出版而流传下来。又如，1935 年的《赠丁鼎丞》五律，依靠名人题跋的转录而存世。② 还有，据说是章太炎最后一首诗作——《口占七绝题赠宋人英》，原载上海《立报》1936 年 6 月 22 日《花果山》副刊。除此，从一些书信、日记和诗话资料中，可以发现部分诗作已经亡佚。如章太炎给宋恕的书信中，曾提及 1900 年有"和"俞樾《秋怀》四首。③ 又如，致黄侃的书信中，提及尚有两首诗作未见刊行。如 1928 年四月初十日书，称"拙作《寒食》一章，旭初来书亦拟作和，未知其风骨如何？"④ 又如 1928 年 4 月 26 日，章太炎"喜见楚金书，以传世者无一字也。因成一章，望与旭初同观"。⑤

这些零散的诗作，绝非毫无价值。恰好相反，断篇零什，往往能反映章太炎生平事迹、心志情愫和思想观念。比如，上述章太炎先生最后一首诗作，写作缘起如次：当年五月，章太炎身患重病，杜门卧床苏州。上海私立大夏大学艺术科教师宋人英，前往探视。谈话中，太炎先生兴致颇高，床侧依桌铺纸，挥毫写就七绝一首。后，太炎先生病

---

① 孙世扬：《钞校编印太炎文录续编始末记》，《太炎文录续编》，第 2 页。
② 屈万里：《章太炎赠丁鼎丞先生诗卷后记》，《追忆章太炎》，第 350 页。
③ 马勇编《章太炎书信集》，河北人民出版社，第 16 页。
④ 同上书，第 201 页。
⑤ 同上书，第 201 页。

情急速恶化，于 6 月 14 日阗然长逝。据学者考证，此诗遂成为太炎先生最后一首诗作。[①] 诗云：

疏影斜偎水竹丛，东风先吐一枝红；莫跨姑射如冰雪，得如真怜似潞公。

从诗意来看，主题咏梅。起句化用林逋之句，点出梅花高洁、潇洒与俊秀飘逸之态。次句，言梅花乃春天先开之花，暗用李白诗中典故，紧扣首句，写出颜色明丽。第三句，用消极命令句法，转换写作内容，引领读者关注"颜色"之外的品格。第四句，水到渠成说明梅花之品格，可以为精神伴侣，恰如北宋名臣文彦博，外表之"文"婉转妩丽，内里品性却是"老成有持"，故能功名盖世。如此之品性，太炎先生十分推重和喜爱，视之为精神伴侣。考虑到太炎先生家乡，处杭城之西，梅花乃常见之物，且一、四句用孤山林逋故事，我们可以推测太炎临终抒怀，或有桑梓之思？诸如此类诗作，实乃弥足珍贵，传达、透露太炎先生的心绪思维，绝非其文章、专著可比。

那么，到底还有多少完整的散见之作？据笔者初步统计，约 30 余首诗作，未收入上述"文录"。姚奠中先生曾说章太炎诗作"不足"百首，当非。[②] 这些诗作，绝非章氏意欲抛弃者。恰如《訄书》各版所示，章氏一生持续更改自己的编集，《太炎文录初编》收录的篇章，即便经过章太炎手订，是否完全符合章氏各个时期的本意，恐怕也是值得怀疑。诚如下文所示，人们难得一见章氏诗作"全"貌，以致评价、叙述往往各执一词。重新编辑一部章氏诗歌集，实属必要之举。

二　代表体式：古诗与近体

诗人的诗坛地位，绝非仅靠数量来确立，而需要艺术成就来奠定。章氏诗作艺术成就如何？从晚清文坛来看，章太炎诗作，诸如《艾如张·董逃歌》《咏康有为》和《狱中赠邹容》等，风格独特，传阅广远，影响较大。较早评价章太炎诗歌者，有 1902 年梁启超《广诗中八贤歌》，赞称"枚叔理文涵九流，五言直逼汉魏遒"，独取其五言古诗。[③] 至 1919 年，汪辟疆撰《光宣诗坛点将录》，将清末民初 192 位诗人，比照《水浒传》人物定

---

① 盛巽昌：《章太炎的最后一首诗》，《社会科学战线》1981 年第 2 期。
② 姚奠中：《试论章太炎先生的诗》，《山西大学学报》1992 年第 3 期。
③ 梁启超：《饮冰室文集·诗》，中华书局，第 20 页。

位方式，进行排序和封号，封章太炎为"地默星混世魔王樊瑞"，属"步兵将校一十七员"头名，① 排名整个"梁山泊"英雄第六十一位，有诗赞：

> 高论多为世所惊，四言只许仲宣醇。即论七字俳优体，莫薄嘉隆一辈人。
>
> 恐与苏黄作后尘，辄思陶谢与为邻。偶拈谶字消长夏，定有门前文字人。

《水浒传》第六十回称樊瑞为"一个先生"，"绰号混世魔王，能呼风唤雨，用兵如神"。② 该回有《西江月》一词进行描述："头散青丝细发，身穿绒绣皂袍。连环铁甲晃寒霄，惯使铜锤更妙。好似北方真武，世间伏怪除妖。云游江海把名标，混世魔王绰号。"汪氏为研究近代诗歌的大家，此说虽有戏谈趣味，却抓住章太炎诗歌的某些特质，判断基本可从。联系此词的含义，汪氏所论，更加关注，或者肯定，章太炎对于晚清政局的影响，而对章太炎诗歌的艺术成就，似乎有所保留。值得注意的是该词后还补充说章太炎作为经学大师，"诗非措意，惟论诗则尚四言而抑近体，主三唐而薄两宋，又推明七子不可及，皆非今诗人所知也"。汪辟疆还有《近代诗人小传稿》，以为章太炎"生平为诗不作近体，而以五古最多"，③ 明显仅推重其古体。

今人胡迎建《民国旧体诗稿》承绪旧说，称章太炎作诗不多，"独为五言"，认为"四言自风雅以后，菁华已竭，唯五言犹可伤为"。④ 该书还说："他的一些古体诗，取法汉魏乐府，革命思想为曲折古奥的文辞所掩，亦比较难读。"⑤ 确实，章太炎的诗作，尤其是早年诗作，存留下来的体裁多为五言古诗，艺术成就亦最高。就此论断来看，彼时人们多认为章氏诗作风格独树一帜，艺术感染力较强。然而，这样的论点，缺憾亦较为明显。

三人所论，时代悬隔甚久，然皆"挂一漏万"，偏重五言古诗，忽视章氏诗作艺术的多样性，以及文质彬彬、风骨劲健的艺术风貌。章太炎一生，"常作诗"（汤国梨言），尚有律诗、绝句多首，且部分诗作艺术成就较为可观，故钱仲联《近代诗钞》认为章氏"从集中删去的早年所作的五律"价值较高，"这些作品比较高简"。钱仲联还指出："他

---

① 汪辟疆撰《光宣诗坛点将录笺证》，徐培军笺证，第 428 页。
② 施耐庵：《水浒传》，中华书局，2005，第 544 页。
③ 汪辟疆：《近代诗人小传稿》，《汪辟疆说近代诗》，上海古籍出版社，1998，第 143 页。
④ 胡迎建：《民国旧体诗稿》，江西人民出版社，2005，第 102 页。
⑤ 同上书，第 103 页。

《自写诗稿》中的晚年作品，高古而弥近自然，也是佳作。"① 钱氏所论，对章氏诗作有较为全面的考量，与梁启超、汪辟疆等人所论大相径庭，恰好说明章太炎诗歌，艺术体裁多样，皆能达到较高艺术水平。为此，我们可以看看《漫兴》一诗。该诗刊发于 1901 年 12 月 11 日蒋智由主编的《选报》第四期，署名"支拉夫"。就诗意来看，或作于本年春，诗句如下：

> 花黯乾坤野马飞，春江凭眺故依依。
> 天涯雷电惊朱雀，海国风尘化缟衣。
> 梅福上书仙官薄，园公采药素心违。
> 登台欲望南屏翠，苍水陵高蕨豆肥。

我们知道，《漫兴》九首乃杜甫上元二年成都名诗，历来脍炙人口，其中第五首云："肠断春江欲尽头，杖藜徐步立芳洲。颠狂柳絮随风舞，轻薄桃花逐水流。"感时伤事，可谓核心主题。章太炎选用此题，② 写作时肯定想到唐代大诗人的诗作，故而用诗句来表达自己对于时局的忧心。首联言春日登高凭眺，江山依旧。当时，章太炎住吴保初家，参与唐才常等人组织的"中国议会"，清廷追捕甚急，回故乡杭州躲避。颔联叙说戊戌变法失败，康有为、梁启超等人仍然海外漂泊。颈联借用故事，叙写吴保初、丁惠康等人，仍妄想改良，谋划慈禧还政。两联对照，诗人心中的民族主义立场树立，坚定起"逐满"的革命思想，故而来到张苍水墓前凭吊。随后，章太炎身体力行，编辑刊刻《张苍水集》。当然，作为一首律诗，诗韵和章法布局，亦相当重要，而该诗格律谨严，对仗工稳，用事贴切，读来晓畅而沉郁顿挫，颇有几分杜氏风范。诚如章士钊言，"精妙流闻七字仲，却排魔派绝时风"，③ 章太炎何尝不能写出七言律诗佳作。

此外，章太炎著名的近体诗佳作，尚有民国十年以后的《食瓜》《九日》《防疫》《归杭州》《生日自述》和《宋母沈夫人七十寿》等诗，多为五言律诗。整体来看，章太炎留

---

① 钱仲联：《近代诗钞》，江苏古籍出版社，2001，第 1513 页。
② 今据诗中用韵及"梅福"等内容，可推断本诗创作，与吴保初《沪上送丁叔雅户部归岭南》一诗有关联。吴诗云："目尽寥天一鹤归，客中送客倍依依。神州多故交游尽，沧海横流国事非。梅福上书愁未达，朱云请剑愿空违。翠华近有蒙尘恸，何日回銮望六飞。"见氏著《北山楼集》，黄山书社，1990，第 56 页。
③ 《光宣诗坛点将录》引章士钊《论近代诗家绝句》，《汪辟疆说近代诗》，第 89 页。

存的诗歌，前期多为五言古诗，后期律诗数量增多。姚奠中先生在 20 世纪 90 年代指出："章先生曾有过近体诗已无希望的言论，收于他的《文录》中的诗，也没有一首律诗；然而后出的《文录续编》，却存有他手录的律绝达三十二首之多，其未经收录往往见于报章、杂志和友生笔记书信中的，也多为近体。"① 看来，钱仲联发表的上述观点，影响力远比梁启超和汪辟疆为弱，人们未能广泛采纳，而是高度重视五言古诗。之所以如此，恐怕论者只是看到章太炎早期的一些论述。如他主张"物极则变，今宜取近体一切断之（自注：唐以后诗但以参考史事，存之可也，其语则不足诵），古诗断自简文以上，唐有陈、张、李、杜之徒，稍稍删取其要，足以继风雅，尽正变矣"。这段文字，见于《国故论衡·辨诗》，乃 1907 年讲演文字，说明章太炎诗学的一些品味。换句话说，梁启超、汪辟疆所论，基于《太炎文录初编》，情有可原，而《民国旧体诗稿》似乎未及细阅《续编》，论点或有失偏颇。

人们对章太炎古体诗歌的偏好，似乎还有时代原因。确实，章太炎最具革命精神的诗作，多为五言古诗，而近体诗往往用于交际往来，颇有借艺术自娱的味道。对此，他曾于 1913 年向汤国梨女士说："吾今多作诗，藉之排遣。"② 现代中国最大的事件，当属"现代"国家的建立，以及绕此而展开的思想启蒙。在此进程中，人们关注有学问的革命家，多注意投枪匕首般鼓动革命的古诗。这一点，一直延续到 20 世纪七八十年代后，甚至影响到今天的部分论著。从 1976 年以来，有关章太炎诗文注释者，主要有四种：南京无线电厂、南京师范学院中文系《章太炎诗文选注》小组《章太炎诗文选注》（征求意见稿，上下册，1975，油印本）；章太炎著作编注组《章太炎诗文选注》（仅出上册，1976，上海人民出版社）；朱维铮、姜义华《章太炎选集·注释本》（1981，上海人民出版社）；武继山《章太炎诗文选译》（1997，巴蜀书社）。前两种出现时，正是"文革"之时，选诗内容多倾向"革命"，注释较为繁琐，用力揭发诗作的"革命"精神，忽视艺术手法的笺释。《章太炎选集》注重选取章氏学术、政论文字，诗作一首未收。武继山《章太炎诗文选译》所选注的诗作，与上海人民出版社《章太炎诗文选注》，篇目基本相同，注释内容亦十分接近。对于想要读懂章太炎诗作的读者而言，这些注释的数量相当有限：《章太炎诗文选注》仅注释 20 首，《章太炎诗文选译》仅 17 首（包括《狱中与威丹唱和诗》译文中涉及 5 首诗作），而且基本只登录古体诗作，容易让读者形成章太炎仅倾力创作古诗的印象。

---

① 姚奠中：《试论章太炎先生的诗》，第 17 页。
② 《章太炎书信集》，第 528 页。

三 艺术手法：复古与创新

1923 年，胡适应《申报》之请发表《最近之五十年》，有章节谈及"文学"。胡氏看到《太炎文录初编》，认为其中有几首可读，赞赏《东夷诗》第三、四首，以为"剪裁力比黄遵宪的《番客篇》等诗要高的多，又加上一种刻画嘲讽意味，故创造的部分还可以勉强抵消那模仿的部分"。① 当时诗坛，得此殊荣者绝少，而很多晚清诗人，胡适则只字未提。

文学批评总会带有一定立场。胡适高度肯定章太炎在晚清诗坛的杰出地位的同时，凭借进化论的批评武器，认为章太炎推崇古诗而鄙薄近体，可谓一种激烈的文学革命，② 然而如此努力只能是一种悖论，即复古终究无法踏上复兴之路。又说《艾如张》《董逃歌》，若没有那篇长序，便真是"与杯珓讖辞相等"。胡适批评较为猛烈的是《丹橘》和《上留田》诸篇，以为"最恶劣的假古董"。他否定以章太炎、梁启超等人诗文为代表的"中国古文学"，认为：

> 古文学的共同缺点就是不能与一般的人生出交涉。大凡文学有两个主要分子：一是'要有我'，二是'要有人'。有我就是要表现著作人的性情见解，有人就是要与一般的人发生交涉。那无数的模仿派的古文学，既没有我，又没有人，故不值得提起。③

正是如此，古诗方面，胡适专门提及章太炎为"古文学代表"，以为"虽没有人，却还有点我，故还能在文学史上占一个地位。但他们究竟因为不能与一般的人生出交涉来，故仍旧是少数人的贵族文学，仍旧免不了'死文学'或'半死文学'的评判"。④ 作为新文化运动的健将，胡适几乎将章太炎同样看成是"诗界革命"的真正身体力行者，故而能逆反超拔曾国藩等人倡导的晚清宋诗派。

钱仲联接续胡适的观点，认为"章炳麟是第一个大张旗鼓起来反对宋派诗的近代诗人"，对宋诗"深恶痛绝"。⑤ 确实，章太炎《国故论衡·诗辨》曾说"宋世诗势已尽，

---

① 《胡适文集》第三册，第 233 页。
② 同上。
③ 同上书，第 238 页。
④ 同上。
⑤ 《近代诗钞》，第 1512 ~ 1513 页。

故其吟咏情性，多在燕乐"。① 只是，需要我们注意，钱仲联与胡适的论点有别，认为"章炳麟反对学宋，不是出于创新，而是以为'宋世诗势已尽'，因此他自为诗，只是走学汉魏的道路"。② 正是如此，钱仲联以为胡适判定章诗"全是复古的文学"，似乎有断章取义之嫌。由"复古"与否的判断，可以见出二人批评的立场有别：胡适传播新文化，提倡自由书写言情的白话文，主张抛开语言高度凝练的旧有民族诗文形式，而钱仲联自幼接受传统教育，青年时代接受国学教育，有着民族文学本位意识，能对古体诗歌持有欣赏同情，发现章太炎诗歌中的"新"。

关键是，章太炎本人如何看待己作？1929 年夏，章太炎有《长夏纪事》一首，自我评价为："皆附故事实，故反多新语。因自来水无名可施，以释水泉一见一否为濊，即以名之。此诗略脱窠臼，虽然不追步陶、谢，恐与苏黄作后尘。"③ 诗人有着清醒的自我定位，努力创新，故 1928 年他作五言诗一章，却发现"袭杜韩成格，亦无以见奇也"。④ 看来章太炎先生十分强调"创新"，以增强诗歌的艺术感染力。那么，为实现"新"，诗艺方面有哪些特点？

姚奠中先生看到，章太炎古体诗和近体诗，似乎有着相异的艺术手法和风格特色。如果说情性和风骨乃古诗的追求，而"活剥"则为律诗近体的创作手法。姚先生认为，"活剥"一词，为鲁迅首用，⑤ 指创作诗作时，将前人诗句改换部分字词，保留原来的格律和句法。如章太炎有句"汉阳钢厂锁烟霞"，正点化自李商隐《隋宫》"紫泉宫殿锁烟霞"。又如：

> 袁四犹疑畏简书，芝泉长为护储胥。
> 徒荣上将挥神腿，终见降王走火车。
> 饶夏有才原不忝，蒋张无命欲何如。
> 可怜经过刘家庙，汽笛一声恨有余。⑥

活剥李商隐《筹笔驿》，⑦ 以讽刺黎元洪。姚奠中先生还举出另外几例，表明章太炎乐于此道。另外，还有《九日》首句"国乱竟无象"，活剥王粲《七哀诗》之"西京乱无

---

① 章太炎：《国故论衡》，上海古籍出版社，2003，第 90 页。
② 同上书，第 1513 页。
③ 《章太炎书信集》，第 203 页。
④ 同上书，第 201 页。
⑤ 其实，此语早已有之。据刘肃《唐新语》卷十三，李义山诗云"镂月为歌扇，裁云作舞衣。"同时人张怀庆，窃为己作，各增两字，云："生情镂月为歌扇，出性裁云作舞衣。"当时人讥诮云："活剥王昌龄，生吞郭正一。"
⑥ 姚奠中：《试论章太炎先生的诗》，第 18 页。
⑦ 李商隐：《筹笔驿》诗句为："猿鸟犹疑畏简书，风云常为护储胥。徒令上将挥神笔，终见降王走传车。管乐有才原不忝，关张无命欲何如？他年锦里经祠庙，梁父吟成恨有余。"

象";《闻广东毁文庙》"万物本刍狗，天地非不仁"，活剥《老子》"天地不仁，以万物为刍狗"。不唯活剥，亦有翻案。诸如此类，不胜枚举。这与宋人所言点石成金、脱胎换骨的点化方法相近。只是，鲁迅使用时，略带点讽刺意味，表明缺少创新，剽窃他人原创。在此，笔者还想指出，诗中诸如火车、刘家庙和汽笛等"新"词，与《长夏纪事》中的自来水一样，皆章太炎沾沾自喜者，恰好反映出晚清时候很多诗人创新之法，即嵌入大量新名词、新用语，以彰显诗人的时代特色。这很容易让人联想到宋人的诗学主张，即从梅尧臣、苏舜钦和欧阳修等人开始，喜欢运用"新"语入诗，至苏、黄则蔚然成风。① 这两点似乎说明，章太炎近体诗，尤其是律诗，注意运用宋人总结的艺术手法。胡适所见，仅为《太炎文录初编》，被《国故论衡·辨诗》所言牵着鼻子，无法看到章氏"近体诗"沾染着"宋诗派"气息。毕竟，章太炎晚年诗友，多有靠近宋诗派的人物，如黄节、苏曼殊、黄人等，甚至陈衍等人本身即为宋诗派悍将。

古体方面，章太炎更加醉心者，似乎为"风骨"，以吟咏"情性"。1928 年他创作有《寒食》一章，写信问弟子黄侃"未知风骨如何"。② 看来，他最为关注者，乃诗中"风骨"，故心目中的榜样，为建安、陶谢。对此，前人研究已有详细分解。如姚奠中先生作为章门弟子，依凭个人记忆，所见较为丰富，《试论章太炎先生的诗》（1992 年）一文，论述颇为全面而公允，指出章太炎论诗，"首主情性"。③ 章太炎自己也曾坦诚地说："余亦专写性情，略本钟嵘之论，不能为时俗所为也。"④ 在《国故论衡》中，章太炎更认为只有汉代诗歌"主情性"而晋宋以下不足取法，又说："本情性，限辞语，则诗盛；远情性，喜杂书，则诗衰。"⑤ 确实，章太炎写诗，多能立足"言志"，应该与黄遵宪"我手写我口"之类的晚清创新诗风相联。⑥ 于是，论者多以为古体诗方面，章太炎选用的艺术手

---

① 对此详细述论，可参考陈冬根《北宋"新政"语境下的诗歌嬗变研究——庆历到元丰》第四章《诗歌语言的嬗变与策略》（江西人民出版社，2013，第 201～255 页）。

② 《章太炎书信集》，第 201 页。

③ 姚奠中：《试论章太炎先生的诗》，第 14 页。

④ 章太炎：《章太炎先生自述学术次第》，章氏国学讲习社，1935，第 9 页。

⑤ 章太炎：《国故论衡·辨诗》，第 90 页。

⑥ 关于章太炎诗风，与"诗界革命派"之间的相似，笔者比较赞同钱仲联《近体诗钞·前言》的观点："继'诗界革命'而起的，是资产阶级民主革命的战士诗人和宣传资产阶级民主革命的'南社'诗人。他们的形式和风格，仍然是龚自珍的传统的继承，在旧体诗的形式中力图突破传统写法的束缚，与'诗界革命'并无二致；在内容上，与'诗界革命派'则有了改良与革命的区别，表现了辛亥革命前后革命党人为拯救祖国危亡，为推翻清王朝专制统治而英勇献身的革命理想和英雄气概，作品中洋溢着强烈的爱国主义和民主主义的革命精神。……章炳麟是资产阶级民主主义革命的政治家，诗歌的主张都是复古的，认为'四言自风雅以后，菁华已竭，惟五言犹可仿为'。留下一些古体诗，形式上效法汉魏乐府，跟革命内容不相称，而早期少数宣传革命的小诗，则颇为出色，后期游历南洋和云南的作品，则力求高简，不尚古奥。"

法，则与近体诗有所不同。近有李文《章太炎诗文创作及人格精神的魏晋渊源》一文，从用语、句法和典故等方面详细考察章诗的"魏晋"风貌，尤其是与魏晋诗文之间的关联，颇值得参考。[①] 该文指出："从章诗的词语、句式、用典、意象以及风格气象等各个方面，无不可以看到章太炎对魏晋诗歌与文化传统的吸收、借鉴与发展。"[②] 通读章太炎古诗会发现，他敏锐捕捉汉魏诗歌的语言特征，从中撷取常见的叠字（如萧萧、灼灼）、词语和发语词（如去去、一何）进入己诗，加上汉魏诗中的句式（我本、何能）、句法（如顶针格），更有内容和章法结构，风格接近汉魏之诗，读来质实有力，取得较高艺术成就。李文涉及的材料，仅限于部分已有注解的文本，且有所误解，如以为章太炎反对用典。殊不知章氏早期很多诗作，典故颇多，给读者造成极大阅读障碍，以致有人批评说文辞古奥而湮没了革命思想。退一步而言，李文本身有部分内容，讨论章太炎诗歌用"魏晋六朝人物典故"，恰好说明章太炎喜欢将己作放到更大的互文语境中。

诚如姚奠中先生尝言，章太炎诗歌十分难读，原因主要有三：多用《楚辞》和汉赋中的生僻语句，古奥难懂；运用两汉、六朝故事，尤喜使用《汉书》《后汉书》和《三国志》典故；时代隔阂，很难追索作者的"当时"用心。这些皆表明，章太炎诗歌洋溢着浓郁的"文人"气质，常用祢衡、梅福、杜根之事，而非彻底的直寻自白，甚至他受人推重的古体诗歌，创作中同样喜欢"化用""模拟"和"用典"等艺术手法。这些恰为诗人寻觅得来的创"新"的重要手段。或许可以说，"活剥"之法，一直贯穿着整个章氏诗作，古体或旧体皆为书写"情性"服务，维系着具有鲜明个性色彩的"我"。正是如此，诗作成为我们理解章太炎生命、思维、情愫的重要渠道。

四　结语

文学史书写，往往会基于叙述者接触的文献资料和持有的研究视野，呈现出各具特色的面貌和风格。由于章太炎诗歌的收录情况，很长一段时间内，人们只能就《太炎文录初编》中的古诗来评述，多以为他主张"复古"汉魏诗风。加之时代风云变幻，人们对研究对象的关注，也会表现出"偏见"。近现代之间，新文化、新生活可谓整个社会的根本动向之一，"革命"大潮激荡着一切，人们评判章太炎诗歌，比较注重表彰他反对"宋诗派"的诗歌写作，以及言传革命精神的创作，忽略近体诗的艺术成就。这

---

① 李文：《章太炎诗文创作及人格精神的魏晋渊源》，山东大学 2011 年硕士论文。
② 同上，第 36 页。

样的偏见，传染流行，更成为长期以来人们看待章太炎诗歌的基本观念，而各种值得用来商榷的话题，湮没于历史的洪流之下，等待新的浪潮卷到面上。本文想要考察的三个问题，就是因为文献和视野原因，至今有着颇为矛盾的回答，警惕我们反思拷问几乎等同常识的认知背后，往往隐藏着断裂和盲区，需要以更加全面的文献爬梳、更加多样的观察视点，面对我们认知的文学现象，进而探索原有盲点的造成原因。就像是阅读侦探小说，找出真凶固然令人趣味盎然，寻绎犯罪的心理动机则更让人确定自我的认知能力。当我们发现章太炎诗歌研究中产生"难题"的原因，总能有一种"超越"时空限制的全知全能视角的观看之乐，也能找到解决问题的一些钥匙，更加能感知到章太炎生命的丰富多姿。

姚华《五言飞鸟集》刍议

郑海涛　赵　欣[*]

【内容提要】　近现代学者姚华将印度诗人泰戈尔《飞鸟集》演辞为《五言飞鸟集》，既向国人充分宣传了外国优秀文学作品，同时又拓展了传统诗歌的表达功能与表现领域，扩大了中国传统文化在世界文坛的影响力。《五言飞鸟集》在 20 世纪近代中国诗歌史、翻译史、学术史上都具有不可忽视的存在价值和地位，然迄今未见学人专文研究。本文对《五言飞鸟集》的创作缘起、艺术特色、创作理念及对后人诗歌创作的启迪等问题进行探讨，企盼能够引起学术界对该诗集的关注。

【关键词】　姚华　《五言飞鸟集》

近现代学者姚华以古体诗翻译《飞鸟集》之举是中国传统诗歌与外国文化互融的一次大胆尝试。此举于近代学术史、诗歌史乃至中外文化交流史所蕴含意义与价值颇耐人寻味，同时亦可见 20 世纪初叶诗坛守正出新的创作追求。然迄今尚未见学人专门研究，殊为憾事。故本文不嫌鄙陋，对《五言飞鸟集》的创作缘起、艺术特色、创作理念及对后人诗歌创作的启迪等问题进行探讨，企盼能以该文做引玉之砖，激发学界对姚华文学创作的关注。

---

*　郑海涛，西华师范大学文学院教授，文学博士，硕士生导师，主要从事元明清文学研究和词曲学研究；赵欣，西华师范大学马克思主义学院教师。

基金项目：本文系国家社科基金项目《姚华著述整理及文学作品研究》（编号 16BZW105）、西部区域文化研究中心重点项目（编号 QYYJB1501）与四川省哲学社会科学基金项目《姚华著述整理研究》（编号 SC15B078）阶段性成果。

一

《飞鸟集》是印度诗人泰戈尔的代表作品，该集创作于 1913 年，1916 年出版。1922 年 10 月由著名学者郑振铎先生将其英文版翻译成中文白话诗由商务印书馆予以刊行。书扉页上标注"太戈尔诗选""文学研究会出版"。姚华则将郑振铎的白话诗改写为五言古体。姚华不懂英文，故他在《五言飞鸟集》封面题签上标注"太戈尔意 姚华演辞"。所谓"演辞"，即"演化其辞意"，其重心在于"意"而不在于"辞"。姚华所改写之诗，不苛求内容与原作的完全对应，仅是在哲理、意境方面符合原作而已，这就要求演辞者必须具备深厚的诗艺素养与娴熟自如的表意能力。姚华与泰戈尔虽语言不通，但二人互相敬慕，于诗歌之道更可谓是心有灵犀，神交已久。《五言飞鸟集》创作时间为甲子（1924）年冬，但一直到己巳（1929）年四月方才定稿。[①] 其后民国二十年（1931）二月由中华书局刊印发行。其书为铅印线装，封面为淡灰色，书名为另贴签条，其下有"太戈尔意 姚华演辞"二行八字。版权页右上注："民国二十年一月印刷，民国二十年二月发行，民国廿三年八月再版。"右下注定价"银三角"，其后信息依次分别为"译者 姚华""发行者 中华书局""印刷者 中华书局""总发行所 上海棋盘街中华书局""分发行所 各省中华书局"，书号为 6153。书前附有与诗集相关的若干资料，其目录依次为"太戈尔像""朽道人写芒父小照""叶誉虎序""徐志摩序""芒父题五言飞鸟集""周大烈题诗""林志均题诗""五言飞鸟集"。其中叶序云："民国十八年之夏，徐子志摩以姚一鄂《五言飞鸟集》相示，乃取印度诗家太戈尔《飞鸟集》之诗，而悉节为五绝者，此在吾国不能不谓为异军突起。"[②] 由该序可见叶恭绰系应徐志摩之约请作序，同时他还评价该集在当时国内文坛的独特性可谓"异军突起"。联系到当时翻译学界与文坛的具体实践创作，这个评价是相当切中肯綮的。徐志摩序作于民国十九年（1930）年八月，该序对《五言飞鸟集》的创作过程记载甚详，兹录之于后：

《飞鸟》（The Stray Birds）本是太戈尔先生一集英译小诗的题名。郑振铎先生从泰谷尔先生的几本英译诗集里采译了三百多首，书名就叫《飞鸟集》。他的语体是直

---

① 关于《五言飞鸟集》的最终完成时间可参见书前姚华自序诗注："己巳清明，茫茫父残臂书于莲华庵。"可知其完稿时间为 1929 年 4 月。

② 叶恭绰：《五言飞鸟集》，中华书局，1931，序。

译。姚茫父先生又把郑译的《飞鸟集》的每一首或每一节译成（该说'演'吧）长短不一致的五言诗，书名叫《五言飞鸟集》。这是不但文言而且是古体译的当代外国诗。这是极妙的一段文学渊源。①

徐志摩还充满深情地回忆："姚先生不幸已经作古，不及见到这集子的印成，这是可致憾的，因为他去年曾经一再写信给我问到这件事。"徐志摩序作于1930年，他所言的去年系指1929年。由此序可知姚华在该诗集完成之后将之交付与徐志摩代为出版，在他病重之时对此书的出版事宜亦念念不忘。

《五言飞鸟集》有插图二幅，其中第一幅为泰戈尔1929年在中国留影，照片右侧有胡适所题之词："太戈尔先生今年（1929）三月十九日路过上海，在徐志摩家中住了一天，这是那天上午我在志摩家中照的。胡适　一九二九四　卅。"照片中泰戈尔端坐于藤椅之上，显得美髯飘飘，神态悠闲，一派仙风道骨。其身后有画作和盆景各一，照片光线较暗，颇有传统墨画之气息。第二幅为"朽道人遗墨芒父小照"，其后注"己巳孟夏鋆抚□题"，"小照"笔墨甚为简练，八字发型下配以墨镜和八字胡须，寥寥数笔，简练传神地勾勒了姚华的面容形态。姚华有《师曾为予写像，简而有神，因题》诗记此事，诗云："绘事槐堂接宝纶，偶然弄笔亦无伦。从知五色亦盲目，玄牝绵绵有谷神。"诗中赞扬陈师曾能以简练笔墨收到传神尽像的艺术效果。《五言飞鸟集》第二页插图末排小字为"戊午陈师曾先生为家君写照己巳孟夏鋆苍均题"，可见姚华主要是通过次子姚鋆与徐志摩联系出版事宜。

从创作缘由上看，姚华演辞《飞鸟集》主要受泰戈尔访华所掀起的"泰戈尔热"影响，泰戈尔第一次访华后，当时许多重要报刊或大量发表他的作品与评论文章，或出版泰戈尔研究专刊，兴起了一股泰戈尔研究的高潮。姚华演辞其诗，与这一研究热潮的驱动当不无联系。而《五言飞鸟集》出版于1931年，这一时期国内文坛上泰戈尔热已经不复往日之活跃。此时伴随着"中国五四新文化运动已进入尾声，同时对泰戈尔的接受也逐渐沉寂，只有零星发表的译文和滞后性的长篇作品翻译以及研究专著的出版作为'泰戈尔热'的余温"。② 因此，徐志摩或许正是有感于泰戈尔研究热潮的逐渐冷却而推动了此书的出版。在泰戈尔所交往的中国文人中，徐志摩与其私交最为深厚。泰戈尔对徐志摩的诗才首肯有加，不仅送给他印度名字素思玛，而且还将自己的水墨自画像与穿过的丝织长袍慷慨

---

① 叶恭绰：《五言飞鸟集》序，中华书局，1931。
② 侯传文：《话语转型与诗学对话——泰戈尔诗学比较研究》，中国社会科学出版社，2010，第282页。

赠与。① 徐志摩的诗歌也有吸收借鉴泰戈尔诗歌的影子，赵遐秋先生就曾经指出徐志摩的诗歌"不仅在诗句的流丽如洗、自然清新方面神似泰戈尔，而且在冥想、悠闲、轻捷、飘忽方面也可以说神似泰戈尔的诗"②。徐志摩本人也在《五言飞鸟集》序中末句云："我可以继续举引他的诗句，但我得等另一个机会再来更亲切地讨论关于泰戈尔的诗以及因他的诗所引起的有趣味的问题了。"③ 由此看来，徐志摩之所以推动出版《五言飞鸟集》，其间固然是因为他与泰戈尔和姚华这两位文学大师均有深厚的友谊，同时也敏锐地感知到了两位异国诗人在诗心上的相知与共鸣，因此决心补续这一段"文学因缘"；此外，徐志摩本人对泰戈尔人格气质发自内心的景仰和对其诗艺的歆羡亦推动了《五言飞鸟集》的正式问世。

泰戈尔一生中曾两次访华，第一次是1924，第二次是1929年。其中第一次是专程访华，停留时间较长；第二次是到美国和日本讲演时途径上海，在徐志摩家中小住了数天。一则时间较短，二则属于私人拜访，故关于其第二次访华的具体情形可见资料极少。姚华与泰戈尔两位诗人是在第一次访华时首次见面。泰戈尔第一次访华是当时轰动文化界的一桩盛事，其时间从1924年4月12日抵达上海至5月30日于上海汇山码头启程到日本，共一个半月时间，其中在北京停留时间最长，有近一个月之久。在这一个月中，北京英美协会、佛化新青年会、海军联欢社、清华大学、佛教会、北京英文教员联合会以及北京城学术界、诗画界人士均为他的到来举办了盛大的欢迎仪式。④ 徐志摩《五言飞鸟集》序记载了他们初次见面的情形："那年泰戈尔先生和姚先生见面时，这两位诗人，相视而笑，把彼此的歆慕都放在心里。"⑤ 二人对对方的作品均首肯有加，泰戈尔将姚华的画作陈列于印度当地建立的美术馆中，而姚华则在其莲花寺中捧读《飞鸟集》并以古体诗歌演之，"闲暇地演我们印度诗人的'飞鸟'"。

---

① 关于徐志摩与泰戈尔的友谊，可参看唐仁虎等著《泰戈尔文学作品研究》中《泰戈尔对中国现代作家的影响一节》，昆仑出版社，2003。

② 赵遐秋：《徐志摩传》，中国人民大学出版社，1989，第265页。

③ 徐志摩：《〈五言飞鸟集〉序》，中华书局，1931。

④ 关于泰戈尔访华在北京的具体行程安排，据唐仁虎等著《泰戈尔文学作品研究》记："4月25日受到英美协会的欢迎，下午参加了在北海静心斋举行的盛大的正式欢迎会。一代学者梁启超致辞。……4月26日泰戈尔应北京佛化新青年会的邀请，去法源寺观赏了丁香花；4月27日，泰戈尔游故宫御花园，受到溥仪的接待，晚上参加了海军联欢社举行的公宴；4月28日下午，他对北京学界发表演说；4月29日上午参加北京画界的欢迎会，当晚赴清华大学；4月30日在清华大学休息一天；5月1日晚在清华大学发表演说，之后在清华大学和学生一起自由交流；5月5日下午参加佛教会的欢迎会；5月6日下午参加北京英文教员联合会的欢迎会。"（昆仑出版社，2003，第59～60页。）姚华在北京城中所交往人物多为书画界人士，且泰戈尔4月29日到樱桃斜街贵州会馆参观书画展览，故二人相会时间当为4月29日上午。

⑤ 徐志摩：《〈五言飞鸟集〉序》，中华书局，1931。

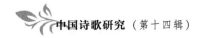

<h1>二</h1>

《五言飞鸟集》卷首录有姚华的三首自序诗，这三首诗于我们考察姚华创作缘由动机、诗集表达之主要意蕴思想以及姚华改写《飞鸟集》的创作心得有重要参考价值。通过对这三首自序诗的解读，我们可以清晰观照到姚华与泰戈尔第一次见面时如见知音的心心相通之情形，双方对对方的尊重并非是出于传统礼节之客套，而是两位诗人在诗歌意旨、风格特色、写作技巧等方面均寻觅到诸多共通之处，这种难得的文学因缘使得二人产生了高山流水式的君子之交，也酝酿了中印文化交流史上的一段佳话。

在第一首自序诗中，姚华首先交代中印两国具有相似的国情背景："西方圣人国，于今夷为虏。"两国同为文明古国，具有悠久灿烂的历史文化，但两国的近代史均是被西方列强凌辱的历史。这就为姚华和泰戈尔的心意相通提供了基本的参照起点。接着，姚华述及对泰戈尔诗歌的基本评价："君心如明月，云来翳复吐。中间舌人舌，得失未堪数。清言或可采，豪发非无补。"姚华认为泰戈尔诗歌意脉圆转流动，深得吞吐之妙，虽然经过翻译者的处理与原貌有一定距离，但其语言清新流丽，多有可采之处。其后姚华直接点明了自己嘉许《飞鸟集》的原因："即此见君意，一丝例万缕。分明恩怨心，怨结谁其府。'帝邦纵尔雄'，天心朗若睹。淫佚有忧患，清新起朽腐。"泰戈尔《飞鸟集》中最令姚华产生情感共鸣者便是其关注国事、忧心黎民的爱国主义篇章。该诗作于己巳（1929）年，[1] 此时姚华已经罹患中风两年，人生已是步入风烛残年之际。回首中青年时期为振兴时局的种种努力均付诸东流之水，姚华又怎么不感慨万千！正如姚华在《五言飞鸟集》跋语中所记："因此，泰戈尔在诗中所袒露的赤子对祖国眷眷之情自是令姚华唏嘘不已。"本诗最末两句"予遗书此篇，为君伤离黍"即直接表露了姚华感伤国事的创作主旨。

姚华自序诗之二为七绝一首，原诗题为"印昆为阅草，题诗，见还，复书其后"，全诗如下：

"小集"吟成亦暂存，屡看觉似王逢原。

白头老友劳相勘，惭愧齐梁与并论。

为便于分析解读，现将周大烈题《五言飞鸟集》二绝句附录如下：

---

① 诗末姚华自注："己巳清明，茫茫父残臂书于莲华庵。"

其一

大雅先亡抱一身，含情国内谁复嗔？

却凭天竺羁禽语（泰戈尔诗名《迷途飞鸟集》），又作啾啾倦后吟。

其二

奋臂欹斜字可寻，"五言"哀怨让君深。

齐梁丧后人犹在（"小集"绝似齐梁人），在日先传不死心。

　　《诗经》中"大雅"多为王室贵族所作，其间既有对列代先王政治功绩的讴歌，亦有对厉王、幽王暴政的无情抨击，此后大雅也即代表了《诗经》中高尚淳雅的艺术风格。如李白《古风》云："大雅久不作，吾衰竟谁陈？"清人侯方域《司成公家传》亦有"自杜甫后，大雅不作，至明乃复振"之语。周大烈题诗其一指出姚华诗歌继承了《诗经》中"大雅"雅正刚健的艺术气质，但"倦后吟"一语，也含蓄地指出姚华诗歌中气格卑弱的不足之处；其二则直接评述姚华诗歌与绮靡浮艳的齐梁诗风十分相似，南朝齐梁时期是中国古代诗歌对声律美的追求由自然声律转为人为规范的重要时期，无论是以沈约、谢朓为主将的永明体，亦或是以萧纲、萧绎、陈叔宝等为代表的宫体诗，在创作上均呈现出辞藻华丽、注重对偶、好用典故、讲究声律等明显的形式主义倾向。周大烈捧读《五言飞鸟集》的第一直觉是姚华诗歌清新流丽、柔婉轻盈的特征与齐梁诗歌的绮丽风格十分相似。此外，从诗歌体裁而论，姚华演辞诗作全为五言，这也是周大烈将其诗歌与齐梁诗作并提的理由之一。姚华在答诗中直接否定了友人对自己诗作的评价，其中"惭愧"一语，语气委婉，但态度显明。在姚华看来，己作风格与北宋王逢原十分类似。王逢原即北宋诗人王令（1032—1059），初字钟美，其后改字逢原，元城（今河北大名）人，幼年丧父母，家贫然矢志于学，与王安石甚为相得，有《广陵先生文章》《十七史蒙求》等作存世。王令诗歌主要模拟中唐时期韩愈、孟郊，气势沉雄，构思独特，语言字句瘦硬奇警。此外，他一生未曾有应召之举，生活在社会底层，对社会底层的民生疾苦有真切体察与深刻了解，发之于诗，则体现在其诗能够直面现实，抨击流弊，对统治阶级给予民众的迫害尤其深恶而痛绝之。如其代表作《饿者行》《梦蝗》《暑热思风》等均突出表现了大济苍生、悲天悯人的胸怀。《四库总目提要》评其诗云："磅礴奥衍，大率以韩愈为宗，而出入于卢仝、李贺、孟郊之间，虽得年不永，未能锻炼以老其材，或不免纵横太过，而视倡促剽窃者流，则固倜倜乎远矣。"① 王令一生处于贫困交加、饥寒碌碌之间，然其个性清高耿介，

---

① （清）永瑢等撰《四库全书总目》卷一五三集部别集类六，中华书局，2008，第1325页。

不肯依附权贵王公。他曾模仿韩愈作《送穷文》，文中形容自己穷愁潦倒、一贫如洗的生活境况时云："自我之生，迄于于今，拘前迫后，失险堕深。举头碍天，伸足无地，重上小下，卒莫安置！刻瘠不肥，骨出见皮，冬燠常寒，昼短犹饥。"颠沛流离于社会底层的生活令他对现实政治心怀强烈不满，而傲岸不群、孤倔不苟的个性又使得他难以为社会世俗所容，二者的结合铸就了其人狂放兀傲的个性特征。因此，其诗题材多以描写自己贫病交加的生活和揭露人间种种不平现象为主，而在描述自己的穷困境况时，又往往流露出悲天悯人、欲济天下苍生于水火的博大胸襟，同时也折射出其富贵不可动其志、贫贱不能移其情的顽强意志与坚贞品节。如《暑旱苦热》："昆仑之高有积雪，蓬莱之远常遗寒。不能手提天下往，何忍身去游其间？"既然不能携同天下百姓同往昆仑、蓬莱等清凉之地，自己又怎能忍心弃民先行呢？"手提天下"一语，想象怪异雄奇，充满浪漫主义色彩，更彰显出王令愿与黎民苍生同甘共苦的豪情与博大胸襟。其他如《偶闻有感》："长星作彗倘可假，出手为扫中原清。"《岁暮呈王介甫平甫》："喜色开南信，悲怀动北琴。感时须寂寞，何独少陵心？"《龙池二绝》："终当力卷沧溟水，来作人间十日霖。"《不雨》："去岁秋霖若决川，今春不雨旱良田。道边老幼饥将死，云外蛟龙懒自眠。赤日有威空射地，清江无际漫连天。谁将民瘼笺双阙，四海皇恩不漏泉。"这些诗句均彰显了王令对民生疾苦的深切同情以及自己希望拯救民众于苦海的愿望。由此看来，联系到姚华一生际遇与其用世之热忱心志，我们也就不难理解何以姚华会独以王逢原为知音了。首先，姚华后半生客居京城，尤其议会参政失败后决意退隐书斋，专心于字画创作。既无政府公职之优厚俸禄，亦不肯投附于军阀政客之帐下，唯有以写字售画谋生。理想抱负既然难以实现，孤高耿介之个性亦不为其他权贵所容。正如他在《自日本归，过武昌赠陈仲恕》一诗所云"愧无远志酬王粲，惟有穷途厄步兵"。再加上姚华子女甚多，家庭负担沉重，京华之半世生涯实可以"落拓"二字归纳之。在生活遭遇上就与王令有诸多共同之处：同是志在贫贱而不肯趋附豪门，导致自己的家庭生活常常陷入一贫如洗的境地。其次是就襟怀之博大而言，姚华同样怀揣对黎民疾苦热切同情的赤诚心肠。如他的《秋草》其五："为问前生多少恨，江南江北总烧痕。"《景山亭瓦为杨潜庵拾得》："不怪人间怜片瓦，圆明宫殿亦凋零。"《人日，儿子放烟火，有字曰"天下太平年"，于时海宇多事，京钞每直竟蚀其半，感而有作》："甫过黄昏延未得，争看天下太平年。"字里行间，对黎民百姓饱经战乱之苦予以真切同情，同时也隐隐流露了对晚清以来政局日非、国事烦心的深沉忧虑。

由上述分析可见，正是在人生遭际与济世热肠上与王令具有诸多的情怀共鸣之处，姚华对王令诗作可谓情有独钟。因此，在内心潜层意识里，自是将己作五言诗歌比拟古人。

尽管这些诗歌从意旨而论均是对泰戈尔原诗的模拟，似乎仅仅是表层文字表达技巧的行为，与姚华本人主体情感毫无关涉。其实不然，通观《五言飞鸟集》，可以明显感知姚华虽表面上是演化泰戈尔诗歌的意辞，但其字里行间亦掺杂有姚华本人情感状态的痕迹。如第三零八章：

> 今日戚无欢，愁云笼日下。一似被扑儿，惨颜泪痕写。风又叫以号，哭声动广野。世界谁撞破？伤钜痛非假。而我颇自觉，正行奋两踝。去去即行路，良友臂须把。

姚华笔下惊惧于世界被"撞破"而在旷野中哭号的"被扑儿"形象，其实正是诗人在动乱时局里惊惧、困惑而沉痛伤怀心态的真实写照。而诗中对自己将置艰险于度外，自觉奋力前行的心志陈述，也正是诗人面对困厄环境而独自秉持品性节操，绝不与之同流合污的告白。此诗郑振铎译文为："这一天是不快活的。光在蹙额的云下，如一个被打的儿童，在灰白的脸上留着泪痕，风又叫号着似一个受伤的世界的哭声。但是我知道，我正跋涉着去会我的朋友。"两相对照，姚华演辞中的变化有三：一是增加了"广野"的环境烘托；二是凸显了"伤痛"的苦楚程度；三是强调了自己努力前行的不懈意志。这样一来，既有意识强化了儿童在乍历惊变之后的孤独感与无助感，突出了儿童痛楚的激烈程度，同时也彰显了姚华对前路的执着追求与坚定信念。从这些语言字句的微妙变化中，我们不难感知姚华在演辞时是融入了自己的主观情怀的。

姚华演辞的这种发挥不仅是体现在诗歌表达深意的微妙拓展，而且还体现在他善于假手泰戈尔的原诗阐发自己于艺术创造领域的精辟理论与独到见解。这些理论与见解在今人眼中可能是平淡无奇的常识，但在 20 世纪 20 年代的当时却实属难能可贵。反映出姚华不仅勤于著述与创作，而且对文艺领域具有敏感的问题意识与深刻的理性思辨。如《五言飞鸟集》第二零四章：

> 歌声高彻天，画趣远移地。天地两无限，相感亦无既。分为画与歌，总为诗兼备。诗于天地中，上下无不至。因诗有章句，章句有意思。翔似众仙音，捷如百神骑。所以精意人，言必于诗寄。

本诗郑振铎译诗为："歌声在空中感到无限，图画在地上感到无限，诗呢，无论在空中、在地上都是如此。"泰戈尔与姚华均是在多方面艺术创作领域取得突出成就的通才型大师。他一生出版诗集 50 余部，其间包括 2000 余首诗歌；同时还创作了 2000 多首歌曲和 1500 多幅绘画作品。这首诗即是他以丰富的创作实践对歌曲、绘画、诗歌这三类不同文艺样式的艺术特质认识的凝练概括。歌声的艺术效果主要通过听众的听觉接受得以实现，而绘画则多是对地面上实际存在的物象进行客观描摹，二者在涵盖空间范畴领域均是呈现出无限的状态。诗歌是作家主观意识的创造性活动，其表达的意象、意境等就能够突破时空的局限，纵横驰骋，自由挥洒，任意涉猎。这种表达的自在随意性与时空环境上体现出的无限性是文学活动作为一种理性层面的创作而区别于其他艺术创作的一个明显特征。正如陆机在《文赋》中所云："收视反听，耽思傍讯。精骛八极，心游万仞。"因此，泰戈尔原诗表达了他对歌曲、绘画、诗歌这三种艺术形式共同特征的理性思考，即三者均在表现空间上具有无限的特征，尤其诗歌更是如此，这也是艺术区别于其他学科的明显标志。两相对照，姚华基本遵循了泰戈尔的原诗。但他在诗歌后半段还对泰戈尔的原诗诗意进行了适度阐发。即他明确指出：诗歌在表达效果上的无限向度是借助于章句完成的，诗人正是通过章句的运用取得了"翔似众仙音，捷如百神骑"的艺术效果。因此，对于感情细腻的作家而言，其情感与意义的寄托往往是假借诗歌来实现的。姚华此诗，既遵循了泰戈尔的原意，同时也间接表述了自己对诗歌功能作用的认识。即诗的首要功能是诗人言情达意的工具。联系到他在《曲海一勺·第一述旨》中对文学本质特性的一系列见解，我们不难感受到姚华艺术理论在逻辑上的一贯性以及体系上的严密性："凡音之起，由人心生也。人心之动，物使之然也。一切文章，悉由此则。"[1] 正是由重申古书《乐书》中的音乐与情感关系的认识，展开对文学自身特性的论述。此外，他还特别强调诗歌的表情达意功能："文章起于歌谣，至便口耳，往往感人出于不觉。是以古今作者，前后相诏，体虽屡变，其归则一。有文以来，诗歌尚已。"（同上）姚华指出任何一种文学样式都具有感发人心的功能，这是文学作品的基本属性。而诗歌在这一方面更是具有其他文体不能比拟的巨大作用。这也正是他在五言演辞中所发挥的"精意人"的"言必以诗寄"之深意。如前所述，关于诗歌感发生命的独特艺术特征的表述，在今天已经成为不刊之论。而姚华在白话诗逐渐取代古体诗的民国初年，在白话文运动思潮席卷大江南北的文艺氛围之下，敢于坚持自己的创作主张，敢于表达出自己对传统文体的坚守与赞誉肯定，这不仅需要巨大的学术勇气，同时也体现出姚华不随意盲从、不轻信他见的学术个性。

姚华自序诗其三原题为"北云勘'小集'，题诗，持还，喜书二绝"，全诗如下：

---

[1] 俞为民、孙蓉蓉：《历代曲话汇编：新编中国古典戏曲论著集成》近代编第二集，黄山书社，2009，第177 页。

其一

万点苔生共一岑，犹将吾面论同心。

西来一卷莲华偈，耐得荒庵五字吟。

其二

易时尺木可高岑，难处阴何亦苦心。

活法真诗禅谛在，谢君五字几沉吟。

为便于笔者辨析，兹录林志均《题〈五言飞鸟集〉》原诗如下：

真诗见活法，可学不可译。学以导性灵，译乃得形魄。点睛神恍传，刖趾屡靡适。金石各有声，易地慎浪掷。妙哉莲华庵，舌本翻新格。清思托往体，变化随翕辟。成物在洪炉，破山失镜迹。岂云橔化积，喜见奎连璧。文字有不同，心心了无隔。乃知诗贵意，达意成莫逆。嘤鸣远相闻，迷鸟奋逸翮。殷勤更作缘，东西两诗伯。欲摘愚山句，为图仿主客。

林志均（1878—1961），近现代著名诗人、法学家、哲学家。林诗首先指出学诗不难而译诗难的至理，诗歌是抒发诗人情志的性灵文学，具有疏导性灵的教化功能。而译诗最难，因为诗歌的语言文字的凝练性以及诗意的隐微特征，又由于中外语言文字表意与表音的巨大差异性，译诗往往只能够翻译出其大致内容而难以彰显出原诗的独特韵味。正是有感于译界普遍存在的这一困惑，林志均对姚华演辞之诗甚为欣赏，他不仅大赞"妙哉莲华庵，舌本翻新格"，极力肯定姚华的这一富有创新性的艺术活动。同时他还慧眼独具地指出姚华演辞的基本方法是"清思托往体，变化随翕辟"，即在忠实原诗诗意的基础上又能够灵活多变，以不同凡响的构思演化出原意。姚华答诗《其一》表达了诗人与友人在诗歌理论观点上的一致性与相通之处，同时亦对泰戈尔《飞鸟集》予以高度评价，褒扬《飞鸟集》如同禅宗偈语，虽短小精炼但往往多有警策之语，富于哲理性。正是基于对《飞鸟集》这种最朴素的欣赏之心，姚华方才会在自己暮年之际，不顾重病缠身而毅然将全集尽数演辞。《其二》则是姚华自述作《五言飞鸟集》时创作的甘苦体会，作诗顺畅时有如龙飞跃升天时所凭借的树木，虽短小然亦能为飞龙所倚；而思路阻塞时则有如南朝诗人阴铿、何逊一般，一字一句，往往苦吟而来。"活法"一语，可谓是二诗之诗眼，即认为译诗不应拘泥于诗歌原文，而是应该在译者能够掌控的范围内灵活变通，以尽力表现出原诗诗意为要旨。这一体会正是姚华在创作《五言飞鸟集》时的切实心得和肺腑之言。姚华演

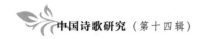

辞的 20 世纪二三十年代，正是西方文学作品与文艺理论被大量介绍引入中国本土之际。较之于小说、传记、散文以及人文社科理论专著等而言，诗歌的翻译又显得尤其特殊。它不仅要求译者具有高超的翻译技巧和渊博的学识素养，同时还要求译者对诗歌文本具有诗人一般的敏锐感受力，同时还要兼具深厚的诗学素养，才能很好地传达出所翻译的诗歌作品的意旨、意境以及韵味。姚华提出灵活变通的"活法"，恰当表现出诗歌的"真谛"，这一认识是姚华本人在实践操作之后得出的合理结论，对诗歌翻译如何能够最大限度地体现作者原意这一问题的解决，无疑具有一定的参考价值。

三

从姚华这 200 余首译诗中，我们可以看出明显具有二方面的艺术特征：

1. 翻译形式灵活多变，以表意为重心

翻译手法，大致有直译与意译两类。姚华对泰戈尔原作的演辞表现形式灵活多变，有对原诗的直接改写，这种直接改写无论语言、意象、用词、语气等均与原诗有直接联系。换而言之，是对原诗语言与诗意的忠实模拟，仅仅是变原诗散文化句式为整齐划一的五言诗歌句式而已。如第一章：

> 飞鸟鸣窗前，飞来复飞去。红叶了无言，飞落知何处？

关于本诗，郑振铎译诗为："夏天的飞鸟，飞到我窗前唱歌，又飞去了。秋天的黄叶，它们没有什么可唱，只叹息一声，飞落在那里。"两相对照，姚华演辞除将郑译诗中的"黄叶"意象替换为"红叶"之外，其他均是直接对郑译诗的直接改写。无论是意象、诗意、语言，甚至诗歌内部结构的处理，都是对郑译诗的原句进行提炼后以古体语言出之。此外，郑译诗中还提到了季节变换，而姚华将这一信息隐含于"红叶"之中，诗人之匠心独运，于此可见一斑。

又如第十三章：

> 静静复静静，静中呼我心。世间私语处，爱尔意堪寻。

本诗郑振铎原诗译为："静静地听，我的心呀，听那世界的低语，这是它对你求爱的表示啊。"两相比较，可以看出姚华诗歌就是对原诗的直接改写，二诗虽一为文言，一为白话，但在诗意、意象、情感、字词方面几乎一致。与上文中所列举之第一章大致相类，但这类诗歌在《五言飞鸟集》中约占 1/4 而已。

《五言飞鸟集》中大多数诗歌并非是对原诗的简单改写，而是在语言、句法、构思、意象、意境等方面都能够体现出姚华对翻译作品的近乎于天才的创造，同时也彰显了姚华深厚的诗学功底与通达包容的翻译理念。如第二章：

> 生世等萍聚，漂泊终何依。萍去踪仍在，临流歌芳菲。

此诗郑振铎译诗为："世界上的一队小小的漂泊者呀，请留下你们的足迹在我们的文字里。"泰戈尔原诗之意抒发了作者对流浪者四处漂泊、居无定所，过着颠沛流离生活的同情，姚华在演辞中以"萍聚"这一意向传达出漂泊者的苦楚与无奈，并以"临流歌芳菲"一语含蓄曲折地传达出译诗原意，较之于译诗更具有一种令人回味咀嚼的悠远古韵。在择取意象、表现技法、意境构建等方面均彰显出姚华对译诗的精妙改写。如第四章：

> 独作意含涕，欢来一展眉。沃如华上露，自泽盛开枝。

此诗郑振铎译诗为："是大地的泪点，使他的微笑保持着青春不谢。"两相对照，二诗在字面上关联甚少，但传达的深远寓意与意境却颇有相似之处。结合姚华自序诗之二中的"活法真诗禅谛在"一语，可见姚华演辞在表现技法方面的多变性。姚华演辞追求的是"禅谛"，即力求最大限度传达出原诗的主题思想。郑振铎译诗的原意为人生不可避免地充满忧患与哀伤，而正是这些负面因素的存在，方才能够彰显出生命的精彩与亮丽。在这种"泪点"的砥砺之中，保持乐观开朗的微笑态度也就愈加重要了。

2. 语言风格清丽可喜，灵动飘逸，实现与译诗主体风格的基本契合

关于姚华《五言飞鸟集》的语言风格特色，姜德明在《姚芒父的〈五言飞鸟集〉》一文中评述云："姚芒父毕竟是诗人，他的译笔亦不少清新可喜之句，既形象又富于哲理，颇能传达出泰戈尔的风格。"[①] 泰戈尔诗歌是其文学审美理想浪漫主义在创作上的具体折射，其诗多为散文化的自由句式，语言凝练隽永，清新优美，富有诗人的浪漫气息以及饱寓深刻的哲理。正如郭沫若在 1924 年初读其《新月集》后的感受："第一是诗的容易懂；

---

① 姜德明：《姚芒父的〈五言飞鸟集〉》，文载中国人民政治协商会议贵州省贵阳市委员会文史资料研究委员会编《贵阳文史资料》第十八辑，第 49 页。

第二是诗的散文式；第三是诗的清新隽永。"① 姚华演辞基本上保持了泰戈尔原诗的语言风格，形式上虽采以五言古体，但在语言风格、意脉韵味、表现技法方面尽可能贴近译诗，以拟古的句式传达出新的诗味、新的意蕴、新的境界。不仅拓展了古体诗的表现功能与语体风格，而且对近现代翻译文学如何最大限度贴近作品原意也有深刻启迪。如第三十二章：

> 清晨清何拟？天心只自知。比将昼与夜，觉来亦新奇。

第一百六十五章：

> 思从心上过，群鸿飞碧空。鼓翼入我听，霍霍拍天风。

第二百六十九章：

> 花下固相亲，日边亦可喜。此中儿女语，一学得其旨。因识生之乐，转念苦与死。尔时意云何，分明孰示我。

以上数例，语言上均可谓风韵天成，清丽可喜，凝练隽永，轻快自如；诗意灵动飘逸，富于哲理。既较好传达出泰戈尔原诗的意味与哲理，又让五言古体这一诗歌体式焕发出新的生机与活力。其间折射出姚华勇于创新的文艺态度与深厚渊博的国学功底，实令今人叹服。在白话文运动方兴未艾的 20 世纪 20 年代，姚华敢于坚持五言古体创作并予以大胆革新，彰显出独具风貌的创作个性，事实也证明他的这一创新实践上是极其成功的。徐志摩在 1929 年致寨季常的信件里高度评价姚华演辞的创新意义："今芒老更从白话译折成五言古句，真词林佳话，可传不朽也。"②

四

姚华与泰戈尔均是理论与实践并重的文学大师，二人于文学创作均具有不少独特而深

---

① 郭沫若：《郭沫若谈创作》，见 1939 年 8 月 16 日《现世界》创刊号。
② 徐志摩：《致寨季常》，中国人民政治协商会议贵州省贵阳市委员会文史资料研究委员会编《贵阳文史资料》第十八辑，第 48 页。

入的见解。从大文化背景的角度分析，泰戈尔美学思想是一个立足于印度本土文学，同时借鉴西方美学理论而形成的严密理论体系。正如唐仁虎《泰戈尔文学作品研究》指出的："印度西方合璧是泰戈尔美学思想的一大特征。这个特征不但在他的美学论著中有着清晰的表述，而且在他的诗歌创作中也表现的得十分突出。"[①] 可见泰戈尔的理论与创作均体现出明显的印度本土文化与西方外来文化相交的互融性特征。作为一位深受中国传统文化熏陶的艺术家，姚华在这一方面正是与泰戈尔有着类似的经历。姚华自幼在贵州经世学堂受严修等经学大师指导研习经学、小学，打下了扎实的国学根基，青年时期又留学日本，在海外接触了大量西方文艺思潮的成果。而姚华对外来文化的立场态度与泰戈尔亦十分类似，即并非盲目跟从，同时也没有一概否定，而是视其先进性与普适性程度予以合理地借鉴吸收。譬如他在绘画方面坚守传统文人画的立场，这就反映了他不为时俗所左右的清醒眼光；而他在戏剧方面借鉴西方美学理论，提出"滑稽文学"的观点，这又可以见出他对西方文艺理论的汲取与吸收。因此，姚华对外来文化的处理态度与泰戈尔是一致的。都是"建立在仔细的辨别和坚定的判断之上"。窃以为这是姚华与泰戈尔相交的基本起点，同时也是我们比较研究《飞鸟集》和《无言飞鸟集》的出发点。

在新文化呼声大肆高涨、白话文运动方兴未艾的民国初年，姚华这种以创作切实践行其对传统文学的守望立场不免显得卓乎不群，难免会招致时人不合时宜之讥。但或许也正是这种不同凡俗的创作方式与文学立场方才能够凸显出姚华作为一个传统文士的凛然风骨，同时也使得五言古体这一逐渐被历史长河湮没于无形的文体焕发出新的生命力，由一种逐渐已经被学人淡忘的诗体重新得到人们的重视。叶恭绰先生在《〈五言飞鸟集〉序》中即对姚华大胆创新之举推崇备至："吾人生于今日，恒对文学界无可新拓之领域，若姚子之作，抑可谓善取径者。若以此法推而至西方诸诗人之作，吾知吾国文苑必生至剧之影响，一如六朝、唐代，作者其有意于斯乎？"[②] 叶恭绰不仅高度评价了姚华以本国五言古体诗歌演辞外国文学作品的意义，同时还指出这一做法对翻译学界的启迪：既能够让国人充分接触外国优秀文学作品，同时又能够向世界其他各国宣传中国本土之文学特质，扩大中国传统文化在世界文坛的影响。姚华这种对诗艺的执着追求必将为后人铭记，在 20 世纪近代中国的诗歌史、翻译史、学术史上都具有其不可忽视的存在价值和地位。

---

① 唐仁虎等著《泰戈尔文学作品研究》，昆仑出版社，2003，第 201 页。
② 叶恭绰：《〈五言飞鸟集〉序》，中华书局，1931。

结　语

　　无论是文学抑或是翻译，其基本出发点在于引导读者感悟和领略文字的魅力与美感，让读者从阅读中获得美的享受与精神的愉悦，这是文学与翻译活动得以存在并受到读者首肯的要义。联想到争议颇大的当下诗人冯唐翻译之《飞鸟集》，姚华与冯唐同是诗人，但冯唐在翻译中对自我欲望的倾泻与张扬较之于姚华《五言飞鸟集》的优雅凝练、轻盈飘洒，其间差距又何止以道里计！我们同意瑞汉文学翻译家万之的观点："职业翻译家的态度是，希望作者领略原作的诗意和美，而不是表现译者的自我。"① 翻译与文学有相通性，二者均需要对语言文字精斟细酌；但二者同时又存在根本差异，即文学是强调性灵的，它允许并提倡作家自我情感或理念的彰显，而翻译不同，翻译不是自我欲望的倾泻口。从这一角度而言，我们认为冯唐翻译《飞鸟集》悖离了翻译文学的特质与初衷，其下半身式的、突兀的直白语言最终只会损害了《飞鸟集》的文学美感。相较于冯唐译《飞鸟集》的低俗与浅薄，姚华《五言飞鸟集》对旧体诗词与新体翻译二者相结合的成功尝试，既忠实地传达了泰戈尔原诗的本义，同时也发挥了古典诗词在表情达意上的功能，让读者能够获得诗意美与古典美的双重审美享受，充分展示了古典诗歌的艺术魅力，应该得到今日文学界与翻译界的重视。

---

　　① 引自刘悠翔《如果你自己翻译时玩得猖狂…——冯唐〈飞鸟集〉和诗歌翻译的信达雅》，《南方周末》2016年1月7日 D29 版。

华允成《高忠宪公年谱》校补

李 卓*

　　高攀龙（1562—1626），初字云从，后改字存之，别号景逸，南直隶常州府无锡县人（今江苏无锡），谥忠宪，学者称景逸先生。他是明代末期较有影响的一位理学家，也是当时著名的政治人物，东林党的领袖之一。其人"操履笃实，粹然一出于正，为一时儒者之宗"①，四库馆臣称他"严气正性，卓然自立……立朝大节，不愧古人；发为文章，亦不事词藻，而品格自高"②。

　　景逸有《高忠宪公诗集》，又名《高子诗集》，四言、五言、六言、七言、古风、律诗、绝句共八卷。"诗集"前有陈龙正序云："先生不尽效陶，大都有陶韵，逸兴幽怀，适与之符。"四库馆臣谓"攀龙诗意冲澹"（《四库总目》）。沈德潜、周准合编的《明诗别裁集》称"忠宪诗无心学陶，天趣自会，羽翼名教，人不以击壤一派为高，益信定山、甘泉非风雅之宗也"③。沈德潜在《说诗晬语》也说："万历以来，高景逸攀龙，归季思子慕，五言淡雅清真，得陶公意趣。"钱宾四指出："其诗皆日常生活中之性情语，高淡近渊

---

* 李卓，天津社会科学院伦理学研究所助理研究员。本文为天津市哲学社会科学规划项目（TJZX16 - 005）的阶段性成果。

① （清）张廷玉等《明史》，卷243，〈列传第一百三十一〉，中华书局，1974，页6315。
② 《〈高子遗书〉提要》，高攀龙《高子遗书》，清文渊阁四库全书本，页329~330。
③ 沈德潜、周准：《明诗别裁集》，上海古籍出版社，1979，页245。

明，质朴类禅偈。"① "攀龙非以诗名世者，却饶有诗才……善用四言、六言之体，此为汉魏以还所罕见，而其手法纯熟。综观其诗，立意高远，性情淡泊，逸兴飞扬，俨如一遁迹山林之隐者。"② 以上略摘数语，以见景逸颇得陶诗三昧，是古今一贯的看法。

理学家人格光明俊伟，立身处世笃敬严正，却往往予人文学情味不足之感。典型如张横渠所作诗，说理有余而韵味不足。景逸的诗，尤其是自然诗显儒者襟怀，吟之可见其忘我、无我，自然洒落，吟风弄月的精神境界，而其"率真清淡，乃亦与邵（康节）、陈（白沙）之绚烂纵肆有别"③。

关于景逸年谱，向有传世本《高忠宪公年谱》两种。一为景逸门人华允诚编纂的一卷本，二是景逸季子高世宁编、从子高世泰订的两卷本。一卷本前附张夏《高忠宪公年谱书后》有云："余向谓陈仪部几亭（陈龙正）以崇祯辛未订遗书，而吏部（华允诚）旋以乙亥成年谱"，可知一卷本年谱成于明崇祯八年乙亥（1635）。编纂的一个主要目的，是"竭力表彰，使忠宪之学昭明于世"，为景逸从祀文庙做准备，即所谓"当秩文庑""为请祀张本"（同上）。二卷本后附高世宁《敬跋先公年谱后》记曰："顺治己亥春，不孝男世宁泣血百拜敬跋"，则此谱不晚于清顺治十六年己亥（1659）。

奇怪的是，虽然华允诚所撰年谱早出，高世宁似乎从未及见。高世宁跋开篇有云："粤惟古大儒之有年谱尚矣！然其编纂之力，则往往出于传心之弟子与象贤之子孙。若先公忠宪，殁已三十有二年，宁犹视息人间而自愧弗类，实非能谱先公者，故逡巡弗敢任。乃从弟汇旃敦迫数四，宁于是悚然惧曰：日月逾迈，苟复不果，终成缺典矣。虽积瘖之身，敢自驰乎？爰集先公手笔……敬汇而书之。踰年，始克告竣"（高世宁《敬跋先公年谱后》）。可知高世宁一直期待着景逸门下某一高弟或兄长世儒、世学编纂年谱，直到久候无望，加之从弟不断催促，不得已才始自为之。何以华允诚编纂年谱完成多年，而高世宁竟然一无所知？明末剧烈的社会动荡，致使两位编纂者久不通消息，也许是一个可能的原因。而真实情况如何，尚不得而知。④

两种年谱相较，两卷本远为详备。两卷本有两个突出的特点，一是材料搜罗广备，翔实可靠。所谓"爰集先公手笔，若遗稿、日记诸帙，更参以耳目之所睹记，皆确乎可征信

① 钱穆：《理学六家诗钞》，九州出版社，2011，第 220 页。
② 赵承中：《高忠宪公诗集》，载《高忠宪公诗集》，凤凰出版社，2012 编辑说明。
③ 钱穆：《理学六家诗钞·自序》，九州出版社，2011。
④ 吴振汉认为："由于华允诚在顺治五年（1648）严拒薙发被戮，因此华本年谱不便流传，所以攀龙子侄才另编年谱行世"（吴振汉：《明儒高攀龙的思想与殉节》，载《中央大学人文学报》37 期，2009 年 1 月，第 42 页），可备一说。不过如前所述，华本年谱完成于崇祯八年乙亥（1635），距华允诚殉节早十余年。如果高世宁只是出于禁忌而另作年谱，何以其跋文于华本年谱的存在全然隐去，无丝毫曲笔提及，不透露一点隐约消息？

者，敬汇而书之"（同上）。例如，目前所存的《高子日记约抄》篇幅甚小，整理者景逸外孙安璿跋云："忠宪公生平日记最多，不肖幼从寄翁母舅案头所见尚高尺许。云已强半遗失。嗣后汇翁母舅郑重收拾，仅得数帙……采其有会予心者，摘录二十分之一，聊附'未刻稿'之末，以志永思云尔。"[1] 而两卷本年谱则有一些篇幅引自景逸日记，并以"日记云"标识。比照发现，所引日记多未载于《高子日记约抄》，此年谱的史料价值可窥一斑。二是作者对于编纂目的有明确自觉的定位，就是要为研究者提供有关景逸进学次第的详细资料。在高世宁看来，欲了解景逸的言行事迹，有其他资料文献可供参详，而"欲考先公学力之精勤，气候之成熟，则非从其与年俱进之实录循序而遍观之，不可得也"（同上），因此其编纂方式是："谨据岁月，诠次成书，聊窃附于编年记载之义，亦以备尚论者之考衷云尔。"（同上）这一编纂思想和现代的思想史研究爬梳文献的要求不谋而合，使得两卷本年谱具有较高的学术价值。

今则有顾毓琇、古清美、朱湘钰、陈美吟分别编纂的景逸年谱。顾本年谱刊于《中国文哲研究通讯》，前有编案："顾毓琇院士编有《高忠宪年谱》一种惠寄本刊。据考，高攀龙旧谱有华允诚、高世宁（世泰）、陈龙正所编三种，然皆无今印本，《四库全书》本《高子遗书》亦未附年谱。兹特将顾院士所编谱刊出，以供研究者参考。"[2] 此案谓有陈龙正所编年谱，据何而言？不得而知。陈龙正所编《高子遗书》后来附上了华本年谱，所谓"己巳冬，既捐橐重梓《高子遗书》，复搜是年谱附订于后，俾学者读其书即思其人"（张夏《高忠宪公年谱书后》）。据此推测，编者或许将《高子遗书》与附谱均视作陈龙正所编，故有陈本年谱之说。

古清美本年谱将泾阳与景逸合编。顾、古两谱的特点，朱湘钰在其《高攀龙年谱》自注中有所评述。其注曰："本年谱主要是采顾毓琇先生与古清美先生所编撰的年谱修编而成，因为顾先生的编撰方式多是依《高子遗书》中的原典文献编纂而成，古先生则是依史书与相关研究者的资料编纂，并附上当时国家大事与其他重要理学家之生卒年，各有特色，今笔者两者皆采，以供读者参照，并略去其他部分，专以景逸年谱为主，因此编述此年谱的目的，并非填补新的资料，而是将两位先生的年谱作一个融合，并将其中之误略作修正。"[3]

朱湘钰所言已备述今人所编三种年谱大略，兹不赘述（陈美吟同样兼采顾毓琇、古清

---

① 安璿：《〈高子日记约抄〉跋》，载高攀龙《高子日记约抄》，收入《高子遗书未刻稿》，无锡市图书馆藏抄本。

② 《中国文哲研究通讯》第五卷·第三期，中研院中国文哲研究所，1995，第55页。

③ 朱湘钰：《高攀龙心性论研究》，暨南国际大学中国语文学系硕士论文，2002，第176页。

美的成果，并参考朱湘钰所编年谱①）。需要指出的是，似乎顾毓琇、朱湘钰、陈美吟均未及见上述两种传世本年谱，殊为可惜。

编纂较为完备的景逸年谱，当参酌两种古本与几种今本，并以哲学和史学最新的研究成果随时加以补充修正。此外，两卷本卷下 8～21 页有缺损，不可辨识。唯有考以各种景逸的传世文献，或许一部分阙文能得到合理的补正。

一卷本向无句读，这里加以标点，作为底本。在某些年条目下，以今天的学术视角稍事补充，用不同字体标出，以示区分。亦对个别问题稍作辨正，以案语冠之。

高攀龙，初字云从，后字存之，号景逸，学者称景逸先生，无锡人。

高攀龙《家谱　谱传》曰："高氏可知之祖，自孟永公始。闻之吾祖曰高世居青城乡世农，其事无传。自孟永公始居邑东南隅。赘福州守张公遁轩，而字号亦不可考矣"。②

孟永公一传耕乐公如圭，再传省轩公翼（字鹏举，以字行），三传雪楼公适（字伯达），雪楼公生静成公材，静成生继成公德征，继成公生先生。③

先生姓高氏，讳攀龙，初字云从，后字存之，别号景逸。其先人曰孟永公，始居无锡。一传耕乐公如圭，再传省轩公翼，三传雪楼公适，代有隐德。雪楼公生静成公材，举孝廉，令黄岩，有异政，祀名宦乡贤。静成生继成公德征，配陆夫人，贰邵夫人，实生先生。静成有弟静逸公校，配朱夫人，无子，因以为嗣。先生之生也，有盆莲之瑞。静成公诗以志喜，后先生得手笔于冗纸中，捧诵珍悼，跋云：莲，花之君子也，发于盆盎，小能大也。常人神局于六尺，君子神充于宇宙，亦若是矣，出于污泥污，能洁也。常人心役于五官，君子心超于万物，亦若是矣。莲多子者也，子以及子，吾兄弟子孙相率为君子，乃所以报吾祖，报天之休也。

嘉靖四十一年壬戌　1562 年一岁

七月十三日（1562 年 8 月 12 日）午时，生于无锡。

嘉靖四十二年癸亥　1563 年二岁

① 陈美吟：《高攀龙理学思想之研究》，中国文化大学中国文学研究所硕士论文，1992，第 102 页。
② 高攀龙：《高子遗书》卷 10，明崇祯五年刻本，第 71 页。
③ 详见高攀龙《高子遗书》卷 10，明崇祯五年刻本，第 71～82 页。

嘉靖四十三年甲子　　1564 年三岁

是年罗念庵卒（名洪先，字达夫，号念庵，1504—1564）。
景逸之学受萧自麓影响较大，萧自麓为念庵弟子。①

嘉靖四十四年乙丑　　1565 年四岁

嘉靖四十五年丙寅　　1566 年五岁

隆庆元年丁卯　　　　1567 年六岁
就外傅。

先生神采奕奕，善读书，言动如成人。母授果饵，敬而受之。或命自取，必如所
常授数。

隆庆二年戊辰　　　　1568 年七岁

隆庆三年己巳　　　　1569 年八岁

隆庆四年庚午　　　　1570 年九岁

隆庆五年辛未　　　　1571 年十岁

隆庆六年壬申　　　　1572 年十一岁

万历元年癸酉　　　　1573 年十二岁
工文章。

万历二年甲戌　　　　1574 年十三岁

---

① 　笔者补充部分，用此字体以示区别。下同。

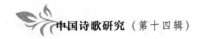

万历三年乙亥　　　　1575 年十四岁

万历四年丙子　　　　1576 年十五岁
应童子试。

　　师事邑中茹澄泉，兄事孝廉许静余，以学行相砥砺。暇则默探讨诸儒语录、性理
诸书。①

万历五年丁丑　　　　1577 年十六岁

万历六年戊寅　　　　1578 年十七岁

　　是年刘宗周生（字起东，号念台，学者称蕺山先生，1578—1645）。

万历七年己卯　　　　1579 年十八岁

万历八年庚辰　　　　1580 年十九岁

万历九年辛巳　　　　1581 年二十岁
补邑诸生。
十月，娶王夫人。

----

① 此句应当理解为师事茹澄泉，对许静余则是"以兄事之"。"以学行相砥砺"多用于平辈之间。又叶茂才《景
逸高先生行状》所谓"稍长，从文学茹澄泉先生游，于孝廉许静余先生亦尊事之，以学行相砥砺"（《高子遗
书》，附录《行状》，明崇祯五年刻本）。"从游"即随从求学之义，也清楚地表明景逸之师仅是茹澄泉一人。
事实上，景逸与许静余的关系较为复杂，景逸所撰《静余许先生行状》道出了其中的曲折："余年十五，受
书于吾师澄泉茹先生。先生与许先生游好，于是余亦得从许先生游。许先生在诸生间声藉甚，四方问业者履
错然户外，余即不得就弟子列，而庄事先生不啻弟子。"（《高子别集》卷 7，民国十五年太仓陆氏刊本，第 3
页）可知景逸与许静余在亦师亦友之间，但严格来说却并非师弟关系。黄宗羲《明儒学案》谓"高忠宪以前
辈事之（许静余）"（卷六十《东林学案三》，中华书局，2008，第 1483 页），较为准确。然而此处断句多有
歧解，且论者多据此断定景逸师事许静余，似有未安。如《顾宪成·高攀龙评传》作"高攀龙十五岁，应童
子试，并师事茹澄泉、徐静余（该书误作"徐"），'以学行相砥砺'"；《明代文化研究》作"后师事邑中茹
澄泉、许静余，'以学行相砥砺'"；朱湘钰编年谱作"师事邑中茹澄泉、许静余"。参见步近智、张安奇《顾
宪成·高攀龙评传》，南京大学出版社，1998，第 68 页；南炳文、何孝荣：《明代文化研究》，人民出版社，
2005，第 265 页；朱湘钰：《高攀龙心性论研究》，暨南国际大学中国语文学系硕士论文，2002，第 176 页。

初聘王抑所女，继山孙女。殇，抑所以先生为天下第一流人品，即抱内戚沈女续好，先生佩德勿替，终身无二色。

万历十年壬午　　　　1582年二十一岁

举于乡。

为沈龙江、徐蕳吾所识拔，一见以天下士期之。闱中原系落卷，将发榜矣，蕳吾就榻不能寐，鼠啮其足者三，蕳吾异之，暗中抽一落卷，即公卷也。呈主司，遂得中式。

……暗中抽一落卷，即公卷也。急趋主司，语其故。沈公秉烛一览，即嗟赏不已。遂得中式。谒见时，便以天下士期之。①

万历十一年癸未　　　　1583年二十二岁

会试不第。三月抵家。

读书外家，与诸名硕结社课文。暇则探讨《近思录》及诸先儒语录，时已专志圣贤之学矣。②

是年王畿卒（字汝中，号龙溪，1498—1583）。

万历十二年甲申　　　　1584年二十三岁

丁嗣母朱夫人艰。

万历十三年乙酉　　　　1585年二十四岁

每日严立课程，自卧榻至日逐经行处壁间，悉黏一圈，期于触目警心，无令此心放逸。又有《日鉴篇》，以德业之敬怠义欲，分注于天时人事之下，日有稽，月有考。

是年黄道周生（字幼平，一字细遵，学者称石斋先生，1585—1646）。

万历十四年丙戌　　　　1586年二十五岁

始志于学。

---

① （清）高世宁、高世泰：《高忠宪公年谱》卷上，顺治、康熙间刻本，第4~5页。
② （清）高世宁、高世泰：《高忠宪公年谱》卷上，顺治、康熙间刻本，第5页。

邑令李元冲延江右罗止庵与顾泾阳讲学于泮宫，士绅云集，先生跃然喜曰：吾夙有志于学，今得县父母为嚆矢，吾学其有兴乎！于是早起孜孜以全副精神用于止敬慎独、存心养性、迁善改过间，而学始有入门矣。

《遗书》卷三《困学记》云：吾年二十有五，闻令公李元冲（名复阳）与顾泾阳先生讲学，始志于学。以为圣人所以为圣人者，必有做处未知其方。看《大学或问》，见朱子说'入道之要，莫如敬'，故专用力于肃恭收敛，持心方寸间，但觉气郁身拘，大不自在。及放下，又散漫如故，无可奈何。久之，忽思程子谓'心要在腔子里'，不知腔子何所指？果在方寸间否耶？觅注释不得，忽于小学中见其解曰：'腔子犹言身子耳。'大喜。以为心不专在方寸，浑身是心也，顿自轻松快活。适江右罗止庵（名懋忠）来讲李见罗修身为本之学，正合于余所持循者，益大喜不疑。是时，只作知本工夫，使身心相得，言动无谬。

案：依高世宁、高世泰所编年谱，癸未二十二岁条下有"暇则探讨《近思录》及诸先儒语录，时已专志圣贤之学矣"①，华允诚所编年谱则谓丙戌始志于学。当依何者？

志学丙戌，《高子遗书》中有两条确证。其一是《困学记》中所谓"吾年二十有五，闻令公李元冲（名复阳）与顾泾阳先生讲学，始志于学"②。另一则见于《与确斋》第二书："所苦者，既非圣贤根器，又无小学工夫，而志学又迟却孔子十年，以致气习熏染，淘洗为难"③。夫子十五有志于学，"志学迟却孔子十年"，即"二十五岁始志于学"。此两则皆为高子自述，故严格来说，其立定为学之志，当系于丙戌二十五岁条下为宜。

然而宽泛地看，"癸未二十二岁始志于学"亦未尝不可说。一则此说出于景逸之子高世宁，其自谓编订年谱的原则是"爰集先公手笔，若遗稿、日记诸帙，更参以耳目之所睹记，皆确乎可征信者，敬汇而书之"④，故此说亦不全为无据。其二，华允诚所编年谱虽以高子丙戌二十五岁始志于学，然而此断语所系文字则谓"先生跃然喜曰：吾夙有志于学，今得县父母为嚆矢，吾学其有兴乎！于是早起孜孜以全副精神用于止敬慎独、存心养性、迁善改过间，而学始有入门矣"⑤。"夙有志于学"，明谓高子志学早于此，只是不得其门而入，而由这次讲学的机缘，其学始有入路。

---

① （清）高世宁、高世泰：《高忠宪公年谱》卷上，顺治、康熙间刻本，第5页。
② 高攀龙：《高子遗书》卷3，崇祯五年刻本，第13页。
③ 高攀龙：《高子遗书》卷8上，崇祯五年刻本，第26页。
④ （清）高世宁、高世泰：《敬跋先公年谱书后》，载《高忠宪公年谱》，顺治、康熙间刻本。
⑤ （明）华允诚：《高忠宪公年谱》，同治、光绪间刻《高子遗书》附刊本，第4页。

故两说未始不能相容。关联来看，正可见癸未至丙戌四年间，高子有一个从恍惚向学到明确志学的演变过程。

万历十五年丁亥　　　　1587 年二十六岁

正月，服阕。

万历十六年戊子　　　　1588 年二十七岁

入南雍。

　　司成赵定宇略师生之分，结忘年交。

　　十一月，会试北行。①

万历十七年己丑　　　　1589 年二十八岁

举进士，廷试三甲。

　　是科焦竑一甲一名、陶望龄一甲三名，冯从吾三甲。

　　焦竑（字弱侯，号澹园，又号漪园，1540—1620）

　　陶望龄（字周望，号石篑，1562—1609）

　　冯从吾（字仲好，号少墟，1556—1627）

　　分考高邑赵南星侪鹤评云：此卷似知学者，当拔之牝牡骊黄之外。同门有薛以身敷教、欧阳宜诸东凤、王中嵩述古。

　　赵南星（1550—1627）字梦白，号侪鹤，别号清都散客。明代高邑（今河北高邑县）人。

七月，丁嗣父艰归。

　　读礼三年，孺慕如一日。自料理襄事外，惟定省生父母与讲学会友。翻经阅史为日程，他无所置念也。

　　《遗书》卷三《困学记》：己丑第后，亦觉此意津津。忧中读《礼》读《易》。

万历十八年庚寅　　　　1590 年二十九岁

① （清）高世宁、高世泰：《高忠宪公年谱》，卷上，顺治、康熙间刻本，第 5 页。

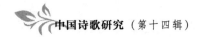

八月，游武林。

《遗书》卷三《武林游记》：庚寅八月，余以事游嘉湖间，而武林在杖屦中矣。

万历十九年辛卯　　　1591年三十岁

十月，服阕。

万历二十年壬辰　　　1592年三十一岁

春，卜得一签，云：一生心事向谁论，十八滩头说与君。

《遗书》卷十《三时记》：壬辰之春，服阕赴京。计当得部，欲告南以便携家。卜得一签云："一生心事向谁论，十八滩头说与君"。不解所谓。至京而旧例忽改，乃得行人，此语益觉无似。揭阳之命下，途中偶检程图，见由江右至潮，当经十八滩。瞿然而惊，又询知从闽道径。余戏谓："神无如我何，业已指闽省而漳而潮矣"。至崇安，主人云路出三山，迂取清流，便且从省而东，更无水道，劳费非计，欣然从之，不虞其有所谓九龙十八滩也。人生分定如此，世情可一笑而破矣。

六月，谒选京师，授行人司行人。

先生廷试三甲，当为令。丁忧起复，当改京职。值选司邹孚如议申旧例，仍与外。先生喜，寄父书曰："儿观今日时事日非，天下事无一可做，稍酬生平，惟有守令耳。部官悠悠，坐老岁月，不若乘此年力，做一出头，以后可迎刃而解。严不至激，和不至随，儿自量力能为之。爱民好士一介不取，儿亦量力能为之。邑中豪杰虽多，儿意所取法者，邵文庄、王继山二公，皆自州官起脚。夙志如此，未审得遂否"。既而邹议不行。

上《崇正学辟异说疏》，寻上《今日第一要务疏》。

时有四川佥事张世则疏诋程朱，欲改易传注，上所著书，求颁行天下。先生不胜愤愕，上《崇正学辟异说以一人心以端正本疏》。上嘉之曰：高攀龙所言有关世教。不旬日，寻上《今日第一要务疏》，言天下之大本与天下之大机，欲上法祖操心讲学勤政发帑理财，语甚剀切，留中不下。时僚友同志若聊城逯与权中立、江右陈箨仲、徽郡洪平叔文衡，先生与之上下今古，讲究性命，询访人物，善相长，过相规，称莫逆交。后诸公皆蔚然为名臣，先生有力焉。

司中无事，藏书甚多，得恣意探讨。取二程、朱子全书，薛文清《读书录》，手自摘钞，作《日省编》，集《崇正编》。尤多用尊德性工夫，以半日静坐，半日读书。一日静坐，久之忽思"闲邪存诚"句，觉得当下无邪，浑然是诚，更不须觅。一时快然，如脱缠缚，从此反躬实践，会友谈心，种种无非是物矣。

《遗书》卷三《困学记》载：冬至，朝天官习仪僧房静坐，自觅本体。忽思"闲邪存诚"句，觉得当下无邪，浑然是诚，更不须觅诚，一时快然如脱缠缚。

改字存之。

《遗书》附录朱国祯《忠宪高先生墓志铭》载：……忽思闲邪存诚句，觉得当下无邪，浑然是诚，又觉得觅诚即邪，存之即是。旧字云从，因以改焉。

十二月，赍诏金陵。谒邹南皋、叶闲适、薛玄台、朱虞莘、瞿洞观。

万历二十一年癸巳　　　　1593 年三十二岁
正月，自金陵归。

往毗陵谒钱启新（钱一本，字国端，号启新，1539—1610）。
往苏州谒王少湖（王敬臣，字以道，号少卿，1513—1595）。
灯夕前抵家。朝夕娱亲外，益务亲师取友，考德问业。往毗陵谒钱启新先生，往苏州谒王少湖先生。尝曰：王先生谓"士君子须是立得个大节。居乡勿为乡愿，居官勿为鄙夫，方有可说处"。语不多，令人惕然深省。

十一月，上《君相同心、惜才远佞疏》。①
闰十一月，奉旨会问。降补应天府检校，旋谪广东潮州府揭阳县典史。

---

① （明）华允诚《高忠宪公年谱》《君相同心、惜才远佞，以臻至治疏》，高世宁、高世泰《高忠宪公年谱》作《君相同心、惜才远佞疏》。《高子别集》作《感事深忧恳乞君相同心、惜才远佞疏》，收录此疏全文。参见华允诚《高忠宪公年谱》，同治、光绪间刻《高子遗书》附刊本，第 7 页；高世宁、高世泰：《高忠宪公年谱》，顺治、康熙间刻本，第 9 页；高攀龙：《高子文集》，清乾隆七年华希闵剑光阁刻本，第 13 页。

入都三日，见郑材、杨应宿附阁攻部，掊击众正甚力。先生愤激不平，上《君相同心惜才远佞以臻至治疏》，语侵阁臣，遂有此谪。大要言"诸臣罢黜，非辅臣欲除不附己，则内侍不利用正人，而应宿等反借不附吏部之名，致阿徇阁臣之实。阁臣声音笑貌间虽示开诚布公之意，而精神心术之隐，实不胜作好作恶之私，以致机权潜用，善类坐空"云云。奉旨着部院会同该科从实究问。先生侃侃，诘问不少讳避。因有皇长子明春出阁之谕，先生虽身在危疑，喜国本大定，与相知酌酒相庆，忘其一官之去。又遗吴海洲曰："人行义非难，所安为难。此心清净中，一物不可着，何处着一官？若一念未融，其道不光矣。了此，便凤凰翔于千仞"。海洲亦为先生建言削籍者也。

十二月，辞朝启行。岁暮抵家。①

万历二十二年甲午　　　　　1594 年三十三岁。
七月，赴广东揭阳县谪籍。

癸巳冬仲，谪尉潮之揭阳。越明年，七月二十六日，始克成行。（《三时记》）
七月二十九日至吴门，会管志道、王少湖。
管志道（字登之，号东溟，1536—1608）。
王少湖（王敬臣，字以道，号少卿，1513—1595）。

二十九日至吴门会管东溟公，为蔬食之，议论英伟，一时如游奇山怪水之间，应接不暇。复曰：吾人有一念毁誉著心，还是小人路里人，令人更发深省。别后，候王少湖先生。先生益衰矣。（《三时记》）

顾泾阳亦以言事黜，先生贻书有"吾曹一时退处，共得闲身，何修报称"之语。至武林，与广东陆古樵粹明、嘉善吴蓬庵志远谈论数日。古樵潜心白沙主静之学，先生得其提醒，自歉于道尚未有见，总无受用。发愤曰："此行不彻此事，此生真负此身矣。"舟中严立规程，取前所为"半日静坐，半日读书者"反复行之。当心气澄清时，有塞乎天地气象。在路两月，如武夷天游、九龙十八滩，险绝奇绝处不可屈指，靡不毕领其胜。憩九峰书院，登子陵钓台，溪声鸟韵、茂树修篁，种种悦心而心不著境，自谓得山水之助不小。过汀州，登旅舍小楼，甚乐。手持二程书，偶见明道先生

---

① （清）高世宁、高世泰：《高忠宪公年谱》，顺治、康熙间刻本，第 9～10 页。

曰"百官万务，兵革百万之众，饮水曲肱，乐在其中。万变俱在人，其实无一事"。猛省曰："原来如此，实无一事也"，一念缠绵，斩然遂绝。忽如百斤担子顿尔落地，又如电光一闪透体通明，遂与大化融洽无际，更无天人内外之隔。至此见六合皆心，腔子是其区宇，方寸亦皆本位，神而明之，总无方所可言也。平日深鄙学者张皇说悟，此时只看作平常，自知从此方好下工夫耳。至揭阳，不以谪官闲散怠于职事。日于衙斋课士、正文体、释书义。兼编集《朱子要语》，刊示之生徒，兴起者数十。邑令为同年朱任宇，先生访知民情吏弊，悉心启告。临行，殛一凶人陈所蕴工起灭，报睚眦，占主女。细民至乡绅地方官府莫敢谁何，先生穷治其罪，竟置之法。游莲花峰，谒文丞相祠、周元公祠、韩昌黎、陆丞相祠。所得友为萧自麓。自麓，故罗念庵先生门人，以立"家作"主敬为学，所见甚正。署事三月，假差归。别自麓，请教，曰："公当潜养数年，不可发露。先辈皆背地用一阵苦工夫，故得成就耳。"先生深然之。启行，诸生不远百里相送。临别依依，谓曰："诸君努力，自当相遇中原。与诸君矢，继自今脱鄙人毁廉蔑检，无以见诸君。诸君不克砥砺，厌厌世俗，亦无以相见！"则皆曰："诚如此盟"！

至漳州，谒李见罗先生，辨论《大学》格致之旨。谓："《大学》格致，即《中庸》明善，所以使学者辨志定业，绝利一源，分剖为己为人之界，精研义利是非之极，要使此心光明洞达，直截痛快，无毫发含糊疑似于隐微之地以为自欺之主，夫然后为善，而更无不为之意拒之前，不为恶，而更无欲为之意引之后，意诚、心正、身修，善所以纯粹而精，止所以敦厚而固也。不然，非不欲止、欲修，而气禀物欲拘蔽万端，恐不能实用其力矣。且修身为本，圣训昭然，千古知之。只缘知诱物化，不能反躬。非欲能累人，知之不至也。何以旦昼无穿窬之念，夜必无穿窬之梦？知之切至也！学者辨义利是非之极，必皆如此，斯为知至。此工夫吃紧沉着，岂可平铺放在，说得都无气力？且条目次第，非今日致、明日诚，然着个先后字，亦有意义，不宜如此笼统"。

过延平，拜李先生祠。往考亭，拜朱夫子祠。过崇安，拜赵清献祠。萧萧身世，云水孤清。自谓出门至此，学力已三转手势。

案：高世宁、高世泰所编年谱作"答李见罗先生书"，认为"华本年谱""辨论《大学》格致之旨"的文字为景逸所作书信，并非与见罗当面论辩之语，并引日记为证①。

考之景逸自撰的《三时记》，载：

---

① （清）高世宁、高世泰：《高忠宪公年谱》卷上，顺治、康熙间刻本，页13。

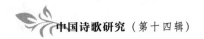

（八月）二十九日至延平，会赵控江托寄李见罗先生书并许敬庵中丞书。见罗以去秋书来论止修之学，至是始答之。见罗书云："果明宗、果知本，真有心意知物，各止其所，而格致诚正，总付之无所事事的光景矣"。又曰："格致诚正，不过就其中缺漏处，照管提撕，使之常止。常止则身常修，心常正，意常诚，知常致，而物自格矣"。余则以《大学》格致，即《中庸》明善，所以使学者辨志定业……①

又有：

（十二月）廿二日至漳州，入署则李见老来，便留予过岁。余亦即过其寓，随榻焉。见老谓予"心性之辨，已自了然，所争条目耳"。因为申谕，明不可易，且云"此来必令洞然无疑，方始去得"。予所执者本自无疑，见老学已成家，长者亦不敢与深辨，故连日但巽心听教，受益甚多。②

此景逸与李见罗"格致之辨"，依《三时记》和"高本年谱"为景逸八月抵延平时所作答书；据华允诚所编年谱，则是发生在二人漳州相见后的当面论辩。依笔者之见，当以前者所载为更为准确。一则《三时记》为景逸自撰，可靠性更强，"高本年谱"亦引景逸日记为证。再者景逸这里的大段议论，从行文来看也更像书信。此外，前引景逸所谓"见老学已成家，长者亦不敢与深辨，故连日但巽心听教"云云，若是发生在当面，景逸的大段议论亦不无"深辨"之嫌。所以很可能是华允诚的疏忽，误将景逸答书与面谒见罗混为一事。

序《王文成年谱》，作《阳明说辨》共四首。

万历二十三年乙未　　　　1595 年三十四岁
二月抵家。

再取释老二家参之，谓释氏与圣人所争毫发，其精微处吾儒具有之，总不出无极二字；弊病处先儒具言之，总不出无理二字，观二氏而益知圣道之尊。若无圣人之道，便无生民之类，即二氏亦饮食衣被其中而不觉也。

万历二十四年丙申　　　　1596 年三十五岁

---

① 高攀龙：《高子遗书》卷 10《三时记》，明崇祯五年刻本，页 31。
② 高攀龙：《高子遗书》卷 10《三时记》，明崇祯五年刻本，页 41。

继成公、陆夫人偕寿七十，先生同昆弟称觞宴客

三月、六月，连遭父母丧。

遵丧礼不二斩，称降服，子居丧竭力襄事。父遗命析其产而七之，先生推以让诸兄弟。不得，尽出为丧葬费，余置义租，赡亲族、分赡祖妾之无子者。

然自丙申后数年，丧本生父母，徙居婚嫁，岁无宁息，只于动中炼习，但觉气质难变。（《困学记》）

万历二十五年丁酉　　　1597 年三十六岁
万历二十六年戊戌　　　1598 年三十七岁
作水居，为静坐读书计

徙居婚嫁，岁无宁息，而动中炼习、静中温养工夫卒未始顷刻废。于水居构一可楼。可者，言无所不可也。茅檐数椽，极湖山之致。谢客栖息其中，动以旬月计。偶远近同心，如归季思、吴子往诸先生来访，相与瞑目焚香闭关趺坐，坐必以七日。游阳羡诸山，则坐龙池顶。游武林诸山，则坐弢光黄龙荻秋庵。作《复七规程》。是秋，会同志于二泉之上，与管东溟辨无善无恶之旨。作《山居课程》。

戊戌，（顾泾阳）始会吴中诸同志于二泉之上，与管东溟辩无善无恶。（《南京光禄寺少卿泾阳顾先生行状》）

万历二十七年己亥　　　1599 年三十八岁

偶至黄岩县，谒静成公祠，父老咸嗟叹之云："此高一合孙也。"盖静成令岩时，民无滞狱，只带合米可了，故云。

万历二十八年庚子　　　1600 年三十九岁
与吴子往等静坐水居。

日记云："日逐只是顾諟明命为工夫"。又云："一日觉气在胸膈稍滞，思调息。息最微，若有若无，误认气为息而调之，大害事矣。次日便觉多却调息一念，只是诚无为，着些子不得也"。

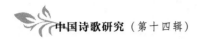

有诗《庚子秋日同友水居静坐》。

万历二十九年辛丑　　　1601 年四十岁
八月，偕四郡同志会讲于乐志堂。

万历三十年壬寅　　　　1602 年四十一岁
读书水居。辑《朱子节要》成。

万历三十一年癸卯　　　1603 年四十二岁
读书水居。注《张子正蒙》完。

万历三十二年甲辰　　　1604 年四十三岁
东林书院成。

　　锡东林者，宋龟山杨先生讲学之所，废为僧院，邵文庄公所修复，王文成记可考也。后复变为僧院，先生与顾泾阳先生吊其墟，闻于当道。葺道南祠，构讲堂书舍，相与讲习其中。朔望小会，春秋大会，岁以为常。泾阳仿白鹿洞为会约，先生为之序。自泾阳殁，先生独肩其责，每会取儒释、朱陆之辨，文成文清真悟真修之辨，为己为人、义利公私、欺谦邪正之辨，时时拈示，洗发痛快，令人划然开、油然得。尤谓学者虽得朋友讲习之功，不可无端居静定之力，盖各人病痛不同。大圣大贤必有大精神，其主静只在寻常日月中；学者神短气浮，便须数十年静力，方得厚聚深培。而最受病处，在自幼无小学之教，浸染世俗，故俗根难拔。必埋头读书，使义理浃洽，变易其俗肠俗骨，澄神默坐，坚凝其正心正气，乃可耳。

万历三十三年乙巳　　　1605 年四十四岁
作《异端辨》。

　　先生游武林，遇一僧。原系廪于学宫，一旦叛入异教，著书数种，多抑儒扬释之语。因摘取其言，各剖破之，分四条，刻遗书。

万历三十四年丙午　　　1606 年四十五岁

有诗《丙午元夕》。

实信孟子性善之旨。同顾泾阳先生会于虞山书院，有《虞山书院商语小引》。

万历三十五年丁未　　　1607年四十六岁

实信程子"鸢飞鱼跃"与"必有事焉"之旨。

立家训。

析诸子产，有《量入约》。

万历三十六年戊申　　　1608年四十七岁

赴毗陵经正堂会。

为大水灾条议救荒，为同区设立役田。

　　作《君子修己以敬章》《龚舜麓六十序》。

　　管志道卒。

万历三十七年己酉　　　1609年四十八岁

赴金沙志矩堂、毗陵经正堂会。

　　作《志于道章》《君子而不仁者有以夫章》《送祁侯入觐序》。

万历三十八年庚戌　　　1610年四十九岁

六月，讲学焦山，段幻然主会。

赴嘉禾天心书院会。

　　作《富与贵章》《知及之章》《孟子道性善章》。

　　有诗《庚戌春日月坡初成》。

　　钱启新卒（钱一本，字国瑞，号启新，1539—1610）。

　　黄宗羲生（字太冲，号梨洲，1510—1695）。

万历三十九年辛亥　　　1611年五十岁

实信大学知本之旨。

订古本大学。

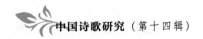

三月，讲学于金沙志矩堂，四月，讲学于荆溪明道书院，秋，赴毗陵经正堂会。

作《一贯章》《绝四章》《颜渊喟然叹章》《君子所性，仁义礼智根于心》。

有诗《辛亥春至水居》。

万历四十年壬子　　　　1612年五十一岁

实信中庸之旨。

五月，顾泾阳卒。景逸独主东林讲习之事。

刘蕺山来问学①。

作《中庸之为德章》《性无善无不善章》。

万历四十一年癸丑　　　　1613年五十二岁

三月，讲学于金沙志矩堂。

九月，静坐武林弢光山中，著《静坐说》。

十一月，延钱启新先生讲易东林。

作《学如不及犹恐失之》《夫子圣者与二章》《天下之言性也章》《仁人心也章》《万物皆备章》《人不可以无耻章》。

有《书张汝灵扇》。

万历四十二年甲寅　　　　1614年五十三岁

春，举同善会以赡鳏寡孤独，中有节孝者，尤加惠之。

赴荆溪明道书院会。

七月，作《困学记》。

作《六十而耳顺二节》《十室之邑章》《叶公问孔子章》《二三子以我为隐章》

---

① "正月，（刘蕺山）发自家。道过无锡，谒高攀龙，相与讲正，有问学三书，一论居方寸，二论穷理，三论儒释异同与主敬之功"。姚名达：《刘宗周年谱》万历四十年条下。载《刘宗周全集》，浙江古籍出版社，2007，册6，第204页。

《衣敝缊袍章》《仁者其言也讱章》《富岁子弟多赖章》。

万历四十三年乙卯　　　　1615 年五十四岁
著《理义说》《气质说》《未发说》《朋党说》。

　　作《讲义小引》《我未见好仁章》《仁远乎哉章》《克己复礼章》《大人者不失其赤子之心者也》《牛山之木章》《道则高矣美矣章》《书静坐说后》《默石翁札记序》。

万历四十四年丙辰　　　　1616 年五十五岁
赴毗陵经正堂会。

　　作《不仁者不可以久处约》《莫我知章》《不动心章》《尽其心者三章》。

万历四十五年丁巳　　　　1617 年五十六岁
赴荆溪明道书院会。

　　作《回也其庶乎章》《仲尼焉学章》《天命之谓性章》《仁者人也》《人之所以异于禽兽者章》《徐行后长节》。

万历四十六年戊午　　　　1618 年五十七岁
有《戊午吟》。

　　作《予欲无言章》《乃若其情三节》《士何事章》。
　　有诗《戊午春月朔登子陵钓台》。

万历四十七年己未　　　　1619 年五十八岁

　　作《人之生也直章》《子在川上章》《伯夷目不视恶色章》《虽存乎人者节》。

万历四十八年（八月改元泰昌）庚申　1620 年五十九岁
八月，神庙宾天，光宗即位。罢商税，发内帑，起废籍，朝政一清。甫一月，鼎湖再

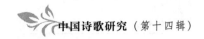

泣。先生方讲学东林，凶问至，为之辍讲。

十月，少司寇邹南皋先生疏荐。

十一月，御史方孩未疏荐。

作《吾道一以贯之》、《已矣乎吾未见能见其过节》、《知之者不如好之者章》、《自行束修以上二章》、《子贡问师与商也孰贤章》。

工夫愈严密，应用愈圆融。

又数年，抵庚申，洗心退藏，其工夫愈严密，应用愈圆融，与朋友交恳恳款款，愈深沉而和易。佥谓集东林之大成者在存之矣。　　　　（叶茂才《景逸高先生行状》）

天启元年辛酉　　　　　1621 年六十岁。

正月，作寿戒。

先生云："人生六十老矣。老人年日增，事当日减。患减之未尽，不患减之过。当以目前最切者减之：戒寿文、寿诗、寿卮、寿服、寿画、寿屏、寿灯、寿筵、演戏、集分、迎宾等礼。守此七戒，老人澄然无事矣。无事之乐，更有何乐似之乎？"

举乡饮大宾。

三月，诏起光禄寺丞。

九月，启行至京。

是冬，别东林诸友北上。以会讲事属叶间适、吴觐华主盟，再拜嘱曰："毕竟此事为吾辈究竟，弟此行原殉'君亲'二字。可归即归，不使东林草深也"。到任作一联，贴堂中，云：精白厥衷，一率其不损不加真性；靖共尔位，勿昧其可仕可止本心。

上《圣明亟垂轸恤疏》。

天启二年壬戌　　　　　1622 年六十一岁。

正月升本寺少卿，赠嗣父母奉政大夫、宜人，移赠本生母亦如之。

著《乾坤说》《心性说》《寅直说》。

太庙春祭执事。

时寺官正贰皆缺，备极烦劳。元夕上供九般茶饭，缺天鹅。群党恣索，先生唯唯。密疏援累朝例，以家鹅代用。旨下帖然。

裁无名供费。发铺行物价，革诸曹铺垫。又以余粮振士之贫者。

先生云："光禄事虽多，尽做得去。初间尚有中官聒扰，事事不放过，事事不已甚，遂帖服不敢动，今益沛然矣。但不可便以此为尽职，他事一切不管。此等职事全算不得也"。既而广宁失陷，人心皇皇，先生独镇以安静。

疏请破格用人，以备不测。

荐孙恺阳、董应举、李之藻、鹿善继及慎畿内守令之选，行保甲防御之法。俱允行。

疏请逐郑养性。

疏内云："乞将郑养性等发回原籍，李如桢、崔文升明正典刑，庶危疑可释，隐祸可销"。报闻。

议方从哲无君之罪。

时孙淇澳为大宗伯，疏论从哲红丸事。先生见之曰："此一部春秋也"。得旨下部院九卿科道会议，先生力持正论，不少顾忌。议具别刻，人以为铁案。又尝黏一联于室云：得闲且闲今日莫思明日事，当做便做一年可作百年人。未几，转太常寺少卿，于祀典多所厘正。

疏陈务学之要致治之本。

疏内复及方、郑，传旨欲重处。福清争曰："此人有重望，若处，满朝必争，吾亦与之同去"。仅罚俸。先生在京一年，汲引后进之贤充满朝宁。言路中贤者稍动争端，便力止之，不使玄黄之战再见于起废之后。尝谓："默然融化乃是道理，煦然调停即属世情，二者天壤不侔，并调停之意，一切泯之"。

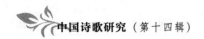

九月，转大理寺右少卿。

时掌院邹南皋、副院冯少墟建首善书院，立讲学会。给事朱童蒙腾疏，显诋指意归重东林，欲天下以讲学为戒。先生欲具疏辨，适奉明旨，如日中天，乃具揭以明其是非。已而邹、冯两先生请告归，词林文湛持亦抗疏归。先生三疏抗辞，不允。有《论学揭》《罢商税揭》。

八月，奉命庆陵掩龙口祭告。
十一月，晋太仆卿。

疏辞，复不允。中有"讲学何罪，顿空法纪之臣；禁学何名，欲行圣明之世"，又有"阴阳交争，上下隔塞，邪气所干，元气大伐"等语，以身疾喻朝政也。

除夕，太庙陪祭。

天启三年癸亥　　　　1623 年六十二岁
乞差归。明讨贼之义。《周易孔义》成。

给事王志道疏论两朝事，淆杂不伦。先生致书驳之，略云："人臣为国，当杜渐防微，惩前毖后，不宜为乱贼脱罪，为君父种祸。夫张差制梃，美女代剑，先进热药，后进泄药，彰明较著，中外共知，孰得讳之？讳之一字，为乱贼设护身之符。加以诬谤二字，又为乱贼立箝口之法。大义所关，不容隐忍也"。
向著《周易孔义》，舟中卒业。

四月，抵家，复寻东林之社。

先生虽归，朝中诸君子实未尝一日忘先生。即家起用。

十一月，升刑部右侍郎，疏辞，不允。
皇子诞生。推赠三代。荫一子，先生慨然曰："君恩渥矣，其何以报！"

《就正录》付梓。

此卷先生所亲订，刻于天启癸亥之秋。与讲义、奏疏及诸说俱名《就正录》，此其一端也。

（陈龙正《高子遗书》小序）

天启四年甲子　　　　1624 年六十三岁。

三月，同门人华允诚启行，途中两阅月，相对讲学。至维扬，谒王心斋祠。心斋子王泰留先生讲学。至宝应，与余兄燕超公刘清之讲学于范文正公祠。燕超教谕宝应，倡明理学，构兴让堂为诸生讲习之所，先生为之记。

六月，进京。

时杨副院论魏党二十四大罪，奉旨切责，举朝争之不得，杖死。工部郎万燝逮，御史林汝翥疑匿福清寓，中官竟围其门。天下大柄，骎骎尽归宫寺。先生曰："外廷法用正直，内阁法用和缓。内阁当借用外廷，不可以正直而疑其激。外廷当责成内阁，不可以和缓而疑其媚。如此，乃相成也。"又曰："中官用事，未能拔其毒，且须杀其毒。宜如归德相公劝化诸珰，勿与吾辈为敌，庶几缙绅之祸可减万分一耳。"

九月，升都察院左都御史。

总宪员缺，举朝共推先生。先生恳辞曰："太宰是房师，可与门人分掌部院乎？大司寇乔公、左司寇饶公皆正人也，而饶公资俸深，受杖更惨，可越次用某乎"？又劝推冯少墟，太宰亦以为然。业注饶矣而河南道袁化中坚执不从，卒以先生名上。次日得旨，先生益局蹐不自安，具疏曰："都御史者，古之御史大夫也。天下之事皆得言之，臣工之邪皆得纠之，然而世习之渐靡难言矣。臣子不真心为国家，不真心修职业，悠悠忽忽，则有难振之气；以请托为固然，以货赂相结纳，则有难洗之习；升迁壅滞，仰屋书空，则有难定之志；谬同异为是非，误爱憎为好恶，则有难清之见；无端而起畛域藩篱，无端而起弓蛇鬼祟，则有难调之情。所以难者，皆缘人必各有阴私，故各成隔碍。必居此位者自心先无阴私，而后可销人阴私；自心先无隔碍，而后可通人隔碍。至御史簪笔朝端，公论之明晦由之，持斧寓内，一方之安危系之，必为之长者联为一体，萃为一心，惟君国之是殉，毋身家之苟营，而后可宏济于艰难。今者大计，在近巡方之使。当使循良之麟凤悉耀光明，贪残之豺虎皆投有北，庶困穷四海灾荒子遗尚获少延喘息。不然，御史之失职即都御史之失职，此之关系何如重大，乃以臣之薄劣当之。是《易》所谓覆𫗧者也"。疏上不允，乃就职。

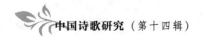

榜禁书仪。劾御史崔呈秀

先生谓："今日安民之计，只在除贪酷吏。欲吏无贪，先从辇毂始。"一入中台，即有禁绝书仪，榜行五城，御史张挂九门，令知清明之朝决不容秽浊之事。适有魏珰私人崔呈秀巡按淮扬回道，赃私巨万，秽声流传。立疏纠之，部覆褫职遣戍，舆论称快。

又谓院中总六部之事，职其要不职其详，此衙门颇可救得世。抚按相贯通，寰内共如一堂，京师五方杂处，见闻博而易真。今只咨访监司守，令于辇下各省之贤者人人咨之，事事记之。贪酷害民，抚按不纠，于置邮中诘问之。第一义在立身上守法，苞苴一毫不入，竿牍一字不出，不言而人自凛矣。

又谓天下事，君相同心方做得，阁铨同心做得一半，部院同心次之。若抚按、督学选择尽皆得人，士习民风不无少补。

十月，颁历陪祭。疏请梃击案三臣谥荫，奉旨下部不行。

李俸、张庭、陆大受三臣也，为君父告变执法贯罪，竟抑郁赍志以殁。先生特请谥荫，以旌其忠魂。会朝局大变，不行。

覆吉人及时宜用疏

御史乔承诏疏荐王纪、邹元标，满朝荐徐大相。冯从吾、李炳公诸正人奉严旨切责下部院参看，先生复疏力荐之，亦不行。

具《申严宪约疏》，未及上，罢归。

臣观天下之治，端本澄原，必自上而率下；奉法守职，必自下而奉上，故朝廷膏泽，至州县始致之民。州县者，奉法守职之权舆也。州县贤则民安，州县不贤则民不安。顾天下之为州者，凡二百二十有一，为县者，凡一千一百六十有六，岂能尽得贤者而用之？贤者视君为天，不敢欺也，视民为子，不忍伤也，奉法修职，出于心所不容已，非有所为也；其次则有所慕而勉于为善，有所畏而不敢为不善；其下则不知职业为何事，法度为何物，恣其欲而已，是民之贼也。故为政者拔才贤、除民贼、约中人，天下惟中人为多，约之于法，皆不失为贤者。太守，约州县者也；司道，约府州县者也；抚按无所不约。约之使人人守法，如农之有畔焉而无越思，则天下治矣。①

列州县所当行者五十余条，凡农桑、水利、敦教化、育人才、正人心、厚风俗、刑名钱谷、积贮给散、保甲防御、听讼恤刑、彰善瘅恶、剔蠹厘奸之法，纤悉备具。巡方者另有禁约，欲行当行之事将次第举行。因会推巡抚事起，不果。掌宪仅月余，人以为北顾南邵复见云。先是魏广微夤缘入相，久与正人龃龉，至是以颁历不至庙祭后期，为台省魏廓园大中、李仲达应升等交参。惧不能容，与呈秀共入阉幕，合谋以倾正人，为一网打尽计。先生与太宰诸贤同时罢归云。

十二月，送静成公入乡贤祠。

天启五年乙丑　　　　1625 年六十四岁。

正月，举郡乡饮大宾，辞不赴。

三月，酌兑荒区漕米。

时署印王通判追比荒区兑米，至毙杖下。先生恻然，为之设法。约计水灾十之一二匀派高乡，每亩不过勺合，借完本年漕兑，各给票以来年代兑为偿。为福无穷。

四月，削籍为民，追夺诰命。

五月，送别魏廓园于高桥。有《高桥别语》。

春夏间，逮杨副院等六人后先拷讯死。六月金星昼见，与日争明。赵冢宰等十五人俱提问追赃，毁首善书院，邹、冯二先生亦削籍。先生最为群奸所切齿，必欲坐以重赃。有锦衣理刑吴孟明素不识先生，百口保曰："若高老先生坐赃，何以服天下"？始得免。《要典》出，坐以移宫一案南道游凤翔疏诋，削籍为民，追夺诰命。先生忻然曰："非此，异日无以见地下诸公"。既而张讷谓东林乃淮抚李三才刻剥东南脂膏所造，田产无数，奉旨拆毁，估价入官，所值仅三四百金，而东林遂为瓦砾之区矣。有为先生危者，以居易俟命谢之曰："吾辈今日一切听天，一切靠天。一日无祸即一日享福而已。"屏迹湖干，自称湖上老人。不见一宾客，不谈一时事。花鸟为伴，啸咏

---

① 此段华允诚《高忠宪公年谱》与《高子遗书》所记略有出入，《高子遗书》较确，故采之。

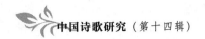

自娱。谓大臣见废，时义当然。柬相知曰："弟在此实有事做，非浪掷光阴者"。手书示诸子曰："屈子游于江潭，袁生自囚土室。彼固各以其时，况我老矣、病矣。荷明主不诛之恩，守微臣引罪之义，息交入山，自是道理。若欲山中见客，何如不入山为便？若闻客至而归，何如不出门为安？两者势决不能。客至，惟汝辈谢罪而已。有扁舟相访者，坚不出。曰："此端一开，水居住不成矣。"

有书信《与孙淇澳宗伯》。

授陈龙正《语录》。

先生手著尚多，顾且后之，而先《语录》。《语录》于明道切也。《会语》辑于周、祝二子，尊所闻甚至，记述之劳甚至。先生乙丑岁曾以授余，属曰："其中尚多可商，幸细观之"。　　　　　　　　　　　　　（陈龙正〈《高子遗书》小序〉）

天启六年丙寅　　　　　1626 年六十五岁。

二月仲丁，奉六君子从祀道南祠。

六子者，泾阳泾凡两顾子、启新钱子、玄台薛子、我素安子、本儒刘子，进则正言直谏于朝，退则明善淑人于野。丹心矢竭于少壮，素节不改于暮年。今日讲坛既毁，恐年久事湮，故有是举。

三月十六日，谒道南祠。

十七日丑时，被逮不辱，赴水终。

初六日，逮缪西溪周季侯。十四日，又有缇骑往苏。先生自度不免，十六日之早，以东林拆后，会讲久辍，神主俱藏道南祠，特肃衣冠往谒。有《别圣文》，随焚其草。归则看花后园，与一二门生谈笑自若。午后门生华仲通自吴门至，传言颇异。先生无几微见颜色，季弟从山中入城，相与畅饮园亭，颜配意悦。旁一友言，此信未的。先生微笑曰："此信想的，吾视死如归耳。心同太虚，原无生死，何得视生死为二？若临死转一念，便堕坑落堑，不是立命之学。平生讲学，此处看极分明，得多少力"。是夕，祖孙父子从容晚酌，无一言及家事。止云："吾有赡田二百亩，售之可完缇骑费，萧然就道矣"。晚饭后，忻然就榻，呼诸子："明日恐有事，汝辈各归寝。"夜半，壻秦君邻复传日中信，诸子不令先生知。先生正睡觉，问曰："信的乎"？整衣起坐，从容入书斋，诸子后随。曰："吾欲稍料理出门计，可暂退。但亟命家人觅舟，明早入郡。无被逮事即归，有即赴京，不使官旗到家，吓汝曹耳"。作字二三纸，锁箧中。复之内寝，与夫人款语半晌。出，两孙趋侍，取封固（原文作"同"，据二卷本年谱改）黄纸置几上，指示曰："明日以此付官旗，勿先开复"。谕曰："吾明日从郡中往京，无归家相见期。丁宁汝者只四字，曰'无贻祖羞'"。因命仍暂退。诸子候斋外，方商略赴京事，三四刻不闻动静。推户入，第见灯火荧然，几案寂然，先祠炉香拂拂然。觅先生不见，急发前纸观之，乃遗表也。云："臣虽削夺，旧系大臣。大臣受辱则辱国，故北向叩头，从屈平之遗则。君恩未报，结愿来生。臣高攀龙垂绝书，乞使者执此报皇上"。复有别友人书，云："仆得从李元礼、范孟博游矣。一生学力，到此亦得少力。心如太虚，本无生死，何幻质之足恋乎"！诸子惶骇，急从旁扉奔池畔，则先生已赴水矣。此三月十七丑时也。

先是，门人华闻修梦游桃园。见一洞，光景奇绝，欲入不得，睡于洞口。有二人深衣幅巾，以麈尾挥曰："急醒，急醒"！闻修问姓氏，曰："吾周衡台、魏廓园也。寄语汝师，确乎不可拔潜龙也，急来，急来，会机无失，当相会于桃源深处"。闻修觉而异之，以告先生。先生点头曰："或别有应"。尤异者，先生平立水中，左手护心，右手傍岸，衣履整齐，污泥不沾身，滴水不入腹。数日成殓，面色如生，人咸以为异云。尝有友问避乱之策，先生曰："先要打定一个大主意，随地行去。康节诗云'上天生我，上天死我，一听于天，有何不可'，人若无此主意，临时便手忙脚乱，不能安于天理。"又有问朝闻夕死何以为可，先生曰："我有四字，人忽以为常谈，不必说"。其友极叩之，先生曰："当死便死"。其生平之言如此，是可以观先生矣。刘念台曰"先生平日学力坚定，故临化时做得主张如此。摄气归心，摄心归虚，形化而神不化，亦吾儒常事。若以佛氏临终显幻之法求之，则惑矣"。知言哉！呜呼！先生固以微言相示矣。

先生孝友性生，怡怡色养，嗣者生者两得其欢。待诸兄弟委曲恳至，愉愉蔼蔼。于诸侄爱之如子，教之如父。闺门之内雍如肃如，终其身无二色。自幼无狎邪之游，绮丽之好，家居功课，晨起盥漱，谒家庙毕，扃户观书。四壁不垩，庭草不除，帷帐不饰，敝砚秃笔，终日俨然。饭后必瞑坐片刻，极忙不废。每子夜起坐，谓此时可想来复气象。五更复起坐，谓初觉时甚好。先忌斋素谢客，时祭致斋一日，东林丁祭，宿斋三日。自奉极菲。祭祀宾师则极其诚。生殖不事，漠然无营，而亲友以生计相托者，则极力代筹，至捐赀践约。于宗亲有养之终身者，有及其再世者。于师生养死殡之，于友鬐龁之，交无不终始相欢。赒其贫，恤其孤，推毂寒士，不遗余力。乡绅宦游者，谆谆以爱民好士砥名砺节相劝勉。地方有大是非，得先生而定。有大利害，得先生而伸。至设通区役田，通邑役米，苏粮里之困，举同善会，恤远近之鳏寡孤独，为德梓里，又其余矣。

作家训数千言，大要言色欲迷人，临财误人，便辟善柔之友败坏人，一妨人诵读之功，一消人高明之意。须以孝弟为本，以诚实为先，以读书穷理，慎言语，择交游为做人第一义。尝言"子弟若识名节之堤防，诗书之滋味，稼穑之艰难，便足为贤子弟"。又云"要知圣人取狂狷意。狂狷皆与世俗不相入，然可以入道。子弟若憎恶此等人，便不是好消息。所与皆庸俗，己未有不入庸俗者。出而用世，便与小人相昵，与君子为仇，是大利害处"。又曰"善须是积，积小便大，一念之差，一言一事之差，有因而丧身亡家者"。又云"临事让人一步，自有余地；临财放宽一分，自有余味"。又云："见过所以求福，反己所以免祸。但肯反求，道理自见。小人所以为小人，只见别人不是而已"。又曰"人生爵位分定，非可营求。只看义命二字透，落得做个君子"。邑中诸先达有一言一动可为师法者，时时向诸子称述之。在京闻诸子尝赴讲会，手札勖曰："此乃天地间不可绝之善脉，贤子弟不可堕之，家声非细事也"。又云"叶年伯是汝辈真师，常在左右坐一晌听教"。又云"到东林最好入头。大众会集时，满堂萧然。此时默坐澄心，看有妄想也无。妄想一寂，即是真心；真心一放，即是妄想，非二物也。不善用工者要驱除妄想，另觅真心，妄不可除，真不可得。善用工者，知真昧成妄，妄醒成真，一反复间耳。得此意到东林实做工夫，方不虚过此日，方不做了人事。久之其味无穷，受用无尽"。又曰"吾在此全靠平日静功，少年不学，老无受用，汝辈念之。静功非三四十年静不来，何者？精神一向外驰，不为汝辈收拾矣。事多拂意苦，有疾病苦，到老死苦，益不可言。静而见道，此等苦皆无之。汝辈急做工夫，受些口诀，不然此事无传矣。天下惟此事，父不能传之子，以身不经历者，言不相入，即终日言之，如不闻也"。待臧获曲加体恤，知其饥渴劳苦，独少有生事，断断不假借。服官于外，倍加铃束。尝云"人家为体面立崖岸，曲护其短，力直其事，此乃自伤体面，自毁崖岸也。长小人之志，生不测之变，多由此"。以故家人亦兢兢守法。两之官，仅苍头四五人随行，供使令给洒扫，即邮筒报复，亲自启闭，只字不落其手。一入总宪，即遗书归，云"居此官，家人愈要就业。家人有德色便生意外事，勿以图利反至招祸，勿以恃势反至失势"。又尝云"士大夫居间得财之丑，不减室女踰墙之羞。流俗滔滔，恬不为怪，只是不曾立志"，故生平未尝轻受一钱，妄说一事。有知交坐一不平，许为代白。其人以贿来，曰："不闻士人得钱，如女失身乎"！谢弗预。有以讲学为名高者，家巨万，每岁厚聘一达尊主席，曰："教以为己，学以为人乎"？辞弗往。初仕，所得俸不敢自私，必以奉父。谪官时，有怜其俸薄，资以厚贶者，概不受。揭阳归后，有以俸檄致者；太常罚俸，有同乡在户曹，以俸见遗者，亦概不受。虽交际万不容绝，可以义通，亦未尝分毫入橐。亟出为恤贫济难，刊书广教之用。尝云"凡临事，着一苟字便坏；自身享用，着一苟字便妙。吾一生得此力，故随遇而安"。掌院时，柬同志曰：弟所处风波地，一朝狂风起，吹我入葫芦中不难。予告时以大臣不赐驰驿即不走驿傺属酿路费，峻却之，雇夫买船归，曰："留一日则作一日事，去一日则得一日乐。乐字惟山林人说得，烟云鱼鸟无非乐事。庙堂人说不得，国乱民穷，无事不忧。庙堂人说乐，势利两件而已。迷人以此为乐，何邪"？

先生立朝，真有断断休休，訚訚侃侃气象；涉世，真有不流不倚，不争不党气象；燕居，真有中中天天气象；设教，真有无行不与，循循善诱气象。其进而汲引同心，扶纲植纪也真。上必欲尧舜其君，下必欲尧舜其民；其危言危行，特立不摇也真。一家非之不顾，一国非之不顾，天下非之不顾；其退而力护紫阳，堤防二氏，不使支离训诂之谈，虚无寂灭之说得混吾精一博约格致诚正之教也真。为往圣继绝学，为万世开太平；其廓然行藏之外，怡然祸患之临也真。知进退存亡而不失其正，有内省不疚，何忧何惧气象在。太常曾云"魏忠贤与客氏最可虑，二奸相合之害不可言"。不谓崔魏之毒方深，广微遂起而乘其间，卒如先生言也。

呜呼！先生之学，于生平见其大，于一死见其真矣！

毅宗烈皇帝崇祯二年己巳，赠太子少保，兵部尚书，赐谥忠宪，荫一子，送监读书。

著书总记：

《古本大学》《正蒙集注》《四子要书》《朱子节要》《东林讲义札记》《就正录》《同善会录》《邵文庄公年谱》《高氏家谱》《疏稿揭议》《周易孔义》《春秋集注》《毛诗集注》《困学记》《三时记》《州县条约》，语、录、序、说、志、传、碑文等，四言、五言、六言、七言、古风、律诗、绝句共若干卷。

以三代后诏诰为书余，以《太极图》《通书》经世启蒙为易余，择骚赋铭赞为诗余，稍斟酌纲鉴为春秋余，以历代典制合古宜今者为礼余。

高忠宪公年谱【终】十世从孙光照恭较。

王嗣奭《杜臆》排印本辨误

杨海健[*]

【内容提要】 明末王嗣奭所著《杜臆》是一部重要的杜诗学著作。该书完成于清顺治二年（1645），直到 1949 年才被发现，后归上海图书馆收藏。1962 年，中华书局上海编辑所将其影印出版。1963 年，该所又将其排印出版。1983 年，上海古籍出版社重印了排印本，此次重印变动细微。排印本的发行为杜诗研究者提供了极大方便，但其本身存在的一些问题，却一直未能澄清。本文在反复比较基础上，将《杜臆》排印本存在的问题和不足加以总结，以供学界同仁参考。

【关键词】 影印本《杜臆》　排印本《杜臆》　杜诗编次　所引旧注

唐宋以来，关于杜诗的专著可谓汗牛充栋。其中明末王嗣奭所著《杜臆》深为后人推重。清代注杜大家仇兆鳌在其《杜诗详注·凡例》中评云："宋元以来，注家不下数百，如《分类千家注》所列姓氏，尚有百五十人，其载入注中者，亦止十数家耳……各有所长。其最有发明者，莫如王嗣奭之《杜臆》。"[①] 今人刘开扬在《杜臆》排印本前言中说"在《杜臆》成书之前后，也有过不少有名的研究杜诗的专书，如宋人蔡梦弼的《草堂诗笺》，可以说是得失各半；明人张綖的《杜诗通》，选诗较少，解说时有可取，但亦多甚浅近者；胡震亨的《杜诗通》，颇有所得，然笺释则寥寥无几，均不如《杜臆》内容的丰富和说诗的深刻。"[②] 可见，王嗣奭《杜臆》在杜诗学发展史上的重要

---

　* 杨海健，男，首都师范大学文学院中文系讲师、文学博士，从事唐代文学研究。
　① 仇兆鳌：《杜诗详注》，中华书局，1979 第 24 页。
　② 《〈杜臆〉出版说明》，《杜臆》，中华书局上海编辑所，1963。

地位不容忽视。

《杜臆》初稿完成于清顺治二年，直至仇兆鳌在《杜诗详注》中大量引用之后，此书才被大家知晓，在此之前未曾有人引用，公私书目亦未见著录。1949 年建国后，郭石麒自王嗣奭家乡鄞县收得《杜臆》稿本一种，后归上海图书馆收藏。1962 年，适值杜甫诞生 1250 周年之际，中华书局上海编辑所将上海图书馆所藏稿本影印出版。1963 年，该所又将《杜臆》排印出版。此次排印做了以下整理工作：（1）《杜臆》原稿本十卷，分订五册，此次排印则将其合为一册，并删去每册卷首的仁、义、礼、智、信五字；（2）卷前列刘开扬所作《杜臆·前言》《〈杜臆〉原始》《杜诗笺选旧序》，书末附录一为顾廷龙《影印〈杜臆〉前言》，附录二为《万历庚子同年录》《浙江通志》《鄞县通志》中有关王嗣奭生平的文字；（3）将原稿每册后的补注，全部前移至相应各诗评语之后；（4）由于原稿本不列原诗，排印本便将中华书局上海编辑所 1962 年出版的《杜诗镜铨》每首诗的卷数、页数标注于《杜臆》相同诗题之下，以便翻检；（5）对个别明显误字，进行了改动；（6）将附于《杜臆》卷末的《管天笔记外编》删去。

1983 年，上海古籍出版社将中华书局上海编辑所出版的《杜臆》排印本重印。此次重印"改正了若干错字和标点错误，前言与附录的个别字句也作了细小的更动"[①]。与 1963 年排印本相比，重印本变动细微。因此，1963 年排印本存在的问题与 1983 年排印本几乎相同，主要有五个方面。

一　因底本不详，　而未列原诗

王嗣奭《杜臆原始》云："至考据往籍，则蔡傅卿千家注，遗误固多，尚犹得半。老人自爱其腕，勿及并收。故读余《臆》者，尚须依为东道主。有能采补而冠以原诗，则几乎全。姑笔之以俟同志者。"[②] "冠以原诗"是王嗣奭未竟的愿望，而"姑笔之以俟同志者"，则是将此愿望的实现寄托于未来的杜诗研究者。然而，经过 1963 年的初次排印及 1983 年的再版，均未能实现王嗣奭的这一遗愿。

实际上，在 1963 年初次排印《杜臆》时，编辑者已经注意到《杜臆》未列原诗这一不足，所采取的权宜之计是："以我所去年出版的《杜诗镜铨》为依据，在《杜臆》每题

---

① 《〈杜臆〉前言》，《杜臆》，上海古籍出版社，1983。
② 《杜臆》，上海古籍出版社，1983。

之下，均注明见《杜诗镜铨》某卷某页，以便检阅。"① 编辑者之所以如此处理，是因其当时尚未知晓《杜臆》所依到底是哪一个杜诗注本。如其所云："《杜臆》中所引杜诗与今天所能见到的各种本子的杜诗字句多有异同，若干诗的题目也有出入。其每篇诗所属卷数及先后次序也与今本迥异。这可能是王氏当时所据的本子与现行的各种版本不同之故。"② 既然不能确认《杜臆》底本，便只得以自家出版社出版的质量较高，流传较广，且多引《杜臆》的《杜诗镜铨》作为参照了。经笔者考证后明确可知，《杜臆》底本为元代高崇兰编，宋刘辰翁评点《集千家注杜工部诗集》。③ 排印本《杜臆》应当标明每首杜诗在《集千家注杜工部诗集》中的相关卷数而非《杜诗镜铨》。排印本编辑者以清代杜诗注本作为明代注本原诗依据的做法甚为不妥。

二 未按王嗣奭提示，将增补评语移入正确位置，致使编次有误

《杜臆》所依底本为宋刘辰翁评点《集千家注杜工部诗集》（后称《千家注》），王嗣奭著《杜臆》是严格依照底本来编次评语的。即便在后期增补评语时，王嗣奭亦明确标出补入位置。然而排印本编辑者对王嗣奭所提示的评语补入位置未能给予足够的重视，因而造成《杜臆》个别诗排列顺序与《千家注》不相符合的现象。例如，上海图书馆所藏《杜臆》稿本第一册，卷一，第 11 页，《题张氏隐居二首》评语末，王嗣奭补注云："后补《赠李白》。"而排印本编辑者却未依此提示将《赠李白》补入《题张氏隐居二首》之后。再如，上海图书馆所藏《杜臆》稿本第四册，第 351 页，增补了《送李功曹至荆州》，而排印本编辑者却将此诗补入《杜臆》卷八，第 263 页，《送田四弟归夔州柏中丞命起居江陵节度阳城郡王卫公幕》之前，《第五弟丰独在江左近三四载寂无消息觅使寄此二首》之后。查上海图书馆所藏《杜臆》稿本，在此二诗诗题下及评语中均未见相关提示，表明王嗣奭欲将《送李功曹至荆州》补入以上两诗之间。参照刘辰翁评点《集千家注杜工部诗集》，《送李功曹至荆州》列于卷十四《送十五弟侍御使蜀》之后，《别崔潩因寄薛璩孟云卿》之前。因此，此诗的正确补入位置应该是《杜臆》卷七《存殁口号》之后，《别崔潩因寄薛璩孟云卿》之前。排印本编辑者的此类失误加重了人们

---

① 《〈杜臆〉出版说明》，《杜臆》，中华书局上海编辑所，1963。
② 《〈杜臆〉出版说明》，《杜臆》，中华书局上海编辑所，1963。
③ 《王嗣奭〈杜臆〉底本考》，《唳天学术论文集》，学苑出版社，2010。

对《杜臆》诗歌编次及其底本的疑惑。

三　未将补注标出，且补入位置有误

上海图书馆所藏《杜臆》稿本每册后附补注一卷，全书五册共附补注 222 条。排印本编辑者在整理这些补注时，主要有两个失误。

其一，未将补注标出。《杜臆》补注可分为两类，一是初稿中未选此诗，而在补注中增补了此诗的评语；二是初稿中已评此诗，又在补注中对原评语进行补充、修正，甚至否定了原评语。排印本编辑者为了读者阅读的方便，将全部补注前移置正文之中。此种做法值得肯定，但其只是将补注简单前移，而未加任何提示的处理方式，则极易造成读者对王嗣奭评语的误解。例如，《苏公源明》诗王嗣奭初评云：

> "足踏凤昔跰"，言为官而贫，徒步如昔也。"虏庭悲所遭"，语欠明。"篆刻扬雄"二句，谓雄之雕虫篆刻，不过潦水泛滥，而本末既浅，涸可立而待也。"青莹芙蓉剑"，能剗"犀兕"；苏之才如之，岂独剑利哉！"斋房芝"四句，遵岩云："谓其诗得用之郊庙，可垂世传后。"是。注谓其谏祷祠，误。"不要悬黄金，胡为投乳赞"，不解。"蒿里饯"谓奠也，语新。①

上海图书馆所藏《杜臆》稿本册末，王嗣奭补注云：

> "煌煌斋房芝，事绝万手搴"，肃宗时，宰相王玙劝兴祷祠，源明极谏其不可。公言当时群臣佐为淫祀，指望搴取斋房芝者非止一手，因苏之谏而事绝也。汉武大兴祠而斋房生芝，公用其语。"不要县黄金，胡为投乳赞"，赵云：此两句危之也。"乳赞"即"乳虎"；言佞幸则黄金可县，而切直则犯上之怒，不啻投"乳赞"也②。

在初评中，王嗣奭以王慎中（字遵岩）语为是，以旧注（王洙注）为误，然而其补注却改变了初衷，采用了王洙注，补注对原评语的修正明显可见。但排印本编辑者只是简

---

① 《杜臆》卷七，上海古籍出版社，1983，第 239 页。
② 《杜臆》第四册，中华书局上海编辑所，1962，第 347 页。

单地将此段补注前移而未加标明，极易使读者产生王嗣奭此诗评注前后矛盾的误解。故笔者认为，所有前移评语都应明确标出，这样既可避免混淆，更可以使读者了解王嗣奭评注杜诗的深入过程。

其二，补注补入位置有误。排印本编辑者将补注前移时，未按王嗣奭的相关提示，将补注移至相应位置，而是简单地将补注一律置于该诗原评语之后，而导致失误。

例如，排印本《杜臆》《野望因过常少府》诗王嗣奭全部评语如下：

> 据《名胜志》，此诗亦青城作。少府称"幽人"，知非在任者。他本作"少仙"。束语句法俊爽，止云日晏未回，何足为奇？"落尽高天日"而幽人犹未遣回，乃见时之久，兴之豪，而情之厚也。
>
> 有作"常少仙"。蜀本注云，"少仙"应是言县尉，县尉谓之少府，而梅福为尉，有神仙之称，故称少仙。①

查上海图书馆所藏《杜臆》稿本可知，评语中"有作'常少仙'……故称少仙"一段实为补注。② 王嗣奭在初评"他本作'少仙'"之后，标有"有补"二字，明确指示了此段补注的具体位置，而排印本编辑者却未能按王嗣奭提示，将补注补入他处。

再如，组诗《秋兴八首》王嗣奭补注较多，③ 排印本编辑者也只是简单地将各条补注前移至八首诗初评之后，而未将其各就各位，例如补注第一条：

> 同学而曰少年，同学少年而曰不贱，俱有深意，人皆不曾理会。同学犹云吾辈，非同堂而学者；少年以形己之衰老；不贱以形己之贱。意谓身老且贱，故欲效忠拯世而不能；今以少年富贵，而徒事轻肥，置理乱于度外，于心安乎？公恨此辈切骨，而语意浑含不露，真得温柔敦厚之旨。

此条补注当移置正文《秋兴》其三初评之后，而排印本编辑者却未做相应处理。

---

① 《杜臆》卷四，上海古籍出版社，1983，第125页。
② 《杜臆》，中华书局上海编辑所，1962，第174页。
③ 《杜臆》，中华书局上海编辑所，1962，第349~350页。

四　未能核对《杜臆》所引旧注，致使所引旧注与
王嗣奭评语相混淆

在评注杜诗过程中，王嗣奭曾大量引用宋元明三代旧注。种种原因，排印本编辑者未能对《杜臆》所引旧注进行细致的核对，导致王嗣奭评语与所引旧注之间出现相互混淆现象。

例如，排印本《杜臆》《对雪》诗王嗣奭评语如下：

"新鬼"用《左传》语。"乱云"一联，写雪景甚肖，而自愁肠出之，便觉凄然。闻战败而独吟，已不可堪；又对此暮云急雪，非酒不解，乃瓢既弃矣，樽已空矣，炉虽在，火似红，何所用之？数州临贼，消息俱绝，愁坐何为？止有书空，诧为怪事而已。此诗起兴于雪，则"乱云"二句兴也，而首尾皆赋也，别是一格。

此闻房琯、陈陶之败而作。曰"愁吟"，曰"愁坐"，正以愁思之极，不觉其复也。初伤军败，既愁吟又不闻后来消息，尤可愁也。管贤相，天下望其有为，今乃败衄，故书空以为怪事。①

张綖《杜工部诗通本义》评此诗云：

此闻房琯、陈陶之败而作。曰"愁吟"，曰"愁坐"，正以愁思之极，不觉其复也。初伤军败，既愁吟又不闻后来消息，尤可愁也。管贤相，天下望其有为，今乃败衄，故书空以为怪事。②

比较后可知，王嗣奭《对雪》诗末段评语实引自张綖的《杜工部诗通本义》。由于排印本编辑者未加核对并标明出处，因而极易使读者将张綖评语误作王嗣奭评语。③

再如，排印本《杜臆》《九月一日过孟十二仓曹十四主簿兄弟》诗王嗣奭评语如下：

---

① 《杜臆》卷二，上海古籍出版社，1983，第45页。
② 《杜工部诗通本义》卷四，黄永武主编《杜诗丛刊》第二辑，台湾大通书局，1976,，第109～110页。
③ 在排印本《杜臆》中，此种失误共计6处。

前四句分顶，写得真率。"拨书眠"，见其床上皆书也。"来因孝友偏"，谭云："古人论行结交如此，作忘年交，亦以孝弟，非以清谈。然孝友之人，清谈亦与人别。"①

钟惺、谭元春《诗归》于此诗"来因孝友偏"句下，谭元春评云：

古人论行结交如此。②

比较后可知，"作忘年交，亦以孝弟，非以清谈。然孝友之人，清谈亦与人别"一句实为王嗣奭评语，而排印本编辑者却将其误作谭元春评语。③

五　未能对被仇兆鳌《杜诗详注》所引，且未见于《杜臆》的王嗣奭评语做相应处理

仇兆鳌在《杜诗详注》中曾大量引用以往旧注，而对《杜臆》的引用又是最多的。据笔者统计，整部《杜诗详注》共引用王嗣奭评语1080条。在这一千多条评语中，有166条不能在《杜臆》中找到相应的出处。例如，仇兆鳌于《杜诗详注》《无家别》诗注释中引王嗣奭评语云：

《新安》，悯中男也，其词如慈母保赤。《石壕》作老妇语，《新婚》作新妇语，《垂老》、《无家》，其苦自知而不能自达，一一刻画宛然，同工异曲，随物赋形，真造化手也。④

《杜臆》《无家别》诗全部评语如下：

"空巷"而曰"久行见"，触处萧条。日安有肥瘦？创云"日瘦"，而惨凄宛然在目。狐啼而加一"竖毛怒我"，形状逼真，似虎头作画。"远近理亦齐"，语似宽而痛

---

① 《杜臆》卷九，上海古籍出版社，1983，第317页。
② 《诗归》卷二十一，张国光、张业茂、曾大兴点校，湖北人民出版社，1985，第412页。
③ 在排印本《杜臆》中，此种失误共计11处。
④ 《杜诗详注》卷七，中华书局，1979，第539页。

已极矣。又念及长病死母，生不得力，痛上加痛，而道理关系最大。

《二吏》《三别》，唯《石壕》换韵，且用古韵，余俱一韵到底，且用沉韵。此五首非亲见不能作。他人虽亲见亦不能作。公以事至东都，目击成诗，若有神使之，遂下千秋之泪。①

比较后可见，仇兆鳌所引王嗣奭评语未见于《杜臆》《无家别》诗评语中。

对这166条评语的形成原因可暂不讨论，但其客观存在的事实却不可忽视。笔者认为，排印本《杜臆》应将这些缺失的王嗣奭评语补充到《杜臆》相应评语中，并标明其在《杜诗详注》中的位置，以供杜诗研究者参考。

1971年香港艺文印书馆出版了曹树铭先生的《〈杜臆〉增校》。由于条件所限，曹树铭先生未能见及上海图书馆所藏《杜臆》稿本，他对《杜臆》的研究仅以1963年出版的排印本《杜臆》为依据，因而使得很多问题隐而未见，这在一定程度上影响了《〈杜臆〉增校》的学术价值。鉴于排印本《杜臆》所存在的不足，笔者认为有必要对排印本《杜臆》再做一番细致、全面的整理工作。

① 《杜臆》卷三，上海古籍出版社，1983，第83页。

刘琨诗渊源辨证

黄鸿秋*

【内容提要】前人论刘琨诗渊源，常止于指出其与建安诗风之关系，而对于其与正始诗歌及太康诗歌传统的关系，则除刘师培等个例外，基本没有涉及。本文从梳理历代对刘琨诗渊源的评议出发，发现前人的论说中存在从最早的刘琨诗源出王粲说向后世刘琨诗源出曹操说的转移；又对刘师培的相关说法进行考察，认为刘琨诗在风格的浑雄壮丽和比兴托寄的艺术方面，接受了来自正始诗人阮籍的影响；其在俳偶藻饰、体制描写等层面，则与太康诗歌传统存在更为密切的源流关系。刘琨诗实际是建安、正始、太康三个诗歌传统综合作用的结果。

【关键词】刘琨诗　建安　正始　太康

绪　论

刘琨诗今仅存三首。① 数量虽少，涉及的文学渊源却是丰富的。对这一丰富的文学渊

＊　黄鸿秋，北京大学中文系硕士研究生。

① 刘琨著作，《隋书·经籍志》著录《晋太尉刘琨集》九卷、《刘琨别集》十二卷，《旧唐书·经籍志》、《新唐书·艺文志》均著录《刘琨集》十卷，然至宋时已散佚不全（南宋陈振孙《直斋书录解题》卷一六云："前五卷差全可观，后五卷阙误，或一卷数行，或断续不属，殆类钞节者。末卷《刘府君诔》尤多讹，（转下页注）

源的理解和把握，构成我们理解刘琨诗艺术的前提，也是刘琨诗艺术研究的重要方面。但现有关于刘琨诗渊源的考察还是不很充分的。前人及现有研究论及刘琨诗渊源时，常止于其与建安诗风之关系，而对于其与正始诗歌及太康诗歌传统的关系，则除刘师培等个例外，基本没有涉及。又前人虽均认为刘琨诗源出建安，但在不同时代或批评家那里，其具体内涵和指向仍是不同的。对于前人批评中的此种不同，现有研究也缺乏相应的梳理和考察。这都阻碍了我们对于刘琨诗艺术及其渊源的进一步理解，因此有研究的必要。

本文结合刘琨诗歌的创作实际，从梳理历代对刘琨诗渊源的评议出发，发现前人的论说中，存在从最早的刘琨诗源出王粲说向后世刘琨诗源出曹操说的转移。又对刘师培《中古文学史讲义》所提出刘琨诗之浑雄壮丽出于阮籍的说法进行考察，认为刘琨诗确与阮籍诗歌存在密切的源流关系，同时在比兴托寄的艺术方面亦深受阮籍影响。最后在此基础上，论证刘琨晚期所作，虽然由于时代、个人遭际的变化及对建安和正始诗歌传统的祖述，而与太康诗风分道扬镳，然在俳偶藻饰、体制描写等层面，仍与太康诗歌存在密不可分的联系。刘琨诗渊源并非如一般意见以为仅涉及建安诗歌一个传统，而是涉及和包括了建安、正始、太康诗歌三个传统。刘琨诗是在太康诗歌传统基础上，远绍建安诗风，又在一定程度上汲取了正始诗歌艺术经验的结果。以下试论述之。

一

关于刘琨诗渊源，以钟嵘《诗品》、刘勰《文心雕龙》的论述为最早。《诗品》云："晋太尉刘琨，其源出于王粲，善为悽戾之词，自有清拔之气。琨既体良才，又罹厄运，故善叙丧乱，多感恨之词。"①王粲诗的特点在于善"发愀怆之词"②；其迭经乱世，《七哀

（接上页注①）未有别本可以是正。"（《丛书集成初编》，中华书局，1985，第47册，第438页）明末张溥搜罗残余，仅得《刘中山集》一卷，其中大部分为文，诗则仅存《文选》所录《扶风歌》（朝发广莫门）、《答卢谌诗》、《重赠卢谌》三首并《胡姬年十五》一首。《胡姬年十五》一首，四库馆臣已证其伪。又卢谌《重赠刘琨诗》（璧由识者显），或以为实刘琨作（见汪绍楹校《艺文类聚》卷三一诗按语，上海古籍出版社，1982，上册，第551页；又曹道衡《十六国文学家考略》，见《中古文学史论文集》，中华书局，1986，第314页；又刘文忠《卢谌、刘琨赠答诗考辨》，见《文史哲》，1988年第2期），但尚无确切的文献证据；又《扶风歌》（南山石嵬嵬）一首，逯钦立辑《先秦汉魏晋南北朝诗》据《太平御览》卷九五四（录摧、围、悲、班、香、梁六韵）之题署，定为刘琨作。然先于《太平御览》之《艺文类聚》所录更为完整，而作"古艳歌"，且不署作者（《乐府诗集》卷三九作"艳歌行"，亦不署作者）。以上二诗，在无更确凿证据证明其为刘琨所作前提下，作存疑处理是更为稳妥的。因此，本文将不将此二诗阑入讨论范围，而仅以《文选》所录确为刘琨所作三首为准。

① 钟嵘撰，曹旭集注《诗品集注》，上海古籍出版社，1994，第241页。
② 钟嵘撰，曹旭集注《诗品集注》，第117页。

诗》等作品又具有多叙丧乱的特点。钟嵘在知人论世的基础上认为刘琨"善为悽戾之词，自有清拔之气"的诗风出于王粲，是很有见地的，并为后来者遵循。其不脱知人论世的前提论刘琨诗之渊源，比起一般仅从技术或风格层面推源溯本的诗人而言，也显得较为深刻。

与钟嵘大抵同时的刘勰亦对刘琨诗风有所论述。《文心雕龙·才略篇》云："刘琨雅壮而多风，卢谌情发而理昭，亦遇之于时势也。"① 此为刘琨的整体创作而发，是包含了其诗歌在内的。刘勰的方法与钟嵘类似，亦是在揭示时势的基础上得出其诗歌"雅壮多风"的结论。刘勰对刘琨诗风的判断仅此一见，且未明言其渊源之所在，但联系《文心雕龙》全书对建安、正始、太康诗歌风格的一般论述，可断定刘勰的判断，是在将刘琨诗歌与建安诗风联系起来的基础上得出的结论。所谓"雅壮而多风"，显然与"志深笔长，梗概多气"② 的建安诗风一脉相承，而与"篇体轻澹"③ "缛采轻绮"④ 的正始或太康诗风不同。

钟嵘、刘勰的论述，奠定了此后论者将刘琨诗风归源于建安传统的格局。此后唐、宋、元、明、清数朝以迄于今，论者在论及刘琨诗渊源及其艺术时，思路大抵一致，都是以建安诗歌为基准或参照物的。如元杨载《诗法家数》："建安、黄初，此诗之祖也；《文选》刘琨……此诗之宗也。"⑤ 又清乔亿《剑溪说诗》："太冲、越石、景纯，自是公幹、仲宣劲敌，三家诗体不同，各具建安风骨。"⑥ 又今人于非《中国古代文学教程》："这时期的刘琨，继承建安传统，诗写家国破亡之痛，表现悲壮情怀。"⑦ 又袁行霈主编《中国文学史》："刘琨的诗感情深厚，风格雄峻，亦与建安风骨一脉相承。"⑧ 可见刘琨诗源出建安，是历来论者的共识。但是，建安诗风本是一个复杂的整体，建安诸人的诗歌风格在某种程度上具有时代的共性，细辨则又各不相同；从刘琨方面言，其作品同样是一个复杂的艺术整体，从不同角度观察其艺术源流，可以得出不同的结论。而论者的判断，又往往依赖于论者个人的体悟和理解，因而势必带有一定的个人性和主观性。这些因素综合起来，就导致历代论者虽大都在建安诗歌的系统内讨论刘琨诗渊源问题，但得出的具体判断

---

① 刘勰撰，范文澜注《文心雕龙注》卷一〇《才略篇》，人民文学出版社，1958，下册，第701页。
② 刘勰撰，范文澜注《文心雕龙注》卷九《时序篇》，下册，第674页。
③ 刘勰撰，范文澜注《文心雕龙注》卷九《时序篇》，下册，第674页。
④ 刘勰撰，范文澜注《文心雕龙注》卷二《明诗篇》，上册，第67页。
⑤ 杨载：《诗法家数》，何文焕辑《历代诗话》，中华书局，2004，第735页。按：其以建安为刘琨诗之祖，无疑是归源于建安。
⑥ 乔亿：《剑溪说诗》卷上，郭绍虞编选《清诗话续编》，上海古籍出版社，1983，上册，第1078页。
⑦ 于非编著《中国古代文学教程》，高等教育出版社，2009，上册，第172页。
⑧ 袁行霈主编《中国文学史》（第三版）卷二第三章《两晋诗坛》，高等教育出版社，2014，第49页。

又并不全同。这种不同，主要体现在刘琨诗风更接近于或来源于具体哪位建安诗人的不同上。

刘琨诗源出王粲说最早，已见前引钟嵘之论。钟嵘之后，元明以前，人们对刘琨诗歌的关注，或集中于其与卢谌的赠答诗方面，[①] 或集中于其诗歌艺术的具体修辞层面，[②] 或以刘琨诗为例说明文学理论问题，[③] 而对于其诗风及渊源问题，已很少涉及。元明以降，特别是清代以来，关于刘琨诗风的评议，才又重新成为一个热点。梁陈唐宋刘琨诗风评议的缺失，是为当时文学批评发展的一般倾向所决定的，但一定程度上也可看作是为钟嵘之说所笼罩而别无深化探讨的时代所决定。元明之后诗风评议的重新兴盛，又分两种情形，一是接续钟嵘传统，将刘琨诗风的评议与建安诗歌传统联系起来；二是从论者个人的体悟和解读出发重新作出评述，此种评述很可能参考了前人观点，但并不和钟嵘一样直接将之与建安传统联系起来。

就笔者所见材料看，除钟嵘业已言及的王粲，前人对于刘琨诗风与建安诗人的联系，大抵不出孔融、刘桢、曹植、曹操四人。系联孔融者如：

> 昔人论李北海《六公诗》，以为庄丽警拔，感愤而作，气激于中而横发于外。……刘琨《赠卢谌》亦可见。　　　　　　（清方东树《昭昧詹言》卷一）[④]

又联系刘桢者：

> 刘公幹、左太冲诗，壮而不悲；王仲宣、潘安仁，悲而不壮。兼悲壮者，其惟刘越石乎！　　　　　　　　　　　　　　　　　（清刘熙载《艺概》卷二）[⑤]

又联系曹植者：

---

① 如宋王楙关于《文选》载录刘、卢赠答诗的次序及篇目选择问题的讨论。（见王楙《野客丛书》卷三〇，中华书局，1987，第351页）

② 如宋人宋祁、蔡启、刘克庄等对其"夫子悲获麟，西狩泣孔丘"二句钝朴、合掌的批评。（见宋祁《宋景文笔记》卷中，文渊阁《四库全书》本，台湾商务印书馆，1986，第862册，第543页上栏；蔡启：《蔡宽夫诗话》，郭绍虞辑《宋诗话辑佚》，中华书局，1980，下册，第379页；刘克庄：《后村诗话》前集卷一，中华书局，1983，第5页）

③ 如唐皎然以刘琨诗为例说明文学中"情"与"事"之不同。（见皎然撰，李壮鹰校注《诗式校注》卷二，人民文学出版社，2003，第153页）

④ 方东树：《昭昧詹言》卷一《通论五古》，人民文学出版社，1961，第41页。

⑤ 刘熙载：《艺概》卷二《诗概》，上海古籍出版社，1978，第54页。

刘太尉诗有孟德之气，子建之骨，特密处不似魏人耳。

（清毛先舒《诗辩坻》卷二）①

这说明孔融、刘桢、曹植在诗歌的风骨方面对于刘琨诗歌的直接影响。但总的来说，联系此三人者虽有鲜见，且多是与其他诗人一起联系出现的，如刘熙载同时联系刘桢与王粲（就建安诗人而言），毛先舒同时联系曹植与曹操。实际上，王粲之后，后人所联系最多者即为曹操：

曹刘坐啸虎生风，四海无人角两雄。可惜并州刘越石，不教横槊建安中。

（金元好问《论诗绝句三十首》其二）②

刘越石五言，篇什不多。其《赠卢谌》及《扶风歌》，语甚浑朴，气颇遒迈。元裕之诗谓"可惜并州刘越石，不教横槊建安中"是也。　　（明许学夷《诗源辩体》卷五）③

元遗山《论诗绝句》曰："曹刘坐啸虎生风，万古无人角两雄。可惜并州刘越石，不教横槊建安中。"谓刘桢浅狭阒寥之作，未能以敌三曹，惟越石气盖一世，始足与曹公苍茫相敌也。

（清陈沆《诗比兴笺》卷二）④

刘越石豪杰之士，《扶风歌》慷慨不拘，诵之纸上英风拂拂，当与魏武《对酒》并读。

（清叶矫然《龙性堂诗话初集》）⑤

《苦寒行》不过从军之作，而取境阔远，写景叙情，苍凉悲壮，用笔沉郁顿挫，比之小雅，更促数噍杀。后来杜公往往学之。大约武帝诗沉郁直朴，气真而逐层顿断，不一顺平放，时时提笔换气换势；寻其意绪，无不明白；玩其笔势文法，凝重屈

---

① （清）毛先舒：《诗辩坻》卷二《六朝》，郭绍虞编选《清诗话续编》，上海古籍出版社，1983，上册，第40页。

② （金）元好问撰，郭绍虞笺释《元好问论诗三十首小笺》，人民文学出版社，1978，第58页。

③ （明）许学夷：《诗源辩体》卷五《晋》，人民文学出版社，1987，第95页。

④ （清）陈沆：《诗比兴笺》卷二笺《重赠卢谌》，中华书局上海编辑所，1959，第61页。

⑤ （清）叶矫然：《龙性堂诗话初集》，郭绍虞编选《清诗话续编》，上海古籍出版社，1983，上册，第958页。

蟠，诵之令人意满。后惟杜公有之。可谓千古诗人第一之祖。孔北海、刘太尉亦然。

（清方东树《昭昧詹言》卷二）①

文以气为主，孟德以后，四言能者惟刘越石。观越石与卢子谅赠答诸诗，斯为优矣。

（清马星翼《东泉诗话》卷一）②

可见元好问之后，以曹操比配刘琨，成为刘琨诗风评议中的主流。许学夷、陈沆之论，都是对元好问之说的呼应与补充。这反映出刘琨诗风评议中由最早的刘琨源出王粲说向后世源出曹操说转移的趋势。应当说，此种转移是符合刘琨诗歌的创作实际的。元氏之论虽言及曹植、刘桢，重点却在末二句，究竟是归源于曹操。曹操、刘琨都有因共同的乱世历练和定乱扶衰的英雄志业而孕育起来的苍浑诗风，这是元好问追溯刘琨诗之渊源，仅以曹植、刘桢为引子而归宗于曹操的原因所在。刘琨后期在河北戎马征战十余年，其诗风之形成，是有着深厚的现实基础的，因此其诗自具一股苍莽、浑朴、沉潜之气，而与一般文人的空作雄放之词不同。何焯评《重赠卢谌》云："意多郁结，而气自激昂，定非不解事书生所能作也。"③ 曹植、刘桢等虽非不解事之书生，而与刘琨尚不可同日而语，唯曹操可略与等量。许学夷称其"浑朴遒迈"，陈沆称其"气盖一世"，叶矫然谓其"英风拂拂"，方东树许以"沉郁直朴"，马星翼又论其四言"以气为主"，这些特点，显然都更接近于曹操而非曹植、刘桢、孔融诸人。许氏于"语甚浑朴"之后接以元好问之说，仅取其联系曹操之末二句而弃其前二句，是深得元好问之意的，也是符合刘琨诗创作的实际的。盖曹植、刘桢气虽"遒迈"，而不以"浑朴"胜。陈沆谓刘桢"浅狭阗廖"不足以敌三曹，并不符合元好问本意，但他认为元氏在刘桢与曹操之间有所轩轾，唯气韵苍茫的曹操可与气盖一世的刘琨相匹敌，这与许学夷一样，都是深得元好问末二句之旨的中肯之谈。

又看第二种情形，即前人并不直接将刘琨诗风与建安诗歌联系起来的评议：

诉苦中豪气，犹是勃勃动人，正是英雄口中语，感激有概。

（明孙鑛评《重赠卢谌》）④

---

① （清）方东树：《昭昧詹言》卷二《汉魏》，第 68 页。
② （清）马星翼：《东泉诗话》卷一《评诗上》，蔡镇楚编《中国诗话珍本丛书》，北京图书馆出版社，2004，第 19 册，第 9 页。
③ 于光华辑《重订文选集评》卷六《重赠卢谌》录，国家图书馆出版社，2012 年，中册，第 158 页。
④ 于光华辑《重订文选集评》卷六《重赠卢谌》录，中册，第 158 页。

想其当日，执槊倚盾，笔不得止，劲气直辞，回薄霄汉。推此志也，屈平沅湘，荆卿易水，其同声邪。　　　　　　　　　（明张溥《刘琨集题辞》）①

越石英雄失路，满衷悲愤，即是佳诗。随笔倾吐，如金笳成器，本擅商声，顺风而吹，嘹飚悽戾，足使枥马仰秣，城乌俯咽。（清陈祚明《采菽堂古诗选》卷一二）②

慷慨悲凉，故是幽并本色。（清何焯《义门读书记》卷四六）③

越石英雄失路，万绪悲凉，故其诗随笔倾吐，哀音无次，读者乌得于语句间求之。　　　　　　　　　　　　　　　　　　　（清沈德潜《古诗源》卷八）④

《重赠卢谌诗》颇具清刚之气，有澄清中原之志，惜功业不立；生命不谐，故志意颓丧，一寓诸诗，然苍茫之气，雄盖一世矣！　　　（陈延杰《魏晋诗研究》）⑤

钟嵘得出刘琨诗"善叙丧乱，多感恨之词"的结论，是基于其"又罹厄运"的体认之上的，这揭示了刘琨诗善写时事、反映现实的一面，但对于刘琨诗中更深层次的自写其定乱扶衰之志及英雄末路之悲慨的一面，则并没有充分揭示。刘熙载《艺概》卷二云："刘越石诗定乱扶衰之志，第以'清刚'目之，殆犹未觇厥蕴。"⑥ 即说明了钟嵘对刘琨诗自我抒写的忽视。以上论者之论刘琨诗风，则均已脱出钟嵘"善叙丧乱"的格局，而从其定乱扶衰的英雄身份出发论其诗风之慷慨悲凉，以之求诸建安诸人，自然仍以同有澄清天下之志的枭雄曹操的风格最为接近，而与王粲、曹植、刘桢、孔融诸人不同。可见这些说法虽未将刘琨诗歌与建安诗风联系，但仍是与刘琨诗风评议中由源出王粲说向源出曹操说转移的趋势相一致的，而且是刘琨源出曹操说的另一种宽泛表述。

---

① （明）张溥辑《刘琨集题辞》，《汉魏六朝百三家集》卷五五，文渊阁《四库全书》本，第1413册，第524页上栏。

② （清）陈祚明：《采菽堂古诗选》卷一二《晋四》，《续修四库全书》本，上海古籍出版社，2001，第1591册，第72页上栏。

③ （清）何焯：《义门读书记》卷四六评《重赠卢谌》，中华书局，1987，下册，第910页。

④ （清）沈德潜：《古诗源》卷八《晋诗》，中华书局，2006，第148页。

⑤ 陈延杰：《魏晋诗研究》，见郑振铎编《中国文学研究》，上海书店，1981，上册，第118页。

⑥ 刘熙载：《艺概》卷二《诗概》，第54页。

明清人关于刘琨诗与曹操诗风相通的判断，是与时人对刘琨抗击外族的志业及其壮志未酬的悲剧身世的关注相联系的。前云唐宋人较少关注刘琨诗歌的风格问题，但自刘琨亡后，历代诗人、论者及史家对其英雄志业的关注，则是一个普遍的现象。尤其南宋以降，论者对刘琨诗的阅读，常自觉或不自觉地将其与刘琨定乱扶衰的志业相联系，这显然是与南宋残山剩水的现实及士人志图恢复的潮流有关。如刘辰翁《金缕曲》："越石暮年《扶风》赋，犹解闻鸡起舞。"① 又刘克庄《戊子答真侍郎论选诗书》："刘越石'时哉不我与，夕阳忽西流'，每读至此，常哀其忠愤不衰之志。卢谌辈虽不会做事，犹能上书雪主将，今日宾客止会卖主，谌岂可轻訾，越石亦非泛爱。"② 而明清人在刘琨定乱扶衰志业的基础上探讨其诗风之渊源所在，显然可看作是南宋以来对刘琨诗这一特殊阅读的潮流的一个发展。正是借助于此，明清人得以脱出钟嵘仅凭"善叙丧乱"而将刘琨归源于王粲的格局，从定乱扶衰方面，将刘琨归源于无论是情志的表达还是诗风的慷慨悲壮方面都与其更为接近的曹操的这一脉来。

需要说明的是，钟嵘之后，刘琨诗风的评议中，虽然出现了由源出王粲说向源出曹操说的转移，但并不意味着对前者的否定，相反应视为是对钟嵘之说的补充与完善。无论钟嵘的判断，还是后人的探讨，都是在刘琨诗渊源这一基本主题下进行的，因此评议风气的转移，仅意味着此种探讨的深化和全面化，是一个将前代的有益讨论不断包括进来而非排斥出去的过程。钟嵘之说虽非尽善，仍在相当程度上揭示了刘琨诗之渊源所在，因而成为古今论者的一个共识。故其说虽在评议风气业已转移的后世，仍代有人祖述③。也唯有刘琨诗源出王粲之说已成共识，才会出现更多的将刘琨诗与王粲以外的其他建安诗人联系起来的讨论，并最终形成刘琨诗源出曹操这一重要共识。

综上所述，刘琨诗歌之受建安诗人影响，以王粲、曹操为大宗。其"善叙丧乱"及"悽戾清拔"的风格，出于王粲；其定乱扶衰之志的发抒及沉雄悲壮的风格，则与曹操有着更为密切的联系。与此同时，刘琨诗又程度不同地受到孔融、刘桢、曹植等人的影响。刘琨诗风是以王粲、曹操诗歌为基础而综合了其他建安诗人艺术经验的结果。

---

① 见唐圭璋编《全宋词》，中华书局，1965，第3242页。
② 见曾枣庄、刘琳主编《全宋文》卷七五五七，上海辞书出版社，2006，第328册，第368页。
③ 如王世贞《艺苑卮言》卷三："吾览钟记室《诗品》，折衷情文，裁量事代，可谓允矣……吾独爱其评越石'善为凄悷之词，自有清拔之气'。"（丁福保辑《历代诗话续编》，中华书局，2006，第1001~1002页）又牟愿相《小澥草堂杂论诗》："景阳华净，景纯精圆，越石清拔，越石固自上。"（郭绍虞编选《请诗话续编》，上册，第916页）

二

以上论述了刘琨诗风与建安诗歌之联系。对于刘琨所受建安诗人的影响，虽因论者侧重的不同而不同，如钟嵘之归源于王粲，后人之联系于曹操，但都是在建安诗歌系统内讨论，则是相同的。刘琨诗源出于建安，是古今论者的共识，这自然与其主要接受的是建安诗人影响的事实有关。因此历代论者之溯源，均是截至建安，而几无推及建安以下者。此点已如上述。但在这古今一致的链条上，却并非没有例外，就笔者所见，即有刘师培所著《中古文学史讲义》第四课中提出的"刘琨源出阮籍说"的新见：

> 晋代之诗如张华、张载之属，均与士衡体近，然左思、刘琨、郭璞所作，浑雄壮丽出于嗣宗。东晋之诗，其清峻之篇，大抵出自叔夜，惟许询、支遁所作，虽多玄言，其体仍近士衡。自渊明继起，乃合嵇、阮之长。此晋诗变迁之大略也。①

刘氏论刘琨（左思、郭璞）诗风，截断众流而推及建安以下的正始诗人阮籍，见解颇为不同，值得注意。从更大的文学史背景看，刘氏之说实际是提出了一个问题，即刘琨诗风的形成，是否接受了正始诗歌的影响，如是，又是在何种程度或层面接受了此种影响？晚清以前，将刘琨诗歌与正始诗风联系起来考虑的，就笔者所见，仅此一例。刘师培之后，如此联系者也不多见。例见虽鲜，提出的问题却很重要，因此仍有加以讨论的必要。

前人大抵将刘琨诗歌归源于建安，而非推及正始，并非是没有原因的。以潘、陆为代表而以"缛采轻绮"为特征的西晋主流诗风，主要接续的是邺下诗歌传统，特别是从"词彩华茂"②的曹植诗歌发展而来的结果。钟嵘谓潘岳源出王粲、陆机源出曹植，③即是其证。而以左思为代表的西晋支流诗风，亦是导源于建安，故钟嵘亦称左思源出刘桢。④实际上，西晋重要诗人基本导源于建安，而无导源正始者，此点读者只须细按钟嵘《诗品》一书即可了知。又《诗品序》概括建安以来的文学发展云："降及建安，曹公父子笃

① 刘师培：《中古文学史讲义》第四课《魏晋文学之变迁》，见《刘申叔先生遗书》，宁武南氏校印，民国二十三年（1934），第74册，第51页。
② 钟嵘撰，曹旭集注《诗品集注》，第97页。
③ 见钟嵘撰，曹旭集注《诗品集注》，第140、132页。
④ 见钟嵘撰，曹旭集注《诗品集注》，第154页。

好斯文，平原兄弟郁为文栋，刘桢、王粲为其羽翼。次有攀龙托凤，自致于属车者，盖将百计。彬彬之盛，大备于时矣。尔后陵迟衰微，迄于有晋。太康中，三张二陆两潘一左，勃尔复兴，踵武前王，风流未沫，亦文章之中兴也。"① 所谓"前王"，是指建安诸子言，而建安之后的正始时期，是被钟嵘视为"陵迟衰微"的阶段，故而作为正始代表诗人的阮籍、嵇康，自然不能预于"前王"之列。这说明以阮、嵇为代表的正始诗风在继之而起的太康诗坛并无实质性嗣响。正始诗歌传统缺席于西晋诗坛这一总体事实，正是导致钟嵘之后，历代论者在论及刘琨诗之渊源时，仍将其局限于建安而没有推及正始的原因。

但《诗品序》所论，本是在大的历史框架中对文学的时代性和阶段性演进做出的一般性描述，所谓"陵迟衰微"，本是相对而言的，并不意味着建安和太康之间文学传统的中断。刘勰《文心雕龙·明诗篇》谓"晋世群才，稍入轻绮，张潘左陆，比肩诗衢，采缛于正始，力柔于建安"②，即是在不脱正始诗歌传统的前提下论述晋世诗风，而与钟嵘不同。可见齐梁时代，对于西晋诗风的论述，即已存在重视正始诗歌传统与不重视正始诗歌传统两种倾向。历代论者大抵接续的是钟嵘脉络，而致力于刘琨诗与建安诗歌关系之探讨；刘师培之论，则是在引录了刘勰上述之语后出现的，此一检其《中古文学史讲义》第四课《魏晋文学之变迁》即可知。《讲义》一书的写法，是先引录前人成说，而后加以按断。其按断是在引录基础上进行的申说、总结与发展。可见刘师培与历代论者不同，其所接续者实为刘勰的脉络。正是在刘勰基础上，刘师培得出刘琨等人"浑雄壮丽"出于阮籍的判断。

对于刘师培这一判断，学界已有所注意。如吴云主编《魏晋南北朝文学研究》，指出刘氏此说与传统钟嵘之说"大不相同"③，但对于刘氏此说合理性及其学术史脉络的考察，则迄今尚无人做出。实际上，刘氏此说并非以专论的形式出现，而是与左思、郭璞等人合论出现；此一合论，又是置于总论两晋诗风变迁之大概的背景下进行的。其论两晋诗风有近于陆机、出于阮籍、出于嵇康和合嵇阮之长数派，其中特别强调阮籍、嵇康的影响，这是基于两晋诗风与正始诗歌传统存在密切联系的体认做出的判断，是对钟嵘一脉倾向的有意反拨，而对刘勰一脉倾向的有力推进。刘琨诗源出阮籍说，即是在此种宏观的推进中顺带而出的。刘师培之论，绝口不提建安诗歌的影响，不免有矫枉过正的嫌疑，故论者以为值得商榷，④ 但刘师培仅从风格的"浑雄壮丽"一点论及刘琨诗与阮籍诗歌的联系，则又

---

① 见钟嵘撰，曹旭集注《诗品集注》，第 17、20、21 页。
② 刘勰撰，范文澜注《文心雕龙注》卷二《明诗》，上册，第 67 页。
③ 吴云主编《魏晋南北朝文学研究》第七章第五节《刘琨、郭璞研究》，北京出版社，2001，第 297 页。
④ 按王友胜《〈中古文学史讲义〉导读》："作者将两晋诗歌创作的渊源归结为阮籍与嵇康，这一论断或有可商榷之处。"见《民国间古代文学研究名著导读》第三章第三节，岳麓书社，2010，第 82 页。

是独具慧眼和有其合理性的。按刘琨《答卢谌诗并书》云：

> 昔在少壮，未尝检括。远慕老庄之齐物，近嘉阮生之放旷；怪厚薄何从而生，哀乐何由而至。自顷辀张，困于逆乱，国破家亡，亲友凋残。……然后知聃周之为虚诞，嗣宗之为妄作也。①

《答卢谌诗并书》为建武元年（317）答卢谌《赠刘琨诗并书》所作。刘琨于人生后期国破家残、困于逆乱之际回首反思，独标举老庄、阮籍为论，可见二者对其影响之深。史载其早年行迹放旷，即带有宗法阮籍的意思。② 惜其早年作品已无留存，③ 然观"嗣宗之为妄作"（兼行迹与创作言）一语，知其对阮籍作品是熟习的，是其受阮籍影响亦在除思想与处世以外的文学创作方面。此种嘉慕庄、阮之思想，随着刘琨后期的自我反省和批判得到清理，但文学风格的影响作为一种艺术而非世界观、人生观的积习，则不必在清理之列。观刘琨后期所作，取法阮籍"浑雄壮丽"风格的特点仍然是存在的。如《扶风歌》：

> 朝发广莫门，暮宿丹水山。左手弯繁弱，右手挥龙渊。顾瞻望宫阙，俯仰御飞轩。据鞍长叹息，泪下如流泉。系马长松下，发鞍高岳头。烈烈悲风起，泠泠涧水流。挥手长相谢，哽咽不能言。浮云为我结，归鸟为我旋。去家日已远，安知存与亡。慷慨穷林中，抱膝独摧藏。麋鹿游我前，猿猴戏我侧。资粮既乏尽，薇蕨安可食。揽辔命徒侣，吟啸绝岩中。君子道微矣，夫子故有穷。惟昔李骞期，寄在匈奴庭。忠信反获罪，汉武不见明。我欲竟此曲，此曲悲且长。弃置勿重陈，重陈令心伤。④

诗为元嘉元年（307）八九月间赴并州刺史任途中所作。体属乐府，合乐府之九解为一篇，一解一换韵而能前后贯通，气韵浑成；其抒写诗人临危赴任、生死未卜而又不得不

① 逯钦立辑《先秦汉魏晋南北朝诗》，《晋诗》卷一一，上册，第850~851页。
② 按《晋书》本传："琨少得俊朗之目，与范阳祖纳俱以雄豪著名。"又："素奢豪，嗜声色，虽暂自矫励，而辄复纵逸。"又："少负志气，有纵横之才，善交胜己，而颇浮夸。"（见《晋书》卷六二《刘琨传》，中华书局，1974，第1679、1681、1690页）此种纵逸放旷之作风，是与以阮籍为代表的竹林名士一脉相承的结果。
③ 唯存疑作品《扶风歌》（南山石鬼鬼）一首，论者或以为刘琨早年所作。（见马世年《刘琨诗考论》，《甘肃社会科学》2003年第2期）
④ 逯钦立辑《先秦汉魏晋南北朝诗》，《晋诗》卷一一，上册，第849~850页。

强作振拔、勉力为之的心情，又使全诗具有沉雄悲壮、缠绵悱恻的特点。诗中较为高华绮赡的场景描写，则显示出"丽"的一面。如诗前面部分，虽用乐府之调，但非汉魏乐府朴直无华之体，而是充分吸收了文人五言诗发展特点的体徘词华之体，其远通于"词彩华茂"之曹植，近则接于"才藻艳逸"① 之阮籍。可见其"浑雄壮丽"的特点与阮籍的联系。

　　实际上，确认刘琨诗"浑雄壮丽"出于阮籍，对刘琨诗相关特点的体认是一方面，对阮诗相关特点的体认则是另一方面。阮诗的特点，宋元人一般体认为"冲淡高古"。② 明清和近代以来，文学批评兴起一股对冲淡自然诗人不同侧面乃至相反方面重视和抉发的风气，如张以宁、龚自珍、鲁迅等人对陶渊明郁勃不平和豪放诗风的揭示，即是显例。③ 阮诗慷慨宏放的一面，陈祚明《后拟古诗十九首序》、方东树《昭昧詹言》等已有揭示④；刘师培承陈、方之后，将阮诗风格体认为"浑雄壮丽"，而非简单地照搬传统的"冲淡高古"之说，是同一种历史风气的产物。正是在体认阮诗"浑雄壮丽"的前提下，刘师培进一步得出刘琨诗"浑雄壮丽"出于阮籍的结论。

　　刘师培之后，续有将刘琨与阮籍联系者。如谭正璧《中国文学进化史》："左思、刘琨、郭璞的诗，已上接阮籍自然之风，所以东晋诗人，日渐返于自然。"⑤ 阮诗本是上接汉魏自然传统而日趋内向化的结果，其与雕藻析文的西晋主流诗风不同，即在于诗风的自然上。左思、刘琨、郭璞之诗以抒情言志为主，东晋玄言诗以清虚体玄为主，其意均不主于雕藻析文，故也程度不同地具有"自然"的特点。可见从"自然"一点观照阮诗与两晋诗风的联系，是自有其解释效力和合理性的。这可看作谭正璧对刘师培"刘琨（左思、郭璞）源出阮籍说"与"东晋源出嵇康、陆机说"（前引文可见）进行改造，而将二者同置于阮籍自然诗风影响的总体框架下得出的结果。

　　实际上，刘琨诗之受阮籍影响，不独体现在风格的"浑雄壮丽"或"自然"方面，

---

① 陈寿：《三国志》卷二一《魏书》，中华书局，1982 年，第 604 页。

② 如宋秦观《韩愈论》："曹植、刘公干之诗长于豪逸，陶潜、阮籍之诗长于冲淡。"（徐培均笺注《淮海集笺注》卷二二，上海古籍出版社，1994，第 751 页）又严羽《沧浪诗话》："黄初之后，惟阮籍《咏怀》之作，极为高古，有建安风骨。"（郭绍虞校释《沧浪诗话校释》，人民文学出版社，1961，第 155 页）

③ 具参张以宁《题海陵石仲铭所藏渊明归隐图》、龚自珍《舟中读陶诗三首》、鲁迅《"题未定"草》（六至九）等相关论述。按：此一抉发已先见于宋黄庭坚《宿旧彭泽怀陶令》、朱熹《朱子语类》卷一四〇"陶渊明诗"条等相关论述。明清及近人的抉发是对此一传统的继承。

④ 陈祚明《后拟古诗十九首序》："自嗣宗、太冲之流，激昂忼爽，穷态极妍，浸淫至于少陵。"（《稽留山人集》卷一，四库全书存目丛书，齐鲁书社，1997，《集部》第 233 册，第 467 页上栏）方东树《昭昧詹言》卷三："阮公为人志气宏放，其语亦宏放，求之古今，惟太白与之匹。"（中华书局，1961，第 82 页）

⑤ 谭正璧：《中国文学进化史》第四章第三节《贵族诗人》，光明书局，民国十八年（1929），第 71 页。

也体现在比兴托寄的艺术方面。此点前人未有拈出，笔者试在这里略作阐发。刘琨之诗风，本来仍以钟嵘、元好问等人所体认的"悽戾清拔""沉雄悲壮"为主，故其渊源之所自，仍以建安系中的王粲、曹操为大宗；而阮籍之"浑雄壮丽"，实际也是远绍《庄》《骚》、近承曹植等人的结果。故阮籍诗风之于刘琨，就不具有绝对的意义，而更多地具有近源或中介的意义。以此相较，阮诗比兴托寄艺术对于刘琨诗歌的影响，似乎来得更直接和深刻一些。按《重赠卢谌诗》：

> 握中有悬璧，本自荆山璆。惟彼太公望，昔在渭滨叟。邓生何感激，千里来相求。白登幸曲逆，鸿门赖留侯。重耳任五贤，小白相射钩。苟能隆二伯，安问党与仇。中夜抚枕叹，相与数子游。吾衰久矣夫，何其不梦周。谁云圣达节，知命故不忧。宣尼悲获麟，西狩涕孔丘。功业未及建，夕阳忽西流。时哉不我与，去乎若云浮。朱实陨劲风，繁英落素秋。狭路倾华盖，骇驷摧双辀。何意百炼刚，化为绕指柔。①

《诗经》是赋比兴艺术的源头。《国风》善于以比兴结体成篇，雅颂则以赋法成文。此后《楚辞》、汉乐府、建安诗歌充分继承发展了雅颂的铺陈、叙述之法，而侧重抒情的《国风》较为短小、浑成的比兴体制，反在一定程度上失坠了。阮籍《咏怀诗》又重新接续、恢复了《国风》传统，多以比兴结体而少赋笔，故前人称其"特寄托至深，立言有体，比兴多于赋颂"②。如《咏怀》其三（嘉树下成蹊）、其十八（悬车在西南）、其二十二（夏后乘灵舆）、其八十（出门望佳人）等可见。刘琨《重赠卢谌诗》写作深受阮诗体制的影响。《重赠卢谌诗》作于太兴元年（318）刘琨为段匹磾所拘时，含有冀卢脱己于患难之中并与己同奖王室之意，篇末又表现出生命将尽、英雄末路的悲慨。诗中旨意繁复，见出西晋文学"缛旨繁文"③的一面，但其体制则并非西晋诗歌的赋写铺排之体；其以"悬璧、荆山璆"兴比作起，又以"吕望""邓禹""夕阳""浮云"等相关典故或物象蝉联作比以至终篇，使全诗的展开始终不脱比兴的框架，是明显的直承《国风》、阮诗的通体比兴之作。唯其体制较长而"征事杂沓，比兴错出"④，与阮籍较为短小、浑成的体制不同，可看作是对阮籍的发展。

---

① 逯钦立辑《先秦汉魏晋南北朝诗》，《晋诗》卷一一，上册，第852～853页。
② 陈沆：《诗比兴笺》卷二《阮籍诗笺》，第40页。
③ 沈约：《宋书》卷六七《谢灵运传论》，中华书局，1974年，第1778页。
④ 陈沆：《诗比兴笺》卷二《刘琨诗笺》，第61页。

朱自清《诗言志辨》认为古典诗歌存在咏物、游仙、艳情、咏史四种比体诗类型①；从表现手法角度看，可说存在托物写意、托仙写意、托女写意、托史写意四种比兴手法。四种手法在阮诗中均有充分之体现，且常是两种以上交错出现的。② 如《咏怀》其三十二（朝阳不再盛），前半以朝阳、尘露等自然物象抒写人生短促之感慨，是托物写意之法；后半以牛山陨涕、川上叹逝等历史典故，表达人道难凭、遗世忘情之想，是托史写意之法。刘琨《重赠卢谌诗》前部连用姜尚辅周、邓禹佐汉、白登解围、鸿门脱险等十数个历史事典和语典，含蓄地传达自己匡扶王室之志和身陷图圄的处境，是托史写意之法；后部转用夕阳西流、浮云疾逝、朱实陨坠、繁英凋丧等意象和描写，表达自己壮志难酬和命之将绝的哀鸣，是托物写意之法。此种将几种比兴之法综合运用，尤其将托史与托物之法综合使用的体例，最与阮籍相近，是继承阮籍传统的结果。

史载刘琨此诗"托意非常，摅畅幽愤"，而卢谌"以常词酬和，殊乖琨心"，且云"前篇帝王大志，非人臣所言矣③。《重赠卢谌诗》本刘琨忠义之心的集中表露，且含激谌之意，谌答以"帝王大志"，确是"殊乖琨心"，但也说明刘琨此诗寄托过深，不易理解。钟嵘《诗品序》认为"若专用比兴，则患在意深"④，刘琨此诗之意深难解，即与其专用比兴有关。这又与同样"专用比兴"而"厥旨渊放，归趣难求"⑤ 的阮籍《咏怀》组诗相近。可见二者不独在比兴体制及手法的运用方面，即在由此导致的诗歌的整体艺术特征方面，也显示出鲜明的前后相承的痕迹。

三

西晋诗歌发展不是单一的，其内部有较明显的阶段性。沈约《宋书·谢灵运传论》、刘勰《文心雕龙·明诗篇》都是在西、东晋对比的基础上将西晋诗风视为一个整体阐述，并不涉及其本身发展的阶段性。最早对西晋一代诗歌做出分期论述的是钟嵘的《诗品序》：

> 尔后陵迟衰微，迄于有晋。太康中，三张二陆两潘一左，勃尔复兴，踵武前王，

---

① 朱自清：《诗言志辨·比兴·赋比兴通释》，古籍出版社，1956，第 81 页。
② 关于阮诗比兴的四种表现手法及其综合运用的体制，参段全林《阮籍〈咏怀〉诗对〈诗经〉以来比兴的开拓与嬗变》，《读与写》2014 年第 7 期。
③ 以上见《晋书》卷六二《刘琨传》，第 1687 页。
④ 见钟嵘撰，曹旭集注《诗品集注》，第 45 页。
⑤ 见钟嵘撰，曹旭集注《诗品集注》，第 123 页。

风流未沫，亦文章之中兴也。永嘉时，贵黄老，稍尚虚谈。于时篇什，理过其辞，淡乎寡味。爰及江表，微波尚传，孙绰、许询、桓、庾诸公诗，皆平典似道德论，建安风力尽矣。先是郭景纯用隽上之才，变创其体；刘越石仗清刚之气，赞成厥美。然彼众我寡，未能动俗。逮义熙中，谢益寿斐然继作。①

钟嵘在西、东晋打通的基础上，将有晋一代诗风分为太康前后、永嘉以来、义熙以来三大段。而永嘉以来一段，是包含了西晋末期九年（永嘉元年至建兴四年，307～316）和东晋前中期八十七年（建武元年至元兴三年，317～404）在内的。则就西晋一朝言，可分为太康前后、永嘉以来二段。而本文所讨论的今存刘琨诗三首，《扶风歌》作于永嘉元年（307），《答卢谌诗》作于建武元年（317），《重赠卢谌诗》作于大兴元年（318），均作于永嘉后；刘琨本人亦为段匹磾害于大兴元年五月，时为西晋灭亡后二年。可见今存刘琨诗，均可归入永嘉以来的阶段。换言之，在今存刘琨诗歌的创作之前，除了存在一个建安诗歌传统和正始诗歌传统，实际还存在一个更为切近的太康诗歌传统。

当然，钟嵘之划分两晋诗风，朝代的依据只是表象，根本的依据仍在于诗风自身的阶段性演进。钟嵘体认太康、永嘉诗风之不同，是以玄言诗的出现和发展为依据，而刘琨、郭璞则是作为玄言诗的对立面出现的。太康诗歌接续建安传统而实现"文章中兴"，其后玄言诗的出现打断了这一进程，郭璞、刘琨作为玄言诗的反拨和超越，显然是上继太康传统的。可见钟嵘是将刘琨、郭璞作为太康诗歌的余脉定位的。但太康诗歌本身存在两支，即以潘、陆为代表的太康主流诗风和以左思为代表的太康支流诗风。本文所谓"太康诗歌传统"，是就潘、陆为代表的太康主流诗风而言。刘琨诗遒迈沉痛，与以左思为代表的太康支流诗风具有明显的因承关系，此点前人多已揭出并成为文学史上的共识；但对于刘琨诗歌与以潘、陆为代表的太康主流诗风的关系，前人则大都未置一词。刘琨本从太康诗歌传统走出，其后期创作虽已跨入永嘉以来的新阶段，而仍不能不受前者影响。论者的不置一词，可视为对此种影响关系的默认。但此种默认及论者对刘琨诗与建安（及正始）诗歌关系的过多强调，一定程度上已导致刘琨诗与太康诗歌传统关系的遮蔽，因而有待重新揭示；而本文旨在全面探讨刘琨诗歌的渊源问题，逻辑上也要求将这一关系纳入考察范围。

和抒情言志、艺术风格等层面接受建安及正始诗歌影响不同，刘琨诗接受太康诗歌传统影响，主要体现在俳偶藻饰、体制描写等层面。汉魏以来的俳偶艺术，经历了一个从自然到人工追求的过程，此一过程又与诗人对绮合辞藻的追求相重叠，导致诗歌日益向精美

---

① 见钟嵘撰，曹旭集注《诗品集注》，第21、24、28页。

化的方向发展。其风初现于建安，经正始之过渡，在太康时酿成诗坛的普遍习气。刘琨承太康之后，其诗具有较明显的由太康之母体脱胎而出的俳偶藻饰的特征。如前引《扶风歌》，虽是乐府之体，而出以体徘词华之笔；又《重赠卢谌诗》"朱实陨劲风"以下六句，许学夷《诗源辩体》卷五称其"则又工美矣"①。按此六句抒发生命将尽、志业成空的悲慨，近于阮籍《咏怀》诗的格调；然属对工切，辞藻绮合，近于潘、陆，则是直承太康诗歌传统的结果。

太康俳偶体现为句意的成双作对，② 此一特点也对刘琨诗歌的用典产生影响。隶事用典因太康诗人的逞才炫博而在其时诗坛获得一定发展，如左思《咏史》将数种典故攒合成篇，即是其例。刘琨《重赠卢谌诗》征事杂沓，具有明显的博典化倾向，是对左思传统的继承。但左思承袭汉魏散直之体，其用典多为上下两句共隶一典的传统方式；刘琨此诗则取法太康俳偶体制，出现较多的上下两句各隶一典的用典方式，如"握中"句、"白登"句、"重耳"句、"谁云"句皆是其例，占到全诗用典的一半以上。可见刘琨在继承左思用典艺术的同时，又以太康主流诗坛的俳偶体制对其进行改造和发展。

刘琨接受太康诗歌传统的影响，还体现在诗歌的体制和描写方面。试举曹操、嵇康、刘琨四言诗各一首为例：

> 对酒当歌，人生几何！譬如朝露，去日苦多。慨当以慷，忧思难忘。何以解忧？唯有杜康。青青子衿，悠悠我心。但为君故，沉吟至今。呦呦鹿鸣，食野之苹。我有嘉宾，鼓瑟吹笙。明明如月，何时可掇？忧从中来，不可断绝。越陌度阡，枉用相存。契阔谈宴，心念旧恩。月明星稀，乌鹊南飞。绕树三匝，何枝可依？山不厌高，海不厌深，周公吐哺，天下归心。　　　　　　　　　　　（曹操《短歌行》）③

> 鸳鸯于飞，肃肃其羽。朝游高原，夕宿兰渚。邕邕和鸣，顾眄俦侣。俛仰慷慨，优游容与。鸳鸯于飞，啸侣命俦。朝游高原，夕宿中洲。交颈振翼，容与清流。咀嚼兰蕙，俛仰优游。泳彼长川，言息其浒。陟彼高冈，言刘其楚。嗟我征迈，独行踽踽。仰彼凯风，涕泣如雨。泳彼长川，言息其沚。陟彼高冈，言刘其杞。嗟我独征，

---

① 许学夷：《诗源辩体》卷五《晋》，第95页。

② 前人称为"体徘"，为俳偶艺术早期发展的特点，不同于后来南朝追求句式和词性对称的"语徘"。具参葛晓音《西晋五古的结构特征和表现形式——兼论"魏制"与"晋造"的同异》一文，《中华文史论丛》2009年第2期。

③ 逯钦立辑《先秦汉魏晋南北朝诗》，《魏诗》卷一，上册，第349页。

靡瞻靡恃。仰彼凯风，载坐载起。（后略） （嵇康《赠兄秀才入军诗》）①

厄运初遘，阳爻在六。乾象栋倾，坤仪舟覆。横厉纠纷，群妖竞逐。火燎神州，洪流华域。彼黍离离，彼稷育育。哀我皇晋，痛心在目。天地无心，万物同涂。祸淫莫验，福善则虚。逆有全邑，义无完都。英蕊夏落，毒卉冬敷。如彼龟玉，韫椟毁诸。刍狗之谈，其最得乎。咨余软弱，弗克负荷。怨衅仍彰，荣宠屡加。威之不建，祸延凶播。忠陨于国，孝愆于家。斯罪之积，如彼山河。斯衅之深，终莫能磨。郁穆旧姻，嬿婉新婚。不虑其败，唯义是敦。裹粮携弱，匍匐星奔。未辍尔驾，已隳我门。二族偕覆，三孽并根。长惭旧孤，永负冤魂。亭亭孤干，独生无伴。绿叶繁缛，柔条修罕。朝采尔实，夕捋尔竿。竿翠丰寻，逸珠盈椀。实消我忧，忧急用缓。逝将去矣，庭虚情满。虚满伊何，兰桂移植。茂彼春林，瘁此秋棘。有鸟翻飞，不遑休息。匪桐不栖，匪竹不食。永戢东羽，翰抚西翼。我之敬之，废欢辍职。音以赏奏，味以殊珍。文以明言，言以畅神。之子之往，四美不臻。澄醪覆觞，丝竹生尘。素卷莫启，幄无谈宾。既孤我德，又阙我邻。光光叚生，出幽迁乔。资忠履信，武烈文昭。旌弓骍骍，舆马翘翘。乃奋长縻，是缀是镳。何以赠之，竭心公朝。何以叙怀，引领长谣。

（刘琨《答卢谌诗》）②

两汉四言诗主要继承的是《诗经》雅颂典重雅正的体制。继之而起的曹操等建安诗人，借鉴汉乐府体制及精神，使其向乐府四言体转变③；嵇康远绍《国风》、《小雅》并糅入当时的玄学之旨，又使其步入清丽玄远一格。经过曹操、嵇康等人的冲击，两汉四言的雅颂体制及其写法，本已在一定程度衰落，但西晋大一统所导致的雅正观念的复振，又使其重回太康四言诗坛的主导地位。太康四言多出于应诏献酬的目的，用典则凝重、体徘词赡之笔以写称誉颂美之内容，这就将上古"雅""颂"的传统发挥得淋漓尽致，同时也改变了曹操、嵇康等人个人化的抒情或写意写法。陆机、陆云、潘岳、潘尼等人集中颇见其例，不待烦举。刘琨《答卢谌诗》抒写国亡族覆之悲，感慨万端而词旨沉痛，自与太康四言称誉颂美的格局不同，而与建安以来的情志传统一脉相承。但其诗体徘词华，形式整

① 逯钦立辑《先秦汉魏晋南北朝诗》，《魏诗》卷九，上册，第 482 页。
② 逯钦立辑《先秦汉魏晋南北朝诗》，《晋诗》卷一一，上册，第 851～852 页。
③ 按许学夷《诗源辩体》卷四："魏人乐府四言，如孟德《短歌行》、子桓《善哉行》、子建《飞龙篇》等，其源出于《采芝》、《鸿鹄》，轶荡自如，正是乐府之体，不当于《风》《雅》求之。"（人民文学出版社，1987，第 75 页）

饬，风格凝重，显与曹操、嵇康等人古直质朴、清深高远的写法不同，而与太康体制相近。即以起篇之法看，曹操《短歌行》借鉴汉乐府"感于哀乐，缘事而发"①，不假修饰脱口而出，有劈空横起之势；嵇康《赠兄秀才入军诗》以"鸳鸯"作起，形象脱俗而气韵生动，是典型的《国风》《小雅》式发端。刘琨《答卢谌诗》追述社稷覆亡之厄，而以易象和天道之变兴起人事，则是《诗经》雅颂和太康四言诗的体制。《诗经》二"雅"多有以天道之变起篇之例，如《小雅》之《雨无正》《十月之交》，《大雅》之《召旻》《瞻卬》等；太康诗人受传统天人感应观的影响，也常从天道运行叙起，② 如陆机《答贾谧诗》、陆云《答顾秀才诗》、潘岳《为贾谧作赠陆机诗》、夏靖《答陆士衡诗》等。唯陆机等人旨在称誉颂美，刘琨意在悲悼沦亡，故其诗又非太康体制所能牢笼，而是已经上溯到"变雅"的传统。

太康诗歌由于"缘情绮靡"的追求而向"缛旨繁文"方向发展，基本表现为描写的渐趋繁复和章法结构的复杂化，由此导致对汉魏诗歌较为简单、同一的描写体制的超越。如上引曹操《短歌行》，写人生苦短和求贤若渴之意，虽八解三十二句，而只是反复致意，一唱三叹，描写较为简单；其据乐府分解之法成章，也缺乏自觉构建诗歌自身章法的意识。嵇康《赠兄秀才入军诗》多达十八章，旨在借昔日群游之回忆及对嵇喜从军生活之设想，而抒思念之情或明高蹈之志，仍是重叠其章、反复致意的写法；章数虽多而章与章之间的联系并不明显，全诗结构散漫，故前人或以为非一整体之作而是后人所集。③ 刘琨《答卢谌诗》则与此不同。其诗八章九十六句，是典型的太康诗坛长篇四言体制；内容围绕对卢谌就任段匹磾别驾的劝勉展开，以二章为一层，首叙神州陆沉之厄及由此产生的祸福之感，进而深责己之无力救国保家，由此带出对卢谌才具之美的嘉许和厚望，最后表达对其拒与段氏合作的遗憾并再行劝勉之意。全诗内容面面俱到，描写繁复，见出太康文学"缛旨繁文"的一面；几层意思之间衔接紧密且层层推进，深具井然之章法及完整结构，显然又是有意构建的结果。可见刘琨此诗与以曹操、嵇康为代表的建安和正始四言体制不同，而与太康四言体制相近，是继承后者而来的结果。

---

① 《汉书》卷三〇《艺文志》，中华书局，1962 年，第 1756 页。
② 关于西晋文人自然观及其对文学的影响，详参钱志熙《魏晋诗歌艺术原论》（修订本）第四章第五节《西晋文人的自然观和西晋文学的意象》，北京大学出版社，2005，第 203～208 页。
③ 如陈祚明《采菽堂古诗选》卷八选嵇康《四言诗八章》题下注："今按《文选》所载《赠秀才入军》取'良马既闲'五章，颇有次序，今此八章，自是送别怀人之作，既匪赠兄，又匪入军，'瞻仰弗及'二语亦类结句，故应别为一篇。而'乘风高游'以下，自是感怀言志之作，与送别无与，亦应别为一篇。其五言一篇寄慨深远，辞旨淋漓，或是赠秀才入军之又一作亦未可知，要不当比而一之，使章法纷纭，四五错出也。"（《续修四库全书》，第 1591 册，第 3 页上栏）可见认为所谓十九章（包括五言一首）乃后人所集，非嵇诗原貌。详参戴明扬校注《嵇康集校注》卷一，人民文学出版社，1962，第 3～4 页。

结　论

　　本文结合前人的论说和刘琨诗歌的创作实际，考察了刘琨诗歌的渊源问题。认为前人的评议中存在从最早的刘琨诗源出王粲说向后世刘琨诗源出曹操说的转移；刘琨诗与正始诗歌关系密切，其风格的“浑雄壮丽”和比兴托寄艺术，接受了来自正始诗人阮籍的影响；刘琨本从太康诗歌传统走出，其诗在俳偶藻饰、体制描写等层面又与太康诗歌存在密不可分的源流关系。前人论刘琨诗渊源时，常止于其与建安诗风之关系。本文通过考察，认为刘琨诗实际是在太康诗歌传统基础上，远绍建安诗风，同时又在一定程度上汲取了阮籍诗歌艺术的经验。刘琨诗渊源复杂，实际是建安、正始、太康三个诗歌传统综合作用的结果。

《鸡鸣》《相逢行》《长安有狭斜行》
与汉乐府的世俗娱乐精神

刘　玲*

【内容提要】汉乐府相和歌辞中有《鸡鸣》、《相逢行》和《长安有狭斜行》三首歌诗，极写豪门富贵，旧以为讽刺批判之作。然而，无论是从文辞上，还是从汉乐府歌诗艺术的性质上来分析，这三首歌诗都不具备批判性，反而充满了称颂和奉承的意味。事实上，这些作品并不是下层劳动人民对贫富不均的控诉之辞，而是歌舞艺人以取悦和娱乐富豪贵族为目的而创作的奉承之歌，是世俗化、娱乐化的艺术消费品。汉乐府歌诗的艺术生产方式决定了它在性质、主题和体貌上的特殊表现。它选材世俗化，创作多用套式套语，符合歌诗艺术的创作和表演需求。从汉乐府歌诗作品中，我们可以看到盛世之中歌舞娱乐产业的繁华，以及汉代人追求享乐的精神和崇尚富贵的心态。

【关键词】《鸡鸣》《相逢行》《长安有狭斜行》　艺术生产　乐府歌诗

　　汉乐府相和歌辞中有《鸡鸣》、《相逢行》和《长安有狭斜行》三首歌诗，它们在主题内容和遣词造句上都极为相似，非常引人注意。传统的文学史阐释中普遍认为这几首诗是在抨击贵族豪门骄奢淫逸，揭示汉代社会贫富悬殊，并从阶级分析法的角度将其看做是下层劳动人民对权贵富豪丑恶腐朽的讽刺与批判。的确，这几首诗中所展示的豪门生活，与汉乐府中那些表现贫民苦难生活的主题，如《妇病行》《孤儿行》等诗歌形成了鲜明的对比。但是，若就此臆断这几首充满了富贵之象的诗歌就一定出于批判目的，则未免有些不公正。根据本文的分析，这三首歌诗并非下层劳动人民的疾苦之声与批判之辞，而是贵

　　*　刘玲，首都师范大学中国诗歌研究中心 2013 级博士研究生。

族豪门宴饮活动中，歌舞伎人用来表演助兴的娱乐节目。从这个角度来看，歌诗不仅没有表现出讽刺与批判，反而对荣华富贵的赞美与称颂溢于言表。

一　歌诗的内容

对这几首诗的理解，我们必须抛开成见，避免先入为主地赋予它们辛辣的讽刺意味。而应该用客观的眼光来审视，看看这几首诗的内容究竟说了什么。

《鸡鸣》

鸡鸣高树颠，狗吠深宫中。荡子何所之？天下方太平。刑法非有贷，柔协正乱名。黄金为君门，璧玉为轩堂。上有双樽酒，作使邯郸倡。刘王碧青覧，后出郭门王。舍后有方池，池中双鸳鸯。鸳鸯七十二，罗列自成行。鸣声何啾啾，闻我殿东厢。兄弟四五人，皆为侍中郎。五日一时来，观者满路旁。黄金络马头，颎颎何煌煌！桃生露井上，李树生桃旁。虫来啮桃根，李树代桃僵。树木身相代，兄弟还相忘。①

《相逢行》

相逢狭路间，道隘不容车。不知何年少，夹毂问君家。君家诚易知，易知复难忘。黄金为君门，白玉为君堂。堂上置樽酒，使作邯郸倡。中庭生桂树，华灯何煌煌。兄弟两三人，中子为侍郎。五日一来归，道上自生光。黄金络马头，观者盈道傍。入门时左顾，但见双鸳鸯。鸳鸯七十二，罗列自成行。音声何噰噰，鹤鸣东西厢。大妇织罗绮，中妇织流黄。小妇无所为，挟瑟上高堂。丈人且安坐，调丝方未央。②

《长安有狭斜行》

长安有狭斜，狭斜不容车。适逢两少年，夹毂问君家。君家新市傍，易知复难忘。大子二千石，中子孝廉郎。小子无官职，衣冠仕洛阳。三子俱入室，室中自生光。大妇织绮绤，中妇织流黄。小妇无所为，挟琴上高堂。丈夫且徐徐，调弦讵未央。③

---

①　逯钦立：《先秦汉魏晋南北朝诗》（汉诗卷九），中华书局，1983，第257～258页，下引同。
②　逯钦立：《先秦汉魏晋南北朝诗》（汉诗卷九），中华书局，1983，第265页，下引同。
③　逯钦立：《先秦汉魏晋南北朝诗》（汉诗卷九），中华书局，1983，第266页，下引同。

这三首诗在意旨、结构、遣词造语等方面有极大的相似甚至雷同之处，尤其是《相逢行》与《长安有狭斜行》，内容基本一致，稍有繁简之别。《乐府诗集》称："《相逢行》一曰《相逢狭路间行》，亦曰《长安有狭斜行》。"①《鸡鸣》与此二篇亦颇为相似，但其内容更有难解之处，前人普遍认为这首诗为讽刺之作。清代李因笃称"此诗必有所刺"，"熟读卫、霍诸传，方知此诗寓意"②，认为此诗为讽刺外戚而作。而清代朱乾《乐府正义》则认为这首诗旨在讽刺元后外戚王氏一族，"五侯同日受封，宫室车服，帝制是为，卒于兄弟相倾，汉纪中绝。"③《相逢行》与《长安有狭斜行》二首，诗旨则有争议。《相逢行》篇，郭茂倩引《乐府解题》曰："古词文意与《鸡鸣曲》同。晋陆机《长安狭斜行》云：'伊、洛有歧路，歧路交㪚轮。'则言世路险狭邪僻，正直之士无所措手足矣。"④认为此亦为讽刺之作。明代朱嘉徵称："《相逢行》歌相逢狭路间，刺俗也。俗化流失，王政衰焉。"⑤《长安有狭斜行》篇，清代李子德称："既曰'无官职'，又曰'衣冠仕洛阳'，世胄子弟当自愧矣。三子同游，写尽豪儿无理，此固所目击也。此篇所刺尤深，汉诗亦不多得。"⑥亦有学人认为此二首诗不必是讽刺之作。如清代陈祚明认为此诗"意取祝颂"⑦；余冠英先生称"这诗极力描写富贵之家种种享受，似是娱乐豪贵的歌曲。"⑧

考察这三首诗的主题内容，首先要从诗歌的文辞上来分析。伴随着丝竹之声，伎人执节而歌，将一个家族的兴盛娓娓道来。这是一个怎样的豪门呢？简直令人惊心动魄，易知难忘。歌声带我们走进这一户人家。抬头所见便是"黄金为君门，白玉为君堂"，所谓金碧辉煌莫过于此。随着歌声登堂入室，堂上饮酒作乐，堂下莺歌燕舞。"邯郸倡"是一个知名度很高的歌舞伎群体。所谓"燕赵多佳人，美者颜如玉"，燕、赵、中山之地自古就盛产美女，这里的女子不仅相貌美丽，而且能歌善舞，于是在此基础上形成了发达的娱乐产业，据《史记·货殖列传》记载，这里"多美物，为倡优。女子则鼓鸣瑟，跕屣，游媚贵富，入后宫，遍诸侯。"⑨她们从小便被送去接受专门的歌舞训练，学成之后便送入通邑大都、宫室豪门，成为歌舞伎中的佼佼者。于是她们便有了一个专门的称号"邯郸倡"。秦始皇生母赵姬、汉宣帝生母王翁须皆是邯郸倡出身。邯郸倡是歌舞伎人中的"名

① （宋）郭茂倩：《乐府诗集》（卷三十四），中华书局，1979，第508页。
② （清）李因笃：《汉诗音注》（卷六）。
③ （清）朱乾：《乐府正义》（卷五），乾隆五十四年秬香堂刻本。
④ （宋）郭茂倩：《乐府诗集》（卷三十四），中华书局，1979，第508页。
⑤ 引自黄节《汉魏乐府风笺》（卷三），黄节《汉魏乐府风笺》，人民文学出版社，1958，第21页。
⑥ 同上书，第23页。
⑦ （清）陈祚明：《采菽堂古诗选》（卷二）。
⑧ 余冠英选注《乐府诗选》，人民文学出版社，2003，第16页。
⑨ 《史记》，中华书局，1963，第3263页。

牌"，诗中用"邯郸倡"来代指歌舞伎人，更显得这户人家在歌舞娱乐方面的档次与讲究。

接着在庭院中逛一逛，只见"中庭生桂树，华灯何煌煌"，屋后更有一方清池，池中鸳鸯戏水，罗列成行。这里说"双鸳鸯"，又说"鸳鸯七十二"，实际上并不矛盾。"双鸳鸯"其实就是"鸳鸯"，由于鸳鸯总是成双成对，所以也称"双鸳鸯"，这是一个整体的词，并不是指一双鸳鸯。"七十二"不论是实数或是虚指，都表现了池塘中鸳鸯成群，热闹非凡的场面。歌者的声音描绘出一幅图景，充满了明艳的色彩、夺目的光芒，简直摄人心魄。接下来，歌者又慢慢告诉我们，这样富丽堂皇的豪门有怎样显赫的背景。这家兄弟几人，皆是朝中重臣，高官厚禄，"黄金络马头，颖颖何煌煌"，"五日一来归，道上自生光"，盛大的排场引得大家争相围观。这户人家不仅表面光鲜，家中也甚是和谐。三位妇人或工于织作，或精于音律，不仅勤劳贤惠，更灵动婉转，能够讨得夫婿的欢心。

《相逢行》中说"丈人且安坐"，或有学者从《颜氏家训》认为"丈人"指的是家翁，这里说的儿媳贤惠孝顺、父亲颐养天年的天伦之乐。这种理解多少有些主观臆断的色彩。实际上，"丈人"就是指"丈夫"。首先，在《长安有狭斜行》中有"丈夫且徐徐，调弦讵未央"一句与这句"丈人且安坐，调丝方未央"表达方式相差无几，应该是同出一源，可以相互参照。既然《长安有狭斜行》中说的是"丈夫"，那么这里"丈人"所指的也应当是丈夫。其次，汉乐府中的确有用"丈人"来表达"丈夫"之意的例子。譬如《妇病行》中有"妇病连年累岁，传呼丈人前一言"一句。如果说《艳歌行》中"丈人"的含义比较模糊，那么《妇病行》中"丈人"的指代再明确不过了。这首诗是一位久病的妇人临终前对丈夫的嘱托，这里的"丈人"很明显是指"丈夫"。由此可以推测，在当时的语言习惯中，"丈人"与"丈夫"应该是同一个意思。最后，从意义上来推断，这里的"丈人"也应该是指丈夫而非家翁。小妇"挟瑟上高堂"，为夫君弹奏，夫妻琴瑟和谐，这是非常合适的。这也是男性对于女性的期待，希望自己的妻子不仅勤劳贤惠，还要能歌善舞、红袖添香，为生活平添几分婉约的情趣。然而，如果将这一幕略带几丝情味的场景转移到翁媳之间，这便显得非常不自然不合适了。因此，诗中所描述的，应该是夫妻关系而非翁媳关系。这样看来，家中三位妇人既有织作之劳，又有娱情之乐，这正是男性心目中对于女性角色的两种要求：贤妻与红颜。这样的富贵之家，不仅位高权重、家底殷实，且又家庭和睦、夫妻和谐，实在是所有人梦寐以求的人生理想。

暂且抛开《鸡鸣》中最后一段不谈，我们可以看到，上述这段内容一直在反复渲染一个家族极致的富贵安康，其中充满了夸张的意味，树立了一个所有人梦寐以求的典型。这样的表达，完全没有批判的意味，反而流露出几分钦羡与赞叹的口吻。尤其是《相逢行》与《长安有狭斜行》，全篇没有一个字是带有否定与批判色彩的。相较而言，对《鸡鸣》的理解争议颇多。主流观点认为这首诗揭示了豪门贵族盛衰无常，反映统治阶级内部争权夺利、互相倾轧的黑暗现实。这种观点主要是因为《鸡鸣》中有一些费解的诗句，如"鸡鸣高树颠，狗吠深宫中。荡子何所之？天下方太平。刑法非有贷，柔协正乱名。""刘玉碧青甍，后出郭门王。""桃生露井上，李树生桃旁。虫来啮桃根，李树代桃僵。树木身相代，兄弟还相忘。"这几句正是对这首诗歌理解的争议所在。

《鸡鸣》开篇说"鸡鸣高树颠，狗吠深宫中"，《通志》作"狗吠深巷中"。这两句其实再平常不过了，后世陶渊明有"狗吠深巷中，鸡鸣桑树颠"或出于此。有鸡有狗，便有人家，充满了浓厚的生活气息。与《十五从军征》中"兔从狗窦入，雉从梁上飞"相对比，这是只有安安稳稳的世道才能看到的景象，与下文"天下方太平"相照应。秦末汉初，百姓经历了连绵的战火，如今社会终于安定下来了。"荡子"指辞家远出、羁旅忘返之人，《古诗十九首》中有"荡子行不归"一句，李善注："《列子》曰：有人去乡土游于四方而不归者，世谓之为狂荡之人也。"[1] 如今天下安定了，远行的人儿你要去哪里呢？"刑法非有贷，柔协正乱名"两句说的是如今社会现状。或有认为此处说的是在位者主掌生杀予夺，令人的命运荣辱无常。然而，这种解释恐怕说不通。"贷"，意为宽恕、纵容，所谓"严惩不贷"即是此意。那么这里"刑法非有贷"意思就是法律严明，绝不姑息纵容。"柔协"，安抚顺从者；"正乱名"，惩治破坏纲纪者。"柔协正乱名"意为惩恶扬善，肃清社会的不安定因素。这样看来，这两句说的都是"天下方太平"的表现，实在没有体现出半点批评的意思。接下来便是一大段豪门生活的描绘，与《相逢行》及《长安有狭斜行》内容相近。惟"刘玉碧青甍，后出郭门王"两句在文辞上颇为费解。《乐府诗集》此处作"刘王碧青甍"，或有认为"刘王"指皇家本姓的王爷，而"后出郭门王"乃隐射王太后家族。西汉末年，王莽上台前夕，王太后主政，王氏家族盛极一时。此处正是隐射王氏家族出身不正但却游身而上。然而，从文意的连贯上来看，这种叙述方式似乎不合常理。诗歌这一部分是在铺排描绘一个家族的富贵荣华，如果按照这种说法，全诗是在讲王氏家族，那么对主人家身份的交代也应该是在展开叙述之前，而不应该在叙述的过程之中，造成文意跳脱。

况且，我们从相和歌辞共同的表达方式来看，这些歌诗都是主题指向明确，情感表达直白的。喜剧色彩如《陌上桑》，求仙问药如《王子乔》，人生苦短如《蒿里》《薤露》，

---

① （梁）萧统编，（唐）李善注《文选》，中华书局，1977，第1344页。

及时行乐如《善哉行》，就连表现贫民悲苦的生活与愤怒的情感，也是直白的表达，从不藏着掖着，如《东门行》《妇病行》等。这些诗歌对爱和恨的表达都是直截了当的，绝无含沙射影的特征。这一点与那些暗藏褒贬、充满讽刺意味的民间谣谚，如"千里草，何青青。十日卜，不得生"[1] 等，是有本质区别的。因此，从共性来推测，《鸡鸣》中也不应该有如此隐晦的笔法寓以褒贬。

另一种观点则以逯钦立之说为代表。他认为，"歌中'刘玉碧青甓，后出郭门王'十字，有脱误。《书钞》百十二引乐府歌云：'名倡刘碧玉'，疑即此上句原文。今本殆以上句倡字而脱去名倡二字，并倒碧玉为玉碧也。又《新五代史》三十七《伶官传》：'郭门高者，名从谦。门高其优名也'云云。疑此郭门王亦倡人名。上言刘碧玉，下言郭门王，所以眩邯郸倡乐之佳也。"[2] 按照这种观点，诗中的"刘玉碧""郭门王"指的是两位名倡，恰好承接上句中的"邯郸倡"，这样解释便上下文连贯了。但是，这里仍有两处很难说通。首先，"青甓"二字没有解释。"青甓"指"青砖，黑砖"，接在人名之后，令人费解。其次，由"郭门高"推知"郭门王"亦为倡人名，的确只是一种猜测。郭门高，郭姓，优名门高，可知"郭门"二字并非连用作为倡人特有的姓氏，所以，仅从这一点来推断"郭门王"乃倡人名，是有些牵强的。但是，如果从文意上看，上句提到"作使邯郸倡"，接下来具体列举两位名优在府中表演的例子，前后连贯，语意通畅，倒不失为一种合理的解读。且按逯说，此处有脱误，或许可以作为一种解释。

最后是"桃生露井上，李树生桃旁。虫来啮桃根，李树代桃僵。树木身相代，兄弟还相忘。"这一段颇令人费解。冯惟讷《古诗纪》中认为，"此曲前后辞不相属，盖采诗入乐合而成章邪？抑有错简紊乱邪？"[3] 合乐或错简之说，虽没有确切的证据，但从文辞不连贯来看，也不失为一种可能性。即便这一段确实是原诗，也并没有体现出强烈的批判意味。前四句李代桃僵的故事其实是在树立一个兄弟感情的榜样。接下来说"树木身相代，兄弟还相忘"，意思是树木尚且能够以身相代，兄弟岂能不顾彼此，包含了劝诫的意味。以树为榜样，正与桓温《枯树赋》"树犹如此，人何以堪"异曲同工。这样看来，这一段只是在树立一个"兄弟应互为表里"的良好价值导向，劝诫人们不要兄弟相忘，如果把它看做是一种对富贵之家兄弟相残的批判与讽刺，未免有过度阐释的嫌疑。

① 《后汉书》，中华书局，1965，第3285页。
② 逯钦立：《先秦汉魏晋南北朝诗》（汉诗卷九），中华书局，1983，第257页。
③ 同上。

二　歌诗的表演功能与创作态度

分析完这三首诗的文辞内容后，我们再从诗歌的功能角度来考察这三首诗的主旨。马克思艺术生产论认为，艺术生产，说到底不过是生产的一种特殊形态，它必然要受到生产的普遍规律的支配。赵敏俐师以艺术生产论来分析中国古代歌诗艺术生产，在这个艺术生产的过程中，"作家成了一个生产者，……作家的文本写作只是整个艺术生产中的一个流程，他不但要受制于艺术生产关系，也要受制于艺术生产方式"。"同时，有生产就要有消费，在艺术生产论中，消费对于生产的作用，也远比在创作论中欣赏对于创作的作用大得多。其中重要一点，就是生产者在生产时就要考虑消费者的口味和需要。"① 从艺术生产的角度出发，考虑汉乐府歌诗作为表演艺术作品的特殊性质，再来分析这几首诗的主题，前面的矛盾也就涣然冰释了。

以艺术生产论的观点来看，汉乐府歌诗，尤其是相和歌辞这样的俗乐，是以富豪贵族为消费群体的艺术生产。在这种寄食式的生产与特权式的消费关系下，歌舞艺人的表演目的是取悦观众，也就是和《鸡鸣》《相逢行》《长安有狭斜行》中主人公身份相同的富豪贵族，因此，他们绝不会在表演中百般抨击讽刺这些消费者们。所以，如果把这些诗歌统统理解成下层劳动人民对那些奢侈淫逸的富豪贵族的批判与控诉，显然是考虑不周的。

当我们从这个视角去审视这些诗歌时，往往会得到不一样的理解。特别是《相逢行》和《长安有狭斜行》，这两首诗虽然与《鸡鸣》有许多重合之处，但若细读起来我们会发现，诗中有更为强烈的倾诉性和奉承意味。如果说《鸡鸣》一诗还包含着对富贵家族中手足兄弟的劝诫之意，那么《相逢行》和《长安有狭斜行》则完全摒除了这样的措辞，通篇都在夸耀家族之荣华富贵。纵观全诗，完全没有否定性的字眼，反而饱含着钦羡的语气。我们又怎能将诗歌的主题主观地臆断为批判呢？尤其值得注意的是，这两首诗的开篇反复在强调"君家"。"君"第二人称代词，显然这里的"夹毂问君家""君家诚易知""君家新市傍"都是对舞台下的观众说的，它有明显的接受对象，仿佛就是歌舞艺人在对观众唱"说起您家，真是无人不知无人不晓"，接下来的内容则是夸耀"您家是多么的富丽堂皇、美满幸福"，整首作品充满了奉承的意味。

从文辞上看，"黄金为君门，白玉为君堂"，"鸳鸯七十二，罗列自成行"，"大子二千石，中子孝廉郎"等等，这些语言显然是富有夸张成分的，但这恰好符合它歌颂与奉承的

---

① 赵敏俐：《关于中国古代歌诗艺术生产的理论思考》，《中国诗歌研究》（第二辑），中华书局，2003 。

目的。从歌者的角度来说，在台上唱着"您家多么金碧辉煌""您家的男子多么位高权重""你家的妇人多么贤淑温婉"，自然是要把好话说到极致的。从观众的角度来说，如果听到的只是对自家情况的客观描述，那是非常乏味无趣的，他们需要一些更加刺激感官的夸张来获得欢愉和满足。

从这些极言其富贵的语言中，我们没有看到抨击与批判，反倒是充满了称赞与奉承，而那些达官贵人们也乐于听到歌舞艺人添油加醋地将他们的奢侈富贵夸耀一番，表演者和观众都流露出对富贵的深深向往与赞美，似乎这就是一种值得羡慕和炫耀的东西，这正体现了汉代推崇荣华富贵的时代精神。

因此，我们可以得出这样的结论。汉乐府中描摹家族富贵的这几首诗，并不是下层劳动人民对贫富不均的控诉之辞，而是歌舞艺人以取悦和娱乐富豪贵族为目的而创作的奉承之歌，是世俗化、娱乐化的艺术消费品，是盛世风气中的歌颂文学。以前我们过多的站在贫苦大众的角度，用阶级分析法来看待这些诗歌，实际上是忽略了诗歌本身的性质与功能。当我们抛弃这种先入为主的偏见再来审视汉乐府俗乐歌曲时，我们会发现，这一类歌诗从未包含过于激烈的讽刺性和批判性。且不提这些充满了华丽富贵之象的诗歌，就连真正表现贫苦百姓生活的《东门行》《妇病行》等诗歌，也只是将民间那些凄苦的故事搬上舞台，展现给这些锦衣玉食的达官贵人们看。在读这些诗歌时，我们会深切地同情那些处在社会最下层的食不果腹、衣不蔽体的贫苦百姓，但是诗歌的字里行间确实看不到作者主观感情色彩的褒贬，更没有对于达官显贵的批判之意。因此，我们应当这样看待，这一类作品向观众们展示了他们的生活之外的人间悲苦，同时也旨在唤起他们对于贫苦百姓的恻隐之心。正是因为这样的主题，我们可以看到汉乐府表达的虽然是世俗化的情感，但它绝不庸俗。它不是笔笔如刀地对社会黑暗进行犀利的抨击，而是通过这些令人愉悦或同情的言辞以及轻描淡写的劝诫，树立好的价值导向，在歌舞表演中蕴含着一种潜移默化的力量。

三　女性角色的定位：审美的、健康的艺术追求

从《相逢行》和《长安有狭斜行》中我们还可以看到当时社会对女性角色的定位。两首诗中写了三位妇人，"大妇织罗绮，中妇织流黄。小妇无所为，挟瑟上高堂"。这里展现了两种女子形象。

一种是工于织作的贤妻形象："大妇织罗绮，中妇织流黄"，虽然是大户人家，锦衣玉食，但家中妇人仍然亲力亲为，纺布织锦。这是传统观念中对妇女的要求，所谓"德

言容功"，织作是其中一个非常具有代表性的标准。因此，许多诗歌在称赞女子时往往以工于织作为喻，譬如《上山采蘼芜》中以"新人工织缣，故人工织素"来表达在丈夫心中"新人不如故"，《孔雀东南飞》中以"三日断五匹"表达自己在德行方面无可挑剔。

另一种是多才多艺的红颜形象："小妇无所为，挟瑟上高堂"。"小妇"，本就是最惹人怜爱的，诗中更是将她塑造为一朵能歌善舞、温婉动人的解语花。她不再守着织机辛勤织作，而是抱着琴瑟款款而来，为夫君徐徐弹奏。这样的红颜知己，无疑是男子梦寐以求的。这里对"小妇"的描述也为诗歌增添了几分艳情的色彩。

事实上，诗中所展现的这两种形象，正是男性对女性角色的两重期待：贤妻良母与红颜知己。他们既需要端庄贤惠的妻子持家有道，也需要能歌善舞的红颜巧笑承欢。这些许艳情色彩在这两首诗中还只是一个萌芽，到了南朝，当文人们再拟作《相逢行》和《长安有狭斜行》时，虽然诗歌在叙述上的套路没变，但诗中的三位妇人工于织作的贤妻角色渐渐隐去，渐渐变成了深闺中无所事事、弹筝弄琴的金丝雀①。譬如拟《长安有狭斜行》，梁武帝作"大妇理金翠，中妇事玉觿。小妇独闲暇，调笙游曲池"。②简文帝作"大妇舒绮绸，中妇拂罗巾。小妇最容冶，映镜学娇嚬"。③庾肩吾作"大妇襞云裘，中妇卷罗帱。少妇多妖艳，花钿系石榴"。④刘宋时，刘铄作《三妇艳》："大妇裁雾縠，中妇冰练。小妇端清景，含歌登玉殿。丈人且徘徊，临风伤流霰。"⑤诗歌将前面行人问君家、夸耀庭院豪华以及三子位高权重的情节全部删去，仅留下对三妇的描写。自此，诗人写作这一主题时，纷纷煞费苦心地用最艳丽的文辞来呈现三妇的闺中生活。譬如沈约作"大妇拂玉匣，中妇结罗帷。小妇独无事，对镜画蛾眉。良人且安卧，夜长方自私。"⑥昭明太子作"大妇舞轻巾，中妇拂华茵。小妇独无事，红黛润芳津。良人且高卧，方欲荐梁尘。"⑦这些诗歌中对于妇人的描绘已经脱离了传统的教化，充满了轻柔婉约的艳情色彩。到了陈后主作《三妇艳词》十一首，三位妇人争芳斗艳，字里行间皆是软香温玉，诚如陆时雍所言："梁诗妖艳，声近于淫。倩妆艳抹，巧笑娇啼，举止向人卖致。"⑧

① 参见郭建勋《从＜长安有狭斜行＞到＜三妇艳＞的演变》，《文学遗产》2007 年第 5 期。
② （宋）郭茂倩：《乐府诗集》（卷三五），中华书局，1979，第 515 页。
③ 同上书，第 516 页。
④ 同上。
⑤ 同上书，第 516 页。
⑥ 同上。
⑦ 同上。
⑧ （宋）陆时雍：《诗镜》（卷十七），《文渊阁四库全书》本。

从这些女性角色的演变中，我们可以清晰地看到不同时代对女性的审美区别。齐梁宫体诗纯粹将女子作为一种摆设来描摹，用最为艳丽的文辞来刺激感官，主题的庸俗化反映出当时的风气已经将女子视作纵情享乐的载体。与此相比，尽管汉乐府展现的是世俗情怀，但其审美趣味绝不庸俗，《相逢行》与《长安有狭斜行》中对三妇的描述虽然透露出些许娱情的倾向，却仍然维持了传统的道德要求和评价标准。"大妇织罗绮，中妇织流黄"是赞美妇人之德行，"小妇无所为，挟瑟上高堂"则是在中正雅丽的篇章中点缀了一个令人耳目一新的音符，但这还不足以颠覆汉代对妇女的传统审美要求。汉乐府中还有一首《陇西行》，其中对一位持家有道的贤妇进行了歌颂。诗中通过展现她招待客人的全过程，既待客周到，又不过分殷勤、逾越礼制，体现了她言行有礼、举止有度的行为规范，最后发出"取妇得如此，齐姜亦不如。健妇持门户，亦胜一丈夫"[1] 的感叹与赞美。这样对照来看，汉代对于女性的审美标准是比较适度的，既维护了"德言容功"的传统礼仪，又不忽视人性自然的娱情需求。因此，汉代诗歌中的女子形象往往丰满而生动，既是道德的，又是人性的，她们是"发乎情，止乎礼义"的时代精神的体现。这也正体现了汉乐府作为一种娱乐化、世俗化的艺术形式，仍然追求健康的审美，坚持"真善美"的艺术追求。

四　俗乐歌诗的套语

上文已经说过，《鸡鸣》《相逢行》和《长安有狭斜行》这三首诗在语言表达上有相当大一部分的重合，这种现象在汉乐府中并不罕见。通过套语的使用，形成了程式化的诗歌表达，关于这一特点，赵敏俐师在《汉乐府歌诗演唱与语言形式之关系》一文中进行了深入的论述。文章讨论了套语在汉乐府中的大量使用体现了汉乐府作为歌诗表演艺术区别于后世文人案头徒诗的特征，并得出了这样的结论："汉乐府歌诗语言的程式化概括为两个方面。第一是为了顺利流畅地表达而充分地使用套语，第二是歌诗的写作要符合汉乐府相和诸调的表演套路。总的来说，汉乐府歌诗应该属于表演的、大众的艺术，而不是文人的和表现的艺术。"[2] 的确，汉乐府中，在表达相近的意义时，套语的使用程度是非常高的。比如这三首诗，在描摹家族富贵时，叙述模式如出一辙，所用的文辞也相差无几。也就是说，夸耀一个家族的荣华富贵，已经形成了一定的套式，歌舞艺人无论在谁家表演，都只需要按照这一套式进行即可。这也就要求这种套式具有广泛的代表性。譬如这里，要

---

① 逯钦立：《先秦汉魏晋南北朝诗》（汉诗卷九），中华书局，1983，第 267 页。
② 赵敏俐：《汉乐府歌诗演唱与语言形式之关系》，《文学评论》2005 年第 5 期。

展现一个家族的富贵，无非是门墙多么阔气，庭院多么豪华，主人多么位高权重，因此，只要从这几个方面来构成一首歌诗，就可以"以不变应万变"，适应每一场演出的需求。而且，这种套式的使用是片段的，不同主题指向的诗歌，只要其中包含了这样的情节，都可以使用。《鸡鸣》一诗透露出劝诫的意味，与《相逢行》和《长安有狭斜行》纯粹歌颂奉承的意义略有区别，但诗中描摹家族富贵所用的套式是完全一致的。

汉乐府歌诗不仅在表现同一内容时形成了固定的套式，而且在具体的文辞表达上也充分地使用套语。譬如诗中在形容豪门院落时都说"黄金为君门，白玉为君堂"，"鸳鸯七十二，罗列自成行"，形容男子地位高贵都说"黄金络马头"等，这些文辞已经成为了一种通用的表达习惯。这些成句的套用大大降低了歌诗创作的难度。歌舞艺人们不再需要绞尽脑汁地构思新的词汇，组织新的语言，甚至在即兴表演中都能够信手拈来，这在很大程度上促进了汉乐府歌诗艺术的繁荣。套语的使用是广泛的，它不局限于特定的主题、篇章或段落，同样的语句、词汇，可以出现在形形色色的诗歌之中。譬如主题相近的《鸡鸣》和《相逢行》中都用"黄金络马头"来显示男子地位高贵、排场盛大，而主题与之相去甚远的《陌上桑》中，罗敷夸夫亦言"黄金络马头"。这些诗歌显然不是一时一人所作，却在文辞使用上有所重合，可见这些词句是非常流行，并被广泛地理解与接受的。

这些套语，都是具有标志性意义的，它选用的意象或是特殊的文化符号，或是社会约定俗成的心理认同。以"黄金络马头"这一句来说，在中国传统的文化心理中，坐骑是男子身份的标志，因此，诗歌中常常用描述马来体现其主人的身份地位，这种意义在《诗经》中便有了很好的体现。如《大雅·韩奕》中说"四牡奕奕，孔修且张"，表现马的矫健身姿，又说"钩膺镂钖，鞹鞃浅幭，鞗革金厄"，[1] 通过描绘马的装饰物来突显其主人身份地位之高贵。渐渐地，通过写马，尤其是马身上种种华丽的装饰物来指代男子身份和气质，成为一种约定俗成的文学习惯。为什么一定要说"黄金络马头"呢？黄金，毋庸置疑是富贵的象征，这是社会普遍认同的。只要说到黄金，给人的直接感受就是高贵富有，这种意义是直观的，不需要多费唇舌解释。

这里还有值得注意的两点。其一，汉乐府的文辞，尤其是反复使用的套语，往往是极其通俗的。同样是说马的装饰，《大雅·韩奕》中说的是"钩膺镂钖，鞹鞃浅幭，鞗革金厄"，用字雍容端庄、典雅古奥。而汉乐府中则是平平常常一句"黄金络马头"，完全是市井俚俗之语。与《诗经》相比，汉乐府的言辞是直白的、通俗易懂的，它也许不够典丽，但这样的语言才能让更多的人在轻松愉悦中理解接受，更加适合大众的审美需要。说

---

① 《十三经注疏·毛诗正义》（卷十八），（清）阮元校刻，中华书局，1980，第 302 页。

到底，汉乐府，尤其是俗乐歌诗，就是一种世俗化的娱乐消费品。其二，正是因为它的这一特性，所以，汉乐府中反映出来的也正是那个时代的精神。我们在《诗经》中看不到"黄金络马头"，"黄金为君门，白玉为君堂"这样财大气粗的表达，而这些却成为汉乐府中常用的套语，这也说明汉代人对"黄金"这些象征财富的东西有一种发自肺腑的喜爱与推崇。他们崇尚富贵，无论在现实生活中，还是在艺术欣赏中，都毫不掩饰这种追求。

事实上，并不仅仅局限于这几首歌颂家族富贵的诗，汉乐府许多套语中的词汇都是用极致的华丽来作为指代的。比如《羽林郎》中形容胡姬"耳后大秦珠"，《陌上桑》中形容罗敷"耳中明月珠"，《古诗为焦仲卿妻作》中形容刘兰芝"耳中明月珰"。难道作者在创作之时真的仔细推敲过这三位女子应该带什么样的耳环吗？恐怕没有。"大秦珠"、"明月珠"、"明月珰"大概就是一类东西，是耳环中的极品。作者在创作之时只是将它们信手拈来放在诗歌的表达套式之中，只需要表意完整、审美享受并且符合音律便可。这一点，与文人案头写作的徒诗是截然不同的。

总的来说，汉乐府中套式与套语的内容和形式，体现了汉乐府的世俗化与娱乐化特性，也反映了汉代人崇尚富贵荣华的时代精神。

结　语

汉乐府俗乐歌诗给我们留下了丰富的艺术经验。从这些世俗描写中，我们可以窥知汉乐府歌诗最本质的形态：表演。从整个诗歌史中来看，它是非常特殊的一类诗歌。说到底，汉乐府歌诗是由歌舞艺人所生产的一种艺术商品，作为商品，它的本质属性是用于交换。也就是说，歌舞艺人创作出这些歌诗艺术作品，必须能够推销出去，必须有人欣赏，才能够实现它的价值。为了顺利的把这些作品推销出去，歌舞艺人在创作之时就必须考虑其消费者的需要。

在汉代社会，这些歌诗艺术作品的消费者，就是以宫廷贵族、达官显宦、富商巨贾为主的上层名流社会阶层。他们生活富庶，有殷实的经济基础，在享受着丰厚奢侈的物质生活的同时，精神上也产生了休闲娱乐的诉求。这种诉求使他们产生了对歌诗艺术的需要，在饮酒作乐的时候，他们还希望享受视听之娱，需要听着歌舞艺人唱着动听的音乐，讲着喜闻乐见的故事。这就是歌诗作品的呈现形态，它是在贵族豪门厅堂殿庭演唱表演的艺术。而其消费者的诉求正是歌诗艺术产生的源动力，这也就决定了歌诗艺术作品的文学功能是审美娱乐，是给它的观众带去欢声笑语，带去视听之娱，带去与他们的心态相契合的艺术表达。只有当歌舞艺人创作的这些作品能够很好的与观众的要求遇合，才能够得到他们的认可，从而使歌舞艺人获得他们需要的生活资料和艺术名望。在不断的摸索实践之中，歌舞艺人通过不断地调整，终于找到了最受欢迎的艺术标准，这些作品也在社会上流行起来。因此，我们现在看到这些流传下来的作品，实际上体现的是消费者的艺术观，而不是生产者的艺术观。也就是说，虽然这些用于表演的汉乐府歌诗的作者是属于下层百姓的歌舞艺人，但是作品中反映的却是汉代上层社会的价值取向，而不是通常说的民间歌谣那样表达普通老百姓的喜怒爱憎。要正确理解汉乐府歌诗，就必须从根本上把握它表演娱乐的艺术本质和文学功能。

在明确了汉乐府歌诗艺术的娱乐本质之后，许多难以说通的问题就迎刃而解了。在这些歌诗艺术作品中，许多世俗描写都超越了真实，是对现实生活的一种抽象化的表现。譬如在塑造人物时，往往把人物形象打造得华贵非凡；在描绘场景时，往往把场景器物展现得富丽堂皇。这些描述是虚构的、夸张的，是典型化的艺术表现。汉乐府歌诗之所以呈现出这样的艺术特征，正是因为它的表演娱乐性。因为汉乐府歌诗是表演给上层名流看的，所以它势必要符合他们的审美理念。而他们的审美理念是精致的、美好的、华丽的、富贵的，所以汉乐府歌诗也要呈现出这样的特征。于是，在创作中，作者把现实生活中的灰头土脸、荆钗布裙换成了珠光宝气、富丽堂皇。这种通过虚构和夸张的手法形成的审美性，是汉乐府俗乐歌诗的一大特征。

同样，为了实现娱乐的目的，汉乐府俗乐歌诗在选材上凸显了世俗精神。它不需要家国天下的责任，不需要礼义廉耻的说教，它就是世俗生活中的人们对于凡俗人生的体验与思考，就是与日常生活息息相关的、向人的本性追求和兴趣取向靠拢的艺术表达。因此，为了引起人们的兴趣，满足人们对娱乐的追求，汉乐府俗乐歌诗往往选取那些喜闻乐见的故事、满心向往的场景，在此基础上再进行艺术的加工，使之情节更曲折、更具有趣味性和艺术的高度。

经过审美化和趣味化的艺术加工，汉乐府歌诗表达的内容往往是与现实生活处于离合之间的。一方面，它取材于现实生活，是从真实的凡俗人生中抽象出来的。另一方面，它又根据人们的喜好经过了艺术的加工，添入了人们的主观色彩。因此，对所谓"感于哀乐，缘事而发，可以观风俗，知厚薄云"① 这一论断的理解，不能简单地将汉乐府当做是汉代社会生活的一面镜子或一部纪录片，它是经过人的选择之后的艺术表达，是经过人的主观的折射之后的艺术再现。汉乐府可观的风俗，并不是完完全全真实的社会生活，而是这个时代的人的喜好、审美、精神和价值取向。汉乐府与真实的世俗生活既贴近，又保持

---

① （汉）班固：《汉书》，中华书局，1962，第 1756 页。

一定的距离，这种若即若离的状态正好体现了"艺术源于生活而高于生活"的本质。

汉乐府特殊的歌诗表演艺术性质决定了它特殊的艺术成就。这种成就是区别于文人案头徒诗的。对于文人徒诗而言，讲究辞章典韵，追求语言的锤炼，以最精炼的文字表达最丰富的意义。而对于汉乐府歌诗则不然，由于它是一门口头表演艺术，通过歌舞艺人在舞台上的娓娓道来而实现作品的传播，所以，它在语言上有独特的要求。它要求语言的通俗易懂，能够让人用听力直接接受，不需要过多的思考。因此，它在描绘一个事物时，往往一句接一句反复铺排渲染，将其形象慢慢地展现出来。但其中每一个句子都只表达一个方面的意思，单句的含义非常简单明了。

汉乐府歌诗不仅语句通俗易懂，而且在表达特定含义时形成了固定的套式和套语。譬如形容女子常用"耳中明月珠"、形容男子常用"黄金络马头"，而描写宴会场景则是形成了一套按部就班的描写顺序。这种套式和套语，在文人诗中是极力避免的。一般来说，文人诗讲究的是"陈言务去"，尤其到了格律诗，一首诗中如果有两个重复的字，都算不得一首好诗。如果从这个角度来看，汉乐府歌诗的艺术要求的确不如文人徒诗。但是，这种特殊的语言表达是由汉乐府的特殊性质决定的，它符合汉乐府歌诗艺术发展的要求。大量的套式套语方便了歌舞艺人的创作，从客观上促进了歌诗艺术的繁荣发展，形成了汉乐府歌诗特殊的艺术成就。

在文中的研究视角之下，我们对汉乐府世俗描写进行了一个全新的解读。从作品内容中的蛛丝马迹入手，顺藤摸瓜地探索其揭示的问题和产生的原因，并将作品放回产生的那个时代，从而客观全面地审视其性质与功能，努力地接近汉乐府作品本来的面貌。当这些作品从泛黄的故纸上浮现出来，渐渐变得立体而清晰，有富丽堂皇的厅堂、饮酒作乐的观众、规模庞大的乐队、款款而歌的伎人，在光影交错、丝竹相和之间，我们可以看到盛世之中歌诗表演艺术产业的繁华，以及汉代人追求享乐的精神和崇尚富贵的心态。

论汤汉关于陶诗"忠愤"说的历史发生

杨志云*

【内容提要】 南宋末期，理学家汤汉明确提出"忠愤"说来评论陶渊明之诗文。而后数百年间，以"忠愤"论陶诗者，代不乏人。或是或否，往往间出。但论者大都围于时代情势及自身的道德立场，勾稽史籍，牵强附会，不断扩大陶渊明"忠"的政治品格，从而陷入了文艺道德批评的困局。本文试突破以往研究之局限，立足于汤汉"忠愤"说理论发生的历史现场，分析其发生的诗学渊源、时代文化学术背景和当时陶渊明批评的具体语境，对汤汉"忠愤"说产生的原因进行解读。本文认为，汤汉关于陶诗"忠愤"说的历史发生，主要有三个原因：中国古代儒家诗教观、赵宋末季时代风气嬗变和理学勃兴以及在其影响之下的陶渊明批评的发展。

【关键词】 汤汉"忠愤"说 陶渊明 历史发生

关于陶渊明的政治态度、作品风格的问题历来颇多争议。总得来说，大致分为两种观点：一种是"忠愤"说；另一种是反对"忠愤"说。支持者认为沈约之论陶"忠愤"为此说之滥觞。《宋书》曰："潜弱年薄宦，不洁去就之迹。自以曾祖晋世宰辅，耻复屈身后代，自高祖王业渐隆，不复肯仕。所著文章，皆题其年月，义熙以前，则书晋氏年号；自永初以来，唯云甲子而已。"[①] 自此，后世论陶，如萧统《陶渊明传》、房玄龄《晋书》、李延寿《南史》等大都因袭"耻复屈身后代"之说。陶渊明的"忠愤"人格逐渐被发掘放大，直到赵宋时代，终于成为其最重要的人格特征之一。反对者也不乏其人。宋代的思

---

* 杨志云，男，首都师范大学文学院中国古代文论专业方向 2013 级在读博士生，宁夏大学人文学院讲师。
① 《宋书》卷九十三，中华书局，1974，第 8 册，第 2288～2289 页。

悦首先对此提出异议说:"岂容晋末禅宋前二十年,辄耻事二姓,所作诗但题甲子,以自取异者?"① 之后,清方东树的《陶诗附考》、梁启超的《陶渊明之文艺及其风格》、鲁迅的《魏晋风度及文章与药及酒之关系》等文章中也阐述了反对的意见。

从现有文献资料来看,这个说法的正式提出,是由南宋末期理学家汤汉②来完成的。"忠愤"说一经提出就不断引起后世理论界的共鸣,并逐步演变为从南宋末年到现代的一个颇有影响的理论。

汤汉作品大多亡佚中,③ 其《陶靖节先生诗注》一书是研究宋代陶渊明诗歌接受史以及汤汉诗学思想的最重要的著作。在这本书中,汤汉为《述酒》诗作注,最先明确提出"忠愤"一说:

> 诗辞尽隐语,故观者弗省,独韩子苍以山阳下国一语,疑是义熙后有感而赋。予反覆详考,而后知决为零陵哀诗也。因疏其可晓者,以发此老未白之忠愤。④

清人周春在《陶靖节先生诗注·跋》中做了进一步发挥:

> 靖节时当禅代,虽同五世相韩之义,但不敢直言,而借廋辞以抒忠愤,向非诸公表微阐幽,乌能白其未白之志哉!⑤

汤汉所谓"廋辞"就是隐语,他所说的"忠愤"乃陶渊明忠于晋室而不敢直言,所以"借廋辞""表微阐幽",以抒发对刘宋篡权的愤懑之情。自汤汉后数百年间,虽非议间出,或是或否,而晋室忠臣的看法则成为主流。汤汉"忠愤"说是对儒家文论传统的继承,同时又打上了深深的时代烙印。它是陶渊明接受史上,关于陶渊明政治态度、道德人格、艺术风格等研究的重要环节,对我们深入研究陶渊明有巨大价值。汤汉"忠愤"说这一理论是逐渐产生的——它经历了一个漫长的历史过程。然而,论者大都忽略对其历史发

---

① 《陶渊明资料汇编·论陶一则》中华书局 1962,第 24 页。
② 汤汉,字伯纪,号东涧,安仁人(今江西余江县崇义乡)。宋淳祐四年(1244)甲辰科进士,南宋末期著名理学家。《宋史》第一百九十七卷有传。
③ 《宋史·汤汉传》记载汤汉"有文集六十卷"。宋元之际已大多散佚。今传《钦定四库全书总目》著录《东涧集》一卷。今传汤汉所编《妙绝古今》文选集四卷。另有《陶靖节先生诗注》(四卷补注一卷)、《笺注陶渊明集》(十卷)传世。
④ 汤汉:《陶靖节先生诗注》(四卷补注一卷),《续修四库全书》,上海古籍出版社 2002,第 1304 册,第 122 页。
⑤ 同上书,第 99 页。

生的阐发，而纠结于陶渊明"忠"之与否的道德判断。无疑，"知人论世"的探讨是必要的，价值判断也难以避免，但是，对作家进行简单的、非此即彼的道德批评，则凸显了儒家传统文论模式的局限。因此我们需要回到这一理论发生的文化历史语境当中，对它的历史成因予以合理解释。

站在汤汉"忠愤"说理论发生的历史现场，本文认为汤汉"忠愤"说的历史生成主要有三个方面的因素。

一　"忠愤"说是儒家"诗可以怨"诗教观的继承和发展

中国古代文人，尤其是儒家的文论家，喜欢用儒家伦理道德观念品评文艺。他们历来强调文艺的社会政治功用，强调经世致用。《毛诗序》所谓"经夫妇、成孝敬、厚人伦、美教化、移风俗"是古代文艺伦理的经典教条。重视人伦和谐及文艺的教化价值，在儒家看来是自然而然的事。"忠愤"说就是这一类观念中的一个。

"忠愤'一说，其来有自。以"忠愤"论文，我们可以追溯到"诗可以怨"的儒家诗教传统，甚至更早的"诗言志"命题。诗歌可以通过表达或宣泄诗人对现实的不满情感，以实现怨刺上政的目的。这一点在司马迁的文论中表现得最为突出。司马迁因"意有所郁结，不得通其道"，故发愤著书，"述往事，思来者"①，"感身世之戮辱，传畸人于千秋"②。他在评论屈原时，寄寓自己个人的身世之慨，提出《离骚》"盖自怨生"的观点：

> 屈平正道直行，竭忠尽智，以事其君，谗人间之，可谓穷矣。信而见疑，忠而被谤，能无怨乎？屈平之作《离骚》，盖自怨生也。③

在司马迁看来，屈原的《离骚》是屈原不平遭际的激愤之情的表达，而这种情感是由忠君之情无处诉说所导致的。屈原在朝时，"正道直行，竭忠尽智"，但是却"信而见疑，忠而被谤"；遭谗被黜后，途穷道尽，痛心疾首，自投汨罗。忠而至于死，乃忠且烈者。

---

① 司马迁：《太史公自序》，《史记》卷一百三十，中华书局，1959，第10册，第3300页。
② 鲁迅：《汉文学史纲要》，《鲁迅全集》第十卷，人民文学出版社，1973，第581页。
③ 司马迁：《屈原贾生列传》，《史记》卷八十四，中华书局，1959，第8册，第2482页。

司马迁以"忠愤"论屈原，名实具符，可谓不刊之论。司马迁的"发愤著书"和"盖自怨生"观点，解释了古代作家文艺创作的动机和动力的问题，同时也彰显了作家的道德人格特征。

汤汉对《述酒》的阐发也是通过这一理论范畴来展开的。

《述酒》篇历来被公认为是陶渊明最难理解的作品，也是解开其政治态度及相关问题之谜的关键所在。遗憾的是，尽管论者纷纭，其主旨至今却仍然是个未解之谜。正如李公焕笺注引赵泉山曰："《述酒》间寓以他语，使漫奥不可指摘。"① 注陶诗者历经一千余年，对此倾注大量心力，却只能做出是一首哀诗的初步判断。今人袁行霈先生认为"此诗颇不可解"，"综合诸家之说，断以己意，勉强使之圆融，恐难论定"②。本着疑则传疑，以俟来哲的精神，不宜作牵强解会。因此，本文探讨的重点是"忠愤"这个范畴是如何阐发的，而不是这个伦理道德判断是否符合史实。

汤汉对《述酒》的阐发是从文艺伦理的角度出发的：

> 陶公诗精深高妙，测之愈远，不可漫观也。不事异代之节，与子房五世相韩之义同。既不为狙击震荡之举，又时无汉祖者可托以行其志，故每寄情于首阳、易水之间，又以荆轲继二疏、三良而发咏，所谓"抚己有深怀，履运增慨然"，读之亦可以深悲其志也已。平生危行孙言，③ 至《述酒》之作始直吐忠愤，然犹乱以廋词，千载之下读者不省何语。是此翁所深致意者，迄不得白于后世，尤可以使人增欷而累叹也。余偶窥见其指，因加笺释以表暴其心事，及他篇有可发明者，亦并著之。④

陶渊明在《咏荆轲》（一首）、《咏二疏》（一首）、《咏三良》（一首）这些诗中的确歌颂了三良、荆轲、二疏等忠义之士。在古人的历史叙述中，他们大都能够通过直接的实际的行动来表明自己的忠诚：或如张良有"狙击震荡之举"，或如伯夷叔齐有饿死首阳之行。在汤汉看来，陶渊明因为没有遇到像刘邦那样的明主可以托付性命，所以空负报国之志，而恨无报国之门。于是，只能通过晦涩的隐语，将一腔无处发抒的忠愤，宣泄于诗文

---

① 汤汉等笺注《笺注陶渊明集十卷》，《续修四库全书》本，上海古籍出版社，2002，第1304册，第178～179页。

② 袁行霈：《陶渊明集笺注》，中华书局，2011，第212页。

③ 《论语·宪问》："邦有道，危言危行，邦无道，危行言孙。""言孙"即"孙言"。

④ 汤汉：《陶靖节先生诗注》（四卷补注一卷），《续修四库全书》本，上海古籍出版社，2002，第1304册，第100页。

创作之中。陶渊明和那些忠义之士是在同一类属当中的。汤汉如此附会自然并不十分得当，因为忠诚如果不能诉诸实际政治行动，实在难以证明它的存在。不过，从这段文字来看，倒是可以见出汤汉对儒家"诗言志"文艺观点的继承：文学可以表达诗人的政治伦理情感。

陶渊明的一些诗文的确表达了愤激之情。从汤汉所举陶渊明的作品就可以证实。在陶渊明的诗文中，最激愤不平者当属《感士不遇赋》：

> 自真风告逝，大伪斯兴，闾阎懈廉退之节，市朝驱易进之心。怀正志道之士，或潜玉于当年；洁己清操之人，或没世以徒勤。故夷皓有安归之叹，三闾发已矣之哀。悲夫！寓形百年，而瞬息已尽；立行之难，而一城莫赏。此古人所以染翰慷慨，屡伸而不能已者也。夫导达意气，其惟文乎！①

观渊明诗文，愤激之词，无出其右。在这段文字中，陶渊明替古代无数怀才不遇的士人喊出了心声。社会现实极度不公："怀正志道""洁己清操"的道德高尚之人，"或潜玉于当年""或没世以徒勤"。理想抱负饱受挫折：有志不获申，有功不得赏，不能不让志存高远而时蹇运乖之士唏嘘喟叹。在陶渊明看来，为文之动机就在于所谓"导达意气"，在于发抒这种意志，宣泄这种情感。陶渊明将不满现实而产生的激愤之情，诉诸诗文以求宣泄，这是古代诗人创作中遇到不平遭际时的常情，也是符合儒家"诗可以怨"的诗教观之主张的。

但是，从陶渊明生平及作品来看，他的激愤是有的，忠于晋室恐怕未必。袁行霈先生在《陶渊明与晋宋之际的政治风云》一文中就这个问题有极中肯的评价：

> 总之，陶渊明虽然是一个本性恬静的人，但毕竟也像封建时代许多士大夫一样，怀有建功立业大济苍生的壮志。在晋末政治最动荡的时期，他自愿地投身于政治斗争的漩涡之中，作了几番尝试，知道已不可为，才毅然归隐……他在政治漩涡里翻腾过，他的进退出处都有政治原因。把他放到晋宋之际的政治风云之中，才能看到一个真实的立体的活生生的陶渊明的形象，并通过这个典型看到中国封建时代一类知识分子共同的幻想、彷徨和苦闷。②

① 逯钦立：《陶渊明集校注》，中华书局，1979，第145页。本文所引陶渊明诗文均来自此书。
② 袁行霈：《陶渊明与晋宋之际的政治风云》，《陶渊明研究》，北京大学出版社，1997，第106页。

袁行霈先生将陶渊明放在中国古代士人文化的传统和晋宋之际的政治风云之中来考察：在袁先生看来，在那个时代，陶渊明只是中国古代典型的一类知识分子，他的激愤正来自人生价值无法实现而产生的彷徨与苦闷。这是客观而公正的评价。

将司马迁的"忠愤"和汤汉的"忠愤"进行比较，我们可以发现其异同：它们逻辑相同，即有一个先在的政治伦理价值预设，然后推演出对作家作品的伦理价值判断。它们是儒家伦理化诗学观的一种体现；当然，我们也可以看出其中道家愤世嫉俗的影子。但是，汤汉的理论表述更清晰、更完整，也更彻底。汤汉所谓"忠愤"是两个方面要素的结合。一是"忠"的道德伦理观念表达，二是"愤"的心理情感宣泄。因为"忠"的伦理价值无法实现，而通过诗文来寄寓因挫败而产生的愤激之情就是"忠愤"。"愤"因"忠"的道德伦理价值无法实现而起，这就为"忠愤"的心理情感涂上了一层鲜明的道德伦理色彩。这无疑比"诗可以怨"命题的内涵更为丰富。

二 "忠愤"说是赵宋时代文艺变染世情的结果

赵宋时代是一个崇尚节义气概、理学勃兴的时代。"忠"的观念被推重程度超过了以往的任何朝代。

首先，这与当时统治阶层的竭力提倡是分不开的。唐末五代，从北到南，王朝大都短命。因为政权频凡更迭，武官投敌变节，拥兵自立；士大夫辗转几朝，历仕数君，似乎都是平常事。比如冯道，就"历任四朝，三入中书，在相位二十余年"[①]。他还自称"长乐老"，并在其《长乐老自叙》中得意地说："静思本末，庆及存亡，盖自国恩，尽从家法，承训诲之旨，关教化之源。在孝于家，在忠于国，口无不道之言，门无不义之货。"[②] 操守尽失，节概全无，还自诩忠孝，可谓无耻之尤。世风浇薄，人心不古，这种状况引起了统治阶层深深的忧虑。于是，帝王褒奖忠臣以求得人之死力，士大夫以身作则而图士风之振作。经过不懈努力，到了宋真宗、宋仁宗的时代，寡廉鲜耻的鄙陋士风得到根本扭转，崇尚名节成为宋代士大夫的精神主流。元人脱脱等编写的《宋史·忠义传》对时代精神之嬗变有准确的描述：

---

① 薛居正：《冯道传》，《旧五代史》卷一百二十六，中华书局 1976，第 1665 页。
② 同上书，第 1663 页。

士大夫忠义之气，至于五季，变化殆尽。宋之初兴，范质、王溥，犹有余憾，况其他哉！艺祖首褒韩通，次表卫融，足示意向。厥后西北疆场之臣，勇于死敌，往往无惧。真、仁之世，田锡、王禹偁、范仲淹、欧阳修、唐介诸贤，以直言谠论倡于朝，于是中外搢绅知以名节相高，廉耻相尚，尽去五季之陋矣。①。

宋初，开国之君褒扬表彰忠义，武臣"勇于死敌，往往无惧"；真、仁之世，重要文臣田锡、王禹偁、范仲淹等人"直言谠论"，"中外搢绅知以名节相高，廉耻相尚，尽去五季之陋矣。"田锡、王禹偁、范仲淹等人忠直敢言，引领士风扭转，于宋人精神人格之塑造居功至伟。其中犹以范仲淹扭转士风的功绩为最高。朱熹曾这样评价范仲淹振作士气的功绩：

范文正公作成忠义之风。本朝范质，人谓其好宰相，只是欠为世宗一死耳。如范质之徒却最敬冯道辈，虽苏子由议论亦未免此。宋朝忠义之风，却是自范文正作成起来也。②

宋代士风的巨变，使得有宋一代"捐躯殉节，之死靡二"，"婴鳞触讳，志在卫国"③的忠义节概之士层出不穷。《宋史》为 270 余位忠臣立传，数量之多，在正史中是颇为罕见的。

宋代的理学正是在这种环境下诞生的。

其次，理学的兴盛，推波助澜，将名节推到了道德至上主义的极致。在这个时代，"忠"的含义发生了巨大的嬗变，它成了至德天理。

"忠"是中国古代政治伦理体系的一个核心的道德价值观念。它主要是儒家对君臣关系即君臣伦理秩序的一种规定。这种伦理观因君王对以下犯上、以臣弑君的历史经验的恐惧而不断得到强化。所以倡导忠诚，就成为消除潜在威胁，强化君主集权的必要之政治手段。经过漫长的历史演变过程，在不同的时代，统治阶级都会根据现实政治的需要赋予它不同的理论内涵。

---

① 《宋史》卷四百四十六，中华书局，1977，第 38 册，第 13149 页。
② 朱熹：《朱子语类》卷第四十七，中华书局，1986，第 1188 页。
③ 《宋史》卷四百四十六，中华书局，1977，第 38 册，第 13150 页。

早在先秦时期，"忠"的观念就出现了。比如《论语·八佾》之"臣事君以忠"，《论语·学而》之"为人谋而不忠乎？"《论语·里仁》之"夫子之道，忠恕而已矣"，《书·伊训》之"为下克忠"等。两汉时期，"罢黜百家，独尊儒术"，"忠"的观念随着君主权威的绝对化而被抬到了至高无上的位置。"君为臣纲"为三纲之首。汉代以降，儒家道统地位的高低基本仰赖国家政权统治力量的大小。治世则强，乱世则衰。"忠"的观念之含义和重要性，亦因时而变化。

赵宋时代，理学的勃兴再次提升了儒家伦理的地位。宋代理学鄙薄功利，推崇道德至上，主张伦理范世，"忠"的观念在理学家那里受到空前的推重，其含义更侧重于臣子对君主竭诚尽智，公心无二。

程颢在阐释孔子的忠恕之道时说：

> 以己及物，仁也。推己及物，恕也。违道不远是也。忠恕一以贯之。忠者天理，恕者人道。忠者无妄，恕者所以行乎忠也。忠者体，恕者用，大本达道也。此与"违道不远"异者，动以天尔。[①]

"忠恕"是孔子一以贯之、终身践行的道。程颢以天人、体用的二元对立模式来诠释它："忠者天理，恕者人道"，"忠者体，恕者用"。这样一来就将"忠"的观念上升到了本体论的高度。"忠"是天理，是本源，是自然之道和社会伦理观念的结合，是最高的精神境界和行为准则，是亘古不变、天经地义的道。

古代统治阶级标举忠义，往往通过褒扬孝道来实现。《孝经·士章第五》："以孝事君则忠。"李隆基注曰："移事父孝以事于君则忠矣。"[②] 又《孝经·广扬名章第十四》："君子之事亲孝，故忠可以移于君。"刘宋范晔曾概括说："事亲孝故忠可移于君，是以求忠臣必于孝子之门。"[③] 统治阶级明里表彰忠臣，自觉理亏，而借褒扬孝道之名，收臣子死力尽忠之实。张舜徽先生曾评论《孝经》说："封建统治阶级是想通过孝而收到人人忠君的效果。"[④] 所言可谓击中要害。

---

① 程颢、程颐：《二程遗书》卷第十一，上海古籍出版社，2000，第170页。
② 《孝经注疏》卷第二，北京大学出版社，1999，第14页。
③ 范晔：《后汉书》卷二十六《韦诞传》，中华书局，1965，第918页。
④ 张舜徽：《郑学丛著》，齐鲁书社，1984，第25页。

宋代伪书《忠经》① 的出现直接改变了这种局面。

> 昔在至理，上下一德，以徽天休，忠之道也。天之所覆，地之所载，人之所履，莫大乎忠。忠者，中也，至公无私……忠也者，一其心之谓矣。为国之本，何莫由忠。能固君臣，安社稷，感天地，动神明，而况于人乎？夫忠，兴于身，著于家，成于国，其行一焉。是故一于其身，忠之始也；一于其家，忠之中也；一于其国，忠之终也。身一，则百禄至；家一，则六亲合；国一，则万人理。②

"忠"是"至理"，即天理，是至公无私的，是国家的根本。它能够"固君臣，安社稷，感天地，动神明"；可以使"百禄至""六亲合""万人理"于社稷存亡、家族和睦、个人富贵都有莫大的意义。《忠经》在宋代的出现也正是这种伦理观念被高度推重的表现。

至于"忠"的观念之具体内涵，虽然不能十分确定，但是确比今人理解较为宽泛。今人以为"忠"侧重臣子无条件服从君主的意志一项，而古代的观念却与此不同。《左传·桓公六年》："上思利民，忠也。"《孟子·滕文公》"教人以善谓之忠"，是说官吏要忠于百姓；《礼记·表记》提出"忠而不犯"，孔颖达注疏："忠而不犯者，尽心于君，是其忠也。无违政教，是不犯也。"③ 这是说官吏对君主要忠诚。

宋人的理解明显偏重于"忠君"这一点。理学家陈淳说："程子曰'尽己之谓忠……'尽己是尽自家心里面，以所存主者而言，须是无一毫不尽方是忠。如十分底话，只说得七八分，犹留两三分，便是不尽，不得谓之忠。"④ 朱熹也说"尽己之心而无隐，所谓忠也。"⑤ 苏洵的《谥法》更是规定了数种死后可以被谥为"忠"的情况："盛衰纯固曰忠。临患不忘国曰忠。推贤尽诚曰忠。廉公方正曰忠。"⑥ 可见这个时代，君主尽忠已经不大被人提及，而臣子尽忠则成了被重点强调的维度。

在这个政治上高歌节概，学术上推崇天理的时代，文坛掀起了对陶渊明诗文解读的高潮。于是在赵宋前被钟嵘尊为"古今隐逸诗人之宗"的陶渊明，于宋朝末季变成了反对篡权的忠义之士。朱自清先生总结了这种观念的变化：

---

① 《忠经》伪题为东汉马融著，郑玄注。据《四库全书总目·忠经一卷》提要："《隋志》《唐志》皆不著录，《崇文总目》始列其名，其为宋代伪书殆无疑义。"
② 《忠经·天地神明章第一》，《丛书集成新编》，新文丰出版公司，1985，第637页。
③ 孔颖达：《礼记正义》卷第五十四，北京大学出版社，1999，第1488页。
④ 陈淳：《北溪字义》卷上，中华书局，1983，第27页。
⑤ 朱熹：《论语或问》，《朱子全书》卷一，上海古籍出版社、安徽教育出版社，2002，第6册，第618页。
⑥ 苏洵：《谥法》卷三，《丛书集成新编》，新文丰出版公司，1985，第46页。

历代论陶,大约六朝到北宋,多以为'隐逸诗人之宗',南宋以后,他的'忠愤'的人格才扩大了。①

陶渊明这一文化形象的转变,使得他在中国文化中以两种形象交替出现:一个是"采菊东篱下,悠然见南山"怡然自得的孤介隐士,一个是"猛志逸四海,骞翮思远翥"(《杂诗》)而不可得的,只能"流泪抱中叹,倾耳听司晨"(《述酒》)的"忠愤"之人。

要证明陶渊明"忠愤"人格在后人意识中的扩大,从其诗文中剔抉文献,寻找忠于晋王朝的材料,并不困难。这一方面,说明了陶渊明在那个时代文人士大夫心目中的重要地位;另一方面也说明了在理学家那里,陶渊明的狷介出现了危机。面对陶渊明所创造的醇美澄明的诗境,强调文艺有益风教的儒家诗教观,丧失了阐释的能力和效力。

三 南宋的文论家将"忠"的观念贯彻到了具体的文艺批评当中

其实,在汤汉之前,以"忠愤"论陶渊明,黄庭坚、韩驹、朱熹、真德秀等人都已经做好了充分的铺垫。黄庭坚曾以"忠信""忠义"论诗文。山谷以为"孝友忠信"乃文章学问之根本,要"极当加意,养以敦厚醇粹,使根深蒂固,然后枝叶茂尔"。② 文章立意要符合儒家政治伦理信条,体现"孝友忠信"才能本固枝繁。他评韩驹诗曰:"子苍之诗今不易得,要是读书数千卷,以忠义孝友为根本,更取六经之义味灌溉之耳。"③ 韩驹首开以"忠义"论陶先河,谓其"高举远蹈,不受世纷,而至于躬耕乞食,其忠义亦足见矣"④。

尤其值得注意的是朱熹、真德秀等理学家对于陶渊明的道德品格的论述。

朱熹标举陶渊明的忠臣节概:

陶元亮自以晋世宰辅子孙,耻复屈身后代,自刘裕篡夺势成,遂不肯仕。虽功名

---

① 朱自清:《陶诗的深度——评古直〈陶靖节诗笺定本〉》,《朱自清古典文学论文集》下册,上海古籍出版社,1981,第568页。

② 黄庭坚:《与洪驹父书九首》之二,《山谷老人刀笔》卷一,《宋集珍本丛刊》,线装书局,2004,第26册,第307页。

③ 黄庭坚:《与韩纯翁宣义二首》之二,《山谷老人刀笔》卷十,《宋集珍本丛刊》,线装书局,2004,第26册,第359页。

④ 胡仔:《苕溪渔隐丛话前后集》,《丛书集成初编》,中华书局,1985,第2559册,第18页。

事业，不少概见，而其高情逸想，播于声歌者，后进能言之士，皆自以为莫能及也。盖古之君子，其于天命民彝君臣父子大伦大法所在，倦倦如此。是以节概之高，语言之妙，乃有可得而言者。①

陶渊明之忠于晋室在朱熹看来就是"天命民彝君臣父子大伦大法所在"，并将陶渊明的作品和他的道德人品统一起来。朱熹认为，陶渊明作品之所以能产生"高情逸想""语言之妙"，达到非凡的艺术成就，乃在于他忠君人格的伟大。

真德秀在《跋黄瀛甫拟陶诗》中，更进一步以"忠愤"的理论范畴来论陶：

虽其遗宠辱，一得丧，真有旷达之风，细玩其词，时亦悲凉感慨，非无意世事者。或者徒知义熙以后不著年号，为耻二姓之验，而不知其眷眷王室，盖有乃祖长沙公之心，独以力不得为，故肥遁以自绝，食薇饮水之言，衔木填海之喻，至深痛切，顾读者弗之察耳。渊明之志若是，又岂毁彝伦，外名教者可同日语乎！②

真德秀继承沈约"甲子年号"之说，细玩《咏荆轲》《读山海经》等篇目，从中读出了陶渊明"眷眷王室"之忠，"悲凉感慨""至深痛切"之愤。

其实，朱熹和真德秀的言说已经相当完备，只是欠缺一个更清晰的理论表述。"忠愤"说正式并明确地提出是由以真德秀门人自居的汤汉来完成。就汤汉本人的文化身份而言，这一理论是道学家重道轻文观念的体现。道学家论文往往以道德理念为本体，推演出文学的观点，使文艺成为论证儒家道德价值的工具。他们轻视文艺，有的甚至走到了否定文艺的极端。如程颐的"作文害道"③的命题就是突出的代表。汤汉是南宋末年著名的理学家，他的文艺观也是一种理学家的文艺观。

全祖望《存斋晦静息庵学案序录》："鄱阳汤氏三先生④导源于南溪⑤，传宗于西山，

① 朱熹：《向芗林文集后序》，《晦庵先生文集》卷七十六，《宋集珍本丛刊》，线装书局，2004，第58册，第761页。
② 真德秀：《跋黄瀛甫拟陶诗》，《西山先生真文忠公文集》卷三十六，《宋集珍本丛刊》，线装书局，2004，第76册，第353页。
③ 程颢、程颐：《二程遗书》卷十八，上海古籍出版社，2000，第290页。
④ 汤氏三先生：汤千（号存斋）、汤巾（号晦静）、汤中（号息庵）。南宋末期三位理学家，汤汉从父。
⑤ 柴中行，字与之，人称"南溪先生"，余干（今江西万年县南溪乡）人，南宋末期理学家。

而晦静由朱而入陆，传之于东涧。"① 全祖望《答临川序三汤学统源流札子》："三汤之学，并出于柴宪敏公中行，固朱学也；其后又并事真文忠公，亦朱学。乃晚年则息、存二老仍主朱学，称大小汤，而晦静别主陆学。东涧之学，肩随三从父而出，师友皆同，而晚亦独得于晦静。"② 可见汤汉学术师承，早年乃朱学，晚年乃是陆学。汤汉是南宋末期理学由朱学到陆学，合会朱陆的先驱。朱学主张性即理，陆学主张心即理，此二者根本分际。其长短利弊亦各殊。后世囿于门户，一直争执不休。但是两家毕竟祖述二程，同源分流，相通之处亦不少见。朱陆之后，兴起了一股希望打破门户，汇通二学的理学思潮。汤汉就属于这一思潮中的人物。元人郑玉在《送葛子熙之武昌学录序》中，指出两家的相同之处，他说：

> 及其至也，三纲五常，仁义道德，岂有不同者哉？况同是尧、舜，同非桀纣、桀纣，同尊周、孔，同排释、老，同以天理为公，同以人欲为私，大本达道，无有不同者乎。③

朱陆虽有不同，但是在政治伦理上，都将儒家道德纲常看作"天理"，可以"大本达道"。

《陶靖节先生诗注》作于宋淳祐元年九月九日，即公元 1241 年，汤汉时年四十。汤汉由朱而入陆，固然是个人学术思想之巨大变化，然其政治伦理，即朱陆共有之主张大致无二。更值得注意的是，汤汉本人就有极强的忠君观念。这里有两条《宋史·汤汉传》的史料可以佐证：

> 其一：淳祐十二年……火灾，应诏上封事曰："臣闻任天下之大，立心不可不公；守天下之重，持心不可不敬。"④
>
> 其二：极言边事，以为："今日扶危救乱无复他策，在乎人主清心无欲，尽用天下之财力以治兵。大臣公心无我，尽用天下之人才以强本，庶几尚有以亡为存之理耳。"⑤

---

① 黄宗羲：《存斋晦静息庵学案》，《宋元学案》卷八十四，中华书局，1982，第 2841 页。
② 同上书，第 2842 页。
③ 郑玉：《送葛子熙之武昌学录序》，《全元文》卷一四二八，凤凰出版社，2004，第 46 册，第 314 页。
④ 《宋史》卷四百三十八，中华书局，1977，第 37 册，第 12976 页。
⑤ 同上书，第 12977 页。

　　"持心守敬""公心无我"是宋代理学家常见的命题，也是"忠"的观念的另一种表述。① 忠道关乎社稷安危、国家存亡，着实是得严苛遵循。以忠道治理国家，挽救危亡，在汤汉看来是极为迫切的事。因此，这样一位处于赵宋末际的理学家，在留意文艺的时候，提出"忠愤"说也就不足为奇了。

　　陶渊明处于晋宋改朝之时，汤汉处于宋元易代之际，处境相同，是极易产生强烈的心理共鸣的。汤汉之后，每到国家危亡时刻，中国古代士人都乐意援引陶渊明之"忠愤"以自励。直至近代，仍然有绵延不绝的回响。

　　结合前文汤汉以"忠愤"论陶渊明的相关说法，我们对于这一理论就会有比较清楚的认识。可以说，汤汉继承了儒家"诗言志"的传统，踵武黄庭坚、韩驹以"忠信""忠义"论文之精神，更重要的是，继承了朱熹、真德秀等理学家文艺道德批评的理论模式，明确提出"忠愤"说来评价陶渊明诗文之风格特色与个人政治态度，充满了时代特色，它是赵宋时代陶诗批评的产物。

　　从以上三个层面的论述来看，"忠愤"说的产生既有传统文论的历史渊源，又有时代风尚和理学背景，同时也有具体的文学批评理论发生的轨迹和逻辑。就理论本身而言，它有自身的局限和合理性。作为理学家兼批评家的汤汉，以"忠愤"看陶渊明，通过强调这一范畴的社会价值，拓展了"诗言志"（或"诗可以怨"）命题的内涵（将作家品德看作是个作家要表达的"志"），另外也表现出儒家，尤其是理学家文论将道德伦理绝对化，看轻甚至否定文学审美价值，进而否定文学的缺点。放大陶渊明"忠"的政治品格是不明智的，因为"忠"的内涵，自产生之日起，就因时代不同而历经变化。汤汉时代的人们对它的理解和今天我们对它的理解就根本不同。对于陶渊明政治态度的研究还会继续，关于"忠"的争议不会停息，因为观念之河流动不居，从未停歇。因此，在"是什么"的问题无解的情况下，探讨一下"为什么"如此言说，或许能为相关研究带来不同的理路和新识。

---

　　① 《说文》：忠，敬也。《左传·成公九年》：无私，忠也。《后汉书·任延传》：私臣不忠，忠臣不私。

论西渡诗歌的时间主题

马春光[*]

【内容提要】 西渡诗歌中反复出现的"正午""午后"意象，透露出其"严峻的正午思想"，是他"时间焦虑"的典型表征。基于噬心的时间体验，西渡注重对"世界之快"与"诗歌之慢"之辩证关系的诗性洞察。他细密的时间体验有效地拆解了客观时间在诗歌中的方向性和紧迫感，通过个人化的"时间想象力"让时间不停地回旋或凝固，进而获得观察、思考这个世界的崭新维度。在此基础上，西渡发展了一种细微的想象力和冥想的诗歌语言，呈现了现代时间暴政下生命个体的复杂精神体验。西渡诗歌的"时间悖论"，是对 20 世纪 90 年代以来生存处境的洞察与抒写，在某种意义上彰显了当代诗歌的精神高度。

【关键词】 西渡　正午　时间主题　时间想象力　诗意洞察

时间，是诗歌书写的重要主题之一，每个时代的诗歌都在其特定的时代语境中抒写独异的"时间体验"与"时间想象"。"时间主题在中国诗歌中占据了很重要的位置，时间以及时间引发的人的主观感受构成了中国诗歌重要的表现主题和不可或缺的内在因素。"①1990 年代以来，商业文化的强势渗入深刻改变了中国的文化语境，中国新诗也经历了一个不断转型的过程。在这一转型的语境下，诗人们对时间的体验与想象呈现出一些新的特

---

* 马春光，山东大学文学院博士研究生，主要从事 20 世纪中国新诗研究。

① 本文所引西渡诗歌文本皆出自西渡的三本诗集：《雪景中的柏拉图》，文化艺术出版社，1998；《草之家》，新世界出版社，2002，《鸟语林》，海南出版社，2010。

质，这些新的"时间主题"及其表现形式，潜隐着 20 世纪 90 年代以来中国新诗的某些核心命题或关键症结。本文尝试以西渡的诗歌为入口，兼及同时代其他诗人的诗作，从"时间主题"出发，一方面讨论他们诗歌中渗透的时间意识和时间主题；另一方面则辨识他们的时间主题与特定的时代语境存在怎样的交错关系，进而考量二者有着怎样的互渗抑或断裂。对时间主题及时间想象之诗学意义的考辩，可以为我们提供一个观察 20 世纪 90 年代以来中国诗歌的窗口。

一 "正午的冥想"与"午后"的沉思

张桃洲曾谈及新诗在不同的时代语境中面对现实的不同特征，"二十世纪前半叶新诗面对现实主要表现出一种观察和审视的能力，而到了后半叶特别是八十至九十年代，新诗获得了另一种能力和特征：冥想。"① 在西渡的诗歌中，这种"冥想"的能力与特征鲜明地体现在他对特定时间（"正午""午后"）的诗性沉思："把生活的恩赐化为/感激的言语和正午的冥想"② （《挽歌第三首》），进而构成了西渡诗歌显豁的"时间主题"。

西渡的诗歌文本中，"正午""午后""下午"等时间意象频频出现，彰显了他对一天之中这一特定时间的敏感与关注。与"黎明""黄昏"等古典诗歌中积淀甚久的时间意象不同，"正午""下午"较少在古典诗歌中出现，也较少特定象征意涵的附着，对这一时间的诗性关注与沉思在某种意义上正是新诗"现代感受力"的典型表征。对于"午后"这一时间概念，柏桦有过论述，"下午（不像上午）是一天中最烦乱、最敏感同时也是最富于诗意的一段时间，它自身就孕育着对即将来临的黄昏的神经质的绝望、罗罗嗦嗦的不安、尖锐刺耳的抗议、不顾一切的毁灭冲动，以及下午无事生非的表达欲、怀疑论、恐惧感，这一切都增加了一个人下午性格复杂而神秘的色彩。"③ 柏桦所谓"最烦乱、最敏感同时也是最富于诗意"的诗性描述，正是当代诗人在现代日常生活中发掘生存意涵的时间感受力使然。与柏桦所表达的"下午"情绪稍稍不同，西渡侧重于对"正午—午后"这一时间段的冷静品咂与思考，他诗歌中的下午"敏感、富有诗意"而并不"烦乱"，而是始终保持了以"午后之思"对生存世界进行"冥想"的特质：

① 张桃洲：《沪杭道上》，《读书》2003 年第 2 期。
② 王向东：《中国古典诗歌与时间》，《北京社会科学》1992 年第 3 期。
③ 柏桦：《左边——毛泽东时代的抒情诗人》，江苏文艺出版社，2009。

> 我从一杯茶中找到尘世的安慰
>
> 让它从微小的苦恼填满的岁月中
>
> 拯救出午后的一小段光阴
>
> ——《午后的歌》

在这里，西渡为我们呈现的是充分日常化的现实生活，日常生活的琐细化弃绝了所谓的宏大叙事与宏大抒情，这正是 1990 年代诗歌的一个显著标志，因此，即便是"苦恼"也是"微小"的，这是一种基于日常的细微生存感知。从西渡的诗歌声音中，我们能感知到他对"午后的一小段光阴"的渴求与偏爱，但它恰恰是需要被"拯救"的，正是因为其珍贵，这"一小段光阴"（午后）成为抒情主体遁入日常生存深处、进行生存之思的一个入口。而"拯救""一小段"的表述本身即传达出一种时间体验上的紧迫感。"午后"一旦在时间的形象学意义上寻求其源头，"正午之弓"便具有了更加丰富的意义。

> 公正的太阳将在新的航线上上升
>
> 在柔媚的波光下，在生与死的门槛上
>
> 苦闷在空气中凝聚，我们的肉体
>
> 绷紧在正午之弓上，等待一声致命的弦响
>
> ——《挽歌第五首》

"正午之弓"将我们射出，我们因此进入"下午"，太阳的下降运动意味着太阳的行将消失，我们将遁入黑暗，在诗人的感知中，这是"致命"的：每个生命个体都不得不面对"午后"——时间加速遁入黑暗的过程。"午后"的时间体验之丰富，正是诗人生存体验的真实书写：

> 在一个寂静的午后，在午后的梦中
>
> 雪花飘坠，陷没了洁白的稿纸
>
> ——《雪》

"稿纸"的陷没在某种意义上暗示了写作的不可能，"雪花飘坠"的"午后"正适宜诗人遁入生命的沉思。在"午后的梦中"，西渡把"冥想"的视点集中于"阴影"。"阴

影"一词在西渡的诗歌中经常与"午后"同时出现，在某种意义上构成西渡"下午的沉思"的重要维度。根据常识，事物的阴影在正午是最短的，随后在"午后"的时间会慢慢变长，这其中有着颇为复杂深邃的时间命题，它指涉了光与暗、长与短等内容。而根据荣格的心理分析理论，"阴影"恰恰是人格中四种原型之一，"阴影是心灵中最黑暗、最深入的部分，是集体无意识中由人类祖先遗传而来的，包括所有动物本能的部分。"①在《保罗·瓦雷里》一诗中，对"阴影"的描摹正是一种潜在人格的发掘，在这个意义上，对"阴影"的描摹是建构诗性"自我"的重要维度：

> 生活不过是某种粗糙的练习。
> 我在日子的白床单上临摹
> 一只燕子在午后的飞行
> 及其阴影，一个起码的习惯。

阴影渐渐变长，时间随之慢慢逝去，貌似时光的流逝获得了某种回报，其实它充斥着虚无与黑暗的时间体验。而有时西渡的时间想象力指向太阳自身：

> 有时他的目光里突然掠过一丝茫然：
> 像有山鹰疾速地滑落，带着阴影，
> 它的翅膀掠过正午沉睡的村庄。
> ——《题友人像》

诗句中的"山鹰"在某种意义上是另一个太阳，它的疾速滑落，正是对时间迅速消逝之茫然的根源。这里写到了时间本身强大的意志，并暗示了人在时间面前彻底的无力。张桃洲指出西渡诗歌内蕴着一种"如影随形的低沉的哀音"②，我们可以从其诗歌文本对"阴影""黑暗"的注视得以窥视。这种哀音正是其对存在、时间的思索使然，"阴影"与"午后"联袂出现，体现了西渡内在诗意的一种强烈焦虑："日暴的阴影像绝症一样在下午扩散。"（《中年男子之歌》）"扩散"的不仅仅是时间，还有诗人西渡对时间、对即将到来的黑夜的焦虑症。太阳的下降伴随了阴影的不断"扩散"，它往往给人一种衰老之感。

---

① 王岳川：《当代西方最新文论教程》，复旦大学出版社，2008，第 34 页。
② 张桃洲：《现代汉语的诗性空间》，北京大学出版社，2005，第 271 页。

西渡在这里不断地书写"阴影"，正是以其独具特色的"时间想象力"来表达他的时间焦虑，"诗人的独特之处在于，一方面强烈地感受着时间引起的忧惧的咬噬和挤压，另一方面用锐利的语词不断地表达着这种体验。"①

巧合的是，北岛在《陌生的海滩》中也同时写到"正午"与"阴影"："正午的庄严中，/阴影在选择落脚的地方。"这正对应了西渡在《朝霞》一诗中所表达的"严峻的正午思想"，二者文本的相似，恰恰透露了其内在诗学思想的某种承续性和一致性。这种思考在诗人沈苇的笔下，演绎为"正午的忧伤"：

> 正午取消了谜团似的纠缠的曲线
> 事物与事物的婚姻只以直线相连
> ……
> 但稍等片刻，随着太阳西移
> 一切都将倾斜：光线，山坡，植物，人的身影
> 从明朗事物中释放出的阴影，奔跑着，
> 像一场不可治愈的疾病……
> ——沈苇《正午的忧伤》

这首诗的后两句与西渡诗歌中的"日暮的阴影像绝症一样在下午扩散"有异曲同工之妙，或许可以说，1990 年代以来，随着宏大叙事的摒弃，"时间"在诗歌书写中经历了一个"去价值化"的过程，这使得诗人们得以在一种更加内在与本真的心境中去体验与想象时间，正是在这个意义上，"正午"是西渡时间焦虑的一个基点，是一个类似于他诗歌中所言的"在世界的快和我的慢之间"为观察留下的位置。在这里，"正午"已经剥离了它具体的时间指涉，而变成了一个独具审美与思想内涵的意象，正午"是一个充满秘密的隐喻，是时间的分界线也是时间的融合点"②。

实际上，如果把观察的视野稍稍扩散，就会发现在柏桦、张曙光等诗人的诗作中，"午后"或"下午"作为一种整体的时间氛围，成为他们建构某种诗歌内涵的重要支撑，也正是在这个意义上，"时间"得以在诗歌文本中凸显，并成为洞察某一诗人独特诗歌经验的入口。在于坚、韩东等诗人 1990 年代的诗作中（韩东《下午》《下午的阳

---

① 张桃洲：《现代汉语的诗性空间》，北京大学出版社，2005，第 274 页。
② 耿占春：《失去象征的世界》，北京大学出版社，2008，第 224 页。

光》、于坚《下午一位在阴影中走过的同事》），"下午"同样作为一个极富意味的时间表征形式出现在诗歌中，对"下午"的偏爱，从另外一个意义上对应了 1990 年代诗歌"中年写作"的倾向，诗人在选择时间意象、时间感知方式等方面的倾向，以及他们诗歌文本中艺术形式与思想意旨的呈现，在某种程度上折射了 1990 年代中国新诗共同的艺术思考及精神困境。

二　"在世界的快和我的慢之间"

在西渡的"午后"沉思中，他对时间之快的焦虑症部分地得以缓解，而真正对一种"慢"的获得，则是他对"写作中的时间"的发现。诚如臧棣所言，"诗歌是一种慢"。在西渡的很多诗歌文本中，他一直在处理一个有关快与慢的时间问题。在《一个钟表匠人的记忆》中，这一问题被有意地凸显，这首诗"明确地指涉着一个现代性的根本问题：即个人和历史之间的速度冲突"①。实际上，快与慢在很多时候是作为感知时间、观照时间的一种内心样态被表现的。这也正如西渡自己所言说的，"生命在飞逝，历史在轰隆推进，诗歌的愿望则是使一切慢下来"②。这样一种"慢"的诗学意识正是有赖于西渡所言的"写作中的时间"，"写作就是用这样一种奇特的时间去阻断单向的、不断向前流逝的时间，使它迷失方向，像水一样蓄积起来供给人性中某些根本的需要"③。我们也因此看到了西渡诗歌文本中以"诗歌之慢"对抗"时间之快"的努力。他甚至在诗歌文本中对时间之快直接发问：

> 我知道她事实上死于透支，死于高速
> 但为什么人们总要求我为他们的
> 时间加速？为什么从没人要求慢一点？

这是从一个"钟表匠人"的角度展开的疑问，它是对"世界之快"的一种普遍性洞察。值得注意的是，"时间之快"在西渡那里是被真实体验的，这种体验内蕴着一种"切肤之痛"：

---

① 臧棣：《记忆的诗歌叙事学》，《诗探索》2002 年 1、2 期合刊。
② 西渡：《守望与倾听》，中央编译出版社，2000，第 924 页。
③ 同上书，第 293 页。

> 我想很可能被度量的恰是
>
> 我们自己，我们正以比一杯茶更快的速度
>
> 在消失，看不见方向，但我分明感到
>
> 我体内的裂缝随着太阳歪斜的步幅
>
> 变得越来越宽，越来越宽……

这是一种身体化的"时间体验"方式，它凸显了时间流逝对肉身的灼伤。由此不难看出，西渡对时间之快的体验显然已经突破了以往诗歌中的表层"咏叹"模式，进而深深地植根于身体的内部。借此，快与慢成为西渡诗歌时间主题的重要维度。但是，西渡能在多大程度上实现写作之慢对时间之快的抗衡，这本身就是一个悬置的问题。于是，我们听到了他的呼唤：

> 迷信速度的时代，谁愿做我的同谋
>
> 交出狂热的引擎？让我们一起生病
>
> 在找到更好的解决之道前
>
> 请保持现状！
>
> ——《雪》

"狂热的引擎"一旦发动，时间便会加速奔跑。西渡的可贵之处在于他诗歌中所彰显的对抗时代的抒情姿态，尽管他还没有找到"解决之道"。正是基于对时间之快、慢之关系的深刻洞察，西渡在具体的诗歌书写中营造各种时间之慢的形式，时间在西渡诗歌中的种种"变形记"，正是他"阻断单向的、不断向前流逝的时间"的一种努力。西渡这样界定"写作中的时间"："它没有固定的方向，既可以向前，也可以向后，有时还能像蛇一样咬住自己的尾巴，使终点重又变为起点。"[①] 在《一个钟表匠人的记忆》中，"钟表""记忆""快与慢"等时间主题交织在一起，他这样写道，"为了在快和慢之间锲入一枚理解的钉子/开始热衷于钟表的知识。"作为标度时间的度量者，"钟表"正是"世界之快"与"我的慢"的参照，对钟表知识的热衷，正是对"快与慢"之辩证法的深层探知。西渡的诗歌之慢依赖于对"写作中的时间"的建构，他有时会溢出"钟表"所指涉的现实时间维度，在想象层面上建构一种消失了快慢之分的"永恒"：

---

① 西渡：《守望与倾听》，中央编译出版社，2000，第293页。

我来到了世界神秘的诞生之地，在那里

时间不再被机械的指针分割，过去和未来联姻

诞生了崭新的生命，伴随着暴风雪

我的精神正越来越趋向辽阔和无垠

我在一片眩晕中上升，天堂的大门

第一次为人类中的一个打开，一种永恒

正在神秘的沉默中悄然透露，贝雅特丽齐

让我跟随你，一直抵达上帝的心灵

——西渡《但丁：1290，大雪中》（之二）

在这首对但丁的想象追念之作中，西渡重构了他想象中"原始的时间"，这是一种浑浊的时间，是对机械时间的反驳，同时预示了内心对永恒的想象。西渡在诗歌中"通过虚构的方式建构了一种有别于现实时间的'他性'时间，这一'他性时间'与人的生命的时间性进程正好合拍，所以，人得以从自己所创造的艺术幻象中窥见自己的时间本质，从而达到精神灵魂的自由"。① 从时间的角度辨识个体生存，快与慢作为一种深层的时间命题在西渡那里被反复表达：

以加倍的耐心润滑时光的齿轮

把一生慢慢过完。

——《一生》

这是一种对时间透澈领悟之后的睿智，更是一种无奈。在具体的抒情姿态上，告别了抒情主体的外在紧张，在词语和语言的内部植入一种"内在的紧张"，这种紧张与外在抒情主体的坦然形成了另一重张力。在欧阳江河的"时间主题"中，快与慢同样是一个非常重要的方面，在长诗《凤凰》中，快与慢构成了诗歌结构的重要组成部分：

慢，被拧紧之后，比自身快了一分钟。

对表的正确方式是反时间。

---

① 詹冬华：《中国古代诗学时间研究》，中国社会科学出版社，2014，第97页。

和西渡一样，欧阳江河在这里凸显了时间意义上"快与慢"的生存悖论。这正是"中产阶级对于时间的矛盾态度：一方面是奔向未来，对速度和职业的迷信，另一方面却是怀旧之情，对那些时间充裕的过去美好时光的向往"。① 从这个意义上说，他们正是企图以"诗歌之慢"对抗现代世界的"时间之快"，这是对一种更加人性的时间的关注，因为"我们一直非常瞩目的是时间的'自然'的一面，而忽视了时间更富人性的一面"②。这种"慢"正是借助于主观心理时间对客观时间的拆解，以及诗歌中"另一个自我"的建构。西渡所做的诗学努力表现在，他细密的时间体验有效地拆解了客观时间在诗歌中的方向性和紧迫感，通过卓异的时间想象力让时间不停地回旋或凝固，不断获得观察、思考这个世界的崭新维度，以"供给人性中某些根本的需要"。时间的深层主题在诗歌中获得了某种与当下语境紧紧相扣的回应："时光大胆涂抹，／而我们小心求证。"（《奔忙》）

三 时间主题的现代转化

作为一个积淀已久的诗歌主题，"时间"在古典诗歌甚至早期的中国新诗中，很多时候是在一种对季节的物化书写中实现的。1990年代以来，对季节的书写在继承古典审美经验的同时，拓展了更具现代特质的审美体验。西渡的诗歌中有大量的"季节诗"，在这些诗歌中，西渡为我们呈现了一个关于古典诗歌季节/时间主题在现代诗歌中的转化问题。西渡对时间的高度敏感，非常典型地体现在他对季节的敏感，以及对季节之物（风、雨、雪）的大量书写中。西渡有多篇以"秋"为题的诗歌，他对"秋"的体验与书写，有着明显的深入身体、灵魂内部的探寻，从而与以往诗歌秋天书写的"感物抒怀"模式拉开了距离，秋天的"无边落木"在他的诗歌中是另一种内在的身体与灵魂体验：

时光的脱臼的关节，
发出失群的孤雁的哀唳。

——《秋歌》

---

① ［瑞典］奥维、洛夫格伦，乔纳森·弗雷克曼：《美好生活——中产阶级的生活史》，赵丙祥等译，北京大学出版社，2011，第32页。

② ［法］路易·加迪等：《文化与时间》，郑乐平、胡建平译，浙江人民出版社，1988，第33～34页。

这既是季节的身体化感知，又是灵魂本身的"哀唤"，他以一种更加尖锐的时间感知，塑造了现代语境中的时间焦虑症患者。在《秋天来到身体的外边》一诗中，对秋天的书写同样有着古典诗歌所秉承的悲凉、凄婉之音，但其表达已经完全是"当代"的，是典型的现代情境中的表达：

> 我已经没有时间为世界悲伤
> 我已经没有时间
> 为自己准备晚餐或者在傍晚的光线里
> 读完一本书　我已经没有时间
> 为你留下最后的书信

"我已经没有时间"的复沓式出现，显然使这首诗具有了"哀歌"的某种基质，这是一种"时间"终结的内心感受，它透出的绝望是那样地彻底：

> 人呵，你已经没有时间
> 甚至完成一次梦想的时间
> 也被剥夺

在西渡有关秋天的诗歌中，浸透着一种浓郁的"末日意识"，如果说古典诗歌的"悲秋"主题其思想基础是循环时间观念，那么在西渡这里，时间是直线的；古典诗歌的"悲秋"倾向于借助自然之物的衰竭"烘托"人的内心感受，有一种鲜明的"自然基质"，那么西渡则倾向于对一种深层内心时间意识的发掘，浸透了"世纪末"的悲观色彩：

> 秋天，最后的裸露的乳房，
> 秋天，最后的异性的光芒。
> ——《秋歌》

在西渡这里，时间是高度抽象化的，时间从自然景观中剥离出来，与人的内心感受构成直接的对应关系："春天/多像一次残酷的献祭。"（《航向西方世界》）在现代感受力模式中，一种新的感知时间、表达时间的方式在西渡的"秋天"主题中得以建立。对时间流逝的这种单向性感知，在西渡那里构成了他诗歌的一个"噬心主题"，因为"时间的迁逝感是自古至今最为普遍、最为尖锐的时间体验，这在现代技术消费时代表现尤甚"。① 这种尖锐的时间体验，在西渡的诗歌中演绎为一种无处不在的时间焦虑，以及心灵深处响亮的质问："是谁在催促季节的轮回？"（《新年》）

在《时间的诠释》一文中，西渡曾这样说，"什么是诗歌中最普遍的主题？感情？经验？还是信仰？不，是时间"。② 很显然，西渡对"时间的诠释"潜隐着他的诗歌观，而只要稍稍熟悉西渡的诗歌，就会发现他的诗歌一直密切关注时间，注视时间本身，关注时间的快与慢，等等。另外，作为诗人的西渡与作为诗歌学者的西渡，都对诗歌中的时间这一话题保持了非常高的热情，西渡曾在一篇文章中详细辨析海子和骆一禾诗歌中时间观的不同，"在时间主题上，骆一禾信仰新生，讴歌明天；海子则膜拜过去，具有鲜明的原始主义倾向"。③ "时间主题"在西渡的诗歌中是一种弥散性的存在，西渡通过对时间不同侧面的观照与思考，建构了他对"时间"的诗性体验与思考。西渡早期的诗歌受到海子的影响，他对海子、骆一禾诗歌时间观的辨析，其实恰恰蕴藏了他自己对时间的独特理解。西渡诗歌的"时间主题"是区别于海子和骆一禾的，他的诗歌彰显出一种"将神性的时间、诗意的时间修正为现实的时间"④ 的努力，并进而在更深的生存现实中发掘出当下生存的某种"时间悖论"。1990 年代，当代诗歌在经过"朦胧诗""第三代诗"的运动式发展后，日渐进入一种"个人写作"的模式，这鲜明地体现在诗歌写作的语言以及诗歌主体的感受力模式中。西渡诗歌对时间的感受与书写，更多地呈现了现代时间暴政下生命个体的复杂精神体验。西渡发展了一种细微的想象力和冥想的诗歌语言，他对 1990 年代以来生存处境的洞察与抒写，在某种意义上彰显了当代诗歌的精神高度。

四　个人化的"时间想象力"

西渡对时间主题的表达，是在一种个人化的"时间想象力"中得以实现的。这种"时间想象力"彰显了诗人体验时间的新方式，并且用一种更加"异质化"的语言形式进行表述。由独特的"时间想象力"统摄的诗歌书写，在西渡这里体现为一系列独具意义的"时间意象"。于是，"正午"这一自然时间的分界线很自然地进入诗人的视野：

---

① 詹冬华：《禅宗"顿悟"中的时间意识及其现代意义》，《云南社会科学》2001 年第 1 期。
② 西渡：《守望与倾听》，中央编译出版社，2000，第 291 页。
③ 西渡：《灵魂的构造——骆一禾、海子诗歌时间主题与死亡主题比较研究》，《江汉学术》2013 年第 5 期。
④ 敬文东：《时间和时间带来的——论西渡》，《诗探索》2005 年第 1 期。

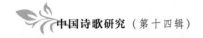

正午像一头披发的狮子，

静静地卧在群山的背上。

——《远事与近事》组诗

将一个客观的时间概念比喻为"披发的狮子"，在将其"形象化"的同时，掺入了"异质化"的视觉体验与情感色彩，"狮子"随时会醒来，发出狰狞的咆哮，"正午"的宁静其实正孕育着"下午"的混乱——时间在正午"宁静"的假象背后，是"午后"的疯狂奔跑与咆哮。在个人化的"时间想象力"背后，是诗人无所不在的时间焦虑。

组诗《格列佛游记》以隐喻的方式写"沙漏"，其中沙漏正是度量时间的工具，同时也是时间流逝的象征：

在沙漠中，

一群阴影追赶着

另一群阴影。

在这首名为《沙漏》的小诗中，西渡在"沙漏"和"沙漠"的"小与大"之间建立了想象的关联，而"阴影""追赶"则暗示了一种黑暗的底色和紧张的氛围，这正是"时间"本身的底色和氛围，西渡对时间的敏感充分体现在他诗歌中无所不在的时间氛围，以及对"时间"的持久而专注的思考所日益丰盈的"时间想象力"。"钟表"作为表征现代线性时间的标志，在西渡的诗歌中频频出现，并且隐喻了丰富的象征蕴含，在组诗《格列佛游记》中，一首名之为《诞生》的小诗这样写到：

钟表变得柔软

一场鹅毛大雪抻长了

草原之夜。

"钟表"作为一个客观的、坚硬的机械之物，它本身无"柔软"之变化，很显然，所谓"变得柔软"是抒情主体对"钟表"所隐喻的冷冰冰的时间的一种感知，钟表的柔软在某种意义上隐喻着抒情主体与时间之坚硬（或僵硬）关系的一种和解或柔化。而"草原之夜"被"抻长"，实际上暗示着"心理时间"对"客观时间"的拆解，"抻长"的"草原之夜"究竟有什么故事发生，这些意象本身激发的想象空间是巨大的。最为关键的是西渡在这里展示了他异常独特的"时间想象力",这正是 1990 年代诗歌的一个关键特征,因为"到了九十年代,诗歌更加强调对想象的依赖,只有在充分的想象里,个人的经验、记忆、感受等等才能发挥巨大的威力,以惊人的迅捷和准确把握并穿越现实的内核"。[①] 在这个意义上,西渡诗歌对时间的表达在艺术上富有启发性。

个人化"时间想象力"的获得,并不仅仅诉诸一些新的"时间意象",它还体现在日常时间体验中的新奇经验。《秋天的家》一诗对日常时间正面化、去修辞化的书写,但却指向了一种新鲜而细腻的"时间体验":

> 这是一天的下午,
> 时光在衰弱,迎着黄昏。
> 事情,一些在结束,
> 另一些还在开始。
> 而我被疾病抬离了地面,
> 降低了灰暗的呼吸,
> 既不开始,也不结束。
>
> 为了向生活赎身,
> 我付出了一生。
> 老人,妻子,孩子
> 是他们把我挽留在这个下午!
> 是疾病让我热爱生活!
> 我坚持着,垂着苍白的额头,
> 等待着,黄昏那蜜蜂的一刺!
> ——《秋天的家》

"黄昏那蜜蜂的一刺"正是主体"时间感受"现代性的体现,这是一种细化的、身体化的时间感受。这种时间想象正是西渡所独有的,他不仅仅是在叙述时间,而是以独异的想象力"重构时间",并且在不断的重构中营造出独具特色的内在精神自我,恰如敬文东

---

① 张桃洲:《沪杭道上》,《读书》2003 年第 2 期。

所言："对时间主题的不断挖掘，也给了西渡的诗歌写作以最大程度的独立性以及由这种独立性赋予的杰出品质。"① 这种"独立性"以极富个性的"个人化"为表征，"既捍卫了个人化的精神质地，又及时地引发了我们对时代普遍的感知力"。② 西渡在诗歌中多次写到"蚂蚁"这一意象，它本身极其微小，一方面彰显了西渡诗歌洞察力的细腻和精准，他总能捕捉到那些细微的不易觉察的东西；另一方面，以"蚂蚁"隐喻"人类"的生存，其本身就暗示了西渡的"时间观"与"生存观"：即在浩瀚的时间面前，人类显得微弱而渺小。通过"阴影""蚂蚁"等微弱而黯淡之意象的个人化书写，西渡抵达了对"这一代人最隐蔽的忧伤"③ 的诗意呈现。

五　时间面前的失败感

虽然西渡的"时间想象力"丰富且细腻，但他对时间的感悟和体验却是密切植根现实的。总起来说，西渡的"时间观"是客观的，他对广袤时间中人的短暂生存有深刻的洞察：

> ……和时光竞赛脚力
>
> 像一只富于献身精神的蚂蚁
>
> 下定移山的决心，谁会给予安慰？
>
> 勇气可嘉，只是过于鲁莽。
>
> ——《新年》

在不同的时代语境与个性体验中，"时间体验"的不同往往导致不同的抒情姿态：是承认时间的"战无不胜"，还是天真地对抗时间，就成了辨析新诗抒情主体审美姿态的一个入口。和《新年》这一题目昭示的时间经验不同，这首诗彰显了一种现实的、平静的抒情姿态，在平静的陈述中，诗人认识到"和时光竞赛脚力"的"鲁莽"。这一客观沉稳的抒情姿态本身，正是对以往浪漫主义的、启蒙主义的高蹈时间观的一种纠正，它启发我们遁入真实的时间本身，去发掘时间深处的个体生存经验。

---

① 敬文化：《时间和时间带来的——论西渡》，《诗探索》2005 年第 1 期。
② 陈超：《个人化的历史想象力》北京大学出版社，2014，第 16 页。
③ 敬文东：《时间和时间带来的——论西渡》，《诗探索》2005 年第 1 期。

正是基于对时间的客观、深刻体认，西渡的诗歌在总体上表达了一种"时间面前的失败感"，这首先是对一种永恒困境的发现：

> 时光迅速成熟，把我们推向
> 生命永恒的困境。
> ——《挽歌》

这是时间的伟大，同时也是时间作为生存之谜的原因所在：

> 那最痛苦和最甘美的
> 在时间里有相同的根源。
> ——《樱桃之夜》

在《一个钟表匠人的记忆》中，钟表匠人在"热衷钟表的知识"以及"拨慢了上海钻石表的节奏"之后，最终抵达的，仍然是对"一个失败的匠人"的坦然承认，这是对个人在心理上调整时间快慢以对应时代、历史快慢的失败经验的深刻体认。在这种体认中，诗人所谓"写作中的时间"也面临着"时间面前的失败"，因为"我发现我写下的诗句，/比时光本身消逝的更快"。这是一种惊人的"发现"，它在某种程度上构成了对诗歌中的"时间"，甚至对诗歌本身的质疑。书写时间面前的失败感，恰恰说明西渡"在对待时间的态度上变得实际起来"①，在更广阔的现实生存背景下，西渡通过对普通人"福喜"一生的描述，凸显了一种人生层面的普遍意义上的失败："但在人生的大结局面前/谁又是胜利者？谁又敢嘲笑这个人呢？"（《福喜之死》）进而在一种更开阔的时间意识中将"失败"铸造为"心底的信仰"："我们越来越接近那提坦神的缄默：他的失败/作为奇迹，已暗中成为我们心底的信仰。"（《挽歌第五首》）这显然昭示了某种"与时间和解"的态度，与海德格尔"向死而生"的存在哲学取得了内在的一致。

西渡诗歌的时间抒写，彰显了他对待时间的某种悖论式思考。一方面，他善于以极度个人化的时间想象力去感知、体验时间，时间在他的诗歌中呈现出丰富的诗学形态，他企图用"写作中的时间"去对抗外在的物理时间，以满足人性的需要，《但丁》等诗歌中对诗性的理想时间的建构，以及对原初混沌时间的诗化想象，体现出对"机械时间秩序"的

---

① 西渡：《守望与倾听》，中央编译出版社，2000，第 294 页。

消解与超越，这其中的修辞与时间想象力展现了西渡诗歌的精湛技艺；另一方面，西渡诗歌中的时间又是"客观"的，他承认时间的无情与巨力，时时表露出时间面前的失败感，这也是西渡诗歌的"哀音"所在，这表现在《新年》《挽歌》《樱桃之夜》等诗歌对时间之伟大的认可与叹服，在时间的面前有一种失败感，同时洞见了人类生存的渺小。在西渡的笔下，死亡是"在一秒钟内把一生彻底抛出去"，这是对死亡的"实写"，在这里，死亡失去了任何的幻想色彩，"一秒钟"对"一生"的消解，展现了时间意义上人之生死的残酷性。西渡诗歌对死亡、时间之虚幻色彩的弃绝，在当代中国新诗史上具有某种转折意义。在革命和启蒙的历史语境中，时间往往被赋予某种幻想、虚幻价值，死亡也因此在某些层面被升华，或被赋予某种政治和文化价值，而到了20世纪八九十年代，中国文学界经历了由启蒙主义到存在主义的思想嬗变①，切实的时间取代幻想的时间，书写时间面前的失败感，在这一前提下进入历史与现实的深处，正是这一时期特别是西渡诗歌所贡献的价值。西渡诗歌的时间悖论，正是当代复杂经验在诗歌中的呈现。

---

① 张清华：《从启蒙主义到存在主义——当代中国先锋文学思潮论》，《中国社会科学》1997 年第 6 期。

牛波与1980年代"现代史诗"的变构

——以诗学想象为基点

张凯成*

【内容提要】 牛波的诗歌写作有其重要的诗学价值,这种价值体现在他与 1980 年代"现代史诗"的变构关系中。牛波的诗歌吸收了"现代史诗"的写作理念,但抛弃了长诗的形式,他在极具张力的诗学想象中再现出自我对 1980 年代"现代史诗"写作的精神变构。牛波以"河"与"绘画"分别作为想象的结构隐喻与思维主体,二者在想象维度的拓展与诗体形式的建构中发挥了积极作用。不仅如此,牛波还突破了单维的"史诗"写作向度,通过对实验性写作方式的借鉴和现代主义表现手法的运用,挖掘"我"所包蕴的内部引力结构,其诗学想象经由实体、诗体的"我"所构筑的磁力场抵达"诗思"的可能。

【关键词】 牛波 现代史诗 诗学想象 精神变构

牛波是一位"80 年代"的诗人,其诗歌写作主要集中于此一时期。① 从诗歌选本的角度来说,他的诗也较多地收录于有关"80 年代诗歌"的选集中。② 可以说,牛波的诗歌写作秉持了 1980 年代初诗界所萌发的"史诗"观,以深沉的生存体验沟通了现代意识与传统

＊ 张凯成,首都师范大学文学院博士生。

① 从时间节点来看,牛波的诗主要写于 1980 年代中期前后,他在《牛波诗集》后记中曾提到:"收集在此的是写于一九八三至一九八七年间的部分作品""一九八七年秋天离开故乡之后,便又开始了因写作而中断了数年的绘画制作。"(牛波:《牛波诗集》,作家出版社,1991,第 281 页)从他的描述可以看出,去国后的牛波主要从事绘画艺术方面的工作,因此其诗歌写作主要集中于 1980 年代,他是一位"80 年代"的诗人。

② 牛波的诗被收录在一些较有代表性的"80 年代诗歌"选本中:学者唐晓渡、王家新编的 (转下页注)

观念，以近乎绝望的姿态揭示出了现实的苦难与人生的困境，他通过自身对社会、时代、命运等层面的多维思考，经由独特的诗学想象抵达了诗歌本有的诗性。不过，虽然牛波属于"80 年代"的诗坛，但他对当时诗坛普遍存有的流派写作现象保持了警惕，从其"不要为'流派'写作，不要为'现代派'写作，不要为'文学史'写作"①的表述中便可以窥见他自持自立的写作意识。这种意识不仅仅作为牛波对诗歌写作的价值体认，更重要的是使他能够恢复"真正的创造性状态"，坚持语言的"精神性运用"，在充斥着诱惑与欲望、饱含着痛苦与孤独的生存体验中成为独具个性的诗学探险家，以其自身独有的诗学想象丰富着先锋诗歌的异质性写作。

批评家谢冕曾将牛波定位为"众多青年诗人群星灿烂的中国诗坛上……一颗明亮的星座"②，这一直观的表述展示出了牛波的诗学位置。但与其"诗坛明星"特质相悖的是，诗界对他的关注与研究并不充分。有关牛波的研究主要分为两类。一是对其本人基本情况的认知，这体现在学者林莽的《在诗中相识——记牛波》（《诗刊》1987 年第 2 期）一文中，该文以推介"诗坛新人"为契机，同时涉及对牛波的诗歌创作及其所写诗论的印象式批评。林莽的另一篇文章《从绚烂走向平实——牛波访谈录》（《诗刊》2002 年第 14 期）则重点在于介绍牛波在绘画、电影等层面的艺术观念与成就，其中也部分提及了诗人对于诗歌写作的一些看法。二是有关牛波诗歌的研究。在批评家谢冕为《牛波诗集》（作家出版社，1991）所作的序中，作者通过探究牛波诗歌中的人生困境、命运思考以及诗人去国后的写作，将牛波诗歌的价值基本呈现了出来。而诗评家陈超的《中国探索诗鉴赏辞典》（河北人民出版社，1989）则将牛波归入到"新生代诗群"，以诗歌细读的方式解读了其所写的《不觉如履》《并不值得》《赶路林中》三首诗，其中不乏精到的论述。③ 除此之外，学界很少出现关于牛波的研究文章，这在很大程度上遮蔽了其诗歌写作的价值意义。

（接上页注②）《中国当代实验诗选》（春风文艺出版社，1987）收录组诗《河》（《不觉如履》《使命》《在汤旺河上》《空壶》《首尾连接的缆绳》）；学者溪萍编选的《第三代诗人探索诗选》（中国文联出版社，1988）收录《和陶潜先生交换的第三批诗（组诗）》（《煤气管道接通之前的生活》《退让的人》《还原》）与《东皇太一（二首）》（《十日》《东君》）；学者邹进、霍用灵编选的《情绪与感觉——新生代诗选》（人民文学出版社，1989）收录《凝神》《船手执桅杆站在死河上》《船过墓地》《漂浮的码头》；诗评家陈超编选的《以梦为马——新生代诗卷》（北京师范大学出版社，1993）收录《出走的一代（长诗节选）》（《清美庄主》《风中西拔牙的青山》《京都暮色》《春夜地震如雷》）；由上海文艺出版社编选的《八十年代诗选》（上海文艺出版社，1990）收录《我们是一双眼睛》《向导》。此外，牛波的诗还被收录到刘立云等编选的《青年诗选 1985－1986》（中国青年出版社，1988）、上海文艺出版社编选的《探索诗集》（上海文艺出版社，1986）和朱子庆的《中国新生代诗赏析》（宝文堂书店，1991）等诗歌选本中。

① 牛波：《凝神》，《诗刊》1986 年第 9 期。
② 谢冕：《牛波诗集·序》，载牛波《牛波诗集》，作家出版社，1991，第 5 页。
③ 参见陈超《中国探索诗鉴赏词典》，河北人民出版社，1989，第482～487页。

笔者以为,对牛波诗歌写作的研究有着重要的诗学价值,这种价值体现在他对 1980 年代"现代史诗"所进行的自我变构中。本文拟从诗学想象的维度出发,重点解读牛波诗歌与"现代史诗"写作之间的变构关系。

一

牛波的诗歌与 1980 年代初开始出现的"现代史诗"① 联系紧密。"现代史诗"写作首先回应的是"朦胧诗"在其写作后期所出现的问题,如囿于意识形态层面的对抗、诗歌意象泛滥等,它自觉地将"朦胧诗"写作中的社会性、政治性倾向转为文化意义层面的语义呈现。以江河、杨炼为代表的早期"现代史诗"写作接纳了西方现代史诗的历史维度与艺术视野——"杨炼的声音中有埃利蒂斯的嗓门,江河的声音中则有塞菲里斯的回音"② ——同时也熔铸了本土文化传统的精神体验,尤其表现出了鲜明的"文化寻根"倾向,如江河的《太阳和他的反光》、杨炼的《诺日朗》以及组诗《敦煌》《半坡》等。诗评家西渡正看到了此时期"史诗"写作中的"寻根"特性:"在一种共同的'寻根'思潮中,对中国经验的重视成为 20 世纪 80 年代中期中国当代文学中的普遍意识。江河、杨炼的史诗,宋渠、宋炜、海子稍后的史诗实验,都具有这一特征。"③ 他同时指明了"现代史诗"写作在江河、杨炼之后并未放弃自身与"寻根"思潮之间的对话关系,这集中体现在"整体主义"(宋渠、宋炜、石光华等)、"新传统主义"(廖亦武、欧阳江河等)、"西部诗人"(昌耀、叶舟等)以及海子、骆一禾、西川等诗歌团体与诗人个体的写作中。与江河、杨炼所不同的是,继起的新生代诗人汲取了更为丰富的写作资源,他们通过对诗歌智力空间与形式空间的不断开拓,将"现代史诗"写作推向了新的高度。如海子的长诗实验较之江河、杨炼有着更为深刻的民族文化体验与东方审美特质;骆一禾则试图从"诗"之源始意义出发,在对民族记忆的召唤与传统文明的精神变构中恢复诗歌的原生力,以此来重铸诗歌写作中的民族想象。

---

① 新时期的诗歌写作中,最早提出"史诗"概念的是江河,他在 1980 年便为"史诗"写作发出了呐喊:"为什么史诗的时代过去了,却没有留下史诗。"(参见《请听听我们的声音——青年诗人笔谈》,《诗探索》1980 年第 1 期。)"史诗"意识集中体现在《太阳和他的反光》一诗中。杨炼在 1980 年代早期创作了一系列长诗与组诗,如《半坡》《诺日朗》《敦煌》等,在对自然、社会与精神追求的富于神性的写作中,实践着自我的"史诗"理想。谢冕则第一次明确将"现代史诗"的概念定型:"诗人们开始把对'现代史诗'的召唤当作现阶段诗歌最庄严的追求。"(参见谢冕:《当代诗的史诗性》,《黄河》1985 年创刊号)
② 西渡:《壮烈风景:骆一禾论、骆一禾海子比较研究》,中国社会出版社,2012,第 14 页。
③ 西渡:《壮烈风景:骆一禾论、骆一禾海子比较研究》,中国社会出版社,2012,第 11 ~ 12 页。

　　总体来看，"现代史诗"建构于诗人所拥据的强烈的"文化意识"中，其写作"试图上升到文化高度，成为历史、民族、心灵混凝的思辨晶体，以东方古老文化传统因素的掘进，达到东方相对思维与现代意识的交结，构筑诗的文化、哲学感。"① 这种掘进的、古典与现代的交结中的"文化意识"生发出了"现代史诗"独特的诗学想象，使得诗人在强烈的主体参与意识中，遵从主体意识的精神变构，依循1980年代的特定生存体验，在富于时代感的个人化表达中展示出强烈的"史诗"特质。"现代史诗"的诗学想象充分诠释出了柯尔律治批评理论中"想象"的力量，"这种力量……使相反的、不调和的性质平衡或和谐中显示出自己来：它调和同一的和殊异的、一般的和具体的、概念和形象、个别的和有代表性的、新奇与新鲜之感和陈旧与熟悉的事物、一种不寻常的情绪和一种不寻常的秩序……"② 值得肯定的是，这种诗学想象还直接促成了"现代史诗"的巨大包容力，"它（现代史诗）的基本形态是抒情性的，而非叙事性的；它涉及历史，但不是根据传说进行符合历史的铺叙，它溶解历史的思索于富有当代色彩的抒情中……这种史诗带有浓重的检讨历史的意向，它是对于历史和现实的重新熔炼"③。这同时为"史诗"写作对历史、现在与未来的综合呈现提供了写作装置。

　　牛波的诗歌吸收了"现代史诗"的写作理念，始终保持着自身对"东方古老文化传统"的掘进意识。他认为"如果想反对传统或者拒绝传统都是可笑的"，因为"对诗人来说，传统是因为我们的存在而存在的，它有迹可循不是因为有废墟有遗言似的预言，而是这种废墟和预言就在我们的建立和实感中顽强挣扎着，无法更改它就像无法更改自己"④。牛波在写于1985年初的一篇诗论中，也明确表达了自身对回溯传统式诗歌写作的肯定："近几年来，我们看到青年诗人，正不约而同地回溯祖先……几位优秀的朋友已经变得古老（仅仅指诗的体裁），他们站在上一代'成熟'的诗人中间只能使后者变得幼稚。"⑤ 除了理论阐释之外，牛波在实际的诗歌写作中也实践了"史诗"性，在《另一条河流》《洪水》《诗人的自白》等诗中，他通过"象形文字""父系社会""古典主义"等意象表达出自身对充满神秘感、包容力、悖论性的古老文化传统的追寻，以开阔的写作视野营构出"史诗"的想象空间。不仅如此，牛波还在《并不值得》《虚词的实质》《词产生词》

---

①　罗振亚：《朦胧诗后先锋诗歌研究》，中国社会科学出版社，2005，第92～93页。

②　柯尔律治：《文学生涯》，载刘若端编《十九世纪英国诗人论诗》，人民文学出版社，1984，第69页。

③　谢冕：《诗在超越自己》，《黄河》1985年第1期。

④　牛波：《凝神》，《诗刊》1986年第9期。

⑤　牛波：《略论青年诗人的"古老"以及关于正常生长的一般性看法》，载吴思敬编《磁场与魔方·新潮诗论卷》，北京师范大学出版社，1993，第137页。

《纯粹的开合》等诗中，试图通过自身对语言本体、虚词实质、词的自我生成、文字的命名功能等问题的思考，去努力体悟祖先所创造文字的"字与字、词与词之间的空隙中发现并创作无言的精神的能力"，借此来传达出他对传统文化的崇敬与信仰。

与"现代史诗"相区别的是，牛波的诗歌抛弃了"史诗"惯常的诗体形式——长诗，转而将宏大的"史诗"想象熔铸于短小的诗形，他通过极具张力的诗绪再现，表现出自我对 1980 年代"现代史诗"写作的精神变构。由此，牛波在极为有限的写作空间中形构出纷繁驳杂的诗学想象，其诗学想象与诗体形式之间的紧张感不断加剧，这一方面增添了其诗歌写作走向夸饰化抒情的可能性；另一方面则极易破坏其诗歌内容的完整程度。为了缓解这种紧张关系，牛波以"河"与"绘画"分别作为其诗学想象的结构隐喻与思维主体，二者在想象维度的拓展与诗体形式的建构中发挥了积极作用。不仅如此，牛波的诗歌写作还突破了单维的"史诗"写作向度，在对实验性写作的借鉴与现代主义表现手法的运用等层面呈现出了较多的写作可能性。这种"可能性"本身指向的是牛波"立足现实生存而寻求精神上的自我超越（或揭示）"①，他在写作中尤其吸收了"手法奇特、意象朦胧、信息量大，展示了当代青年多种复杂、隐秘的内心世界"② 的"现代主义"诗歌要素。据此出发，牛波的诗学想象以"我"为内部磁力场，他的诗歌写作挖掘了"我"所包蕴的内部引力结构，通过对实存"自我"的审视和对语词"自我"的剖析提供着"诗思"的可能。需要强调的是，诗中的"河""绘画"与"我"同构于牛波对 1980 年代"现代史诗"的精神变构。

二

牛波诗中的"河"隐含着强大的历史文化想象，作为"一种典型的或重复出现"的"原型意象"③ 而出现。从中国古典诗歌的写作来看，古代诗人们普遍重视"河"所承载的厚重文化历史意义，他们将关注点聚焦于"河流"所隐喻的巨大原生力，在写作中逐步建构出以长江、黄河为主体的诗学想象。同时，古典诗歌的抒情传统直

---

① 唐晓渡：《中国当代实验诗选·序》，载唐晓渡、王家新编《中国当代实验诗选》，春风文艺出版社，1987，第 2 页。
② 邹进、霍用灵：《情绪与感觉——新生代诗卷》，人民文学出版社，1989。
③ 加拿大批评家诺思洛普·弗莱看来，诗歌的原型（archetype）是"一种典型的或重复出现的意象……指一种象征，它把一首诗和别的诗联系起来从而有助于统一和整合我们的文学经验。"（［加］诺思洛普·弗莱：《批评的剖析》，陈慧、袁宪军、吴伟仁译，百花文艺出版社，2002，第 99 页）

接促成了"河"意象自身的同构性。"河"在新诗中的出现最早要追溯到周作人的《小河》，但此诗中的"河"意象较之古代则表现出了很大的不同。随后，经由冯至（《我是一条小河》）、艾青（《大堰河——我的保姆》）等诗人的努力，"河"意象的差异愈加明显。而到了当代诗歌，尤其是新时期以来的诗歌写作中，"河"的异质性征更为突出。如诗句"我们相识了。江河/蔚蓝地在黑土地上流过/太阳和星星睡在我们的怀里/闪闪发光，颤动着金碧辉煌的梦""为此/我和大海一同醒来，拿起工具/春天伴随我们一同奔腾"（《让我们一起奔腾吧——献给变革者之歌》）中，诗人江河通过赞美"河"的流动性与包容力而淬炼出变革者的革新精神，他最后选择"拿起工具"与变革者一同奔腾，以实际行动完成对变革者的礼赞；海子凭借自身对"河流"本身所凝聚的生命力与原始神性的巨型想象创作出长诗《河流》；骆一禾借助"河流"的持存与流动，深刻传释出"河流"所孕育的神话、历史与传说；于坚则以直观的叙述凸显出个体对"河流"的牵念与敬畏……在这些诗歌写作中，"河"意象的承载意义尽管各不相同，但其作为文化历史想象载体的实质并未改变，它更多地带有弗莱笔下"象征原型"的特质。牛波诗中的"河"与其所承载的历史文化想象尽管无法完全剥离，但他的书写更多偏向了"河"所具备的结构力和叙事功能，即作为一种想象的结构而存在，这属于"具有仪式内容的属结构或叙事的原型"①。因此，"河"意象在牛波的诗中以形而上的主体隐喻承载了诗人独特的诗学想象，在营构情境与诗学氛围层面起到关键性作用。

牛波在诗中将"河"的能指作为写作运思的发起点，创造性地赋予"河"以多重的诗学内涵，由此形成了其诗学想象的"结构隐喻"。如组诗《河》（《不觉如履》《使命》《在汤旺河上》《空壶》《首尾连接的缆绳》）中，"河"意象接连起"船""瓷瓶""空壶""缆绳"等物质实体，在对历史、时代、生存等宏大主题的处理中获得了自足的诠释空间。不仅如此，作为结构隐喻的"河"还表现出了强大的凝聚力与能动作用，如诗句"……河流/这个满身褶皱的女人，通体透明的女人/被月光照透的女人……"（《船手持桅杆站在死河上》）中，牛波将"河流"曲折、透明、澄澈的特性与"女人"的形象之间建立起相互的联系，把作为"女人"的"河流"本身拆解为"满身褶皱""通体透明""月光照透"的三种表现形式，不仅连接起了自然存在与诗人内心存有的"河流"，而且使得二者的"对位"关系也更为明晰地呈现出来；诗句"这就是那场洪水/为了它，一个人诞生了/此刻我手下的这些水/在那神话中，被说成/是五千年前的汁液"（《洪水》）则

---

① 吴持哲：《诺思洛普·弗莱文论选集：四重象征的由来》，中国社会科学出版社，1997，第105页。

扩大了"河流"自身的语义空间场,尤其展示了其与"洪水"神话之间的对话性征,诗人借此来想象"河流"之于生存的无可辩驳的神秘力量;诗句"直到我退到海边/腾空飞起/像那只沿着河流/飞翔的鹰/那尾逆水而上的鱼/回溯你真正的源头/只有这时/我才可能发现你确实是/另一条河流/一首可以从结尾开始的/回文诗"(《另一条河流》)表现出行为主体"我"在与"河流"所形成的"疏离/融合"的冲突中,完成了个体对生命本体与河流"源头"的回溯,这种回溯正与句末的"回文诗"组建起诗歌的"隐喻—象征"层,由此加速了诗人对生命原力的追逐;而诗句"水将那些灾难保存了下来/而这就是水早已许诺给你们的一切"(《沉船》)则将"河"的作用力贯穿于带有时间性的"灾难"之中,并以之建构起个体经验与公共畛域之间的"象征原型",并引发出有关人类生存的群体想象……这些诗句中,"河"所具备的多重意义正作为牛波诗学想象的散点呈现出来,诗人经由多维诗学想象空间的透视而组织起诗歌写作,并再现了自我的诗性哲思。

在牛波的诗学想象中,作为"结构隐喻"的"河"并非孤立地存在,它以巨大的结构内能凝塑成个体存在的"原生力",在增强诗人写作结构力的同时,使得诗人处理历史与个体之间关系时更为从容。这种"原生力"主要通过功能意象——"船"——的塑造来自我实现,诗人借助"船"所具备的生存隐喻性征,在"船"与"河"关系的探讨中建构起诗歌的写作主体。"船"在牛波的诗中有多样的存在形态,而作为"原型存在"的"独木舟"与现代社会中实存的"铁船""战船"之间正建立了一种想象的张力,诗人在时间的延续与空间的延宕中表现出自我对生存本真的体认。与"船"意象相伴出现的"水手"则同样呈现出了巨大的结构内能,诗人在由孤独、神谕等内心境界所凝聚的诗学想象中,试图完成自身与生存本身的"对抗"。如诗句"这河上不乏沉沦的船长/也不乏勇敢的水——手"(《沉船》)、"如果发现一条没有流上地图的河流/我会相信水手的面孔是当地风光的缩影"(《凝神》)、"回家吧,水手/踏上颤抖的跳板/再把船倒扣过来,挂上桨"(《漂浮的码头》)等。"水手"的巨大力量还表现在《不觉如履》一诗中,牛波通过诗句"船是随着一种力量/抬起又落下/并不是水/并不是水的力量,一个伟大的梦游者/一个不见形迹的人"(《不觉如履》)将"水手"与"伟大的梦游者""不见形迹的人"(也即"巨人")之间建立起稳定的结构关系,"水手"拥有着巨大、无形的力量,这力量"可以指历史,可以指时间,可以指一种强大的精神势能,也不妨认为它就是一种抽象的力"①,总之是作为一种在历史境遇中航行的巨大的推动力而存在,诗人通过"力量"的形而上思考来喻指时代的精神状况,在能指的

---

① 陈超:《中国探索诗鉴赏词典》,河北人民出版社,1989,第482页。

"超越"中完成对此在历史的诗学想象。而诗的末尾"船从来就没有随波逐流过"（《不觉如履》）正宣告着"水手"在面对历史、面对时代、面对生存时所取得的伟大胜利，牛波在历史与现实生存的审视中表现出自我的"强力意志"。由此来看，"船"和"水手"成为"河"的主体性隐喻，二者在相互的内聚中建构出了牛波诗学想象的结构隐喻。

三

牛波经历了由"文革"走向"新时期"的社会转型期，此时的诗坛以北岛、食指、芒克、舒婷等朦胧诗人为代表，"使中国诗歌逐渐从国家化的状态中解放出来，回到个人有话要说的前提，回到诗歌作为一种想象方式的艺术探索，最终修复与重建了人与诗的尊严，并在新的语境中展开了多元的艺术探索"。① 牛波在转型期体悟更多的是一种"无休止的时代的痛"，这同时使得他与社会环境之间的疏离感不断加深。牛波的诗中不断出现由繁复驳杂现实所凝构的生存困境，并由此建构了以"尘土""石头"等词语为中心的意象群。无论是对作为"尘芥"的卑微命运的展示，还是对"石头"所聚焦的苦难的空间与时间的表达，牛波在努力寻找着生存困境的突围方式，尤其在精神层面找寻着突破困境的"格式塔"。

牛波通常以旁观者姿态来观看现实生存的"风景"，在对现实生存苦难的审视中逐渐形成一种"观看"的方式，这种方式的选用与他的绘画经历紧密相关。牛波对生存的"观看"正是通过"绘画"所营构的生存"镜像"而实现，这同时为诗人提供了突破困境的一种方式与途径。尽管"镜像"本身拥有着强大内聚力，但其包含的浑浊感同样不可忽视。学者唐晓渡说："当一个携镜者被投入一个巨大的镜阵之中……他之所以只能是镜像，并且可能是经过了数度折射的镜像；与此同时，他也作为一种镜像加入其间——既成为他人的镜像，也成为自己的镜像，而在彼此折射中，你根本分不清谁是谁！"② 诗人牛波首先将"绘画"作为生存现实的镜像式书写，他在写作中剥离了"自我"作为绘画本身的镜像意义，由此便排除了"成为自己的镜像"的可能性，使"镜像"由浑浊走向澄澈。绘画的融入在20世纪的新诗写作中并

---

① 王光明：《80年代：中国诗歌的转变——1980年代卷导言》，载谢冕等《百年中国新诗史略——〈中国新诗总系〉导言集》，北京大学出版社，2010，第250页。
② 唐晓渡：《镜内镜外》，作家出版社，2015，第433~434页。

不陌生，如新月派提出"绘画美"原则、艾青诗中的绘画因素等。但就诗歌写作的内容来说，这些诗人大都将关注的焦点投射于绘画彰显出的色彩感层面，牛波诗中的"绘画"则更多成为了其诗学想象的"思维主体"，除了色彩感的展示之外还承担了组织与建构诗篇的作用。

牛波首先将"绘画"作为诗歌的"构型元素"，以"绘画"的思维方式诠释出自我的诗学想象。如诗句"你在口袋里找到一张纸/想画这座山……"（《山中之山》）、"一张绷紧的画布上，画着这个风景"（《画中画》）中，"绘画"本身所具备的嵌套式组织作用使其同时具备了"施动者"和"受动者"的双重功能，诗人据此在写作时能够获取更为有力的表现空间，同时也增强了其诗歌语言的表达力。不仅如此，牛波还将画面中的"人""山""草地""风景"等意象进行符号化处理，通过"人和山都以字的形式注视着你"（《山中之山》）的表达赋予被动"符号"以施动者的形象，在"镜像"的制作者与观看者的相互颠倒中营构出崭新的写作视角。尤其在《画中画》中，诗人通过"一张像床的草地……在这片风景中，还有/一张更小的像床的草地……"的艺术处理将自然风景转换为画布中的风景，二者在相互的映衬中得以协调共生。而在诗歌《节日》中，牛波一开始就将自身抛置于"绘画"的思维方式之中，诗句"唯一使我不再触及地面的/就是画星星"传释出诗人借助"绘画"完成了虚构空间的自我想象。正是在"绘画思维"的作用力下，诗人"画笔轻轻晃动/直到我步入其中"，经由绘画这一动作行为本身"步入"想象层面的"绘画"之中。与此同时，牛波通过"绘画"制作自我的"梦境"与拼接"奇异的光芒"，建构出"实存"与"想象"之间不可言说的通约性，他对"绘画"的功能体认随之达到新的高度。但与"绘画"的虚空性、幻象性相悖的是，诗人在《节日》中保持了清醒的姿态，"我从不希冀惊奇和欣喜/面对这块驻足良久的留宿地，后退一步/我知道最终得不到的还是同一件东西"，诗人体会到了绘画所得与实际所想之间的差异，"后退一步"则表明了诗人以"跳出来"的行动完成了对"绘画"本身的审慎思索。由此，"绘画"不仅成为了诗人写作功能性转换的重要方式，诗人也在"一进一出"的动作中体悟到绘画所拥有的强大塑形力。

"绘画思维"还体现在《写生》《退让的人》《浑然不觉》等诗中，牛波以此来认知自我与世界，建构出极具禅道色彩的诗学想象。如诗歌《写生》中，诗人把"实存/虚空"的悖谬性糅进"写生"这一动作性主体行为，据此来完成自身对生存本身的微观审视，并彰显出诗人所本有的禅道哲思。诗句"这一切，谁说我已看见？/凝神于你我之间的虚空/而手仍在慢慢画出形象/犹如无定的积水流淌阴影/……我所画的并不是我所看见的/我怎么能再把你看见？"（《写生》）中，牛波致力于"虚空"想象畛域的营造，绘画以

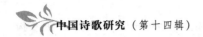

其对"虚空"形象的巨大凝聚力将"虚空"凝筑成"无定的积水"，而"所画"与"所见"之间便以一种疑惑与焦虑的悖论性实体出现，以至诗人最终发出"我所画的并不是我所看见的/我怎么能再把你看见？"的叩问，"虚空"本身的神秘性与丰富性便通过"绘画"这一功能性的想象本体直观地呈现出来。在《退让的人》中，牛波通过"一九八六年""二十七年"等时间节点，来隐喻自身对从出生到当下的自我存在式思考，而这思考经由"绘画"主体来实现。诗人所追求的是生命的复杂性，"为了再现我身体的复杂/你重洗笔，把一张白纸/垫在我的身下"，"我"处于不断的"重构"过程之中。诗句"你画在绸上的长颈鹿/还在离此地二十七年的路程里"则将我"重构"为"长颈鹿"形象，这与代表"退让"形象的"羊"形成结构的对立，表达出诗人对自我"重生"的期待之情。而在《浑然不觉》中，绘画主体由"你"变成"我"，诗句"由于贫困，你被我/无意中保留在画布里/而莫名的痛苦正来自这里/来自对内心的形象浑然不觉"表达出"你"作为我"内心的形象"而存在，"我"的贫困、痛苦正是来自对自我形象的浑然不觉，所以诗人在最后发出"我才知道我所经历的一切/都是为了，再次描绘你"的慨叹。牛波的自我定位同样在绘画中实现，如《最后一天》中，诗人表述出即使在生命的最后一天，即使"来到了上帝的宫殿里"时，他依然葆有对"绘画"的无法割舍的情感。诗句"我蹲下身，沿着赤裸的脚/画出我的足迹//在最后一天/它告诉我，我告诉自己/来自那里，在那里"则呈现出诗人通过绘画来描摹一生夙愿的希冀。"来自那里，在那里"正体现出了诗人在"绘画思维"中寻找着真实的自我存在。

四

新时期以来，诗歌写作中的"我"呈现出了一定的演变历程。朦胧诗的"我"尽管有着唤醒一代人的功能指向，但凸显更多的是其在社会功用层面的价值。同时，因受制于固有"能指群"的建构，其中的"我"带有思维向度的单义性与抒情模式的固定化倾向，其在所指层面也无法消解"绝望/希望"的语义悖论。[①] 继起的新生代诗歌扩大了"我"的语义结构场，其中熔铸了诗人对日常生存的经验式再现与个体精神的超验式书写。整体上看，朦胧诗与新生代诗中的"我"均作为二者诗学想象的审视对象而存在，与之相比，牛波笔下的"我"则成为了其诗学想象的内在磁力场，促使其诗歌写作由对"我"的外

---

① 参见张凯成《论朦胧诗"涌流期"表意系统的局限性——以诗歌想象力和语言分析为中心》，《江汉学术》2016 年第 2 期。

部语义审视转向挖掘 "我" 所包含的内部引力结构，并以此建构其独特的诗学想象。牛波将 "我" 置于 "80 年代" 诗歌的历史语境中，他不仅审视了作为实存的生命个体的 "我"，而且还对诗歌写作的基本单位——语词 "自我"——进行了独特的剖析。因此，"我" 在牛波的诗中有重要的价值地位，他通过由生命个体构筑的实体的 "我" 和以语词为中心的诗体的 "我" 共同建构起自我的诗学想象，二者同构于诗学想象的磁力场中，借此抵达 "诗思" 的可能性。

牛波诗歌中的实体的 "我" 呈现出裂变性、间离性的特征，由此也造成了其诗学想象的复杂与多变。如诗句：

> 过了这么多年，我还是奔波在/这座冷酷的城市里，它决不会忽视/我的出身，丑陋的脸，还有结结巴巴的嘴/多疑的眼睛，被人盘问 (《现代的鼠疫：将技艺混同于天才》)
>
> 我想了又想，还是不能和这个世界/说：行//既然您没有把我介绍给/这个世界，我也不把它介绍给您/免得您恶心 (《母亲》之一)
>
> 一个人在树顶召唤斑鸠/一个人正把枪拣起/一个人骑着老马来了/这都是我，在一瞬间/想干的事 (《还原》)
>
> 对梦中那千篇一律的大千世界/也厌倦了，我想回到/千篇一律的死一般的睡眠里/更安稳，更省心 (《签证》)①

这些诗句中的 "我" 或是在经历了长时间的人生体验与痛苦遭际后，表现出了对 "冷酷的城市" "这个世界" 的怀疑与抗拒，其追求更多的是 "城市" "世界" 对自身的理解与接纳；或是在瞬间的精神体验中产生了 "召唤斑鸠"、捡拾枪支和 "骑着老马" 的分裂，并试图借助 "死一般的睡眠" 来实现 "我" 对千篇一律的 "大千世界" 的拒斥与剥离……牛波从对作为生存个体的 "我" 的审视出发，其诗歌写作在由 "我" 所构筑的想象引力场中完成 "自适"，在多变的语义与复杂的精神再现中呈现出了想象的张力。与此同时，牛波还将 "我" 置放在由 "向导" "移动的脚" 等 "他者" 结构场中，经由镜像式的主体书写凝构出多维的想象空间。牛波通过诗句 "没有什么阻碍我/宛若手指翻动书页，找到结尾/向导像我的思想/指引并领导我，我是他的影子？" (《向导》) 审视了 "向导" 与 "我" 之间所建立的影子关系，"我" 以怀疑的姿态来询问影子关系的实存性，

---

① 牛波：《牛波诗集》，作家出版社，1991，第 92、101、40、90～91 页。

并在不断的自我体验中获得了确定性的价值指认。而诗句"我加快步伐，超过所有人/从一排排站立的树桩后/忽然看见一双移动的脚向我走来"（《赶路林中》）中，牛波以"超越所有人"的姿态加速前行，企图将自我与时代剥离开来。诗中的"移动的脚"体现出诗人独特的诗学追求，正是在对"移动的脚"（弗罗斯特）所代表的"从容不迫又坚韧不拔"的独旨孤运式体认中，诗人向着"他来的方向"继续赶路，义无反顾地走上荆棘满布的诗学道路，并最终认识到了弗罗斯特的艺术足迹："他（弗罗斯特）不为时尚所左右，坚持自己的探索，终于走出了一条传统与现代彼此'走向'的'诗歌之路'。"[1] 牛波通过自我与"他者"的对话来增添实体的"我"的多变特性，由此也引发了其诗学想象的复杂多义感。

除对实体的"我"的书写外，牛波在诗中还剖析了以语词为中心的诗体的"我"，并由此建构了立足于语言本体的诗学想象，以发散性的想象维度构筑了其诗歌写作的多元语境。诗句"言辞呵，我将在你被复述之时/与你互换容貌，还将给你的含义放上光芒/那光芒，在你我之间，形成语言"（《并不值得》）再现出了"言辞"与"我"之间的对位关系，"我"在此具备了由言辞组成的"被复述"的特征，在与"言辞"的相互诠释中结构起独特的诗学想象，"你看，我写下了悲伤，因而使人悲伤/那是供世界悲伤的地方，醒着，并且想象"正体现出了想象的诠释力量。诗句"我倾向于它，值得一观的空白/我只能是一个词，一个单独的话题/消失，但我还在，还在出租给文化"（《分享的空白》）中，"我"的存在身份（"一个词"）被直接昭示出来，"我"所倾向的"空白"正代表了一种言说的自由与可能性，而非是在"出租给文化"中的被动呈现，这也正解释了牛波的真实心态——"你们遗弃我就仿佛制造了我"（《分享的空白》）。诗句"而你正是那样，如活的书页/……/我被劝说成你的情节/从你的唇上看出你是这样咏叹的/将是怎样的想象呢？"（《颂词》）则指明了"我"作为"颂词"的情节与被叙述的语言实体而存在的事实，"我"对"颂词"所持有的咏叹式观看正代表着诗人对历史叙述的本体想象，由此体现出牛波诗学想象的主体特性。在《词产生词》一诗中，牛波通过诗句"我被别人述说，和你一样/只是，在嘴里含的时间长些，像鸟/掉下来，来到另一本书中/在你的身边，蜷伏千年"表达出了"我"之于"词"的相似性，鲜明地指出了二者在"述说"中才得以实现的自我价值。诗句中的"我"同时蕴藏着超越性的力量，能够通过不同于现有叙述的叙事方式来抵达生成性的自我，由此而发的诗学想象也同时有着瞬间爆裂的习性。在《诗人的自白》中，牛波将作为语词的"我"扩大为文本叙述与诗学话语中的"我"，"我"的力量由此得以倍

---

① 陈超：《中国探索诗鉴赏词典》，河北人民出版社，1989，第487页。

增，诗句 "你们的话来自我/必将灭亡一切的我和传递一切灭亡的我" 正传达出了 "我" 之于 "你们"、之于 "灭亡" 的不可或缺性。同时，牛波以 "开头，我创造" 收束全篇，在神祇般的通约中精到地指明了诗人言说的力量，即创造人类的开端，创造一种 "要有光，于是就有了光" 的诗歌语体，由之而成的诗学想象则拥有了更多的可能性。

综上来看，牛波以带有 "现代史诗" 性质的诗学想象建构出了历史传统、现实生存与自我存在之间的结构关系，"河" 与 "绘画" 作为其诗学想象的结构隐喻与思维方式，在其诗歌写作中形成了创造的 "合力"。与此同时，牛波的诗歌写作突破了单维的 "史诗" 写作向度，他在对实验性写作方式的借鉴和现代主义表现手法的运用中，通过挖掘 "我" 所包蕴的内部引力结构，建构起自我的诗学想象，并经由实体、诗体的 "我" 所构筑的磁力场抵达 "诗思" 的可能。1987 年秋天，牛波离开了祖国，但他始终放不下的是对祖国的眷恋与不舍，其所写的组诗《写在海外》（包括《清美庄主》《写在纽约的三段式情歌》《京都暮色》等）引发的是自我对 "异乡人" 身份的沉重审思，正如批评家谢冕所指出的："组诗《写在海外》是牛波出国之后的作品，一些曾'用黑色的眼睛在黑夜里寻找光明'的人，如今在唱着不同的歌：那里有含泪的歌咏，奇异的叙述，那完全是令人惊骇的遭遇在生命途中展开。"[1]毋庸置疑，牛波在深入时代与现实、抵达生命存在的诗学想象与语言表达中建构起了个人化的生命诗学。

---

[1]　谢冕：《牛波诗集·序》，载牛波《牛波诗集》，作家出版社，1991，第 5 页。

征稿启事

《中国诗歌研究》是首都师范大学中国诗歌研究中心所创办的大型学术丛刊，自创刊以来，一贯坚持学术本位的宗旨，取得了一些进步，逐渐获得学界的认可。先是被收入中国知网的 CNKI 数字图书馆全文数据库，2008 年又成为南京大学中国社会科学研究评价中心认定的中国社会科学引文索引（CSSCI）来源集刊；同年，又先后成为中国人民大学书报复印资料中心来源期刊、《中国社会科学文摘》来源期刊。

本刊现开辟有中国古代诗歌研究、中国现当代诗歌研究、中国诗歌理论研究、中国少数民族诗歌研究、当代海外华人诗歌研究、中西比较诗学研究等栏目，一般的书评、鉴赏、随笔、诗词创作不在本刊选择之列。本刊以文稿质量为唯一标准，文章长度不拘（以论题需要为准），既欢迎材料扎实的考据之作，也欢迎思辨深刻的理论文章。但要求文章须遵守应有的学术规范，严禁抄袭、力避重复，立论要持之有据，要充分了解学术界对该论题的研究状况。具体稿件格式要求如下：

1. 请在文章后附作者简介，顺序及内容为：姓名，单位，职称，主要研究领域（限 50 字以内），收信地址，邮编，联系电话，电子信箱。

2. 请拟 200 字以内的内容提要与 3~5 个关键词。

3. 文章注释统一使用脚注，具体格式如：

①杨荫浏：《中国古代音乐史稿》，人民文学出版社，2004，第 48 页。

②晁公武撰、孙猛校正《郡斋读书志校正》卷十二，上海古籍出版社，1990，第 508 页。

③莫砺锋：《论朱熹文学家身份的历史性消解》，《江汉论坛》2000 年第 10 期。

④〔德〕尼采：《查拉图斯特拉如是说》，孙周兴译，商务印书馆，2010，第 99 页。

4. 请将文稿用 A4 纸打印邮寄至编辑部，同时以电子邮件方式将电子稿发送到编辑部邮箱。

5. 文稿请勿多投，自寄出三个月（以当地邮戳为准）内未收到用稿通知，作者可自行处理。

6. 文稿一经采用，即付稿酬，并赠样书。

7. 来稿请寄：北京市海淀区西三环北部 83 号首都师范大学中国诗歌研究中心《中国诗歌研究》编辑部，邮编：100089；电子邮箱：poetry_ cnu@ 163. com。

《中国诗歌研究》编辑部

图书在版编目（CIP）数据

中国诗歌研究. 第十四辑 / 赵敏俐主编. -- 北京：
社会科学文献出版社，2017.5
ISBN 978 - 7 - 5201 - 0753 - 2

Ⅰ.①中⋯　Ⅱ.①赵⋯　Ⅲ.①诗歌研究 - 中国　Ⅳ.
①I207.22

中国版本图书馆 CIP 数据核字（2017）第 088096 号

中国诗歌研究（第十四辑）

主　　编 / 赵敏俐

出 版 人 / 谢寿光
项目统筹 / 宋月华　吴　超
责任编辑 / 刘　丹

出　　版 / 社会科学文献出版社·人文分社（010）59367215
　　　　　　地址：北京市北三环中路甲 29 号院华龙大厦　邮编：100029
　　　　　　网址：www. ssap. com. cn
发　　行 / 市场营销中心（010）59367081　59367018
印　　装 / 北京季蜂印刷有限公司

规　　格 / 开　本：787mm × 1092mm　1/16
　　　　　　印　张：18.25　字　数：361 千字
版　　次 / 2017 年 5 月第 1 版　2017 年 5 月第 1 次印刷
书　　号 / ISBN 978 - 7 - 5201 - 0753 - 2
定　　价 / 89.00 元